*Cuentos de Cuanto Hay  /  Tales from Spanish New Mexico*

Collected from the oral tradition by

# J. Manuel Espinosa

*Illustrated by*

# William Rotsaert

# Cuentos De Cuanto Hay

# Tales from Spanish New Mexico

*Edited and Translated by*
## Joe Hayes

University of New Mexico Press
Albuquerque

Adapted and translated from *Spanish Folk-Tales*
*from New Mexico*, José Manuel Espinosa,
Memoirs of the American Folklore Society, Vol. XXX, G.E.
Stechert and Co., New York, 1937.
Reprinted with permission from
The American Folklore Society.

Spanish adaptations and English translations
Copyright © 1996
by Joe Hayes

Illustrations © 1998 by William Rotsaert
Designed by Emmy Ezzell

Library of Congress Cataloging-in-Publication Data

Spanish folk-tales from New Mexico. English and Spanish.
Cuentos de cuanto hay / Tales from Spanish New Mexico;
    collected from the oral tradition by J. Manuel Espinosa;
    edited and translated by Joe Hayes. — 1st ed.
English and Spanish.
"Adapted and translated from Spanish folk-tales from New
    Mexico, José Manuel Espinosa, Memoirs of the American
    Folklore Society, Vol. XXX, G.E. Steichert
    and Co., New York, 1937" — T.p. verso.
Includes bibliographical references.
ISBN 0-8263-1927-0 (cloth).
ISBN 0-8263-1928-9 (paper).
    1.  Hispanic Americans — New Mexico — Folklore.
    2.  Folk literature, Spanish — New Mexico.
    3.  Tales — New Mexico.
    I.  Espinosa, J. Manuel (José Manuel), 1909–    .
   II.  Hayes, Joe.
  III.  Title.
GR111.H57S63   1998
398.2'089'68787 — dc21
97-48652
CIP

# Indice / Contents

# Introduction

### J. Manuel Espinosa

The centuries-old traditional Spanish folktales from New Mexico presented to the reader in the following pages were collected by me in the 1930s directly from the mouths of Spanish-speaking residents at all levels of society, mostly from the common people living in the quiet towns, villages, and on the farms and ranches that dot the upper Rio Grande Valley in northern New Mexico and southern Colorado. My original collection was published in the book *Spanish Folk Tales from New Mexico.*[1]

Since this book is published in the United States, where English is the common language of communication, each folktale is published in both a Spanish text and an English translation, with a view to reaching a wider reading audience. The original Spanish transcriptions made by me have been somewhat modernized, with standard spellings and verb forms replacing some archaisms and words in regional dialect that appeared in the oral versions. Again the intention was to make the book accessible to a greater number of readers. The English translations and Spanish adaptations have been made by Joe Hayes, a storyteller well known to the region, and the editor of this new edition of Spanish folktales from New Mexico. Joe Hayes is to be congratulated for effectively accomplishing this difficult task. The translation alone makes this new edition of the book important. English translations of a few New Mexican Spanish folktales have appeared in print from time to time, but this is the first fairly large and representative collection to be published in English.

In general, the folktales of Europe and their cultural descendants in America may be classified under three divisions with respect to their origins: folktales that have come from Oriental tradition with practically no changes whatever; folktales that were formed in Europe, but from motifs or incidents already definitely developed in the Orient; folktales that are completely or almost completely of European creation. The folktales of Spain are part of the material of all Europe and the same can be said of almost all the folktales of Spanish America. This does not mean that the folktales that have been thus transmitted have not changed. Some have not changed, some have changed a little, and others have changed considerably to adapt themselves to new conditions of life and culture. At the same time, the traditional Spanish folktales, in both the mother country and her colonized possessions overseas, including America, have expressed the distinctive characteristics of Spanish culture.[2]

The upper Rio Grande Valley was one of the first of the northern regions to be visited by the Spaniards following the conquest of Mexico. Coronado, riding under the colors of Charles the Fifth, was among the first Europeans to visit what is now New Mexico. After Coronado the Pueblo Indian region of the upper Rio Grande was not revisited for nearly four decades. Then, as the frontier of permanent settlement leaped

across the wide desert of northern Mexico, colonizing expeditions began the conquest of the region. With the expedition of Juan de Oñate in 1598 the Spaniards for the first time succeeded in establishing a permanent colony in northern New Mexico. Four hundred men, one hundred and thirty of whom were accompanied by their families, entered the far north at this time. Spanish authority was soon established, and around 1610 Santa Fe was founded as the capital of the new province. From Isleta to Taos, the center of Spanish settlement, the natives were soon being taught the language of their conquerors and practicing, outwardly at least, the religion also taught to them by Franciscan friars. The Indian pueblos were organized politically in the mold of the Spanish system. The region became a strong defensive frontier settlement in the seventeenth century. New Mexico in its quiet isolation was a typical Spanish frontier outpost, quite unlike lively mining and political centers of New Spain. The region was completely Hispanized. European folktales were brought in the memories of the people and told from generation to generation. They were transmitted to the Indians as well. It must not have been an unfamiliar sight, among the more humble settlers at least, to see Spaniards gathered with friendly Indians around the evening fire chatting, swapping tales, sometimes accompanied by Franciscan friars. Shepherds on the plains spent evenings in similar fashion. In the homes of the Spanish-speaking residents many a winter evening was spent around the fireplace listening to folktales told by members of the household.

In the seventeenth and eighteenth centuries foreign aggression in New Mexico was often feared but was never an immediate danger. More dangerous in the eighteenth century were the local forays by hostile Indian tribes. However, despite the very limited resources of the area, the Spanish settlements survived. In the 1690s the Spanish population of northern New Mexico was about 2,800. In 1774 the population reached 10,000, and at the end of the Spanish rule 30,000. When New Mexico passed into the hands of the United States in 1848 the population had reached 60,000. Most of the settlers, who were still largely of Spanish descent, were gathered in the north Rio Grande Valley, especially around Santa Fe, Santa Cruz, and Albuquerque. By the middle of the century the same pioneer group extended the northern fringe of permanent settlement into southern Colorado.

When New Mexico, with all our Southwest, became a part of the United States, the change was of great significance politically. Culturally, however, a large part of New Mexico, chiefly that part which radiates from the upper Rio Grande Valley, continued little changed. In 1910, out of a total population of 327,301 inhabitants, the Spanish-speaking population of New Mexico reached 175,000. The number of new immigrants from Mexico increased considerably between 1820 and 1910. At the same time, immigrants from the eastern United States increased with the growth of the state. At the time these stories were collected, the population of New Mexico was over 700,000. During this period Albuquerque grew rapidly and established itself as the metropolis of all New Mexico.

A substantial number of those living between Albuquerque and Taos in the 1930s belonged to Spanish families that had been living in the same region since it was a Spanish colony. They represented an Hispanic culture which continues today with unusual vitality.

The 114 New Mexican Spanish folktales included in my original collection were gathered in the summer of 1931 from the region between Vaughn and Taos. They were gathered in twenty-five different localities and represent seven counties, all in north-central New Mexico. Ninety-four of the tales were from the region between Peña Blanca and Taos. Seventy-four of the tales represent the historic center of tradi-

tional Spanish culture radiating from Santa Cruz and Santa Fe, where the boundaries of Rio Arriba, Sandoval, and Santa Fe counties meet.

All these tales were written down by me from the mouths of the people. The informant was merely asked for "cuentos de cuanto hay" of the type that are based on oral tradition alone. In many cases the informant did not tell me all the tales he or she knew, but only those I had time to gather. I had each informant tell each tale slowly so that I might write it down faithfully word for word just as it was recited, unchanged. All the tales, without exception, were traditional and very old. The tales fall into six principal classifications: magic tales, religious tales, picaresque tales, romantic tales, animal tales, and anecdotes.

The narrators' speech was transcribed as closely as possible using standard Spanish orthography. No attempt was made to reproduce by exact phonetic symbols the language of the narrators. The tales were presented as a contribution to folklore and not to dialectology. Besides, the phonology and morphology of New Mexican Spanish were already well known.[3] In the present edition all words are presented in their standard Spanish spelling, as noted earlier.

Of the 114 folktales in the original collection, I have found European versions for 100, or over eighty-seven percent of them. Seventy-eight percent of the tales have important motifs found in 137 tales in Aurelio M. Espinosa's *Cuentos populares españoles*.[4] It is strange that Native American tradition has had such little influence upon the Spanish folktales of New Mexico. Naturally, the folktales of the Spanish inhabitants are touched with the color of the region in which they have been so long recited. This is true of traditional tales anywhere. But these changes are insignificant. There is not a single indisputably Indian tale in the entire collection. The influence of Spanish tradition on the folklore of the Pueblo Indians of New Mexico, on the contrary, is quite pronounced.[5]

My collection of Spanish folktales from New Mexico is far from being all-inclusive,[6] and the present selection is but a representative cross-section of the original work.

The six and a half decades since these tales were collected have seen a radical decrease in the abundance of traditional folklore among the Spanish people of New Mexico. The average age of the narrators of the folktales in this book was 56 years. They represented only the second or third generation since the United States began to rule in New Mexico. Even at that time the younger generations, beginning to be influenced by modern ideas and notions, no longer seemed to be interested in this particular heritage. This trend has become increasingly evident since the great changes that have come about throughout the United States since World War II.

### Notes

1. J. Manuel Espinosa, *Spanish Folk Tales from New Mexico*, Memoirs of the American Folklore Society, Vol. XXX, G.E. Stechert and Co., New York, 1937; reprint edition, K. Kraus Reprint Co., Millwood, N.Y., 1976.
2. Paraphrased from Aurelio M. Espinosa, *The Folklore of Spain in the American Southwest*, University of Oklahoma Press, 1985, 176.
3. Aurelio M. Espinosa, *Estudios sobre el español de Nuevo Méjico*, (1909–1914), edited with notes by Amado Alonso, vol. I, and Angel Rosenblat, vol. II. University of Buenos Aires, 1930, 1946. See also, id., *The Folklore of Spain in the American Southwest*, 231–38, 269–70.
4. Aurelio M. Espinosa, *Cuentos populares españoles*, 3 vols., Stanford University, 1923–1926.
5. See Aurelio M. Espinosa, *The Folklore of Spain in the American Southwest*, 240–50, 270–72.
6. See Aurelio M. Espinosa, *The Folklore of Spain in the American Southwest*, 174–200, 264–66.

# *Translator's Note*

As he describes in the Introduction, folklorist J. Manuel Espinosa traveled throughout northern New Mexico in the summer of 1931 asking Spanish speaking residents for *cuentos de cuanto hay*, tales of olden times. The tales he collected were published in 1937 in a book entitled *Spanish Folk-Tales from New Mexico* (Memoirs of the American Folk-Lore Society, Volume XXX). I first discovered *Spanish Folk-Tales from New Mexico* some twenty years ago, and the book has been invaluable to me in developing my own storytelling style.

Through the years, as I've read and re-read with pleasure and admiration the stories collected by Dr. Espinosa, I've thought how valuable it would be to make such a representative collection accessible to the general reader. The various small collections of Hispanic folktales from New Mexico presently in print, including my own *The Day It Snowed Tortillas* and *Everyone Knows Gato Pinto*, are all retellings, often reflecting the artistic, cultural, political, or educational motivations of their authors as much as or more than the actual tradition. Furthermore, they are far more refined than authentic folktales. And so I asked permission of Dr. Espinosa and the American Folklore Society to undertake the adaptation and translation into English of *Spanish Folk-Tales from New Mexico*.

The adaptation of the Spanish mainly involved changes in spelling to make the stories more readable. When Dr. Espinosa transcribed the tales, he used the standard Spanish alphabet to approximate the pronunciation of words as they were spoken by the narrators. The phonetic spellings used in the original book greatly enhance the scholarly value and authenticity of the collection, but written dialect can become tiresome and discouraging to the general reader. Knowing that the majority of readers of Spanish in the United States are students of Spanish as a second language or native speakers whose experience with written Spanish is limited, I elected to spell all words in the standard manner. For example, even though a narrator might pronounce *usted* as *usté* or *aire* as *aigre*, I used the standard spellings. To be consistent I applied the same rule to *así*, which is typically pronounced *asina* throughout the southwestern United States and much of northern Mexico. The one exception I made was for the conjunction *y*, which changes to *e* before a word beginning with the vowel sound *i* in written Spanish and in the oral usage of educated speakers. When *"Fue y hizo lo que le dijeron,"* was changed to *"Fue e hizo lo que le dijeron,"* however, it seemed to take on an inappropriately formal appearance, and so I retained the *y*.

I also standardized regional verb forms. The most commonly changed verb was *traer*. In local usage the third person singular and plural in the preterite are *trujo* and *trujieron* respectively. They were standardized to *trajo* and *trajeron*. The less consistently used local form of the imperfect, *traiba*, was changed to *traía*, the standard form. For the verb *ver*, where the local forms of

the first and third person preterite—*vide* and *vido*—had been recorded, they were replaced with the standard forms *vi* and *vio*.

Regional peculiarities in vocabulary were retained. On the assumption that readers who encounter an unfamiliar word will simply refer to the English text for its definition, I did not provide a glossary of regionalisms. Furthermore, most of these colloquial usages can be found in a good Spanish dictionary. They are not unique to New Mexico.

Readers with a special interest in the dialect of New Mexico are encouraged to find a copy of the original American Folklore Society publication. They should also investigate *Cuentos españoles de Colorado y Nuevo Méjico,* the monumental collection of New Mexican folktales by Juan B. Rael, and the studies of New Mexican dialect by Aurelio M. Espinosa cited in the Introduction.

For those readers who do not read Spanish the stories are presented in English translation. The English versions parallel the Spanish as closely as possible, although once again readability and the desire to simulate spoken English sometimes dictated minor departures. I made no effort to preserve such features as frequent convoluted syntax, which probably results from the fact that the narrators were composing as they spoke. As a result, the English versions may appear better articulated than the Spanish.

In neither the Spanish nor English versions is the narrative content of the stories altered. I did not censor the stories in any way, and elements which I or the reader might find offensive were allowed to remain. There is no obscenity in the tales and very little profanity, although some scatological elements might fall outside the bounds of what is currently considered appropriate for polite company. Most likely to offend are the occasional overtones, and very rare overt expressions, of racism or sexism in some of the tales, but because I wanted to provide an honest representation of the tradition, I did not delete any stories on the basis of objectionable content.

I did, however, delete about a third of the material from Dr. Espinosa's original collection in order to make this publication economically feasible. When multiple versions of the same basic tale appeared in the original, only the most complete rendition was retained. Most of the brief anecdotes were omitted, and tales which were fragmentary or told in a somewhat incoherent manner were dropped as well. Although this abridgement somewhat compromises my original intention, the resulting selection of the strongest narratives from *Spanish Folk-Tales from New Mexico* amply demonstrates the richness of New Mexico's storytelling tradition and the delight and wisdom that abound in *los cuentos de cuanto hay.*

I would like to thank J. Manuel Espinosa and the American Folklore Society for permission to proceed with this project and Dr. Espinosa for the introduction he so generously wrote. I would like to thank Enrique Lamadrid for his advice and consultation and Sharon Franco for proofreading the Spanish text. Finally I must acknowledge the great help of Tanya Hayes in transferring the entire text from book to computer so that I could begin working on it.

*Cuentos de Cuanto Hay  /  Tales from Spanish New Mexico*

*Los cinco ríos*                    *The Five Rivers*           *1*

Había en un tiempo una muchacha que era huérfana. Se le habían muerto su padre y su madre y vivía sola en una casa. Llegó un muchacho y le tocó la puerta. Ella le abrió la puerta y estuvo platicando con él. Y era el diablo, pero ella no lo sabía. Y el muchacho le preguntó si quería ser su esposa y dijo ella que sí. Y le dijo él entonces que tenían que irse para su casa para casarse.

Fue la muchacha a prepararse para irse con su novio. Y tenía una mulita que se llamaba "la mulita de María Santísima." Y fue a ver la mulita y la mulita le habló y le dijo: —Hágote saber que tu novio es el diablo.

La pobre muchacha se espantó mucho y le preguntó a su mulita qué debía hacer. Y ésta le dijo: —Cuando tu novio se suba en su caballo y te diga que te subas con él, dile que tú irás en tu mulita. Y te subes en mí.

Pues así lo hicieron. Y cuando ya habían caminado un tiempo llegaron a un río de sangre. Y cuando la mulita pisó la primera gota de sangre, el río se abrió y la mulita pasó sin hacerse nada. Cuando el diablo pasó en su caballo la sangre se juntó y pasó con mucho trabajo. Y ya cuando la mulita iba muy adelante le dijo a la muchacha: —Ahora, espera a tu novio. —Y lo esperó hasta que llegó.

Once upon a time there was an orphan girl. Her father and mother had died and she lived in a house all by herself. A boy came to the house and knocked, and she opened the door and started talking to him. He was the devil, but she didn't know it. He asked her if she would like to be his wife and she said she would. Then he told her that they had to go to his house to get married, and she went to get ready to go away with him.

The girl had a mule that was named the little mule of María Santísima, and when she went to see the mule it spoke to her and said, "I must tell you that your boyfriend is the devil."

The poor girl was scared and asked the mule what she should do. It told her, "When your boyfriend climbs up onto his horse and tells you to climb up with him, tell him that you'll ride your mule instead and climb up on me."

She did that, and after they had traveled for a while, they came to a river of blood. When the mule stepped on the first drop of blood, the river opened up and nothing happened to the mule as it crossed. But when the devil crossed on his horse, the blood flowed together and he had a hard time getting across. Then, when the mule had gotten far ahead, it said to the girl, "Now wait for your boyfriend." And she waited until he caught up.

Y de allí siguieron juntos hasta que llegaron a un río de astillas. Y cuando la mulita pisó la primera astilla, las astillas se abrieron y pasó sin que nada le sucediera. Y llegó el diablo y se juntaron las astillas. Y pasó, y lo clavaron por todas partes. Y cuando ya había caminado un rato adelante, la mulita le dijo a la muchacha: —Espera a tu novio. —Y lo esperó hasta que llegó.

Bueno pues, de allí caminaron juntos otra vez hasta que llegaron a un río de serruchos. Cuando pisó la mulita el primer serrucho, se abrieron y la dejaron pasar sin trabajo. Pero cuando llegó el diablo se cerraron los serruchos y cuando pasó lo cortaron por todas partes. Y cuando la muchacha ya iba adelante le dijo la mulita: —Espera a tu novio. —Y esperó hasta que llegó.

Y ya de allí se fueron juntos otra vez hasta que llegaron a un río de lumbre. Y cuando la mulita pisó la primera lumbre, se abrió la lumbre como un camino y pasó sin hacerse nada. Pero cuando llegó el diablo se cerró la lumbre y cuando pasó ya estaba bien chamuscado. Conque ya de allí se adelantó la mulita otra vez hasta que le dijo a la muchacha: —Espera a tu novio. —Y lo esperó hasta que llegó y siguieron caminando juntos otra vez.

Y ya llegaron a un río de navajas. Y cuando la mulita pisó la primera navaja, se abrieron y la mulita pasó sin hacerse nada. Y luego llegó el diablo y se cerraron las navajas y lo cortaron tanto cuando pasó que cayó muerto cuando llegó a la orilla.

Y de allí la muchacha siguió caminando en su mulita hasta que llegó a un palacio. Se puso calzones y un sombrero vaquero cuando llegó, pero el príncipe la vio y reconoció que era mujer. Y llegó la muchacha y preguntó si querían un sirviente. Le dijeron que sí y allí se quedó de sirviente en el palacio.

From there they traveled on together until they came to a river of splinters. When the mule stepped on the first splinter, the splinters opened and they went on through without a thing happening to them. The devil got there and the splinters closed up and jabbed him all over. And after they had traveled a little farther along, the mule said to the girl, "Wait for your boyfriend." And she waited for him until he got there.

They traveled along together again until they came to a river of saws. When the mule stepped on the first saw they parted and let it pass easily through. But when the devil got there the saw blades came back together and as he crossed they cut him all over. And when the girl was far ahead, the mule said, "Now wait for your boyfriend." And she waited for him to catch up.

And from there they went on together again until they came to a river of fire. And when the mule stepped on the first flame the fire opened like a road, and they went through without anything happening to them. But when the devil got there the flames came together and by the time he got across he was burned to a crisp.

The mule went on again until it told the girl, "Wait for your boyfriend." And she waited for him until he caught up and they traveled along together again. They came to a river of knives. When the mule stepped on the first knife they moved apart and the mule crossed without being harmed. Then the devil arrived and the knives came together and cut him so badly as he was crossing that he fell dead when he got to the other side.

And from there the girl kept traveling on her mule until she came to a palace. She put on pants and a cowboy hat when she got there, but the prince saw her and recognized that she was a woman. The girl asked if they wanted a servant, and they told her they did, and she stayed there as a servant in the palace.

Y la mulita le dijo: —El príncipe sabe que eres muchacha y cuando te duermas va a venir a quitarte el sombrero para verte el cabello. Yo te daré una patada para que despiertes. Y te haces la que anda haciendo un negocio.

Bueno, pues vino la noche y se acostó la muchacha, y la mulita junto con ella. Se durmió la muchacha en seguida. Y cuando la mulita vio venir al príncipe le dio una patada y se despertó y se hizo la que andaba juntando palitos. Y llegó el príncipe y le preguntó: —¿Que usted no descansa de noche?

Y ella le dijo: —Sí, pero me gusta mucho trabajar. —Y se fue y no dijo nada.

Y la segunda noche hizo lo mismo. Pero cuando ya iba llegando el príncipe, la mulita le dio una patada a la muchacha y la despertó. Y se hizo la que andaba buscando leña. Llegó el príncipe y le dijo: —¿Pero que usted no duerme?

—Sí, pero me gusta mucho trabajar —dijo la muchacha.

Y otro día la mulita le dijo a la muchacha: —Esta noche va a venir el príncipe otra vez. Yo te voy a dar una patada, pero sé que no vas a despertar.

Y llegó la noche y se durmió la muchacha. Y cuando la mulita vio venir al príncipe le dio patadas, pero no despertó. El príncipe llegó y le quitó el sombrero y vio que tenía cabello y así supo que era mujer y no hombre.

Y en eso despertó la muchacha y le dijo el príncipe si se quería casar con él. Le dijo ella que sí y se casaron. Y la muchacha cuidadaba siempre a la mulita hasta que se murió. Y cuando se murió, la muchacha estuvo muy triste por mucho tiempo. Y el príncipe y la princesa vivieron juntos por mucho tiempo.

*María del Carmen González*
*Edad: 12, San Ildefonso, N.M.*

Then the mule told her, "The prince knows that you're a girl and when you're asleep he's going to come and take off your hat to see your long hair. I'll give you a kick to wake you up. Act like you're busy with some chore."

Nighttime came and the girl went to bed, and the mule was at her side. She fell asleep right away. And when the mule saw the prince coming, it kicked the girl and she woke up and acted like she was gathering kindling wood. And the prince came and asked, "Don't you rest at night?"

She told him, "Yes, but I really like to work." And he went away without saying anything.

The next night he did the same thing. But just when he was arriving the mule kicked the girl and she woke up. She acted like she was getting firewood. The prince got there and said, "Don't you ever sleep?"

"Yes, but I really like to work," the girl said.

The next day the mule told the girl, "Tonight the prince will come again. I'll kick you, but I know you're not going to wake up."

Nighttime came and the girl went to sleep. And when the mule saw the prince coming it kicked her, but she didn't wake up. The prince came and took off her hat and he saw that she had long hair and so he knew she was a woman and not a man.

Just then the girl woke up and the prince asked her if she would marry him. She said that she would and they got married. And the girl took good care of the mule as long as it lived. And when it died the girl was sad for a long time. And the prince and the princess lived together for a long time.

*María del Carmen González*
*Age: 12, San Ildefonso, N.M.*

3

## La urnita

Éstos eran un hombre y una mujer que estaban casados pero no tenían familia. Y al fin la mujer tuvo una niña y convidaron al rey para que la bautizara. Vino el rey y bautizó a la niña, pero con la condición de que cuando creciera se la tenían que dar.

Cuando llegó el tiempo que ya creció la niña, vino el rey a reclamar a su ahijada. Pero como la mamá no quería dársela, fue y mandó hacer una urnita y allí metió a su hijita para esconderla. En ese tiempo se murió la hijita de una vecina, y cuando el rey llegó por su ahijada le dijeron que ella se había muerto.

El rey llegó y cuando lo supo, mandó hacer un funeral y dijo que la niña estaba muy despintada, que no se parecía a su ahijada. Y cuando se fueron el rey y la reina, la mamá siguió teniendo a su hija en la urnita. Allí le enseñaba todo y allí le daba de comer.

Y poco después se murió el papá de la niña, y el rey y la reina fueron al funeral de su compadre y le dijeron a la mamá que se fuera con ellos, que ¿para qué se quedaba allí sola? Y ella les dijo que estaba bueno, pero con el compromiso de que le dieran un cuarto a ella sola y que la llevaran con su urnita y todo.

Y así se hizo. Se fue al palacio a vivir sola en un cuarto con su urnita. Y seguía creciendo la

## The Little Urn

This one is about a man and a woman who were married but didn't have any children. Finally the woman had a little girl and they invited the king to be the godfather. The king came and baptized the little girl, but on the condition that when she had come of age they would give her to him.

When the girl was grown up, the king came to claim his goddaughter. But because the mother didn't want to give the child to him, she had a little urn made and she hid her little daughter inside it. Right about that time a neighbor's little daughter died, so when the king came looking for his goddaughter, they told him that she was the one who had died. When the king heard about it he ordered a funeral, and he said that the girl seemed very changed, that she didn't look anything like his goddaughter.

After the king and queen left, the mother still kept her daughter in the urn. That's where she taught her everything, and that's where she fed her too.

A little while later the girl's father died, and the king and queen went to their compadre's funeral. They told the mother she should go live with them. Why should she stay there alone, they asked. She said that would be fine, but only if they promised that she would have her own room and that they'd bring the urn along with her.

They did as she wished, and she moved to the palace to live alone in a room with her little urn.

niña donde la madre la tenía escondida en la urnita, y allí le daba de comer y todo. Y a nadie conocía, sólo a su mamá.

Pero al fin sucedió que se murió la mamá y la niña se quedó sola en la urnita. Y ya hacía tres días que se había muerto la mamá y la niña encerrada sin saber nada. A la mamá la enterraron, pero nada sabía la niña. Y en frente del cuarto había una arboleda, y cuando ya tenía mucha hambre se apeó la niña a coger manzanas.

El príncipe estaba en ese tiempo sentado en su balcón y la vio. Bajó en seguida, pero no la pudo alcanzar. Se metió en su urnita y se escapó. Y fue el príncipe y se escondió y pronto empezó a oír música dentro de la urnita. Pero la niña no salía. Y como él había visto que era tan linda, se enamoró de ella.

Y la niña no se conformó con las manzanas que cogió primero y luego que ya creyó que todo estaba quieto fue y bajó otra vez a coger manzanas para comer. Entonces el príncipe la vio otra vez y salió corriendo y llegó antes que ella a la urnita.

Le habló el príncipe y ella le dijo quién era. Le dijo él que ya se había muerto su mamá y le preguntó si se quería casar con él. Y la niña consintió, pero dijo que se quería estar en la urnita. Y el príncipe le dijo a su madre, la reina, que le pusiera la cama en ese cuarto, que allí iba a dormir, y que allí le trajera la comida y todo.

Y con el tiempo el príncipe tuvo que ir a la guerra a otra potencia y tuvo que dejar a la niña sola en la urnita. Y antes de irse les dijo a las sirvientas que llevaran comida todos los días al cuarto donde estaba la urnita.

Y como la niña salía a comer, las sirvientas maliciaban que alguien estaba en el cuarto. Un día le llevaron la comida y se quedaron allí fuera de la puerta espiando. Y abrieron la puerta de repente y hallaron a la niña sentada en medio del

The girl grew up there, hidden by her mother inside the urn. That's where she was fed and everything. And she never knew anyone except her mother.

But finally the mother died and the girl was left alone in the urn. Three days had passed since the mother had died and the girl stayed locked up there, not knowing anything. The mother was buried, but the girl still didn't know anything about it.

But across from the room there was an orchard, and when she got really hungry the girl climbed down to pick some apples. The prince was sitting on his balcony and he saw her. He ran down there, but he couldn't catch her. She escaped back into her urn.

The prince went and hid near by, and he heard music coming from inside the urn, but the girl didn't come out. And because he had seen how pretty she was, the prince fell in love with her.

The girl's hunger wasn't satisfied by the apples she had picked the first time, and as soon as she thought everything was quiet she climbed down again to pick more apples to eat. The prince saw her again and came running out and this time he got to the urn before she did.

The prince spoke to her, and she told him who she was. He told her that her mother had died, and he asked if she would marry him. She said she would, but that she wanted to stay there in the urn. So the prince told his mother, the queen, to put his bed in that room because he was going to sleep in there. And she was to bring him his food there and everything.

In time the prince had to go to the war in another country and leave the girl alone in the urn. Before he left he told the servants to take food every day to the room where the urn was kept.

But because the girl came out to eat, the servants suspected that someone was in the room. One day when they took her the food they waited outside the door. They opened the door suddenly and found the girl sitting in the middle of the

cuarto y cenando. La agarraron y la echaron afuera desmayada.

La reina entonces vino por los trastes y halló toda la comida y se puso muy triste y lloraba mucho y nadie la podía consolar, porque creía que ya su hijo había muerto. El príncipe le había dicho que si nadie comía la comida, eso quería decir que estaba muerto.

Y la niña cuando ya volvió de su letargo se fue a andar por el mundo. Y una noche alcanzó a ver una lucecita y para allá se fue. Y llegó donde vivía una viejita.

—¿Qué tienes, niña? —le preguntó la viejita.

—Nada —le dijo la niña—, sólo que me asaltaron y me pegaron y cuando volví del letargo me vine a donde vi esta lucecita.

—Pues aquí estáte conmigo —le dijo la viejita—. Aquí puedes estarte todo el tiempo que quieras y nada te sucederá. —Y la viejita la cuidaba muy bien, y con el tiempo tuvo un niño muy hermoso.

Siempre que la viejita iba a la plaza la niña le preguntaba si había ya venido el príncipe de la guerra. Pero nada, el príncipe no volvía. Pero al fin un día llegó la viejita de la plaza y le dijo a la niña que decían que ya había vuelto el príncipe de la guerra. La niña se puso muy contenta.

Y el príncipe, cuando llegó, supo que la cena ya no se la comía en el cuarto y subió y vio que la niña ya no estaba en la urnita y se puso muy triste. Y no sabía qué hacer.

La niña fue entonces y le dijo a la viejita que fuera a la plaza a vender una camisa que ella había hecho para el príncipe. Y allí metió su costura. Y se fue la viejita con la camisa y pasó cerca del palacio gritando: —¿Quién merca camisas? ¿Quién merca camisas?

Y el príncipe bajó de su balcón y compró la camisa. Cuando halló la costura de la niña pronto se puso muy contento y dijo: —¡Mi mujer está viva!

Cuando volvió la viejita y le contó a la niña

room eating. And they grabbed her and beat her and threw her outside in a faint.

When the queen came to get the dishes and found all the food she was very sad. She cried and cried and no one could console her, because she thought that her son had died. The prince had told her that if no one ate the food, it meant he was dead.

And when the girl recovered from her faint she set out to travel the world. And one night she spotted a tiny light and set out in that direction. She came to where an old woman lived.

"What's wrong, child?" the old woman asked her.

"Nothing," the girl told her. "It's just that I was beaten, and when I came to, I headed toward this little light."

"Well, stay here with me," the old woman told her. "You can stay here as long as you like and nothing will happen to you." And the old woman took very good care of the girl. In time she had a beautiful baby boy.

And whenever the old woman went to the village, the girl would ask her if the prince had come back from the war. But no, he didn't return. But finally one day the old woman came back from the village and told the girl that everyone was saying that the prince had come home from the war. The girl was very happy.

When he got home, the prince learned that the dinner was no longer being eaten in the room. He went up there and saw that the girl was no longer in the urn and he was very sad. He didn't know what to do.

Then the girl told the old woman to go to the village to sell a shirt she had made for the prince. And she put some of her needlework in it. The old woman went to the village with the shirt and walked past the palace crying out, "Who'll buy a shirt? Who'll buy a shirt?"

The prince came down from his balcony and bought the shirt. When he found the girl's needlework he said happily, "My wife is alive!"

When the old woman returned and told the

que el príncipe había comprado la camisa, la niña le dijo que fuera y juntara en una cesta todas las flores del campo que hallara. Y allí metió una tumbaga que el príncipe le había regalado entre las flores, y le dijo a la viejita que fuera a la plaza a verderlas.

Y le dijo que gritara, "¿Quién merca flores del mal de amores?"

Y así lo hizo la viejita y pasó por la plaza gritando: — ¿Quién merca flores del mal de amores? ¿Quién merca flores del mal de amores?

Y bajó el príncipe y dijo: — Yo se las compro.

Y las compró y halló la tumbaga adentro, entre las flores. Y ya se puso muy contento porque sabía que su mujer estaba viva.

Cuando volvió la viejita a su casa le dijo a la niña que el príncipe le había comprado la canasta de flores. Entonces la niña le dijo a la viejita que juntara más flores en una cesta. Y cuando las juntó, la niña puso a su recién nacido en la cesta con el nombre del príncipe.

Y se fue otra vez la viejita a vender flores y gritaba: — ¿Quién merca flores del mal de amores? ¿Quién merca flores del mal de amores?

Y otra vez bajó el príncipe y compró la canasta de flores y halló adentro al niño con su nombre en el brazo. El príncipe se puso loco de contento y dijo que ése era su hijo. Y les dijo al rey y a la reina que era ése su hijo y que se iba a buscar a su mujer.

Se fue con la viejita al lugar donde vivía con la niña. Y allí la halló, y mandó el príncipe que vinieran por ella para llevarla para el palacio. Y cuando llegaron al palacio se casaron y hubo grandes fiestas. Y el rey y la reina vieron que era su ahijada y se pusieron muy contentos de ver que su hijo se había casado con su ahijada.

*Benigna Vigil*
*Edad: 52, Santa Cruz, N.M.*

girl that the prince had bought the shirt, the girl told her to go and gather together all the wildflowers she could find and put them in a basket. Then the girl put a ring the prince had given her in there among the flowers. She told the old woman to go to the village to sell them. And she told her to call out, "Who'll buy flowers for brokenhearted lovers?"

And the old woman did that. She walked through the village calling out, "Who'll buy flowers for brokenhearted lovers? Who'll buy flowers for brokenhearted lovers?"

And the prince came down and said, "I'll buy them." He bought them and he found the ring in there among the flowers. Now he was really happy because he was sure his wife was alive.

When the old woman got home she told the girl that the prince had bought the basket of flowers. Then the girl told the old woman to gather more flowers in a basket. And when she had gathered them, the girl put her newborn baby in the basket along with the prince's name.

The old woman went again to sell flowers and called out, "Who'll buy flowers for brokenhearted lovers? Who'll buy flowers for brokenhearted lovers?"

And again the prince came down and bought the basket of flowers, and inside he found the child with his name on its arm. The prince went out of his mind with happiness and said that this must be his son. He told the king and queen that this was his child and that he was going to look for his wife.

He went with the old woman to where she lived with the girl. He found her there, and gave the orders for her to be carried to the palace. And when she got to the palace, they were married and there was a big celebration. The king and the queen learned that she was their goddaughter and they were delighted that their son had married their goddaughter.

*Benigna Vigil*
*Age: 52, Santa Cruz, NM*

## La niña mal acusada

## The Girl Who Was Falsely Accused

Eran un hombre y una mujer que no tenían familia. Prometieron una visita a Jerusalén si Dios les daba familia, y por fin la mujer tuvo dos hijos, un hijo y una hija. Los hijos fueron creciendo hasta que ya eran mayores. Y cuando ya eran mayores el hombre le dijo a su mujer que sería bueno ir a hacer la visita a Jerusalén que habían prometido. Se fueron y dejaron a sus dos hijos con el tío canónico.

Cuando llegaron a Jerusalén escribieron para preguntar cómo estaban sus hijos. Y el tío canónico contestó que la muchacha había salido mala y el muchacho muy buen hombre. La muchacha, les dijo, había salido ramera. Los padres entonces contestaron que siendo así, que la llevaron y le sacaran los ojos y le cortaran el dedito chiquito y la echaran a las fieras.

Los hombres la llevaron al monte, pero les dió lástima y la dejaron libre. No más le cortaron el dedito chiquito, y los ojos se los sacaron a un jabalí. Y este jabalí y un coyotito se quedaron allí cuidando a la muchacha. Vivía en su cuevita con ellos y la cuidaban.

Y un rey que vivía allí cerca andaba un día paseándose por el monte y se encontró con el jabalí y el coyotito. Y fue siguiéndolos hasta que

This one is about a man and a woman that had no children. They promised to make a journey to Jerusalem if God would give them children, and finally the woman had two babies, a son and a daughter. The children grew and grew, and when they were nearly grown up, the man said to his wife that it was time to make the visit to Jerusalem they had promised. They started out and left the two children in the care of a deacon of the church.

When they arrived in Jerusalem they wrote to ask how the children were doing, and the deacon replied that the girl had turned out badly but the boy was a very good man. He told them the girl had turned out to be a tramp. The parents wrote back saying that since that was the case, the girl should be taken to the mountains, her eyes should be cut out, her little finger chopped off, and she should be thrown to the wild animals.

The girl was taken to the forest, but the men felt pity for her and set her free. They only cut off her little finger. They cut the eyes from a wild boar. And this boar and a little coyote stayed there and cared for the girl. She lived in their cave with them and they watched over her.

A king who lived nearby was out walking one day in the forest and he met up with the boar and the coyote. He followed them until he came to the

llegó a la cuevita donde estaba la muchacha. El rey la vio y le dijo que saliera, y ella le dijo que no, que no podía porque estaba desnuda. El rey se quitó su capa y se la tiró para que saliera. Y salió la muchacha de la cueva y el rey se enamoró de ella y se la llevó a su palacio y se casó con ella.

Con el tiempo tuvo un chiquito la reina. Entonces el rey tuvo que irse a la guerra y cuando volvió, la reina le dijo un día: —¿Cuándo voy a ver a mis padres?

El rey la mandó con un amigo de quien tenía mucha confianza. Pero en el camino empezó el amigo a enamorarla, pero ella no consintió. El amigo entonces se volvió, y ella se puso un traje que llevaba de su marido para que creyeran que era hombre. Y se fue a la casa de sus padres. Pero no la conocían.

El amigo aquel fue y le dijo al rey que su mujer era mala y se había ido sola, y el rey se fue pronto siguiéndola para ver si era verdad. Llegó a la misma casa de los padres de su mujer y no la conoció vestida de hombre. Y allí estaba también el tío canónico. Y este tío canónico la había acusado de ramera porque él mismo la había enamorado y ella no había consentido.

Y allí donde estaban todos juntos empezaron a contar cada uno su chiste. Ella estuvo contando todo lo que había pasado con el canónico y con el amigo del rey y todo. Y cuando acabó, ya aquéllos estaban temblando de miedo. Y la mujer le preguntó al rey si conocía a su mujer cuando la veía.

—Sí —dijo el rey—. La conozco hasta hecha posole.

Y era que ya la iba conociendo. Y en ese momento le dijo ella quién era y le dijo quiénes eran los que la habían querido forzar y que la habían acusado porque ella no había querido consentir. Y el rey cuando supo todo le pidió perdón a su mujer.

El rey entonces le preguntó a su mujer qué castigo debía darles al canónico y al amigo falso.

cave where the girl lived. The king saw her and asked her to come out, but she refused. She said she couldn't come out because she was naked. The king took off his cape and threw it to her, and the girl came out of the cave and the king fell in love with her. He took her to his palace and married her.

In time the queen had a baby. And then the king had to go off to the war. When he had returned, the queen asked him one day, "When can I go to see my parents?"

The king sent her with a very trusted friend. But along the way the friend started making advances to her. She refused him, and the friend turned back. She put on one of her husband's suits she had brought with her so that people would think she was a man, and she went on to her parent's house. But they didn't recognize her.

The friend went and told the king that his wife was a bad woman and that she had gone on alone. And the king started out after her to find out if it was true. He came to the house where his wife's parents lived but he didn't recognize her dressed like a man. And the deacon was there too. This deacon had accused her of being a tramp because he had also made advances to her and she had rejected him.

When they were all there together they started telling stories, and the girl told about everything that happened with the deacon and with the king's friend. When she finished those two men were trembling with fear. And then the woman asked the king if he knew his wife when he saw her.

"Yes," the king said, "I'd know her even if she were made into posole," because he was beginning to realize who she was.

Then she told him who she was and who it was that had tried to take advantage of her and had falsely accused her because she hadn't given in. And when the king heard the whole story he begged his wife's forgiveness.

Then the king asked his wife what punishment he should give the deacon and the false friend.

Y la reina dijo, lo que él quisiera. El rey dio orden que los amarraran a las colas de caballos y los arrastraran y luego los quemaran para que no quedaran de ellos más que las cenizas. Y el rey entonces se fue con su mujer para su tierra.

*Juan Julián Archuleta*
*Edad: 55, Peñasco, N.M.*

The queen said it should be as he chose, and the king ordered them tied to a horse's tail and dragged, and then burned until there was nothing left of them but ashes. And then the king returned with his wife to his own land.

*Juan Julián Archuleta*
*Age: 55, Peñasco, N.M.*

10

## El aguilón de plata

## The Silver Chest

Éstos eran un rey y una reina, y tenían una niña. Cuando la niña tenía ya quince años la reina se enfermó y le dijo al rey: —Esposo de mi alma, yo estoy muy enferma y creo que me voy a morir. Aquí te dejo este anillo. Cuando me muera, cásate con la mujer a que le venga.

Se murió la reina y salió el rey a buscar esposa. Anduvo por todo el mundo y a nadie le venía el anillo. Cuando llegó de vuelta le dijo a su hija: —Mala suerte, hijita. A nadie le viene el anillo. —Y puso el anillo allí en la mesa.

La niña agarró el anillo y jugando con él se lo puso en un dedo. —A mí sí me viene —le dijo a su padre.

—Bueno, hijita —le dijo su padre—, pues entonces tú serás mi esposa.

—No, papá —le dijo la niña—, yo no puedo casarme con usted.

Y el padre le dijo: —Pues quieras o no quieras tienes que ser mi esposa. Me voy a casar contigo.— El rey entonces salió, diciendo que volvería dentro de poco.

La hija fue entonces a ver a un herrero y le pagó para que le hiciera un aguilón de plata y de oro con el trancón adentro. Muy pronto estaba ya hecho. Entonces les dijo a sus criados que echaran el aguilón en la mar. Y se metió ella adentro y los criados llevaron el aguilón y lo echaron en la mar.

Flotó el aguilón hasta que llegó a la otra orilla

This one is about a king and a queen who had one daughter. When the girl was fifteen years old the queen became sick and she said to the king, "My dear husband, I am very sick and I think I'm going to die. I will leave you this ring. The woman it fits is the one you should marry when I die."

The queen died and the king set out to find a new wife. He traveled all over the world, but the ring didn't fit anyone. When he got back home, he said to his daughter, "What ill luck, child. The ring fits no one." And he set the ring on the table.

The girl picked up the ring, and as she was playing with it, she put it on her finger. "It fits me," she said to her father.

"Well, then, my child," her father said, "you will be my wife."

"No, Father," the girl said. "I can't marry you."

The father replied, "Whether you want to or not, you must be my wife. I shall marry you." Then the king left, saying he would return in a short time.

The daughter went to a blacksmith and paid him to make her a big chest out of silver and gold with a strong latch inside. Soon it was ready. Then she told her servants to throw the chest into the sea. She climbed inside and the servants carried the chest to the sea and threw it in.

The chest traveled until it came to the other

de la mar. Unos pescadores que estaban pescando cerca vieron el aguilón y lo sacaron de la mar. Cuando vieron que era de oro y plata lo llevaron al palacio de un rey que vivía cerca de allí para ver si lo quería comprar.

El rey tenía un hijo enfermo de tristeza. —Sí, padre —dijo el príncipe—, cómpralo para que me acompañe. Puede que así cobre yo mi salud.

Compraron el aguilón y lo metieron en el cuarto del príncipe. Al príncipe le llevaban comida todas las noches para ver si comía de noche, y durante la noche sentía el príncipe que alguien salía a comerse la comida. Y una noche se puso a espiar para ver quién estaba en el aguilón. Vio que salió la niña y se levantó y la agarró y le dijo: —Ahora me caso contigo.

—Sí —le dijo ella—, contigo me caso.

Y la tenía en el aguilón por mucho tiempo. Le daba allí de comer y nadie sabía nada.

Por fin sanó el príncipe y tuvo que ir a la guerra. Y antes de irse le dijo a su madre, la reina: —Madre, usted tiene que llevarle comida al aguiloncito todos los días, porque come. Y se fue el príncipe a la guerra.

Y un día llegó al palacio una muchacha que le dijo a la reina: —Señora, me han dicho que ya su hijo sanó y que se fue a la guerra.

—Sí —dijo la reina—. Le trajeron un aguiloncito de oro y plata y sanó.

—Enséñemelo —dijo la muchacha.

—Mi hijo me encargó que a nadie se lo enseñara —dijo la reina.

Se fue la muchacha, pero de noche volvió en secreto. Y esta muchacha era una envidiosa que se quería casar con el príncipe. Entró en el palacio y subió al cuarto donde estaba el aguiloncito.

—Ábreme, aguiloncito de oro —dijo. Pero la muchacha no le abrió. Se fue entonces aquélla y volvió con un hacha y rompió el aguiloncito y hizo a la muchacha salir afuera. La agarró entonces de la mano y le dijo: —Oye, cocinera, yo soy la que me voy a casar con el príncipe y no tú.

side of the ocean. Some fishermen who were fishing nearby saw the chest and pulled it out of the water. When they saw that it was made of silver and gold they took it to the palace of the king to see if the king wanted to buy it.

The king had a son who was suffering from a great sadness. "Buy it to keep me company, Father," the prince said. "Maybe it will help me get well."

The king bought the chest and put it in the prince's room. Every night the prince was brought food to see if he could eat during the night, and every night the prince heard someone come out to eat the food. One night he decided to watch and find out who was inside the chest. He saw the girl come out and he jumped up and grabbed her and said, "I'm going to marry you."

"Yes," she said, "I'll marry you."

And the prince kept her there in the chest for a long time. He fed her there and no one knew anything.

Finally the prince got well and he had to go off to war. Before he left he told his mother, the queen, "Mother, you must take food to the chest every day, because it eats." And then the prince went off to the war.

One day a girl came to the palace and said to the queen, "I hear that your son has gotten well and gone off to the war."

"Yes," the queen said. "He was given a chest of gold and silver and he got well."

"Show it to me," the girl said.

"My son told me not to let anyone see it," the queen said.

The girl went away, but that night she returned secretly. She was a very spiteful girl who wanted to marry the prince, and she entered the palace and went up to the room where the chest was.

"Open up, golden chest," she said. But the princess didn't do it. Then the girl got an ax and broke the chest and made her come out. She grabbed her by the hand and told her, "Listen, kitchen maid, I'm the one who is going to marry the prince, not you."

Y la llevó para un monte, le sacó los ojos con un cuchillo y le dijo: —Aquí te quedas, cocinera. —Y amarró los ojos en la esquina de un delantal y se volvió. Cuando la reina fue a darle de comer al aguilón lo halló quebrado.

Luego un día fue un viejito por leña al monte, y a los llantos de la muchachita la halló. —¿Qué te pasa, niña? —le dijo—. ¿Qué haces en estos montes, cieguita?

—¿Qué me ha de pasar? —dijo la niña—. Que una muchacha me sacó los ojos y me dejó aquí. ¿Que no podría usted llavarme a su casa?

El viejito la llevó a su casa en su burrito. La viejita, su mujer, salió a toparlo y le dijo: —¿Qué traes ahí?

—Una muchacha muy linda —dijo el viejito. La metieron para adentro. Estaba muy cansada y muy desarreglada.

—Ven aquí para que te peine —le dijo la viejita. Y a cada peinada que le daba un doblón de oro le sacaba.

Luego fue el viejito a la plaza a mercar cosas con el dinero. Y volvió a su casa con el burro cargado de cosas. Y la muchacha le preguntó: —Abuelito, ¿qué hay de nuevo en la plaza?

—Pues no hay más de nuevo —dijo el viejito— que llegó el hijo del rey, pero se tiene todo de luto.

Y otro día por la mañana la muchacha le dijo a la viejita: —Vuelva a peinarme, abuelita.

Y otra vez le peinó y a cada peinada un doblón de oro le sacaba otra vez. Y ya se fue otra vez el abuelito a la plaza a mercar cosas. Y la muchacha le dijo: —Vea a ver qué nuevas hay en la plaza.

Y la muchacha salió afuera y se sentó en una sombrita y se puso a llorar, pidiéndole a Dios que le devolviera sus ojitos. Y oyó una voz que le dijo que no llorara, que se peinara de nuevo y que recobraría sus ojos. Cuando la muchacha oyó la voz se espantó y dijo: —¿Cómo recobraré mis ojos?

Y la voz le dijo: —Mañana cuando te peinen y salgan doblones de oro a cada peinada, dile al viejito que vaya a la plaza con dos doblones y grite, "¡Dos doblones por dos ojitos! ¡Dos

She took her to a forest and cut out her eyes with a knife and said, "Stay here, kitchen maid." And she tied the eyes in the corner of an apron and then went away. When the queen went to give food to the chest, she found it broken.

Then one day a little old man went to the forest for firewood and heard the girl's cries and found her. "What's wrong, child?" he said. "What's a blind girl doing in this forest?"

"What do you think is wrong?" she said. "A girl cut out my eyes and left me here. Could you take me home with you?"

The old man took her home on his little burro. The old woman, his wife, came out to meet him and said, "What do you have there?"

"A pretty girl," the old man said, and they took her inside. The girl was very tired and disheveled.

"Come here so that I can comb your hair," the old woman told her. And at every stroke of the comb a gold doubloon fell from her hair.

The old man went to the village to buy things with the money, and when he came home with the burro loaded with goods, the girl asked him, "Grandpa, what news is there in the village?"

"Well the only news is that the king's son has returned from the war, but he's dressed in mourning," he told her.

The next morning the girl told the old woman, "Comb my hair again, Grandma." She combed her hair again and once again at every stroke of the comb a gold doubloon fell out. The old man went to the village again to buy things. The girl told him, "See what news there is in the town."

The girl went outside and sat in the shade and started to cry, begging God to return her eyes to her. And she heard a voice that told her not to cry but to comb her hair again and she would get her eyes back. When the girl heard the voice, she was startled and said, "How will I get my eyes back?"

The voice told her, "Tomorrow when your hair is combed and gold coins come out at each stroke, tell the old man to go to the village with the coins and call out, 'Two gold coins for two little eyes! Two gold coins for two little eyes!'

13

doblones por dos ojitos!" Y verás cómo se los venden.

Pues otro día la viejita empezó a peinar a la muchacha otra vez y otra vez sacaba un doblón de oro a cada peinada. Y entonces la muchacha le dijo al viejito: —Abuelito, vaya ahora a la plaza y grite que da dos doblones por dos ojitos para ver si compra ojos.

Y el viejito dijo que estaba bueno y se fue para la plaza. Luego que llegó empezó a gritar: —¡Dos doblones por dos ojitos! ¡Dos doblones por dos ojitos! —Todos preguntaban qué era eso, pero él seguía gritando: —¡Dos doblones por dos ojitos! ¡Dos doblones por dos ojitos!

Y entonces salió la envidiosa y le dijo: —¿Dice usted que da dos doblones por dos ojitos? Yo tengo dos ojitos en un delantal nuevo. No sé si se los habrán comido los ratones. —Fue a ver y los halló, y volvió y se los enseñó al viejito.

—Está bien —dijo el viejito—. Aquí tiene usted los dos doblones. —Se fue el viejito para su casa muy contento con los ojitos.

Cuando llegó a su casa ya la muchacha había parido un niño, hijo del príncipe. Y cuando llegó el viejito le entregó los dos ojitos que había comprado. Y la muchacha les dijo que trajeran agua. Con agua mojó los ojitos y se los puso. Y quedó perfectamente linda y hermosa como antes. Y ya estaban los viejitos muy contentos con la muchacha y su niño recién nacido.

Y otro día después de peinar a la muchacha y ver que otra vez le sacaba un doblón de oro a cada peinada, el viejito dijo que iba otra vez a la plaza. Y la muchacha le dijo: —Ahora tienes que comprarme una canasta llena de flores.

Y así lo hizo. Fue a la plaza y compró una canasta y luego compró flores y la llenó. Y cuando volvió a su casa, la muchacha recibió la canasta de flores muy contenta. Entonces fue y metió a su bebito en la cesta de flores, cubrió todo con flores, y le dijo al viejito: —Ahora vaya

And you'll see how easily you can buy them back."

The next day the old woman started to comb the girl's hair again and gold coins came out at each stroke. And then the girl told the old man, "Grandpa, go to the village and call out that you'll give two gold coins for two little eyes, to see if you can buy me some eyes."

The old man said he would and he set out for the village. As soon as he arrived he started shouting, "Two gold coins for two little eyes! Two gold coins for two little eyes!" Everyone wondered what was going on, but he kept shouting, "Two gold coins for two little eyes! Two gold coins for two little eyes!"

And then the spiteful girl came out and said, "Did you say you'll give two gold coins for two little eyes? I have two eyes in an apron. I don't know if the mice have eaten them or not." She went to see and then came back and showed the eyes to the old man.

"All right," the old man said. "Here are the two gold coins." And then he went home happily with the eyes.

When he got home, the girl had given birth to a baby, the prince's son. And when the old man arrived he gave her the eyes he had bought. The girl told them to bring water and she wet the eyes with water and put them in. And she as was perfectly beautiful and lovely as before. The old folks were delighted with the girl and the new-born baby.

And the next day, after combing the girl's hair and seeing that a gold coin fell out with each stroke, the old man said he was going to the village again. And the girl told him, "Now you must buy me a basket full of flowers." He went to the village and bought a basket and enough flowers to fill it.

When he returned home the girl was very pleased with the basket of flowers. She put her little baby in the basket and covered it with flowers, and then told the old man, "Now go to

a la plaza a vender flores y grite quién quiere mercar flores de amor.

Así que se fue el viejito a la plaza con la canasta y las flores y el bebito adentro, y empezó a gritar luego que llegó: —¿Quién merca flores de amor? ¿Quién merca flores de amor? —Todo el mundo salía a ver qué vendía, pero él seguía gritando. Por fin salió el príncipe de su palacio y le preguntó: —¿Qué es lo que dice usted?

Y el viejito le contestó: —Digo quién quiere mercar flores de amor. Eso es todo lo que digo.

—A ver qué es eso —dijo el príncipe. Y cuando vio las flores vio al bebito dentro de la canasta. Y cuando sacó al niño vio que abajo había una carta. La leyó y en seguida se le quitó lo triste.

El príncipe mandó prender un coche y un tiro de caballos. La subió entonces en su coche y se la llevó con su hijo para su palacio. Y cuando llegó, mandó traer a sus peones mucha leña del campo y mandó quemar a la envidiosa. Y entonces hizo una fiesta muy grande para celebrar su casamiento con su novia. Vinieron gentes de todas partes y en las botellas ponían los bizcochos y en las jícaras el whisky.

*Flor Varos*
*Edad: 53, Taos, N.M.*

the village and sell flowers. Call out asking who wants to buy flowers of love."

So the old man went to the village with the basket of flowers and the little baby inside and started calling out as soon as he got there, "Who'll buy flowers of love? Who'll buy flowers of love?" Everyone came out to see what he was selling, but he just kept shouting.

Finally the prince came out of his palace and asked him, "What are you saying?"

And the old man answered, "I'm saying, 'Who wants to buy flowers of love?' That's all I'm saying."

"Let's see what they are," the prince said. And when he looked at the flowers, he saw the little baby inside the basket. And when he lifted the child out, he saw that underneath it there was a letter. He read it and right away his sadness left him.

The prince ordered a team of horses hitched to a coach. And he ordered the old man to go ahead on his little burro while he followed behind in his coach. He got to the old people's house and found his bride there, as lovely and beautiful as always. He asked her what had happened and she told him everything.

Then he lifted her into his coach and took her and the child to his palace. When he arrived, he ordered his servants to bring firewood from the countryside and burn the spiteful girl. And then he gave a big party to celebrate his marriage with his true love. People came from all over, and there were cookies in the bottles and whiskey in the baskets.

*Flor Varos*
*Age: 53, Taos, N.M.*

*Las dos Marías*                    *The Two Marias*

Había una vez una viuda que tenía una hija que se llamaba María. Y tenían de vecino un hombre viudo que también tenía una hija que se llamaba María. Y cuando este viudo iba a pasearse a la casa de la viuda ella le trataba muy bien y le daba sopitas de miel.

Un día la hija le preguntó a su padre por qué no se casaba con la viuda que le daba sopitas de miel. Y el padre le dijo: —Hija, primero son sopitas de miel, y luego serán sopitas de hiel. —Pero estuvo insistiendo la hija hasta que el padre consintió y se casó con la viuda.

Y cuando ya habían vivido juntos algún tiempo el marido se fue a trabajar con una manada de ovejas. Y de allí le envió a su hija María un borreguito y otro para María la hija de su mujer. Y no sabía que la madrastra y la hermanastra eran muy malas con su hija.

Y cuando mataron el borreguito de María la hija del hombre, la envió la madrastra a lavarlo al río. Y cuando estaba limpiando las tripitas, pasó un pescadito nadando y se las llevó. Y allí se quedó la pobre llorando. Se fue al fin y llegó a una casa donde vivía María Santísima y vio que el Niño Dios estaba llorando. Y lo hizo dormir y se puso a alzar toda la casa.

Y llegó María Santísima y vio que la muchachita le había alzado la casa. Y le dijo a la niña:

There was once a widow who had a daughter named Maria. Her neighbor was a widower who also had a daughter named Maria. And whenever the man walked past the widow's house she treated him very well and gave him bread pudding with honey.

One day the man's daughter asked her father why he didn't marry the widow who gave him bread pudding with honey. And the father told her, "Daughter, first it's pudding with honey, and then it's pudding with gall." But she kept insisting until the father gave in and married the widow.

When they had been living together for a while the husband went off to work with a herd of sheep. And from there he sent a young lamb for his daughter Maria and another lamb for Maria the daughter of his wife. He didn't know that the stepmother and the stepsister were very mean to his daughter.

When they killed the sheep belonging to the daughter Maria, the stepmother sent her to wash it in the river. And when she was cleaning the intestines, a fish came swimming by and took them from her. And the poor girl started to cry.

Finally she walked on and came to a house where the Virgin Mary lived, and she saw that the Baby Jesus was crying. She got him to go to sleep and started to straighten up the house.

The Virgin Mary came and saw that the girl had cleaned up the house, and she told her,

—Mira para arriba, buena niña. —Volteó la muchacha para arriba y le puso María Santísima una estrella en la frente. Y de allí se fue para su casa.

Llegó cuando la madrastra le había dicho a la otra María que se asomara a ver si venía. Se asomó y la vio con la estrella en la frente y fue y se lo dijo a su madre. Y la madre le dijo: —Déjala, esa sucia. Se habrá puesto una hojalata en la frente.

Llegó y la madrastra le preguntó por qué había tardado tanto. Y le dijo María que porque un pescadito le había quitado las tripitas del borreguito. Y entonces la madrastra la agarró y quería cortarle la estrella que traía en la frente. Pero no pudo cortársela y se enojó mucho.

Entonces envió a su hija María a lavar el borreguito de ella. Y llegó el mismo pescadito y se llevó las tripitas. Pasó la muchacha el tiempo echándole reniegos al pescadito. Luego se fue caminando hasta que llegó a la casa de María Santísima. Y llegó cuando estaba llorando el Niño Dios, y le pegó porque lloraba y tiró toda la casa y se fue. Se encontró con María Santísima y le dijo: —¿Que usted se sale a pasear y deja a su hijo solo?

Y entonces le dijo María Santísima: —Mira para arriba. —Y miró para arriba y le salieron dos cuernos en la frente.

Y se fue muy enojada para su casa. Cuando llegó le contó a su madre todo lo que le había pasado y la madre se enojó mucho y sacó un cuchillo y le cortó los cuernos. Y entonces le salieron más largos los cuernos.

Y de enojada que estaba, despachó a María, la hijastra, a que trajera leña. Y allí donde andaba buscando leña el hijo del rey la vio con la estrella en la frente y se enamoró de ella. Y le preguntó si se quería casar con él, y dijo ella que sí. Y fue María y le preguntó a su madrastra si la dejaría casarse con el príncipe. Y la madrastra le dijo que sí, pero que hasta que no le tuviera lista una mesa con toda clase de comidas.

"Look up, good girl." When the girl looked upward, the Virgin Mary placed a star on her forehead. And then the girl went home.

She got there just when the stepmother had told the other Maria to look out the window to see if she was coming. The stepsister looked outside and saw her with the star on her forehead and she told her mother about it. The mother said, "Don't pay any attention to that slob. She must have put a piece of tin on her forehead."

Maria went inside and the stepmother asked her why she had taken so long. Maria told her it was because a fish had taken her sheep's intestines. The stepmother grabbed her and tried to cut off the star she had on her forehead, but she couldn't do it, and she was furious.

And then the woman sent her own daughter Maria to wash her sheep. The same fish came and took the intestines, and the girl started cursing at it. Then she walked on until she came to the Virgin Mary's house. She got there when the Baby Jesus was crying, and she spanked him and messed up the whole house and then left. She met up with the Virgin Mary and said to her, "You shouldn't go out walking and leave your child alone."

And then the Virgin Mary said to her, "Look up." And when she looked up, two horns sprouted on her forehead.

The girl went home angrily. When she got there, she told her mother everything that had happened and the mother was furious and took out a knife and cut the horns off. But then the horns grew back even bigger.

And because the stepmother was so mad, she sent Maria the stepdaughter to bring firewood. And as she was gathering firewood the king's son saw her with the star on her forehead and he fell in love with her. He asked her if she wanted to marry him, and she said she did. Maria asked her stepmother if she could marry the prince, and the stepmother said yes, but not until she had prepared a table with every kind of food.

Se puso a llorar María en la puerta de su casa, cuando ya vio venir a una mujer que le preguntó por qué lloraba. Y le dijo ella que lloraba porque su madrastra le había dicho que tenía que tenerle lista una mesa con toda clase de comidas para cuando volviera de paseo.

—No te apures —le dijo la mujer. Y ya toda la mesa estaba lista. Y la muchacha malició que aquella mujer era la que le había puesto la estrella en la frente.

Cuando llegó la madrastra y vio la mesa lista le preguntó lo que había pasado. María le dijo todo y la madrastra se enojó más con ella y le dijo que no la dejaría casarse con el príncipe hasta que no le llenara doce colchones con plumas de pajaritos.

Y se fue María llorando por una lomita. Y estaba llorando bajo un pinito cuando llegó un pájaro con un pito en la boca y le dijo que chiflara aquel pito y vendrían todos los pajaritos del mundo a quedarse sin plumas para ayudarle.

Se voló el pájaro y pronto María chifló el pito y vinieron todos los pajaritos del mundo y le llenaron doce colchones de sus plumitas. Y la muchacha se fue entonces muy contenta con los doce colchones de plumas de pajaritos. Llegó y se los dio a su madrastra. Pero la madrastra se enojó más todavía y le dijo que no la dejaría casarse con el príncipe hasta que no le trajera diez botellas llenas de lágrimas de pajaritos.

Y María se puso muy triste y se fue para la sierra sin saber qué hacer. Y ya llegó el mismo pájaro y le dio el pito y le dijo: —Chifla el pito y llegarán otra vez los pajaritos y esta vez te llenarán diez botellas de lágrimas.

Y chifló el pito y llegaron los pajaritos y empezaron a llorar y a echar las lágrimas en las diez botellas. Luego que las llenaron de lágrimas se fueron volando, y María se fue a llevarle las botellas de lágrimas a su madrastra. Pero la mala madrastra se enojó mucho más y le dijo a María que no se casaría con el príncipe. Y empezó a maltratarla mucho, hasta que un día la encerró en un soterrano muy oscuro.

Maria was crying in the doorway of her house when she saw a woman coming. The woman asked her why she was crying, and she told her it was because her stepmother had said she had to have a table ready with every kind of food by the time she got back from her walk.

"Don't worry," the woman told her. And the table was ready. The girl suspected that woman was the one who had placed the star on her forehead.

When the stepmother got there and saw the table all ready, she asked her what had happened. Maria told her everything and the stepmother got even madder and told her she wouldn't let her marry the prince until she filled twelve mattresses with little birds' feathers.

Maria went off to the hilltop crying. She was crying there under a pine tree when a bird came with a whistle in its beak and told her that if she blew the whistle all the little birds in the world would come and give up their feathers to help her.

The bird flew away and Maria blew the whistle, and all the little birds in the world came and filled twelve mattresses with their feathers. The girl went away happily with the twelve mattresses of little birds' feathers. She got home and gave them to her stepmother. But the stepmother got even more angry and told her she wouldn't let her marry the prince until she brought ten bottles full of little birds' tears.

Maria set off sadly for the mountains not knowing what to do, and the same bird came and gave her the whistle and said, "Blow the whistle and the birds will come again and fill ten bottles with their tears."

She blew the whistle and the birds came and started to cry and drop their tears into the ten bottles. As soon as they filled the bottles they flew away, and Maria went off to take the bottles of tears to her stepmother. But the evil stepmother got madder than ever and told Maria she couldn't marry the prince. She started abusing Maria, and one day she even locked her in a dark cellar.

Pero en la casa tenían un gato que María siempre trataba muy bien y que la otra María trataba muy mal. Y un día el príncipe fue a la casa a preguntar por la María que tenía la estrella en la frente para casarse con ella. Y la mala madrastra le dijo que no estaba en la casa, que se había ido con su papá. Pero entonces salió el gato y dijo que María estaba encerrada en el soterrano. Pronto mandó el príncipe que la sacaran. Y la mala madrastra la sacó y se la llevó el príncipe para su palacio y se casó con ella. Y vivieron felices muchos años.

*Benigna Vigil*
*Edad: 52, Santa Cruz, N.M.*

But in the house they had a cat, and Maria had always treated it kindly. The other Maria been cruel to it. One day the prince went to the house to ask for the Maria with the star on her forehead so he could marry her, and the evil stepmother told him that she had gone away with her father and wasn't home. But then the cat came out and said that Maria was locked in the cellar. Right away the prince ordered them to let her out. The evil stepmother set her free and the prince took her to his palace and married her. And they lived happily for many years.

*Benigna Vigil*
*Age: 52, Santa Cruz, N.M.*

## La casa de los gigantes

## The Giants' House

Ésta era una viejita que tenía una nietecita, y vivían en la orilla de una plaza de gigantes. En esta plaza de gigantes había un rey que tenía un hijo que ya estaba en edad para casarse.

El rey fue a la casa del padre a pedirle consejo y le dijo: —Señor Padre, a ver qué consejo me da para casar al príncipe. De todas las muchachas que hay aquí no le cuadra ninguna. —El padre le dijo que convidara a mucha gente de todas partes para que el príncipe escogiera su novia.

Los convidó tres días seguidos para ir a misa a la iglesia, y pusieron cuatro loros en la puerta de la iglesia. El primer día vino el gentío y entraba y salía gente, y allí estaba el príncipe buscando novia. Cuando ya entró la última gente, entró la viejita con su nietecita, y pronto los loros empezaron a cantar: —¡Ésta sí! ¡Ésta sí!

Entonces el príncipe mandó que trajeran al altar a la viejita con su nietecita, y dijo cuando la vio que ésa sí le cuadraba. Se salió entonces la gente y la viejita y su nietecita se quedaron allí hasta el último.

Entonces vinieron muchos gigantes a la novedad, y cuando la viejita y su nietecita se fueron para su casa los gigantes salían a hacerle burla y le decían: —¡Tú tan fea y pobre! ¡Tú tan fea y pobre! —Y le dijeron que para que se

This one is about an old woman who had a young granddaughter. They lived at the edge of a town of giants, and in the town of giants there was a king whose son was of an age to get married.

The king went to the priest's house to ask for advice. "Father," he said to him, "what advice can you give me about getting my son married? He doesn't like any of the girls around here." The priest told him to invite people from all over so that the prince could choose a bride.

The king invited everyone to come to Mass three days in a row and he placed four parrots in the doorway of the church. On the first day a crowd gathered. People kept coming and going, and the prince was there looking for a bride. As the last people were arriving, the old woman and her granddaughter entered the church and the parrots started singing, "This is the one! This is the one!"

The prince ordered the old woman and her granddaughter to be brought to the altar, and when he saw the girl, he said this really was the one that suited him. All the other people left and the old woman and her granddaughter stayed until the Mass was ended.

And then the giants came to see what was going on, and when the old woman and her granddaughter set out for home the giants started making fun of them. "Such a poor and ugly girl!" they said. "Such a poor and ugly girl!" And they

hiciera más bonita le iban a dar cal para que se lavara la cabeza, y su cabello le daría a las corvas.

Y la niña le dijo a una de las gigantas: —Lávate tú primero. —Hirvieron la cal y la niña no quería lavarse primero. Entonces la niña fue y le dijo a la hija de la giganta: —Lávate tú primero porque el príncipe me dijo que a ti era la que quería. —Y fue la hija de la giganta y se lavó y se le cayó todo el pelo. La niña los corrió a los gigantes y se fueron.

Por donde los corrió, la abuela se puso a llorar y le dijo a su nietecita: —¡Quién sabe qué perjuicio nos harán los gigantes! Ellos siempre nos persiguen porque nos tienen envidia.

Por la noche vinieron llegando dos gigantes hombres a la puerta y gritaban: —¡Ju, ju, ju! ¡A carne humana me huele! ¡Ju, ju, ju! ¡A carne humana me huele!

Abrió la abuelita la puerta y entraron y le dijeron que se la iban a comer. Y le dijeron: —Anda, tira la novia a los montes.

La viejita les tuvo miedo y les dijo que bueno, pero que la dejaran ir a decir adiós a sus parientes. Fue a verlos y mandaron a una tía para que fuera con la niña a los montes. Y los parientes les dieron un costalito de ciruelas.

Un gigante vino a llevarlas a los montes. El gigante las llevó al bosque, y la niña iba tirando las ciruelas y haciendo un caminito. El gigante las dejó en el bosque, pero otro día, siguiendo el caminito de las ciruelas se vinieron a casa. Pero lo supieron los gigantes y las llevaron otra vez al monte. Y esta vez habían llevado un costalito de trigo y habían hecho un caminito. Y así volvieron otro día. Pero cuando los gigantes lo supieron se enojaron mucho y fue uno a llevarlas otra vez al monte y no les dejó tiempo para ir a ver a sus parientes.

Y allí donde estaban ahora en el monte les salió otro gigante y gritó: —¡Ju, ju, ju! ¡A carne humana huele!

Y las niñas decían: —¡Mi tatita! ¡Mi tatita!

Y él les decía: —¡Mis hijitas! ¡Mis hijitas!

told the girl she'd be more beautiful if she washed her hair with lye, because that would make it straight and long enough to reach her calves.

The girl told the giants, "You wash your hair first." They boiled the lye but the girl wouldn't wash first. She told a giant girl, "Wash your hair first, because the prince told me you're really the one he loves." And the giant's daughter washed her hair and it all fell out. Then the girl chased the giants away.

Because the girl had chased the giants away, the grandmother started to cry and said to her granddaughter, "Who knows what harm the giants may do to us! They're always tormenting us because they're jealous of us."

That night two giant men came to the door and hollered, "Hey, hey, hey! It smells like human flesh to me. Hey, hey, hey! It smells like human flesh to me!"

The old woman opened the door and the giants came in and threatened to eat her. Then they told her to send the girl away into the forest.

The old woman was afraid of them and said she would do it, but she said they had to let the girl go say goodbye to her relatives. The girl went to see her relatives and they sent an aunt to go with her into the forest. They also gave her a sack of plums.

A giant came to take them to the forest, and the girl threw down plums as she walked along and made a little path. The giant left them in the forest, but the next day they returned home by following the trail of plums. But the giants found out about it and took them to the forest again. This time the girls brought along a sack of wheat and made a trail with it. They returned home the next day. When the giants learned about it, they were angry, and one of them went again to take the girls to the forest, and he didn't give them time to go visit their relatives.

Out there in the forest another giant came along hollering, "Hey, hey, hey! It smells like human flesh to me!"

The girls said, "Daddy! Daddy!"

He answered, "My little girls! My little girls!"

—Y se las llevó a su casa donde tenía un horno de fierro para quemar gente. Salió entonces la giganta y les dijo que allí iban a vivir con ellos. Y allí estuvieron un año entero y veían que el gigante comía gente. Los traía y los quemaba y luego se los comía.

Un día la muchacha vio venir a la giganta muy espantada. —Prende la lumbre en el horno —le dijo la giganta—, porque ya viene el gigante. —Hizo la lumbre la muchacha y la giganta le dijo: —Échale más leña.

Y llegó el gigante con un hombre y lo empezó a echar en la lumbre. Y cuando estaban peleando ellos, empujó la muchacha al gigante y lo quemó. Y cuando ya lo quemó se metió para adentro y la giganta no vio nada.

Y la giganta decía: —¿Por qué no vendrá tata?

Y la tía le decía a la muchacha: —¡A que tú lo quemaste a tatita!

—Cállate. No digas nada —le dijo la muchacha.

Y entonces la giganta madrugó y dijo que iba a buscar a su marido, y las dejó solas. Y a cosa de las doce vino sin hallarlo y se acostó muy triste. Y otro día se levantó muy temprano y se fue para el monte. Cuando volvió les dijo a las muchachas: —Prendan la lumbre. —Prendieron la lumbre y cuando la giganta vino a ver si estaba todo bien la novia la empujó y la quemó.

Estuvieron todavía tres días más allí, y la tía le decía a la muchacha: —¡Qué bárbara! ¡Quizás tú la quemaste! —Era que la tía no sabía que la novia había matado a los dos gigantes.

A los quince días dijo la tía: —Ahora voy yo a buscarlos. —Y la novia se quedó sola. Cuando vio que su tía no volvía se fue a buscarla y la halló muerta.

El rey llamó entonces al sacristán y le dijo: —Anda a rastrear a esa mujer porque el príncipe está muy triste. —Pero no pudo seguir el sacristán porque dondequiera que iba se abría y se

And he took them to his house where he had an iron oven to roast people. The giant's wife said the girls could live there with them, and they stayed there for a whole year. They learned that the giant ate people. He would bring them there and roast them and then eat them.

One day the girls saw the giant's wife coming home all excited. "Light the fire in the oven," the giant woman said. "The giant is coming." The girl lit the fire, and the giant woman kept telling her, "Throw on more wood."

The giant brought a man with him and tried to throw him into the fire, and while they were struggling, the girl shoved the giant into the fire and burned him up. Then she went into the house and the giant's wife didn't see anything.

The giant's wife kept saying, "I wonder why Daddy hasn't come."

And the girl's aunt said, "I'll bet you burned Daddy up!"

"Be quiet. Don't say anything," the girl told her.

The giant's wife got up early the next day and said she was going to look for her husband, and she left them alone. Around twelve o'clock she came home without finding him and went to bed sadly. The next day she got up early again and went off to the forest. When she returned she told the girls, "Light the fire." They lit the fire, and when the giant's wife came to see if everything had been done right, the girl gave her a shove and burned her up too.

They spent three more days there, and the aunt kept saying to the girl, "How awful! You must have burned her up," because the aunt didn't know the girl had killed the two giants.

After two weeks had passed the aunt said, "I'm going to go looking for them." And the girl stayed there alone. When her aunt didn't come back, she went looking for her and found her dead.

Then the king called for the sacristan and said to him, "Go track that woman down because the prince is very sad." But the sacristan couldn't get

cerraba el camino. Luego al fin el príncipe dio otra fiesta.

La novia estaba muy triste todavía en la casa de los gigantes sola cuando se le apareció una viejita y le dijo que no estuviera tan triste, que ella le iba a dar una varita de virtud. Y le dijo que esta varita de virtud le daría todo lo que quisiera. Se fue la viejita y la novia le pidió a su varita de virtud un coche y un vestido colorado muy bonito.

Fue en su coche a la misa donde su novio el príncipe estaba dando las fiestas. La vieron, pero no la conocían. Sólo el príncipe maliciaba que era su novia. Y cuando se acabó la misa la iba a seguir el sacristán, pero se escapó y no la pudieron alcanzar.

Otro domingo sucedió lo mismo. Vino en su coche muy bien vestida con un vestido azul de estrellas, y cuando se acabó la misa se fue y no la pudieron alcanzar. El príncipe pagó para que fueran a buscarla al monte, pero no la podían hallar. Dijo entonces el príncipe que fueran a traer trementina en una carreta y que la pusieran en el piso de la iglesia.

Vino otra vez el domingo la novia en su coche y esta vez vestida de negro. Entró en la iglesia y fue y se hincó y se le pegó el pie en la trementina, y cuando se iba, se le quedó pegada allí una chinela. Hallaron la chinela allí pegada, pero la novia se escapó otra vez.

Los gigantes tenían una canoba donde se bañaban y luego la volteaban boca abajo, y fue la novia y se acostó boca abajo debajo de la canoba a ver a las gentes del príncipe que llegaban. Había en la casa de los gigantes tres gatos y llegaron los tres gatos mirando. Cuando las gentes del príncipe andaban buscando a la novia que se había escapado de la iglesia los tres gatos se subieron arriba de la canoba donde estaba escondida la novia y empezaron a decir: —¡Tan, tan, tan! ¡Debajo de la presa está! ¡Tan, tan, tan! ¡Debajo de la presa está!

—¡Hola! —dijo el príncipe, y fueron a buscarla debajo de la canoba y allí la hallaron.

anywhere because wherever he went the road would open and close in front of him. And then finally the prince gave another celebration.

The girl was still living there sadly in the giant's house when an old woman appeared to her and told her not to be sad and gave her a magic wand. She told her the magic wand would give her whatever she wanted. The old woman went away and the girl asked her magic wand for a carriage and a pretty red dress.

In her carriage she went to the church where the prince was giving his celebration. Everyone saw her, but they didn't recognize her. Only the prince suspected that she was his sweetheart. When the Mass was over, the sacristan tried to follow her, but she fled and he couldn't catch up with her.

The next Sunday the same thing happened. She came in her carriage wearing a blue dress with stars all over it, and when the Mass was over she got away and no one could catch up to her. The prince paid people to search for her in the forest, but they couldn't find her. Then the prince told them to bring a cartload of pine tar and put it all over the floor of the church.

The next Sunday the girl came again in her carriage, and this time she was dressed in black. She entered the church and went and knelt down and her foot stuck to the pine tar. When she left, one of her slippers stayed stuck to the floor. They found the slipper there, but the girl had escaped again.

The giants had a trough they would bathe in and then turn upside down, and the girl lay face down under the trough to watch for the prince's people. There were three cats in the giants' house and they started looking around the trough. When the prince's people came searching for the girl who had run away from the church, the cats climbed up on top of the trough and started saying, "Tan, tan, tan. She's underneath the trough. Tan, tan, tan. She's underneath the trough."

"Aha!" the prince said, and they looked under the trough and found her there.

—¿Qué es esto? —preguntó el príncipe.

Y la muchacha le dijo: —Es una maña que tengo. Ahí me meto cuando me quieren hacer mal.

El príncipe pronto se enamoró de ella sin saber que era su novia. Ahí mismo le pidió la mano y ella le dijo que sí. Y le pidió a su varita de virtud que le pusiera una mesa con comidas y licores y todo, y se comprometieron.

Luego le contaron a la muchacha lo que había sucedido en la iglesia y le midieron la chinela y vieron que ella era la que había ido a la iglesia. Entonces ella dijo la verdad, pero el príncipe todavía no sabía que era su novia. Entonces les dijo quién era, que era la que habían dicho los loros. Se fueron todos para la casa del príncipe, y se casó con el príncipe y ya los gigantes no la volvieron a molestar.

*Ramona Martínez de Mondragón*
*Edad: 60, Santa Cruz, N.M.*

"What's this all about?" the prince asked.

And the girl told him, "It's just a trick I use. I get in there when someone wants to harm me."

The prince fell in love with her right away, without knowing she was his fiancée. Then and there he asked her to marry him and she said she would. And then she asked her magic wand to prepare a table with food and drink and everything, and they pledged themselves to one another.

Then they tried the slipper on the girl and saw that she was the one who had gone to the church. Then she told the truth, but the prince still didn't know she was his fiancée. Finally she told him that she was the one the parrots had chosen. Everyone set out for the prince's house and she married the prince and the giants never bothered her again.

*Ramona Martínez de Mondragón*
*Age: 60, Santa Cruz, N.M.*

Éstos eran un hombre y una mujer que vivían en la sierra y tenían dos niños, un niño y una niña. Y enviudó el padre y se volvió a casar. Entonces la madrastra ya no quería a los niños y quería matarlos.

Y una noche dijo la madrastra: —Vamos a llevarlos a la sierra para que se pierdan. —Y cuando el muchachito oyó esto salió afuera y recogió muchas piedritas blancas y se las echó en la bolsa.

Otro día se llevaron a los niños para la sierra para que se perdieran, pero el muchachito iba haciendo un caminito con las piedritas blancas. Y allí los dejaron en la sierra solos. Y la muchachita empezó a llorar mucho y el hermanito le decía que no llorara. Y por la noche le dijo el hermanito a su hermanita: —Vente por este caminito de piedritas. —Y por allí fueron hasta que llegaron a la casa. Y el papá estaba contento, pero la madrastra no. Ella quería volver a llevarlos a la sierra.

Por fin los llevaron otra vez, y esta vez la madrastra no los dejó salir a buscar piedritas. Y para que comieran en el camino les dieron dos rebanadas de pan, una a cada uno. Y el muchachito le dijo a la hermanita que no se la comiera. Y cuando iba en el camino, el muchachito iba desparramando pan, y así hizo otra veredita.

Y luego que los llevaron dentro de la sierra los dejaron solos. Y a la medianoche los niños se

This one is about a man and a woman who lived in the mountains and had two children, a little boy and a little girl. The man lost his wife and then married again, and it wasn't long before the stepmother stopped loving the children and wanted to kill them. One night the stepmother said to the man, "Let's take the children to the mountains and leave them there." When the little boy heard that, he went outside and picked up a lot of white pebbles and put them in his pocket.

The next day they took the children to the mountains so they would get lost, but the little boy made a trail with the white pebbles as he walked along. They left the children alone in the mountains and the little girl started weeping, but the little brother told her not to cry. That night the brother told his little sister, "Come on along this trail of pebbles." And they followed it back home. The father was happy to see them, but the stepmother wasn't. She wanted to take them to the mountains again.

Finally they took them again, and this time the stepmother didn't let them go outside to look for pebbles. She gave each one of them a slice of bread to eat on the way, but the little boy told his sister not to eat the bread. And as they went along the boy scattered bread and made a little trail that way.

As soon as they were deep in the mountains the parents left the children there alone. In the

levantaron y se fueron a buscar la veredita para irse a su casa. Pero los pájaros ya se habían comido el pan, y en lugar de hallar su casa se metieron más adentro en la sierra.

Y andando, andando, llegaron a una casa donde vivía una vieja que tenía mucho de comer. Y esta vieja les dio posada. Pero esta vieja era una bruja y quería matar a la niña. Y una noche la mandó a echar lumbre para calentar agua en una olla grande. Y cuando ya el agua estaba hirviendo la vieja le dijo a la niña que metiera la pata para ver si estaba caliente. La vieja bruja quería empujarla en el agua hirviente, pero las niña le dijo: —No sé cómo. Enséñame tú primero. —Y cuando la vieja le iba a enseñar cómo, la niña le dio un arrempujón y cayó en el agua y se murió.

Entonces los niños agarraron todo lo que tenía la vieja y hicieron fuerza de irse otra vez para su casa. Y llegaron a un río y el hermanito tuvo que pasar a su hermanita a hombros para el otro lado. Hallaron un horno con prendas de oro. Y de allí se fueron rumbo a su casa. Y cuando llegaron ya la madrastra estaba muerta. Y el papá y sus hijos vivieron felices.

*Marcelino Baca*
*Едад: 40, Peña Blanca, N.M.*

26

middle of the night the children got up and went looking for the trail to go home, but the birds had eaten the bread, and instead of finding their way home, they went even deeper into the mountains.

They walked on and on and they came to the house of an old woman who had plenty of food to eat, and the old woman gave them shelter. But the old woman was a witch and wanted to kill the girl.

One night the old woman sent the girl to build a fire to heat up a big pot full of water. When the water was boiling, the old woman told the girl to put in her foot to test it. The old witch wanted to push the girl into the boiling water, but the girl said, "I don't know how. You show me first." And when the old woman was showing her how to do it, the girl gave her a shove and she fell into the water and died.

Then the children gathered up everything the old woman had and once again tried to find the way home. They came to a river and the brother had to carry his little sister across to the other shore on his shoulders. They found an oven full of golden treasures and from there they headed for home. When they got home they found that the stepmother had died, and the father and his children lived together happily.

*Marcelino Baca*
*Age: 40, Peña Blanca, N.M.*

## El pájaro que contaba verdades

## The Bird That Spoke the Truth

Éstos eran un hombre y una mujer que tenían tres hijos preciosos. Dos eran varones y tenían el cabello de oro. Y la menor era mujercita y tenía una estrella en la frente. Y cerca de donde vivían vivía una vieja bruja que les tenía mucha envidia.

Un día fue la bruja a la casa de la madre y anduvo viendo toda la casa. Y entró en un cuarto muy chiquito donde estaban los tres niños y se los robó. Y fue y los tiró en un cañón para que se murieran. Y cuando el marido de la mujer vino a su casa y supo que se habían robado a los niños se enojó mucho con su mujer y la emparedó. Y allí se quedó emparedada la madre de los niños.

Pero andaba una abuelita paseándose por el cañón y oyó llorar a los niños y los halló. Los llevó para su casa y les dio de comer. Y allí estuvo la abuelita viviendo con ellos muy contenta. Pero cuando ya estaba enferma y creyó que se iba a morir, llamó a los niños y les dijo: —Aquí les voy a dejar estas tres cuentas que representan a ustedes. Y cuando una de las cuentas se pare es que uno de ustedes está muerto. —Y se murió la abuelita y quedaron solos.

Luego llegó la vieja bruja a la casa donde vivían los tres hermanitos y les dijo que allá en la sierra había un pájaro con plumas verdes, una botella con agua bendita, y un pito. El hermanito

This one is about a man and a woman who had three beautiful children. Two were boys with golden hair. The youngest was a girl and she had a star on her forehead. And not far from where they lived there was an old witch who was very envious of them.

One day the witch came to the house and started looking around. She went into a little room where the three children were and carried them away to a canyon and threw them in and left them there to die. When the father came home and found out that the children had been kidnaped, he was very angry with his wife and sealed her up in a room, and there the children's mother stayed locked away.

But an old woman was walking past the canyon and heard the children crying and found them. She took them home and fed them. The old woman lived very happily with the children, but when she became sick and thought she was going to die, she called the children to her and told them, "I'm going to give you these three beads which will represent you three children. When one of the beads stands still, it will mean that one of you is dead." And the old woman died and left them alone.

One day the same witch came to the house where the three children lived and told them about a bird with green feathers far off in the mountains, and also a bottle of holy water and a

mayor les dijo entonces a su hermanito y su hermanita que él se iba a buscar el pájaro con plumas verdes, la botella de agua bendita, y el pito. Y cuando se fue, los hermanitos se quedaron muy tristes.

Llegó a la sierra donde vivían dos brujos, un viejo y una vieja. Llegó el muchachito y les dio las buenas tardes. El viejo le preguntó para dónde iba, y el muchachito le dijo que para arriba de la sierra. El viejo brujo le dijo entonces que tenía que llevar una bola rodando y algodón en los oídos.

Y se fue el muchachito con la bola rodando. Y le dio muy recio y ya empezó a oír que le hablaban mucho. Y entonces volteó para atrás y se volvió piedra.

Y entonces la hermanita vio las cuentas y una estaba parada. Y como sabía que quería decir que su hermanito mayor estaba muerto despachó a su hermanito menor para que fuera a ver qué pasaba.

Y se fue y llegó a donde estaban los viejos brujos. Y les dio las buenas tardes y el viejo brujo le preguntó adónde iba. Contestó, como el otro, que a la sierra. Y el brujo le dijo que tenía que llevar una bola rodando y algodón en los oídos como le había dicho al otro. Conque se fue también con la bola rodando. Y le empezó a dar muy recio y la bola se fue rodando muy lejos. Y empezó a oír que le hablaban y volteó la cara y se volvió piedra como su hermanito mayor.

La hermanita fue a ver las cuentas y vio que dos estaban paradas. La hermanita se puso muy triste, pero se alistó para ir a buscar a sus hermanitos. Y tenía una maquinita para hacer el pelo. Y se fue y anduvo mucho hasta que llegó a un pinito. Allí se paró a descansar y halló las cosas con que hacer la barba.

Y llegó a donde vivían los viejos brujos. Les dio las buenas tardes y le preguntó al viejo que si quería que le hiciera la barba y el pelo. Y dijo que sí, y le hizo la barba y el pelo. Le dio las gracias y le dijo: —Ahora, si tú quieres ir a buscar el pájaro con plumas verdes, tienes que llevar rodando una

whistle. The older boy told his brother and sister that he was going to look for the bird with green feathers and the bottle of holy water and the whistle. He went away, and his brother and sister were very sad.

In the mountains he came to the house of two witches, an old man and an old woman. The boy went there and greeted them. The old man asked him where he was going, and the boy told him he was going up into the mountains. The old man told him he had to roll a ball along in front of him and that he should put cotton in his ears.

The boy started out rolling the ball ahead of him. He hit the ball hard, and heard someone talking to him. He looked around and was turned to stone.

Just then, the sister looked at the beads and one was standing still. Since she knew that meant her older brother was dead, she sent her younger brother to find out what was going on.

He set out and he came to where the old witches lived. He greeted them and the old man witch asked him where he was going. He answered the same as the other, that he was going to the mountains. The old man told him he had to roll a ball along and put cotton in his ears, just as he had told the older brother. So this one set out, rolling the ball along. He started hitting the ball hard and it rolled far ahead. Then he heard someone speak to him and looked around and was turned to stone just like his older brother.

The sister went to look at the beads and saw that two were standing still. The sister was very sad, but she got herself ready to go search for her brothers. And she took along a little machine for cutting hair. She set out and traveled a long way and then came to a little pine tree. She stopped there to rest and found the things she needed to trim a beard.

She got to where the old witches lived and greeted them and asked the old man if he wanted her to trim his hair and beard. He said yes, and she cut his hair and beard for him, and he thanked her and said, "Now, if you want to go and find the bird with green feathers, you have to

bola y ponerte algodón en los oídos. Y no vayas a voltear cuando oigas que te hablan porque te volverás piedra. Arriba de la sierra vas a hallar la botella de agua bendita. Y sacude la botella bien para que caiga el agua en toda la ladera, y así todas las piedras se volverán gente, y luego puedes agarrar el pito y el pájaro.

Se fue la muchachita rodando la bola hasta que ya iba muy arriba de la sierra. Y oía que le hablaban mucho, pero no volteaba para atrás. Y llegó arriba de la sierra y halló la botella de agua bendita y la agarró. Y bajó desparramando agua por toda la ladera y todas las piedras se volvieron gente. Y pescó al pájaro con plumas verdes y agarró el pito.

Vio que sus dos hermanitos habían bajado la ladera. Y se fueron los tres para su casa. Y cuando la muchachita vio las tres cuentas que les había dado la abuelita, las tres estaban caminando.

Y allí quedaron viviendo mucho tiempo, hasta que un día llegó su padre sin saber que eran sus hijos. Los tres traían gorritas puestas y no se veían los cabellos de oro de los hermanitos ni la estrella en la frente de la hermanita. Y cuando el padre llegó, pidió posada por la noche. Y la hermanita hizo la cena y todos cenaron. Y entonces el pájaro empezó a cantar y contó toda la historia de los niños. Y el padre estaba muy admirado porque todo eso le había sucedido a él. Y al fin el pájaro saltó arriba de la mesa y les quitó las gorritas a los hermanitos y el padre vio que los niños tenían cabellos de oro y la niña una estrella en la frente.

Entonces el padre los reconoció y supo que la vieja bruja los había tirado al cañón. Y les dijo que él era su padre y se fue con ellos a su casa. Y desemparedaron a la madre, y a la vieja bruja la quemaron con leña verde. Y los padres estuvieron viviendo mucho tiempo con sus tres hijitos y con el pájaro que les contaba las verdades.

*María del Carmen González*
*Edad: 12, San Ildefonso, N.M.*

roll a ball along with you and put cotton in your ears. And don't turn around when you hear someone talking to you because you'll be turned to stone. At the top of the mountain you'll find a bottle of holy water. Shake the bottle so that water falls all over the mountainside, and all the rocks will become people. Then you'll be able to take the bird and the whistle."

The girl went off rolling the ball until she got high in the mountains. She heard someone talking to her, but she didn't look back. She got to the top of the mountains and found the bottle of holy water and took it. She walked down scattering water all over the mountainside, and all the rocks turned into people. Then she caught the bird with green feathers and took the whistle.

She saw that her two brothers were already down the mountain, and the three of them set out for home. When the girl looked at the beads the old woman had given them, all three were rolling around.

They lived in that place for a long time, until one day their father came there without knowing they were his children. All three were wearing hats and he couldn't see the brothers' golden hair or the star on the sister's forehead. The father asked for lodging for the night, and the sister made supper and they all ate. And then the bird started to sing and it told the whole story of the children. The father was amazed because all of it had happened to him. And then the bird jumped onto the table and snatched the caps off their heads and the father saw that the boys had golden hair and the girl had a star on her forehead.

Their father recognized them and learned how the old witch had thrown them into the canyon. He told them he was their father and took them home with him. They set their mother free and burned the old witch with green firewood. And the parents lived a long time with their three children and the bird that told the truth.

*María del Carmen González*
*Age, 12, San Ildefonso, N.M.*

## Los siete bueyes

Éstos eran ocho hermanitos que eran huérfanos de padre y madre. Los dos mayores, un muchachito y una muchachita, cuidaban a sus hermanitos que todavía estaban medianitos. Cerca de ellos vivía una vieja bruja, y cuando la vieja tenía los ojos abiertos estaba dormida, y que cuando los tenía cerrados estaba despierta.

Un día se les apagó la lumbre en su casa y fue la muchachita a pedirle lumbre a la vieja bruja. Su madre antes de morir le había dicho que nunca entrara en la casa de la bruja, pero ahora creyó que la bruja no le haría daño. Fue y halló a la bruja en la puerta con los ojos cerrados. Entró y la bruja la vio y salió corriendo atrás de ella.

La niña se fue corriendo hasta que llegó a su casa y se escondió y cerró la puerta. La vieja bruja llegó y se asomó por la ventana y le dijo: —Ábreme. No me tengas miedo. —Pero la muchachita tenía miedo y no abrió. Entonces la bruja dio una vuelta a la casa y pronto salieron maíz y toda clase de verduras.

Cuando la bruja se fue, la niña salió y vio todo y dijo: —Seguramente mi Nana Virgen me puso todo esto para alimentar a mis hermanitos. —Y era que no sabía que la vieja bruja era la que había puesto todo.

## The Seven Oxen

This one is about eight children—seven brothers and one sister—who had no father or mother. The two oldest, a boy and a girl, took care of their younger brothers who were still only about half grown. Near them lived an old witch. When the old woman had her eyes open, she was asleep, and when she had them shut, she was awake.

One day the fire went out in the house and the girl went to ask the old witch for fire. Her mother had told her before she died never to enter the witch's house, but she didn't think the witch would harm her. She went there and found the witch standing in the doorway with her eyes closed. The girl went in and the witch saw her and chased after her.

The girl ran until she got home and went inside and closed the door. The old witch came and looked in through the window and said, "Let me in. Don't be afraid of me." But the girl was afraid and didn't open the door. Then the witch walked in a circle around the house and right away corn and all kinds of vegetables sprouted from the ground.

When the witch went away, the girl came out and saw everything and said, "Surely the Blessed Virgin gave me all of this to feed my brothers." She didn't know the old witch was the one who had put it all there. She gathered all the vegetables and started cooking them, and when her brothers arrived home they were pleased and

Conque fue y recogió de todas esas verduras y se puso a cocerlas. Y cuando llegaron sus hermanitos todos estaban muy contentos y se pusieron a comer. Y conforme iban comiendo se iban cambiando en bueyes, hasta que los siete hermanitos pequeños se cambiaron en bueyes. Eran bueyes muy pequeños y azules.

La muchachita entonces hizo su bastimento y se fue a cuidar a los bueyes en las montañas. Pero vio que no comían cosas verdes ni bebían agua del campo. Y anduvo cuidándolos hasta que llegaron donde había zacate seco y agua en una noria salitrosa, y allí comieron zacate y bebieron agua.

Salía todos los días la pobre hermanita a cuidar a sus hermanitos. Y un día pasó por allí un rey y le dijo: —Niña, véndeme estos bueyecitos.

La muchachita le contestó: —Estos bueyecitos no los vendo por ningún dinero. Sólo que yo me muera saldrán de mi poder.

—Pero es mejor que los dejes y te metas adentro porque eres muy linda y hermosa —le dijo el rey. Pero la muchachita dijo que no, que nunca los dejaría.

Y así sucedió por varios días, hasta que un día salió el rey y le dijo: —Oye, tú, ¿por qué no te casas conmigo?

Y ella le dijo: —Porque se me hace que otro no cuide mis bueyecitos como yo.

—Yo pondré un pastor que los cuide —le dijo entonces el rey. Entonces la muchachita le dijo que bueno, que se casaría con él, si cuidaba bien a los bueyecitos.

Conque entonces se casaron y se fue la niña al palacio, y sus hermanitos, los bueyecitos, los llevaron para que los cuidaran cerca del palacio. Con el tiempo la muchachita tuvo un niño y el rey estaba loco con él. Pero pronto tuvo el rey que irse a la guerra y dejó a su mujer y a su hijo en el palacio.

Y un día se asomó la muchacha al balcón de su palacio cuando la vieja bruja fue a la fuente por agua. Y cuando la bruja vio la imagen de la muchacha en el agua, pensó que era la suya y

started to eat. And as they were eating, they slowly began to turn into oxen, until the seven brothers had all become little blue oxen.

Then the girl packed a lunch for herself and set out to tend the oxen in the mountains. But she saw that they wouldn't eat green plants or drink water from the field. She drove them along until they came to where there was dry grass and a well of mineral water, and there they ate and drank water.

The poor little sister went out every day to tend her brothers. Then one day a king passed by there and said to her, "Girl, sell me those little oxen."

And the girl answered, "I wouldn't sell these oxen for any amount of money. Only over my dead body will they be taken from me."

"But you should leave them and stay indoors, because you're very pretty and lovely," the king told her. But the girl said no, she would never leave them. That kept up for several days, until one day the king said to her, "Listen. Why don't you marry me?"

And she answered, "Because I don't think anyone else would care for my oxen the way I do."

"I'll assign a cowherd to look after them," the king told her. And then the girl said she would marry him if he would take good care of the little oxen. So they were married, and the girl went to live in the palace, and her brothers, the little oxen, were brought along so they could be kept close by.

In time the girl had a baby and the king was crazy about him. But soon the king had to go off to the war, and he left his wife and child in the palace.

One day the girl was looking from the balcony of her palace when the old witch came to the fountain for water. And when the witch saw the girl's reflection in the water, she thought it was her own and said, "A beautiful woman like me

dijo: —¡Yo tan linda y venir por agua! Romperé mi cántaro y vuelvo a casa.

Quebró la tinaja y se fue a su casa. Y se vio en el espejo y vio que era la misma vieja fiera. Tres veces fue por agua y le sucedió lo mismo. Pero la última vez miró para arriba y vio a la muchacha en el balcón y dijo: —Mira donde está mi nietecita. —Y fue y se subió poco a poco hasta que llegó donde estaba la muchacha y le dijo: —¿Cómo estás, nietecita? —Y se le fue arrimando hasta que se acercó y le clavó un alfiler en la mollera y la volvió paloma.

La pobre reina se echó a volar por el campo, muy triste. Y la vieja bruja fue entonces y se embocó en la cama con el chiquito de la reina, haciéndose la enferma.

Y cuando el rey volvió de la guerra la halló en la cama y con todo el cuarto muy oscuro. Le dijo ella que estaba enferma y que le hacía mal la luz, y él pensó que era su esposa. Entonces fueron y trajeron médicos para curarla, pero ella no quiso enseñar la cara. Y mientras tanto la muchacha hecha paloma y volando por el campo muy triste.

Pero un día, muy de mañana, andaba el rey paseándose por su jardín cuidando las flores para que no se las picaran los pájaros, y los criados vinieron y le dijeron que desde la madrugada estaba viniendo una paloma a llorar al jardín y que cantaba:

Mi niño gime y llora,
Y yo, su madre, en el campo sola.

El rey les ordenó que pescaran la paloma. Pusieron una bola de trementina en el árbol donde se paraba la paloma y así la pescaron y se la llevaron al rey. La agarró el rey y la paloma muy contenta se dejaba acariciar. Y el rey fue y se la enseñó a la vieja bruja que estaba en la cama, y le dijo: —Mira qué paloma tan bonita.

—¡Mátala, mátala, que me está haciendo mal! —decía la bruja.

going to fetch water! I'll break my water jar and go home."

And she broke her jug and left for home. But when she looked in the mirror, she saw the same ugly old lady. Three times she went for water and the same thing happened. But the last time she looked up and saw the girl on the balcony and said, "Just look where my little granddaughter is." And she started climbing up little by little until she reached the girl and said, "How are you, my little granddaughter?" She moved nearer to the girl and then jabbed a pin into the girl's scalp and the girl turned into a dove.

The poor queen flew sadly off across the countryside. And then the old witch went and climbed into bed with the queen's baby, pretending to be sick.

When the king returned from the war he found her in the bed, and the whole room was very dark. She told him she was sick and that the light was bad for her. The king mistook her for his wife. He sent for doctors to cure her, but she wouldn't show them her face. And all the while the girl was flying sadly through the country as a dove.

But one day, very early in the morning, the king was walking in his garden guarding the flowers so that the birds wouldn't peck at them, and the servants came and told him that ever since dawn a dove had been coming and crying in the garden. It sang:

My little baby cries and moans,
While I, his mother, am in the fields all
alone.

The king ordered them to catch the dove, and they put a ball of pine sap in the tree where the dove perched. In that way they caught her and took her to the king. The king held the dove in his hand and she sat happily and let him stroke her. He went and showed her to the old witch who was in the bed. "Look at this pretty dove," he said to her.

"Kill it! Kill it! It's hurting me!" the witch said.

Y el rey la estuvo alisando hasta que le encontró un tolondroncito en la cabeza y le sacó el alfiler, y pronto se volvió su esposa delante de él.

Y el rey le dijo: — ¿Cómo te hiciste así?

Y la reina le contó todo lo que le había pasado con la bruja y cómo la había vuelto paloma. El rey levantó a la vieja bruja de la cama a patadas, y hallaron al niño ya casi muerto de llorar. Y la reina le dijo entonces al rey: —Y ésta es la misma bruja que encantó a mis hermanitos y los cambió en bueyecitos.

Y el rey le dijo a la bruja: —Si no desencantas esos bueyecitos no sales viva de aquí.

La bruja entonces empezó a temblar de miedo. Y fueron y le trajeron los bueyecitos para que los desencantara. La vieja les fue quebrando a cada uno un cuernito y así se iban desencantando, y todos se volvieron muchachos ya grandes.

Entonces el rey mandó que hicieran una pila de leña y que le prendieran fuego, y quemaron a la vieja bruja para que no le volviera a hacer mal a nadie.

*Benigna Vigil*
*Edad: 52, Santa Cruz, N.M.*

But the king kept stroking it until he found a little bump on its head. He pulled out the pin, and suddenly it became his wife right before his eyes.

The king asked, "How did this happen to you?"

And the queen told him everything that had happened and how the old witch had turned her into a dove. And the king kicked the old witch out of the bed and they found the baby there, almost dead from crying. And then the queen told the king, "This is the same witch that placed a spell on my brothers and turned them into oxen."

The king told the witch, "If you don't free those oxen from the spell, you'll never get out of here alive."

The witch started trembling with fear, and the little oxen were brought in so that she could disenchant them. The old woman went along breaking a horn from each one and in that way she freed them from the spell. They all turned into grown up boys.

Then the king ordered a pile of wood to be built and set afire, and the old witch was burned up so she could never hurt anyone again.

*Benigna Vigil*
*Age: 52, Santa Cruz, N.M.*

## El pájaro verde

## Pájaro Verde

Había un rey que tenía un hijo. Y este príncipe estaba enamorado de una princesa y quería casarse con ella, pero una vieja bruja lo encantó y lo cambió en un pájaro verde. Salió el pájaro volando por el monte.

La princesa lo echaba de menos. Y todas las noches venía el pájaro verde y lloraba cerca de las ventanas del palacio donde vivía la princesa. La vieja bruja fue una noche a dormir con la princesa y oyó llorar al pájaro. Otro día fue otra vez con muchos cuchillos, y cuando la princesa estaba dormida fue y puso los cuchillos en las ventanas del palacio.

Cuando se durmió la vieja, vino el pájaro a llorar en las siete ventanas del palacio y en cada una de las ventanas se cortó y lloró. La princesa estaba despierta, y el pájaro le dijo: —Ahora me tengo que ir a los montes ásperos, a las sierras de Mogollón, y los llanos de Quiquiriquí. Sígueme hasta que me halles. —Le dio un malacatito con hebras de oro para que hilara. Y se fue volando el pájaro.

Cuando se fue el pájaro, la princesa se fue a buscarlo. Con un peine de oro y una capa de oro que le había dado su madre la princesa se fue a buscar al pájaro a las sierras de Mogollón. Y la vieja bruja también se fue a buscarlo. Iba con su hija que era más fea que la noche. Se fue la vieja bruja por los montes ásperos.

There was a king who had a son. The prince was in love with a princess and wanted to marry her, but an old witch put a spell on him and turned him into a green bird, and he flew off through the forest.

The princess missed him, and every night the green bird would come and weep outside the windows of the palace where she lived. And then one night the old witch went to the princess's palace and slept there, and she heard the bird weeping. The next day she went there again with a lot of knives and when the princess was asleep, she placed the knives in the windows of the palace.

The bird came to weep at the seven windows of the palace and at each he cut himself and cried. The princess was awake and the bird told her, "Now I must leave for the rugged wilderness, for the mountains of Mogollón and the plains of Quiquiriquí. Follow me until you find me." And he gave her a little spindle with threads of gold for her to spin and then flew away.

When the bird had left, the princess set out to find him. With a golden comb and a cape of gold her mother had given her she went looking for the bird in the mountains of Mogollón. And the old witch also set out looking for him with her daughter, who was as ugly as the night. She set out for the rugged wilderness.

La pobre princesa no sabía ya por dónde ir y por fin llegó ella donde vivía un aire muy fuerte. Primero salieron los aires pequeños y después la mamá. Y la mamá de los aires le preguntó a la princesa: —¿Qué andas haciendo por estas tierras? ¿Qué buscas?

—Ando buscando las sierras de Mogollón —dijo la princesa—. Y ando buscando al pájaro verde que vive en los llanos de Quiquiriquí.

—Éstas son las sierras de Mogollón —dijo la mamá de los aires—. Esta noche llega mi marido aire que no deja rincón del mundo que no visite. Puede que él te diga dónde están los llanos de Quiquiriquí.

Por la noche fue llegando el papá aire muy enojado. Y luego que llegó empezó a decir: —¡A carne humana huele aquí! ¡Si no me la das, te como a ti!

Y la mamá de los aires contestó así: —¡Sobájate! ¡Sobájate!

Y ya se fue sobajando el aire. Y cuando ya estaba sobajado la mamá le dijo: —Oye, hijo, ¿no has alcanzado hasta los llanos de Quiquiriquí?

—No. No he llegado hasta allá —dijo el papá aire—. Apenas he llegado a una orillita donde está un príncipe para casarse con una princesa. Y están haciendo las fiestas.

—Bueno —dijo la mamá de los aires—, mañana vas allá a traer una razón mejor.

Conque otro día salió el papá de los aires a visitar otra vez la orillita del mundo donde estaba el príncipe para casarse. Y luego que se fue, la mamá de los aires le dijo a la princesa: —Ahora sí, peregrinita, te voy a hacer un saco de cuero para que te lleve mi marido a los llanos de Quiquiriquí.

Preparó todo como dijo, y ya cuando anochecía fue llegando el papá de los aires muy enojado, y gritó: —¡A carne humana huele aquí! ¡Si no me la das, te como a ti!

—¡Qué carne ha de haber aquí¡ —dijo la mamá de los aires—. ¡Sobájate! ¡Sobájate! Aquí ni pajaritos habitan. Mañana quiero que me lleves este saco de cuero y me lo tires allí por los

The poor princess didn't know where to go and finally she came to where a fierce wind lived. First the young winds came out and then the mother wind. The mother wind asked the princess, "What are you doing in these lands? What are you looking for?"

"I'm looking for the mountains of Mogollón," the princess said. "And I'm looking for Green Bird who lives in the plains of Quiquiriquí."

"These are the mountains of Mogollón," the mother of the winds said. "Tonight my husband who has visited every corner of the world will come home. Maybe he can tell you where the plains of Quiquiriquí are to be found."

That night the father wind came home angrily. And as soon as he got there he started saying, "I can smell some human meat. Give it to me or it's you that I'll eat!"

And the mother wind answered, "Calm down! Calm down!"

And the wind started calming down. When he was calm, the mother wind asked him, "Listen, dear, have you ever traveled as far as the plains of Quiquiriquí?"

"No. I've never gone that far," the father wind said. "I have barely reached the edge, where a prince is about to marry a princess, and they're having a big celebration."

"Well," the mother wind told him, "tomorrow go there and bring back a better report."

So the next day the father wind went off again to visit the edge of the world, where the prince was about to get married. And as soon as he left the mother wind told the princess, "Now, little pilgrim, I'm going to make a leather sack so that my husband can carry you to the plains of Quiquiriquí."

She got everything ready, just as she said, and when night was falling, the father wind got home and shouted, "I can smell some human meat. Give it to me or it's you that I'll eat!"

"What meat could there be around here?" the mother wind said. "Calm down! Calm down! Not even little birds live around here. Tomorrow I want you to carry this leather sack to the plains of

llanos de Quiquiriquí junto al palacio de ese príncipe que está para casarse.

—Ya faltan sólo tres días para que se case el príncipe —dijo el papá de los aires.

Y otro día llevó el aire el saco con cuidado como la mamá de los aires le había mandado. Ella le había dado a la peregrinita unas tijeras para que cortara el saco cuando llegara allí. Y llegó el aire y tiró el saco en la misma ciudad donde el príncipe se iba a casar. No más tiró el saco y sacó la princesa sus tijeras y lo cortó y se salió. Y llegó a la casa de la vieja bruja que había desencantado al príncipe y lo iba a casar con su hija.

—¿Qué andas haciendo por estas tierras, peregrinita? —la bruja le preguntó a la princesa.

—¿Qué he de andar haciendo? —dijo la princesa—. Ando perdida. ¿Qué hay de nuevo?

—No hay nada más de nuevo que se va a casar mi hija con el pájaro verde. —Y dijo que ya sólo tres días faltaban para el casorio. Y la pobre princesa no sabía qué hacer.

La hija de la bruja ya estaba en el palacio para casarse con el príncipe, y fue la peregrinita con su malacatito y se puso a hilar con hilos de oro. Y salió la hija de la bruja y la vio y dijo:

—¡Válgame Dios, qué malacatito tan bonito tiene! ¿Cuánto quiere por él?

—No lo vendo por ningún dinero —dijo la princesa. Y la novia empezó a ofrecerle más y más dinero, pero aquélla decía siempre que no, que no lo vendía por ningún dinero.

—Pues, ¿qué quiere por ese malacatito? —dijo la novia.

—Se lo doy si me deja hablarle al príncipe por un ratito. De otro modo no lo vendo. —Y fue la novia y le platicó todo a su mamá.

—¡Traición, traición! —dijo la vieja.

—¿Qué le ha de hacer? —dijo la novia—. ¡Que platique con él!

Quiquiriquí and throw it close to the palace of the prince who is about to get married."

"In three days the prince will get married," the father wind said.

The wind carried the sack carefully, just as the mother wind had told him. She had given the little pilgrim some scissors to cut the sack with when she got there. The wind went and dropped the sack in the city where the prince was about to get married, and as soon as the wind tossed the sack down, the princess took the scissors and cut it and climbed out. And she came to the house of the same old witch, who had now removed the spell from the prince and was going to marry him to her daughter.

"What are you doing in these parts, little pilgrim?" the witch asked the princess.

"What do you think I'm doing?" the princess said. "I'm lost. What news is there?"

"There's no news except that my daughter is going to get married to Pájaro Verde." And she told her only three days were left before the wedding. The poor princess didn't know what to do.

The witch's daughter was already at the palace, getting ready for her wedding with the prince, and the little pilgrim went there with her little spindle and started to spin with threads of gold. The witch's daughter came out and saw it and said, "Oh, my goodness! What a pretty little spindle you have! How much do you want for it?"

"I wouldn't sell it for any amount of money," the princess said. The girl offered her more and more money, but she kept saying no, that she wouldn't sell it.

"Well then, what do you want for the spindle?" the girl asked.

"I'll give it to you if you let me talk to the prince for a while. Otherwise, I won't sell it."

The girl went and told her mother all about it.

"Treachery! Treachery!" the old woman said.

"What harm can it do?" the girl said. "She can talk to him."

Y la dejaron platicar con el Pájaro Verde. Y ni se acordaba quién era la princesa. Y de allí se vino la pobre princesa muy desconsolada. Y cuando la princesa estaba hablando con el Pájaro Verde la novia estaba haciendo buñuelos. Y la peregrinita se fue llorando.

Otro día la princesa fue a peinarse con su peine de oro cerca de la puerta del palacio. Y salió la novia y la vio, y le dijo: —¡Válgame Dios, qué peinecito tan bonito! ¿Por cuánto me lo vendes?

—Este peine no lo vendo por ningún dinero —dijo la princesa.

—Anda, véndemelo, que te doy todo el dinero que me pidas —dijo la novia. Y vino la vieja bruja y le dijo a la princesa que se lo vendiera a su hija para que se peinara el día que se iba a casar. Y ya faltaban sólo dos días.

Entonces la princesa le dijo: —Se lo doy si me deja hablar otra vez con el Pájaro Verde.

Y la novia dijo que estaba bueno, que hablara con él.

Pero la vieja bruja decía: —¡Ya verás lo que te va a pasar con esa peregrinita! ¡Ya verás! ¡Ya verás!

Entró la peregrinita a hablar con el Pájaro Verde, y él ni se acordaba de ella. Y otra vez se fue la princesa muy triste y llorando.

Ya faltaba sólo un día para el casorio cuando fue con su capa de oro, que era ya lo último que tenía. Y cuando la novia salió y la vio le dijo: —¡Pero y válgame Dios, qué capa de oro tan bonita! ¿Por qué no me la vendes para ponérmela mañana cuando me case?

—No, no; ésta sí que no la vendo por ningún dinero —dijo la peregrinita.

Y a ese tiempo llegó la vieja bruja y le dijo: —¡Ya verás cómo esta peregrinita se lleva al príncipe! ¡Ya veras cómo tú te vas a quedar mirando!

Y la hija le dijo: —¡Qué se ha de llevar esta pobre! —Y entonces le dijo a la peregrinita: —Dime qué quieres por la capa.

And the princess was allowed to talk to Pájaro Verde, but he didn't even remember who the princess was, and the poor princess left in despair. While the princess was talking to Pájaro Verde the witch's daughter was making buñuelos. And the little pilgrim went away crying.

The next day the princess went to comb her hair outside the palace with her golden comb, and the girl came out and saw her and said, "Oh, my goodness! What a pretty little comb! How much will you sell it to me for?"

"I wouldn't sell this comb for any amount of money," the princess said.

"Come on, sell it to me. I'll give you all the money you want," the girl said. The old witch told the princess she should sell it to her daughter so she could comb her hair on her wedding day, which was only two days away.

And then the princess said, "I'll give it to you if you let me talk to Pájaro Verde again." And the girl said it was all right for her to talk to him.

But the old witch said, "You'll see what that little pilgrim will do to you. You'll see! You'll see!"

The little pilgrim went in to talk to Pájaro Verde, but he didn't even remember her. And again the princess went away sad and crying.

Now only one day was left before the wedding, and she went with her cape of gold, which was the last thing she had. And when the girl came out and saw her she said, "Oh, my goodness gracious me! What a pretty cape of gold! Why don't you sell it to me to wear tomorrow when I get married?"

"No, no. I wouldn't sell this cape for any amount of money," the little pilgrim said.

And just then the old witch came and said, "You'll see how the little pilgrim will steal the prince from you! You'll see how you'll be left watching!"

And her daughter told her, "How's this poor girl going to steal anything!" And then she said to the pilgrim, "Tell me what you want for the cape."

—Que me deje hablar otro rato con el Pájaro Verde.

—¡Que platique! —dijo la novia. Y fue la princesa a hablar con el Pájaro Verde.

Y cuando la princesa hablaba con el príncipe la novia estaba haciendo buñuelitos. Y decía: —¡Buñuelitos para la peregrinita! ¡Buñuelitos para la peregrinita!

Y la princesa habló con el príncipe hasta que se acordó de todo, y le dijo él que tenían que irse esa misma noche porque al otro día tenía que ser el casorio. Y como hablaban tanto la vieja bruja decía: —Esta noche se va la princesa con el príncipe. Ya lo verás.

—¡Qué se ha de ir! —decía la novia.

La vieja bruja tenía dos caballos prietos, y la princesa y el príncipe montaron en ancas en uno de los caballos a la medianoche cuando los demás estaban dormidos y se fueron. Y la vieja los sintió y fue y le dijo a su hija: —Ya te decía que la peregrinita se iba a llevar al príncipe. Ya se fueron.

Fue la vieja y se subió en el otro caballo y se fue atrás de ellos. Y cuando ya iba alcanzándolos la vieja, el príncipe le dijo a la princesa: —Yo me volveré palmilla y tu te vuelves coyote. —Llegó la vieja y estuvo mirando y no halló nada. Y volvió y le pegó una buena zurra a su hija porque había dejado a la princesa hablar con el príncipe.

Entonces dijo que los iba a seguir otra vez, y cuando ya los iba alcanzando, le dijo el príncipe a la princesa: —Ahora me vuelvo yo una iglesia, y tu te vuelves el sacristán, y el caballo la campana.

Llegó la vieja y los vio y le preguntó al sacristán: —¿No ha visto pasar por aquí a una princesa y un príncipe en un caballo prieto?

El sacristán le dijo: —Todavía no se viste el padre.

Y la vieja bruja muy enojada se volvió y le pegó otra zurra a su hija. Y le dijo: —Ahora sí, ya te quitó al príncipe la princesa.

"Let me talk a while longer with Pájaro Verde."

"Go ahead and talk," the girl said. And the princess went to talk with Pájaro Verde.

And while the princess was talking with the prince the girl was making buñuelos. She kept saying, "Buñuelos for the little pilgrim. Buñuelos for the little pilgrim."

The princess talked to the prince until he remembered everything, and he told her they had to get away that very night because the next day was the wedding day. And because they were talking so long, the old witch kept saying, "Tonight the princess will leave with the prince. You'll see."

"How's she going to leave!" the girl answered.

The old witch had two black horses, and that night the princess and the prince mounted bareback on one of the horses and at midnight, when the others were asleep, they left. The old woman heard them and went and said to her daughter, "Didn't I tell you the little pilgrim was going to take the prince away? They're gone."

Then the old woman went and mounted the other horse and followed them. When she was about to catch up, the prince said to the princess, "I'll turn into a yucca plant and you turn into a coyote." The old woman got there and looked around and didn't see anything. She went back and gave her daughter a good beating for letting the princess talk to the prince.

Then she said she was going to follow them again, and when she was about to catch up, the prince said to the princess, "Now I'll turn myself into a church, and you into the sacristan, and the horse into the bell."

The old woman got there and saw them and asked the sacristan, "Have you seen a princess and a prince pass by here on a black horse?"

And the sacristan said, "The priest hasn't finished dressing yet."

And the old witch went back home angrily and beat her daughter again. She said, "Now it's done, now the princess has stolen the prince from you."

Pero después se fue la bruja otra vez atrás de ellos. Y cuando ya los iba alcanzando le dijo el príncipe a la princesa: —Yo me volveré ganado, el caballo un perro, y tú el pastor.

Ya llegó la vieja y le dijo al pastor: —Oye, pastor, ¿no has visto pasar por aquí a una princesa y a un príncipe?

Y el pastor le respondió: —Como no está aquí el patrón, yo no le puedo vender borregos.

Y la vieja bruja se enojó mucho y dijo: —Éstos son más groseros que los otros. —Y se volvió a su casa y le dio una zurra a su hija.

Y el Pájaro Verde y la princesa se casaron y siguieron viviendo muy contentos.

*Benigna Pacheco*
*Edad: 68, Arroyo Seco, N.M.*

But later the witch followed them again. And when she was catching up, the prince told the princess, "I'll be a flock of sheep, the horse will be a dog, and you'll be the shepherd."

The old woman got there and said to the shepherd, "Listen, shepherd, have you seen a prince and a princess pass by here?"

And the shepherd answered, "Since my boss isn't here, I can't sell you any sheep."

The old witch was furious and said, "This one is dumber than the others!" And she went home and beat her daughter again.

And Pájaro Verde and the princess got married and lived happily.

*Benigna Pacheco*
*Age: 68, Arroyo Seco, N.M.*

Juanito Pelotero era jugador. Una vez jugó con el diablo y perdió todo. Y le ganó el diablo su alma y se la llevó.

El diablo tenía una hija y ésta se llamaba Paloma Blanca. Y Paloma Blanca pronto se enamoró de Juan Pelotero. Pero el diablo no quería que Juan Pelotero se casara con su hija. Lo llamó y le dijo que le tenía que hacer tres mandados. —Primero —le dijo—, tienes que desmontar este monte y sembrarlo de trigo, y moler el trigo y hacerme pan caliente para mañana.

Bueno, pues se fue Juan Pelotero muy triste a ver a Paloma Blanca y le contó todo. Pero ella, como era muy diablita, le dijo que no se apenara. —Acuéstate a dormir y para mañana ya todo estará hecho —le dijo.

Y así lo hizo. Se acostó a dormir, y al otro día cuando se levantó todo estaba hecho. Y fue y le llevó al diablo el pan caliente. Entonces el diablo le dijo: —Bueno pues, ahora quiero que me mudes ese cerro negro donde está el cerro colorado, y el colorado donde está el negro.

Y otra vez se fue Juan Pelotero a ver a Paloma Blanca. —No te apenes, que yo te ayudaré —le dijo Paloma Blanca—. Acuéstate a dormir y para mañana ya estará todo hecho.

Y fue aquél y se acostó a dormir. Y otro día cuando se levantó todo estaba hecho. Y fue a decirle al diablo que ya todo estaba como él había

Juanito Pelotero was a gambler. One day he gambled with the devil and lost everything, and the devil won his soul and took it.

The devil had a daughter named Paloma Blanca, and Paloma Blanca fell in love with Juan Pelotero right away. But the devil didn't want Juan Pelotero to marry his daughter. He called for him and told him he had to perform three tasks. First he told him, "You have to cut down this forest and plant it in wheat and grind the wheat and make me hot bread by tomorrow."

Juan Pelotero went off sadly to see Paloma Blanca and told her everything. But because she was a little devil herself she told him not to worry. "Lie down and go to sleep and by tomorrow everything will be done," she told him.

He did what she told him. He lay down to sleep, and the next day when he got up, everything was done. He went and took the hot bread to the devil. And then the devil told him, "All right, now I want you to move that black hill to where the red one is, and the red hill to where the black one is."

And again Juan Pelotero went to see Paloma Blanca. "Don't worry, I'll help you," Paloma Blanca told him. "Lie down and go to sleep and by tomorrow everything will be done."

He went and lay down to sleep, and the next day when he got up everything was done. He went and told the devil that everything was done as he

mandado. Y el diablo estaba muy enojado y ya empezaba a maliciar que Paloma Blanca era la que estaba haciendo todo.

El diablo le dijo entonces a Juan Pelotero: —Bueno pues, ésta es ya la última. Ahora tienes que amansarme un caballo.

Se fue muy desconsolado Juan Pelotero y le contó todo a Paloma Blanca. Y Paloma Blanca le dijo: —El caballo es el diablo mismo, mi padre; la silla soy yo, y el freno es mi madre. —Y se subió Juan Pelotero en el caballo y le picó con las espuelas y no le hizo nada. Y el diablo estaba furioso.

—Paloma Blanca es la que anda haciendo esto —le dijo su mujer al diablo.

—Anda, vieja tonta —le dijo el diablo—. Es que Juan Pelotero es más diablo que nosotros.

Y Paloma Blanca fue y le dijo a Juan Pelotero: —Esta noche nos vamos. Allí en la caballeriza hay dos caballos, uno muy gordo y otro muy flaco. Escoge el caballo flaco. Y te espero yo en tal lugar para escaparnos.

En la noche todos se acostaron, y Juan Pelotero fue y agarró el caballo flaco y lo ensilló con la silla de palo de Paloma Blanca. Y Paloma Blanca echó tres escupitajos en su cama para que le respondieran a su mamá cuando le hablara.

Y salió Paloma Blanca y encontró a Juan Pelotero con el caballo y se subieron los dos en él, y se fueron. Y ya cuando era muy noche salió la mujer del diablo y entró en el cuarto de Paloma Blanca y dijo: —Paloma Blanca, ¿estás allí?

—Sí, estoy aquí —respondió uno de los escupitajos. Y más tarde, ya casi a la medianoche, la mujer del diablo empezó a maliciar que se habían ido, y entró otra vez al cuarto y dijo: —Paloma Blanca, ¿estás allí?

—Sí, aquí estoy —respondió otro escupitajo.

Conque fue y se acostó otra vez la mujer del diablo, pero ya casi a la madrugada fue otra vez al cuarto de Paloma Blanca y dijo: —Paloma Blanca, ¿estás allí?

Y entonces el último escupitajo, ya casi seco, respondió muy quedito: —Sí, aquí estoy.

had ordered, and the devil was really mad and began to suspect that Paloma Blanca was the one who was doing everything.

Then the devil told Juan Pelotero, "All right, this is the last one. Now you have to break a horse for me." And Juan Pelotero went away in despair and told Paloma Blanca about it.

Paloma Blanca told him, "The horse is the devil himself, my father; I'm the saddle, and my mother is the bit." And Juan Pelotero climbed on the horse and raked it with the spurs and it didn't do a thing to him. And the devil was furious.

"Paloma Blanca is the one who is doing all this," the devil's wife told him.

"Get out of here, you foolish old woman," the devil said. "It's just that Juan Pelotero is a bigger devil than we are."

And then Paloma Blanca told Juan Pelotero, "Tonight we'll leave here. There are two horses in the stable, a fat one and a thin one. Choose the thin horse. And I'll wait for you in such and such a place so we can escape."

That night everyone went to bed and Juan Pelotero went and got the thin horse and saddled it with Paloma Blanca's wooden saddle. Paloma Blanca spit three times in her bed so that the spit would answer when her mother spoke to her. Paloma Blanca went and met Juan Pelotero with the horse and they both mounted it and left.

When it was late at night the devil's wife went to Paloma Blanca's room and said, "Are you there, Paloma Blanca?"

"Yes, I'm here," answered one of the spots of spit.

Then later, almost at midnight, the devil's wife began to suspect they had run away and she went to the room again and said, "Are you there, Paloma Blanca?"

"Yes, I'm here," another drop of spit answered.

So the devil's wife went back to bed. But when it was almost dawn she went again to Paloma Blanca's room and said, "Are you there, Paloma Blanca?"

And then the last spot of spit, which was almost dry, answered weakly, "Yes, I'm here."

Pero la mujer del diablo entró a ver y vio que no estaba Paloma Blanca. Fue y se lo dijo al diablo, y buscaron a Juan Pelotero y no lo hallaron. Y dijeron: —Seguro ya se fueron ésos.

Entonces el diablo se subió en el caballo gordo y se fue a alcanzarlos. Cuando ya los iba alcanzando Paloma Blanca dijo: —Yo voy a volver al caballo una iglesia, y a ti un sacristán. Y yo me voy a volver la campana. Y si mi padre te pregunta por nosotros, tú le dices que no, que estás esperando al padre para que diga misa.

Y así lo hizo. Llegó el diablo muy enojado y le preguntó al sacristán si había visto pasar a un muchacho y una muchacha en un caballo. Y el sacristán le contestó: —Estamos esperando al padre que viene a decir misa.

Y se enojó mucho el diablo y se volvió para su casa. Cuando llegó le preguntó su mujer cómo le había ido. Y él le dijo que mal, que sólo había encontrado una iglesia, y que estaba repicando la campana, y que un sacristán le había dicho que esperaban al padre que iba a decir misa.

—¡Ésos son, tonto! —le dijo su mujer—. ¡Qué tonto eres! La iglesia era el caballo, la campana era Paloma Blanca, y el sacristán era Juan Pelotero.

El diablo dijo entonces que iba a seguirlos otra vez. Y se fue pronto. Y ya los iba alcanzando otra vez cuando Paloma Blanca dijo: —Ahora voy a tirar mi peine.

Y tiró su peine y todo se volvió cañones, bosques y ríos. Y ya no pudo pasar el diablo y se arrendó otra vez para su casa y llegó muy desconsolado. Y la mujer le preguntó otra vez cómo le había ido.

—Muy mal —dijo el diablo—. A ésos no los alcanza nadie. Encontré por todas partes cañones, bosques y ríos y no pude pasar. Por eso me volví.

La mujer del diablo se enojó mucho y le dijo a su marido: —Pues ahora voy yo.

Y se subió la mujer del diablo en un caballo y se fue. Y ya los iba alcanzando cuando Paloma

But the devil's wife went in to check and saw that Paloma Blanca wasn't there. She went and told the devil and they looked for Juan Pelotero and didn't find him, and they said, "Those two have surely run away."

And then the devil mounted the fat horse and went after them. When he was just about catching up, Paloma Blanca said, "I'll turn the horse into a church, and you into the sacristan, and myself into the bell. And if my father asks about us, tell him you don't know anything, that you're waiting for the priest to come and say Mass."

She did that, and the devil was angry when he got there and asked the sacristan if he had seen a boy and a girl pass by on a horse. The sacristan answered, "We're waiting for Father to come and say Mass."

And the devil was mad and headed back home. When he got home his wife asked him how it had gone, and he said badly, that all he had found was a church with the bell ringing, and the sacristan had told him they were waiting for the priest to come and say Mass.

"That was them, stupid!" his wife told him. "You're so dumb! The church was the horse, the bell Paloma Blanca and the sacristan Juan Pelotero."

The devil said he was going to follow them again, and he started right away. He was catching up to them when Paloma Blanca said, "Now I'm going to throw down my comb."

She threw down her comb and all around them appeared canyons and forests and rivers. The devil couldn't get through and he turned around again to go home. He got there feeling sad and disgusted, and again his wife asked him how it had gone.

"Really bad," the devil said. "No one can catch up to those two. There were canyons and forests and rivers all around and I couldn't get through. So I came back here."

The devil's wife was furious and told her husband, "This time I'm going."

And the wife climbed onto the horse and left. She was catching up to them when Paloma Blanca

Blanca le dijo a Juan Pelotero: —Allí veo venir a mi madre. Ésa sí nos va a agarrar. Ahora sí tengo que emplear mis artes diabólicos. Voy a volver al caballo un mar, a ti te voy a tirar al otro lado del mar, y yo me voy a volver un pez. Cuando mi madre vea que ya no me puede agarrar me va a echar una maldición, y tú le respondes que no será así.

Y cuando llegó la madre y no vio más que un mar y peces nadando, le echó a su hija una maldición. Dijo: —¡Ojalá que tu marido te eche en olvido! —Y Juan Pelotero no le respondió.

Y de allí fueron Juan Pelotero y Paloma Blanca para el pueblo donde él vivía. Y cuando ya iban llegando dijo él: —¿Cómo te puedo llevar a pie, siendo mis padres tan ricos? Voy a traer en que llevarte. —Y se fue solo a su casa.

Pero ella le dijo: —No te vayas a dejar abrazar de nadie, porque entonces me echas en olvido.

Llegó donde estaban sus padres y tuvieron mucho gusto en recibirlo. Y no se dejaba abrazar de nadie, pero cuando estaba dormido lo abrazó su mamá y se le olvidó todo de su novia. Cuando despertó le preguntaron por su novia pero él dijo: —¿Qué novia? —porque ya de nada se acordaba.

Y la mamá le dijo: —Es que ayer cuando llegaste nos platicaste de tu novia y dijiste que hoy ibas a traerla. —Y él dijo que no, que no se acordaba de nada.

Conque Paloma Blanca entonces vino sola al pueblo y se puso a esperar. Llegó a una casa y compró unas tres palomas y las enseñó a bailar. Y cuando ya las palomas sabían bailar muy bien fue y le dijo al rey que ella tenía tres palomas que sabían bailar. El rey le preguntó entonces si quería traerlas a su palacio para que bailaran. Y dijo ella que sí, pero que invitara a la gente para que todos las vieran bailar.

Dio el rey orden para que se juntaran otro día las gentes en su palacio para ver bailar a las palomas. Y vino Paloma Blanca y trajo sus palomas y tres varas para pegarles si no bailaban bien. Y empezó a bailar la primera paloma, y Paloma Blanca le dijo: —¿Que no es verdad que

told Juan Pelotero, "I see my mother coming. She's the one who can catch us. Now I'll have to use all my demonic powers. I'll turn the horse into the sea, and I'll throw you to the other side. And I'll turn myself into a fish. When my mother sees she can't catch me she'll utter a curse, and you answer her that it won't be so."

And when the mother got there and saw nothing but the sea and fish swimming around, she cast a curse at her daughter. She said, "May your husband forget you!" And Juan Pelotero didn't reply.

And from there Juan Pelotero and Paloma Blanca went to the town where he lived. When they were getting close, he said, "How can I bring you home on foot, when my parents are so rich? I'll go and get something for you to ride in." And he set out for home alone.

She told him, "Don't let anyone hug you, because if you do, you'll forget me."

He got to his parents' house and they were very happy to see him, but he didn't let anyone hug him. But when he was asleep his mother hugged him and he forgot all about his fiancée. When he woke up, they asked him about his girl friend and he said, "What girl friend?" because he didn't remember anything.

His mother said to him, "But when you got here you told us about your fiancée and said you would bring her here today." And he said that he didn't remember anything about it.

So then Paloma Blanca went into town alone and waited for her chance. She moved into a house and bought three doves and taught them to dance. When the doves knew how to dance really well she went to the king and told him she had three doves that could dance. The king asked her if she wanted to bring them to the palace to dance, and she said yes, but that he must invite all the people to come and watch.

The next day the king gave the order for all the people to come together at the palace to see the doves dance. Paloma Blanca came with her doves and three switches to hit them with if they didn't dance well. The first dove started to dance, and

Juan Pelotero fue a la casa de mi padre, y que mi padre le mandó que desmontara un monte y sembrara trigo y que le entregara pan caliente después de moler el trigo, y hacerlo todo en un día?

Y la paloma dijo: —¡Cucurucú! ¡No me acuerdo!

—¡Pues toma para que te acuerdes! —le dijo Paloma Blanca, y le dio un varazo.

Y después hizo bailar a la otra paloma. Y cuando empezó a bailar Paloma Blanca le dijo: —¿Que no es verdad que mi padre le mandó a Juan Pelotero que mudara un cerro negro para donde estaba un cerro colorado, y el colorado para donde estaba el negro?

Y la paloma dijo: —¡Cucurucú! ¡No me acuerdo!

—¡Pues toma para que te acuerdes! —le dijo Paloma Blanca, y le dio un varazo. Y Juan Pelotero estaba allí y le dolían los varazos que Paloma Blanca les daba a las palomas. Entonces ya vino la última. Hizo Paloma Blanca bailar a la última paloma y cuando estaba bailando le dijo: —¿No es verdad que le dijo mi padre a Juan Pelotero que tenía que amansar un caballo y el caballo era mi padre, la silla yo y el freno mi madre?

Y la paloma dijo: —¡Cucurucú! ¡No me acuerdo!

Y entonces Paloma Blanca le dio un varazo pero fuerte, y le dijo: —¡Pues toma para que te acuerdes!

Y con el dolor que le dio, Juan Pelotero se acordó de todo, y dio un brinco y fue a abrazar a Paloma Blanca y le dijo: —¡Ahora sí me acuerdo! —Y entonces se casaron Juan Pelotero y Paloma Blanca.

*Bonifacio Mestas*
*Edad: 56, Chamita, N.M.*

Paloma Blanca said to it, "Isn't it true that Juan Pelotero went to my father's house and that my father ordered him to clear a forest and plant wheat and bring him hot bread after grinding the wheat, and to do it all in one day?"

The dove said, "Cucurucú! I don't remember."

"Well, take that, so you'll remember!" Paloma Blanca said and hit it with a switch.

And then she made the second dove dance. And when it started to dance Paloma Blanca said, "Isn't it true that my father ordered Juan Pelotero to move a black mountain to where a red one was and the red mountain to where the black one was?"

And the dove said, "Cucurucú! I don't remember."

"Well, take that, so you'll remember!" Paloma Blanca said and hit it with a switch. And Juan Pelotero was there, and he could feel the whippings Paloma Blanca was giving to the doves. Then came the last dove. Paloma Blanca made it dance and when it danced she said to the last dove, "Isn't it true that my father told Juan Pelotero he had to break a horse, and the horse was my father, the saddle was me and the bit was my mother?"

And the dove said, "Cucurucú! I don't remember."

And then Paloma Blanca gave it a good hard switching and said, "Well, take that, so you'll remember!"

And that one hurt Juan Pelotero so much he remembered everything. He jumped up and ran to hug Paloma Blanca and said to her, "Now I really do remember!" And then Juan Pelotero and Paloma Blanca were married.

*Bonifacio Mestas*
*Age: 56, Chamita, N.M.*

## Paloma Blanca

Eran un viejito y una viejita que tenían un hijo, y el hijo se fue a buscar la vida. Llegó a un palacio donde le dijeron que no había quien entrara. Entró y oyó llorar a una gatita y empezó a alisar a la gatita.

Entonces la gatita le habló y le dijo que no tuviera miedo, que era una princesa encantada y que ya era tiempo para que se desencantara, y que tenía que ir a una laguna a bañarse. Y le dijo que tenía que ir a bañarse en forma de paloma y que por eso le llamaban Paloma Blanca. Le dio de comer y le dijo que se quedara allí en el palacio, y que otro día cuando ella fuera a bañarse que la siguiera en un caballo que hallaría ahí abajo. Le dio un rosario y un anillo. Y le dijo que fuera por la vereda y no por el camino. Entonces se desapareció la gatita.

El muchacho estuvo durmiendo hasta la mañana. Se levantó, y fue a ensillar uno de los mejores caballos que halló. Halló en su cuarto ropas muy ricas y se vistió como un príncipe. Luego fue y se subió en el caballo y se fue a buscar a Paloma Blanca.

Y como iba tan bien vestido y en un caballo tan bonito, dijo: —Vestido como príncipe y con este animal, ¿cómo voy a ir por la vereda?

Y a ese tiempo llegó donde había un camino muy bonito y se fue por el camino y no por la vereda. Y allí en ese camino vivía la bruja que tenía encantada a Paloma Blanca. Salió la vieja

There was once an old man and an old woman who had a son, and the son left home to make his living. He came to a palace that no one dared enter and he went inside and he heard a cat crying. And he began to pet the cat.

The cat talked to him and told him not to be afraid, that she was an enchanted princess and that the time had come for her to be freed from the enchantment and that she had to go to a lake and bathe. The cat told him she had to bathe in the form of a dove and for that reason she was named Paloma Blanca. She fed him and told him he should stay there in the palace, and that the next day when she went to bathe herself he should follow her on a horse he would find in the stable below. The cat gave the boy a rosary and a ring, and she told him to go by the pathway and not by the road. And then the cat disappeared.

The boy slept until morning. He got up and went to saddle one of the best horses he found. He found fine clothes in his room and he dressed himself like a prince. Then he mounted the horse and set out to find Paloma Blanca.

And since he was dressed so fine and riding such a pretty horse, he said to himself, "Dressed like a prince and riding this animal, how can I travel on the path?" And just then he came to a road and he traveled down the road and not the path. And on that road lived the witch who was holding Paloma Blanca under the spell.

bruja y le dijo: —¿Adónde vas?

—Voy a la laguna por Paloma Blanca.

—Pues llévame a mí, nietecito. Llévame a mí también.

Y dijo él que estaba bueno, que la llevaría. Y entonces le hizo lonche la vieja bruja y se fue en ancas del caballo.

Cuando llegaron a la laguna ya Paloma Blanca estaba bañándose. Y sacó la vieja el bastimento y empezó a comer, y dijo: —¡Ah, qué buenas las panochitas de la hermosa Paloma Blanca!

Y él le dijo: —Dame a mí.

Y le dio la bruja panochitas y comió y se quedó dormido. Y ya ni se acordó de Paloma Blanca.

Cuando despertó ya la vieja bruja se había ido. Y Paloma Blanca le dijo, llorando: —Si sigues así no me voy a desencantar nunca. Sólo tres días tengo que irme a bañar. No sigas así. Quiero casarme contigo, pero tienes que hacer lo que te digo. Mañana vienes otra vez, pero ven por la vereda y no por el camino. No le hagas aprecio a esa bruja. Ella es la que me tiene encantada. —Y le dijo que se volviera para el palacio.

Otro día se levantó otra vez el muchacho y ensilló su caballo y se fue para la laguna. Y cuando ya iba llegando donde partía el camino, dijo: —¿Yo vestido de príncipe y en este animal y no ir por el camino?

Y otra vez dejó la vereda y se fue por el camino. Y pasó otra vez por donde vivía la bruja. Y tenía el lonche preparado, y le dijo cuando llegó: —Anda, nietecito, llévame a ver bañarse a Paloma Blanca.

Dijo él que bueno y la llevó en ancas otra vez. Y cuando llegaron ya Paloma Blanca estaba bañándose. Y sacó la vieja bruja el lonche y empezó a comer, y dijo: —¡Ah, qué buenas las panochitas de la hermosa Paloma Blanca!

—Dame también a mí —dijo el muchacho. Y le dio la bruja y se durmió, y ya ni se acordó de Paloma Blanca ni de nada.

Cuando despertó ya la bruja se había ido. Paloma Blanca empezó a llorar y le dijo: —Así

The old witch came out and said to him, "Where are you going?"

"I'm going to the lake to find Paloma Blanca."

"Take me with you, grandson. Take me too."

And he said he would take her. So the old woman made a lunch and she rode along with him on the horse's haunches.

When they came to the lake, Paloma Blanca was already bathing. And the old woman got out the lunch and began to eat and said, "Oh, how tasty are the sweet things of the beautiful Paloma Blanca!"

And he said, "Give me some."

The witch gave him sweet cakes and he ate them and fell asleep. And he didn't even remember Paloma Blanca.

When he woke up the old witch had gone. And Paloma Blanca said to him, crying, "If you keep up like this you'll never free me from the spell. I only have three days to bathe. Don't do this again. I want to marry you, but you have to do what I tell you. Come again tomorrow, but by the path and not by the road. Don't listen to that witch. She is the one who enchanted me." And then she told him to go back to the palace.

The next day the boy got up again and saddled the horse and left for the lake. When he got to where the road branched off he said, "Dressed like a prince and on this animal, how can I not travel on the road?" And again he left the path and traveled down the road. Again he came to the witch's house. She had a lunch ready when he got there and said to him, "Come on, grandson, take me to see Paloma Blanca bathing."

And he said all right and took her along on the horse's haunches again. When they got there, Paloma Blanca was already bathing, and the witch got out the lunch and started to eat and said, "Oh, how tasty are the sweet things of the beautiful Paloma Blanca!"

"Give some to me too," the boy said. And the witch gave him some and he fell asleep, and he didn't remember Paloma Blanca or anything.

When he woke up the witch had gone. Paloma Blanca cried and said to him, "You'll never free

nunca me vas a desencantar. Mañana es la última vez que voy a bañarme. Si esta vez no me desencantas estamos perdidos. No vayas por el camino, y si vas, no comas las panochitas de la bruja. —Y el muchacho le prometió que iba a hacer lo que le decía.

Bueno pues, otro día ya era el último. Se levantó el muchacho y se vistió otra vez como un príncipe y ensilló su caballo y se fue. Y viéndose tan bien vestido y en un caballo tan bonito, dijo: —¿Yo vestido de príncipe y en este caballo y no ir por el camino?

Se fue otra vez por el camino. Ya la vieja bruja lo estaba esperando con el lonche, y le dijo: —Anda, nietecito, llévame otra vez. —La llevó otra vez en ancas y pronto llegaron. Y ya estaba Paloma Blanca bañándose. Y sacó la vieja el lonche y empezó a comer. Y decía: —¡Ah, qué buenas las panochitas de la hermosa Paloma Blanca!

—Dame a mí —le dijo el muchacho. Comió y se durmió otra vez. Y se fue la vieja bruja.

Cuando despertó el muchacho, Paloma Blanca le dijo que ya se iba muy lejos y que ya no la volvería a ver. Y se fue y él se quedó llorando. La vieja bruja vino entonces y se llevó a la princesa a una cuidad muy lejos donde había muchos príncipes muy bonitos y muy ricos.

Y cuando la princesa llegó a esa ciudad todos los príncipes se querían casar con ella porque era tan bonita. Y la pidió uno y la vieja bruja quería casarla con él. Decía que la princesa Paloma Blanca era su hija.

Pero el muchacho siguió buscándola y buscándola por todas partes. Y al fin llegó a la cuidad donde estaban la princesa Paloma Blanca y la bruja, y allí le dijeron que Paloma Blanca estaba ya para casarse con un príncipe muy bonito. Le dijeron que sólo faltaban ya tres días para el casorio.

Llegó hecho garras con su rosario y su anillo. En el camino había comprado un violín y era muy buen cantador, y llegó y dijo que quería tocar para el casorio si lo dejaban. Le dijeron que sí. Ya

me from the spell this way. Tomorrow is the last time I'll come to bathe. If you don't free me this time, all will be lost. Don't go by the road, and if you do, don't eat the witch's little cakes." And the boy promised her he would do as she said.

So the next day was the last chance, and the boy got up and dressed like a prince again and saddled his horse and set out. And seeing himself so well dressed and on such a beautiful horse he said, "Dressed like a prince and on this horse, how can I not travel on the road?"

He went by the road again. And the old witch was waiting for him with a lunch and said, "Come on, grandson, take me along again." He took her again on the horse's haunches and soon they arrived. Paloma Blanca was bathing, and the old woman took out the lunch and started to eat. She said, "Oh, how tasty are the sweet things of the beautiful Paloma Blanca!"

"Give me some," the boy told her. And he ate and fell asleep again. And the old witch left. When the boy woke up, Paloma Blanca told him she was going far away and he would never see her again, and she left him there crying. The old witch came and took the princess to a faraway city where there were many rich and handsome princes.

And when the princess got to the city all the princes wanted to marry her because she was so pretty. One of them asked for her hand and the old witch wanted to marry her to him. She told everyone Princess Paloma Blanca was her daughter.

But the boy kept searching and searching for her everywhere, and finally he came to the city where Princess Paloma Blanca and the old witch lived, and the people told him that Paloma Blanca was about to marry a handsome prince. They told him only three days remained before the wedding.

He showed up looking ragged, with his rosary and his ring. Along the way he had bought a violin, and he was also a good singer. He said he wanted to play for the wedding if they would let him, and they agreed. Three years had gone by

hacía tres años que no veía a la princesa Paloma Blanca, y ella ya ni se acordaba de él.

Llegó el día del casorio y llegó el desconocido a tocar. Entró donde estaban los músicos y se puso a tocar. Cuando la novia empezó a oír la música, le gustó mucho y empezó a acordarse que había oído esa música en su encantamiento. Después cantó el muchacho, y más se acordaba Paloma Blanca que había oído esos cantos en su encantamiento. Entonces el muchacho sacó su rosario y su anillo y Paloma Blanca los vio y se acordó de todo.

Salió Paloma Blanca a abrazar al muchacho y gritó: —¡Éste es mi marido! ¡Éste es mi marido!

—¡Víctores! ¡Víctores! —dijo el rey—. ¡Se va a casar Paloma Blanca con el músico!

Se casó Paloma Blanca con el muchacho y se desencantó. Y allí están viviendo todavía. Y a la vieja bruja la mataron.

*Benigna Pacheco*
*Edad: 68, Arroyo Seco, N.M.*

since he had last seen Paloma Blanca and she didn't even remember him.

The day of the wedding arrived and the stranger came to play. He joined the other musicians and started playing, and when the bride heard the music she was pleased by it and began to remember that she had heard that music when she was living under the spell. Later he sang, and Paloma Blanca remembered even better that she had heard those songs when she was enchanted. And then the boy took out his rosary and his ring and Paloma Blanca saw them and remembered everything. Paloma Blanca ran to hug the boy and cried, "This is my husband! This is my husband!"

"Hooray! Hooray!" said the king. "Paloma Blanca will marry the musician!"

Paloma Blanca married the boy and was freed from the enchantment, and they are living there still. And they killed the old witch.

*Benigna Pacheco*
*Age: 68, Arroyo Seco, N.M.*

Éstos eran un rey y una reina que tenían una hija. Un día que estaba haciendo la princesa día de campo, iba pasando por un bosque. Se encontró con un oso y al encontrarse se espantó el caballo y la tiró. Entonces el oso brincó y la agarró y se la llevó para su cueva.

Yendo y pasando tiempo la princesa tuvo un niño que al mismo tiempo era animal y gente. Por el tiempo que estuvo ella en la cueva, el oso salía a traer comida, y cuando salía ponía en la puerta una piedra tan grande que ella no podía levantarla.

Y al cabo del tiempo, habiendo crecido el osito y cumplido cierta edad, se encontraba su madre una vez muy triste. Entonces le preguntó el osito por qué estaba tan triste, y ella le respondió:
—Pienso en tanto tiempo que he estado separada del rey mi padre, y sin poder salir de esta cueva.
—Y le contó del modo que ella había venido allí.

Entonces el osito le respondió que no estuviera triste por eso, que en cualquier de esos días iba a ver al padre.

—Imposible será, porque tú sabes bien que tu padre nos pone en la puerta los peñascos más grandes que hay para que no podamos salir.

—No es nada esto, madre mía. Para mañana estaremos libres.

Pues otro día ya había salido el oso y había puesto la piedra para dejarlos encerrados. Cuando el osito consideró que su padre andaba lejos, se arrimó a la puerta de la cueva y puso sus

This one is about a king and a queen who had a daughter. Once when the princess was spending the day in the country she was traveling through a forest and she met up with a bear. Her horse bolted and threw her off, and the bear leaped out and grabbed her and carried her away to his cave.

As time came and went the princess had a baby that was both human and animal. The whole time she was living in the cave, the bear would go off and bring back food for her. When he left, he closed the entrance with a rock that was so big she couldn't lift it.

After some time, when the little bear was getting grown up, his mother was sad one day. The little bear asked her why she was so sad and she answered, "I'm thinking about all the time I've been separated from my father, the king, without being able to leave this cave." And she told him how it was that she had come to be there. The little bear told her not to be sad about that, and that one day they would go and see her father.

"That will be impossible because, as you know, your father puts the biggest boulder around in the doorway so that we can't leave."

"That's nothing, mother. Tomorrow we'll be free."

The next day the bear left and put the rock in place to keep them locked up. Then when the

dos manos en la piedra. La pulsó y vio que podía quitarla. Entonces le dijo a su madre que se alistara, pero la pobre madre estaba a veces deseosa de salir y a veces no, porque hacía tanto tiempo que se encontraba en la cueva que estaba desnuda.

—Vamos de todos modos. No tengas miedo de mi padre. Si acaso nos alcance yo lucharé con él.

Se alistó la madre, y su hijo echó a rodar la piedra y se echó a su madre en sus hombros y salió corriendo con ella rumbo a la ciudad. A poco tiempo volvió el oso a la cueva y no encontrándolos, los siguió. Pronto ya los alcanzaba. Y al ver el osito al padre tan enojado, no tuvo más remedio que arrimarse a una iglesia, subir al campanario y coger el badajo de la campana que estaba allí para luchar con su padre. Y el osito tuvo la oportunidad de matarlo.

Entonces la princesa regresó a la casa del rey su padre, que ya no la conocía, especialmente en la condición en que iba. Y la princesa le preguntó al rey: —¿Recuerda usted que había tenido una hija?

—Sí —le dijo el rey—. Pero yo pienso que tú no eres mi hija.

—Sí, padre —dijo la princesa—. Yo soy la hija que tú amabas tanto.

—Y éste —le dijo su padre—, ¿quién es?

—Pues éste es un hijo mío que ahora es un nieto tuyo —dijo la princesa.

—Calla, calla, hija mía. Éste es más animal que gente.

—Es cierto —dijo la princesa—. Por el tiempo que yo he estado separada de ti, un animal me ha tenido en su cueva, y ahora he venido a dar a tu lado.

Entonces, llorando, el rey la abrazó y mandó que les trajeran sopa a ella y a su hijo.

Yendo y viniendo tiempo bautizaron al osito, y le pusieron el nombre de Juan Osito. Por algún tiempo estuvo muy bien, hasta que comenzó Juan Osito a hacerle mal al mismo rey, comiéndose las gallinas y muchos otros animales que tenía, y peleando todo el tiempo con los criados

50

little bear thought his father was far away he went to the door of the cave and put his two hands on the rock. He tested it and saw that he could move it, and then he told his mother to get ready. But the poor mother sort of wanted to leave and sort of didn't, because she had been in the cave for a long time and was naked.

"Let's go anyway. Don't be afraid of my father. If he catches up to us, I'll fight him."

The mother got ready, and her son rolled the rock aside and then picked her up on his shoulders and ran off toward the city. Before long, the bear returned to his cave and found them gone and started following them. Soon he was catching up, and when the little bear saw his father coming so angrily, he went to a church and climbed to the bell tower and grabbed the tongue from the bell to fight with. And the little bear killed his father.

Then the princess returned to the king's house, but her father didn't recognize her, especially in the shape she was in. The princess asked the king, "Do you remember that you had a daughter?"

"Yes," the king said. "But I don't think you are my daughter."

"Yes, Father," the princess said, "I am the daughter you loved so much."

"And this one," her father said, "who is he?"

"This is my son, and he's your grandson," the princess said.

"Don't say that. Don't say that, Daughter. He's more animal than human."

"It's true," the princess said. "During the time I have been separated from you an animal has kept me in his cave, and now I have returned to your side." And then the king wept and hugged his daughter and ordered food for her and her son.

In time they baptized the little bear and they gave him the name of Juan Osito. For a while everything was fine, until Juan Osito began terrorizing the king, eating his chickens and

que tenía el rey.

Yendo y viniendo tiempo, no pudiendo ya el rey aguantarlo, fue a consultar con el padre de la ciudad. Le dijo al padre que no podía aguantar a su nieto, Juan Osito, y el padre le contestó: —Tráemelo para acá. Puede ser que metiéndole miedo de alguna manera le podamos hacer mudar.

Todo fue imposible. La primera cosa que le propuso el padre fue que tenía que dar todas las horas del día. Las daba, pero siempre seguía haciendo el mismo mal al rey, su abuelo. Un día que había un difunto dijo el padre que iba a poner al difunto en el campanario para ver si así agarraría Juan Osito un poco de miedo. Fueron y lo pusieron al difunto allí, y cuando Juan Osito fue a dar la hora vio que estaba uno en el campanario y como estaba oscuro, le gritó: — ¿Quién vive?

Pero como el muerto nada podía responder, no respondió nada. Entonces Juan Osito agarró dos piedras y le dio al cuerpo y lo tiró para abajo. Entonces el padre, viendo que no podía mudarlo a otra clase de vida, consultó con el rey, diciéndole que no había ningún modo para poder dominar a su nieto. Entonces le dijo el rey: —Vamos a ver si quiere agarrar las cuarto partes del mundo, y si quiere, lo damos libre.

Consultaron con él, y él les dijo: —Sí, convengo, pero en cierta manera. Me tienen que hacer un bordón de oro a mi gusto. —Convinieron los dos, y pusieron en obra a uno para que le hiciera el bordón. Cuando ya el bordón estaba hecho llamaron a Juan Osito a ver cómo le gustaba. Lo agarró y lo estuvo pulsando y les dijo que todavía no estaba bueno. Le echaron más oro, y cuando le gustaba fue cuando apenas podían cinco hombres con el bordón. Pero él lo manejaba con una ligereza que parecía que no pesara nada. Entonces les dijo que le echaran su bendición para transitar las cuatro partes del mundo. Se la echaron, y se fue.

Agarró un camino donde a poco tiempo encontró a un hombre que estaba mudando los pinabetes de un lado al otro. Y dijo Juan Osito,

other animals and fighting with his servants.

After a time, when the king couldn't take it any longer, he went to consult with the priest of the city. He told the priest he couldn't put up with his grandson, Juan Osito, and the priest told him, "Bring him here to me. Maybe by frightening him in some way we can make him change."

It was impossible. The first thing the priest told Juan to do was to toll the hours of the day. He did it, but he kept doing the same mischief to his grandfather. One day when a man had died, the priest said he was going to put the dead body in the bell tower to see if that would give Juan Osito a bit of a fright. They put the dead man there, and when Juan Osito went to toll the hour, he saw someone in the bell tower and since it was dark in there he shouted, "Who goes there?"

But since the dead man couldn't speak, he didn't answer. Juan Osito grabbed two rocks and hit the body and knocked it out of there. Then seeing that he couldn't change Juan's way of acting, the priest consulted with the king and told him there was no way to control his grandson. The king said, "Let's see if he'd like to explore the four corners of the world, and if he wants to, we'll give him leave."

They talked to him and he said, "Yes, I agree, but on a certain condition. You have to make me a golden walking stick to my liking." They agreed and put a man to work making the staff. When the walking stick was done, they called Juan Osito to see if he liked it. He took it and tested it and then told them it still wasn't good enough. They put more gold into it, but Juan wasn't happy with the staff until five men could barely lift it. But he handled it so easily that it didn't seem to weigh anything at all. Then he asked for a blessing to go visit the four corners of the world. He received the blessing and left.

He went down the road and soon met a man who was moving tall pine trees from one place to the other. Juan Osito said in amazement, "Caramba! Here's a man that's stronger than me!"

51

admirado: —¡Caramba! Aquí está un hombre más fuerte que yo. —Y allí fue y le dijo: —Buenos días, buen amigo.

—Buenos días.

—¿Qué está usted haciendo aquí? —Juan Osito le preguntó al hombre.

—Pues ya verá usted, señor, que éste es mi trabajo, mudar pinabetes para un lado al otro —le respondió.

—Muy fuerte hombre es usted —le dijo—. ¿Se va conmigo a buscar la vida?

—No —respondió él—. Aquí hago muy bien la vida, ganando buen dinero.

—No —le dijo Juan Osito—, vamos conmigo. Yo también soy hombre muy fuerte. —Al fin lo consiguió, y se fueron los dos.

A pocos días de caminar encontraron a otro que estaba mudando un cerro de un lado para el otro. —¡Caramba! —dijo Juan Osito a su compañero—. Aquí está otro hombre más fuerte que nosotros.

Ya fueron y le dijeron: —¿Cómo está, buen amigo?

—Pues aquí pasando el tiempo —les respondió.

—¿No se va con nosotros? —le preguntaron.

—No —les contestó—. Aquí paso muy bien mi vida, mudando cerros para un lado al otro.

—Pero se debe ir mejor con nosotros a buscar la vida a otro lugar —le dijeron a él.

Al fin lo consiguieron, y se fueron los tres. A poco más de caminar se encontraron con un río muy grande. Encontraron a otro hombre que pasaba la gente en los bigotes. Se admiraron que hubiera un hombre tan fuerte. Llegaron y le preguntaron cómo estaba y qué hacía allí.

—Pues todo mi oficio es pasar gente en los bigotes en este río tan grande —les respondió—. Aquí paso muy bien mi vida.

—Pero es bueno que te vayas. Ya somos tres hombres fuertes y contigo completamos cuatro.

Al fin lo consiguieron y consintió irse con ellos, y comenzó a pasarlos a ellos. Primero pasó al que mudaba los pinabetes, y luego pasó al que mudaba los cerros, y al fin pasó a Juan Osito.

And he went over there and said, "Good morning, my friend."

"Good morning."

"What are you doing here?" Juan Osito asked the man.

"Well, as you can see, sir, this is my work, moving pine trees from one place to another," the man answered.

"You're a strong man," said Juan Osito. "Will you go with me to find a good living?"

"No," the man answered. "I have a good life here and make a lot of money."

"Come on," Juan Osito said. "Come with me. I'm a strong man too." Finally he got his way and they went on together.

After traveling a few days they met another one who was moving mountains from one place to another. "Caramba!" said Juan Osito to his companion. "Here's a man who's stronger than we are."

They went over and said to him, "How's it going, my friend?"

"Just passing the time," he answered.

"Won't you come with us?" they asked.

"No," he answered. "I have a good life here, moving mountains from one place to another."

"But you should come with us to look for a good life somewhere else," they said.

Finally they convinced him, and the three went on together. A little bit farther along they came to a big river. There they met another man who carried people across the river on his mustache. They were astonished to see such a strong man. They asked him how he was and what he was doing there.

"My trade is carrying people across this big river on my mustache," he answered. "I have a good life here."

"But you should leave here. We're three strong men and with you we'll be four."

Finally they talked him into it and he agreed to go with them and started carrying them across the river. First he carried the one who moved pine trees, and then he carried the one who

Como el bordón era tan pesado, cuando ya iban a medio río por poco se cae. Le dijo: —¡Ay, amigo, cómo está pesado usted!

—Yo no, pero mi bordón sí —le respondió Juan Osito. Al fin llegó al otro lado del río muy apenas con él.

Caminaron dos o tres días. Se encontraron con un palacio donde había de cuanto Dios creó en el mundo. Nada más que no encontraron a persona alguna. Pararon ellos allí, y haciéndose el principal, Juan Osito les dijo: —Mañana se queda el Muda Pinos haciéndonos de comer para cuando nosotros volvamos. Vamos a andar a ver si podemos encontrar a alguna persona.

Otro día se alistaron y se fueron y se quedó Muda Pinos haciendo la comida. Así que cuando la comida ya estaba hecha y que ya estaba llegando el mediodía, de repente se le apareció al cocinero un negro que le preguntó qué estaba haciendo en aquel palacio. Él le respondió que no estaba más que parado allí. Entonces el negro lo agarró y lo paleó y anduvo haciendo horrores con él. Luego fue y le volteó las ollas boca abajo en la lumbre. Agarró a Muda Pinos y lo tiró para arriba de una pila de leña. Entonces se fue y se desapareció.

Al rato llegaron sus compañeros y le preguntaron qué pasaba y qué tenía.

—El mal de la catarata —respondió él.

—¿Qué mal de la catarata? —preguntó Juan Osito.

—El mal de la catarata —fue lo que respondió.

Entonces se enojó Juan Osito y le dijo que no servía. Se pusieron todos a hacer la comida, y le volvieron a preguntar qué tenía, y él no quiso decirles más que el mal de la catarata.

Entonces Juan Osito le dijo a Muda Cerros: —Mañana te quedas tú, y no vayas a hacer lo que hizo éste.

Pues otro día se levantaron muy de mañana y almorzaron. Se quedó Muda Cerros haciendo la comida, y los otros se fueron a ver qué encontrarían. Cuando iba llegando la hora de la comida y ya

moved mountains and finally he carried Juan Osito. Because the walking stick was so heavy they almost fell when they got to the middle of the river. He said, "Ay, friend, you're really heavy."

"I'm not, but my staff is," Juan Osito said. In the end he managed to get Juan Osito to the other side of the river.

They traveled for two or three days, and then they found a palace where there was every kind of animal God had created. But they didn't find a single person. They stayed there and, taking charge of the group, Juan Osito told them, "Tomorrow Pine Mover will stay here and make the food for when the rest of us return. Let's take a look around to see if we can find anyone."

The next day they got ready and left and Pine Mover stayed behind making the meal. When the food was ready and it was just about noontime, a black man suddenly appeared before the cook and asked him what he was doing in that place. He answered that he was just staying there. Then the black man grabbed him and beat him with a stick and worked him over horribly. Then he went and dumped the pots into the fire. He grabbed Pine Mover and threw him on top of a pile of firewood and then disappeared.

In a while the others came back and asked what was going on and what was wrong with him.

"I have cataracts," he answered.

"What cataracts?" Juan Osito asked.

"I've got cataracts," was only the answer he gave.

Then Juan Osito got mad and said he was good for nothing. They all got busy making food, and they asked him again what was wrong with him, and he wouldn't say anything more than that he had cataracts.

Then Juan Osito told Mountain Mover, "Tomorrow you stay here, and don't do what this one did."

The next day they got up early and ate breakfast. Mountain Mover stayed behind making the food, and the others left to see what they could

estaba todo listo, volvió a salir el negro y volvió a hacer lo mismo con Muda Cerros que había hecho con el otro. De modo que cuando llegaron aquéllos, no había comida y el Muda Cerros estaba arriba de la pila de leña. Le preguntaron qué pasaba, y él sólo respondía que el mal de la catarata.

—No sirven ustedes —dijo Juan Osito, enojado. Se pusieron a hacer comida y cuando acabaron, dijo Juan Osito: —Bueno, ya van dos a que les ha dado el mal de la catarata. Mañana se queda el Bigotón a hacer la comida.

Al día siguiente se quedó Bigotón, pero le sucedió lo mismo. Y no respondía más que el mal de la catarata cuando le preguntaron qué pasaba.

Entonces dijo Juan Osito que le tocaba a él. Y al día siguiente se levantaron muy de mañana, hicieron su almuerzo y se fueron. Pero ellos no fueron lejos, sino que se quedaron allí cerca en el campo donde podían ver lo que le pasaba a Juan Osito.

Éste se puso a hacer la comida y la preparó bien para cuando llegaran ellos. A la misma hora volvió a llegar el negro y le preguntó qué estaba haciendo. Juan Osito le dijo que allí estaban parados y que estaban transitando por tierras extrañas. Entonces el negro contestó que no tenían nada que hacer allí, y quiso hacer lo mismo que había hecho con los otros. Comenzaron a pelear. Viendo que el negro era fuerte, Juan Osito agarró el bordón y le dio con él en la oreja. Tocó la suerte que se la arrancó. Entonces brincó y agarró la oreja, y el negro salió huyendo y se metió en una cueva muy honda.

Al rato llegaron sus companeros muertos de risa y le preguntaron cómo le había ido. Y les dijo Juan Osito: —Bien. Gracias a Dios que a mí no me dio el mal de la catarata. ¡Cobardes! Ahora coman y después vamos a seguir a ese negro.

Mientras estuvieron comiendo sus compañeros, Juan Osito estuvo haciendo cabestros. Añadió los cabestros y luego les preguntó quién de ellos se atrevía a entrar para adentro de la cueva. Todos empezaron con que no. Entonces

find. When it was getting close to lunchtime and everything was ready, the black man came out again and did the same thing to Mountain Mover he had done to the other one. So when the others got there, there was no food and Mountain Mover was on top of the pile of firewood. They asked him what was going on and he just answered that he had cataracts.

"You people are good for nothing," Juan Osito said angrily. They made some food, and when they were done Juan Osito said, "Okay, so far two have gotten cataracts. Tomorrow Mustaches will stay and make the meal."

The next day Mustaches stayed but the same thing happened to him, and when they asked him what had happened he wouldn't say anything but that he had cataracts.

Then Juan Osito said that it was his turn. And the next day they got up early, made their breakfast and left. But they didn't go far off. They stayed nearby in the field where they could see what happened to Juan Osito.

He started to make the food and had it all well prepared for when they got back. At the same time as before the black man appeared and asked him what he was doing. Juan Osito told him they were staying there and that they were traveling through strange lands. Then the black man said they had no business being there and tried to do the same thing he had done to the others. They started to fight. Seeing how strong the black man was, Juan Osito grabbed his staff and hit him in the ear with it. He was lucky enough to chop the ear off. He jumped out and grabbed the ear and the black man ran away and went into a deep cave.

In a little while his companions came back laughing and asked him how it had gone. And Juan Osito told them, "Fine. Thank God I didn't get cataracts. Cowards! Eat up, and then we're going to follow that black man."

While his companions were eating, Juan Osito was making ropes. He tied the ropes together and then asked which one of them dared enter the

les dijo él: —Bueno, yo voy a entrar, pero no vayan a ser cobardes.

Lo deslizaron para abajo en el pozo. Cuando llegó al plan del pozo se halló en un palacio encantado. Llegó a uno de los cuartos principales donde estaba una joven. Le preguntó qué estaba haciendo allí, y ella le contestó que había sido robada de sus padres. Y era princesa. Entonces vino él y la sacó a la puerta de la cueva y la amarró al cabestro y hizo que la sacaran.

Entonces siguió buscando y halló tres otras princesas. Hizo que las sacaran a las tres. Cuando ya habían sacado a la última, que era la que le tocaba a él, siempre teniendo desconfianza de sus compañeros, amarró una piedra al cabestro en vez de amarrarse a sí mismo. Les dio a sus compañeros señal para que lo subieran para arriba. Cuando ya iba a media subida, sus compañeros dejaron caer la piedra, pensando que era él, y se fueron con las cuatro princesas a la ciudad de donde ellas dijeron que eran.

Dejado abajo sin poder salir, Juan Osito se volvió y anduvo por todos los cuartos de las princesas. Encontró un manojo de llaves en uno de ellos y empezó a andar por todos los cuartos del palacio, hasta que al fin encontró al negro al que le había tumbado la oreja.

Entonces le dijo el negro: —¿Cómo te ha ido?

—Pues mal —le respondió Juan Osito—. Me han dejado encerrado.

Le dijo el negro que él lo podía sacar, pero con la condición de que le devolviera la oreja que le había tumbado.

—¿Para que quieres la oreja? —le preguntó Juan Osito—. Ya la tiré en la lumbre.

—¡Oh, hombre! No sabes lo que has hecho. Esa oreja tenía la virtud de hacer todo lo que tú quisieras —le dijo el negro.

—Pues si me sacas de este sitio —respondió Juan Osito—, yo te voy a dar la oreja, que aquí está. Pero no te la doy hasta que no esté arriba, libre de todo esto.

Entonces le dijo el negro a Juan Osito que se subiera en él y que cerrara los ojos y en un

cave. They all started saying, "not me." And then he told them, "All right, I'll go in myself, but don't be cowards."

They lowered him down into the cave. When he reached the bottom he found himself in an enchanted palace. He went to one of the main rooms, and a young girl was in there. He asked her what she was doing there and she told him she had been kidnaped from her parents. She was a princess. Then he took her to the entrance of the cave and tied her onto the rope and had the others pull her out.

He went on searching and found three other princesses. He had his companions pull out all three. When they had pulled out the last one, which was the one Juan Osito wanted for himself, he tied the rope to a rock instead of himself, because he didn't trust his companions. He gave the signal for them to pull him up, and when the rock was halfway up his companions let it drop, thinking it was him. Then they set out for the city where the princesses said they lived.

Juan Osito was left there with no way to escape. He turned and walked through all the princesses' rooms. He found a bunch of keys in one of the rooms and started to explore the palace, until finally he found the black man whose ear he had chopped off.

The black man said to him, "How's it going with you?"

"Bad," Juan Osito answered. "They've left me trapped in here."

The black man told Juan he would get him out, but on the condition that he give him back the ear he had knocked off.

"What do you want that ear for?" Juan Osito asked him. "I threw it into the fire."

"Oh, man! You don't know what you've done. That ear had the power to do whatever you wished," the black man told him.

"Well, if you get me out of this place," Juan Osito said, "I'll give you the ear. It's right here. But I won't give it to you until I'm up above, free from all this."

Then the black man told Juan Osito to climb

instante ya estuvieron arriba.

—¿Conque ya quieres tu oreja? —le preguntó Juan Osito.

—Sí —le respondió.

—Pues aquí la tienes. —Y volvió a sacar su bastón y le pegó al negro, y éste salió a huir para abajo.

Entonces viendo que ya se habían ido sus compañeros Juan Osito sacó la oreja y dijo: —¡Dios y mi orejita!

—¿Qué se te ofrece? —respondió la oreja.

—Que me lleves donde están mis compañeros.

Bueno, pues cuando llegó él a la ciudad, en forma de un hombre muy pobre, llamó a su orejita y le pidió tres bolas de oro. La oreja se las dio. Otro día cuando iba a comenzar un festín, le pidió a su orejita que le consiguiera un caballo y un buen vestido, y llegó al banquete y le tiró a la princesa mayor una bola de oro. La princesa gritó al momento y dijo: —¡Mi marido! —Pronto mandó el rey que lo agarraran, pero fue imposible.

Al día siguiente hizo Juan Osito lo mismo, y así hizo el tercer día. Y ya viendo el rey que no podían agarrarlo ordenó hacer un banquete y invitar a toda la gente. También puso un sitio por donde tenía que pasar toda la gente.

Llegó la hora. Pasaban príncipes y el rey quería agarrarlos, pero la princesa, ¡nada! Permanecía silenciosa. Al fin iba pasando Juan Osito en forma del hombre más feo del mundo, porque así le había pedido a la orejita que lo hiciera. Cuando estaba en frente del portón brincó la princesa y lo agarró, y lo abrazó. Pero el rey, de verlo tan fiero, quedó ciego, y dijo: —Cásate con él, pero no quiero que ni me hables más. No más te casas con un animal.

Yendo y viniendo tiempo, como el rey había quedado ciego, empezaron a buscar algún modo de curarlo. Un día le dijeron que los calostros de las liebres eran buenos para eso, y los otros yernos fueron a buscar liebres.

Cuando iban en el camino se encontraron con Juan Osito, que también iba por calostros de liebre, pero no le hicieron caso porque estaba a medio río atascado en un burro. Y cuando ya se

onto him and close his eyes, and in an instant they were up above.

"So do you want your ear?" Juan Osito asked him.

"Yes," he answered.

"Well, here it is," and Juan grabbed his staff again and hit the black man and he ran back down the cave.

And then seeing that his companions had left, Juan Osito took out the ear and said, "By God and my little ear!"

"What can I do for you?" asked the ear.

"Take me to where my companions are."

Juan Osito went to the city in the form of a poor old man. Then he called to his ear and asked for three golden balls. The ear gave them to him. Then the next day when a festival was about to begin, he asked his ear for a horse and fine clothes and he went to the celebration and threw a golden ball at the princess. Right away the princess cried out, "My husband!" The king gave the order for him to be caught, but no one could do it.

The next day Juan Osito did the same thing, and he did it on the third day too. And seeing that it wasn't possible to catch him, the king ordered a banquet to be prepared and invited all the people. He set up a stand that everyone had to walk past.

The time of the banquet arrived and princes started walking past. The king wanted to choose one of them, but the princess wasn't interested. She just sat there silently. At last Juan Osito came along in the form of the most ugly man in the world, because he had asked his ear to make him that way. When he was in front of the platform the princess jumped up and grabbed him and hugged him. But seeing how ugly he was, the king went blind, and said, "You can marry him, but don't even speak to me again. You're marrying a wild animal."

Time came and went, and since the king had gone blind they started to look for a way to cure

habían ido ellos, salió él al llano y le pidió a su
orejita que le diera una corneta con que juntar a
todas las liebres y que lo pusiera a él en otra
figura. Llamó a todas las liebres. A poco rato
llegaron los yernos del rey y trataron de comprár-
selas, pero él les contestó: —Buenos amigos, estas
liebres no las vendo yo por ninguna clase de
dinero. —Y después que le siguieron rogando les
dijo: —Únicamente puede llevarse una liebre
cada uno de ustedes si se dejan echar esta
marquita en la nalga derecha.

—No —decían ellos.

—De otro modo no —les respondió él. Entonces ellos, por quedar bien con el rey, se dejaron.
Él les puso la marca, y ellos se fueron. Luego él
agarró una liebre preñada y le sacó los calostros y
los echó en una botellita y se fue atrás de ellos.

Cuando llegó a la casa del rey, ya sus compañeros lo habían tratado de curar. Habían venido y
le habían echado leche en los ojos y por eso
estaba todo lleno de leche. Pero nunca pudo
recobrar su vista. Entonces Juan Osito le dijo a
su esposa: —Anda, dile a tu padre si me deja ver
si yo lo puedo curar. —Fue y le dijo la princesa a
su padre.

—Dile —dijo el rey—, que me cure si puede,
pero que se vaya en seguida, porque me fastidia
verlo.

Mandó Juan Osito a su esposa que trajera un
platón con agua y una toalla, y vino y estuvo
lavándolo bien al rey, y enseñandole a ella el
tiradero de leche, y le dijo: —Mira la porquería
que dejaron ellos.

Luego que el rey quedó bien limpio, le puso la
medicina y empezó a abrir los ojos. También con
la virtud que tenía, Juan Osito se le presentó
como un príncipe, de modo que cuando el rey
abrió los ojos esperando ver una cosa muy fiera
vio que era un príncipe, y se quitó la corona y se
la presentó a él. Pero Juan Osito le respondió
que no, que él no era digno de eso. Se fue y siguió

him. One day somebody said that the first milk of
a mother jackrabbit was a good cure, and the
other sons-in-law went out to look for jackrabbits.

As they were going down the road they met up
with Juan Osito who was also going for first milk
from a jackrabbit, but they didn't pay any
attention to him because he was stuck in the
middle of a river on a burro. When they had gone
on, Juan Osito went out into the field and asked
his ear to give him a horn that would call all the
jackrabbits together. And he also asked it to make
him look like a different person. He called all the
jackrabbits, and in a little while the sons-in-law
got there and tried to buy them from him. He
told them, "Good friends, I won't sell these
jackrabbits for any kind of money." And after
they kept on begging him he told them, "Each
one of you can take one jackrabbit if you let me
put this brand on your right buttock."

"No!" they said.

"That's the only way," he told them. And to get
on the king's good side they gave in. He branded
them and they went away. Then he took a
pregnant jackrabbit and removed its first milk
and put it in a little bottle and went along behind
the others.

When he got to the king's house, the others
had already tried to cure him. They had gone
there and thrown milk in his eyes and he was all
covered with milk. But still he couldn't see. Then
Juan Osito told his wife, "Go and ask your father
if he'll let me see if I can cure him." The princess
went and asked her father.

"Tell him to cure me if he can," the king said.
"But he must leave immediately, because I can't
stand to see him."

Juan Osito told his wife to bring a bowl with
water and a towel, and he went and washed the
king. He showed his wife puddles of milk and
said to her, "Look at the mess those others left."

As soon as the king was clean, Juan Osito
applied the medicine and the king opened his
eyes. Also, with the power he had, Juan Osito
made himself look like a prince. The king opened

trabajando pobremente y haciéndose el menor de todos.

Yendo y viniendo tiempo fue invitado el rey para ir a otra ciudad a un festín. Todos los otros yernos del rey se prepararon bien. Pero Juan Osito se preparó muy pobremente. Salió adelante en un carruaje y los machos viejos. Los otros lo alcanzaron y lo dejaron y ni los buenos días le dieron. Pero cuando ellos ya habían pasado, sacó su orejita y le pidió un carruaje que no hubiera ojos con que verlo. Se lo dio la orejita y de ese modo llegó a la ciudad antes de todos sus concuños. Cuando estaban ya en el palacio del rey que estaba dando el festín y que ya estaban comiendo, se levantó Juan Osito de la mesa y dijo: —¿Han visto que criados míos se sientan juntos conmigo a comer?

Se levantó el rey muy enojado y le respondió: —¿Ha visto que en mi corte hay criados tuyos?

Y le respondió Juan Osito: —¡Sí, los hay!

—¿Cuáles son?

Juan Osito señaló a sus tres compañeros, pero el rey dijo que no creía. Entonces le dijo Juan Osito: —Pues si no cree, que se bajen el pantalón, y si no tienen esta marca en la nalga derecha no son mis criados.

Entonces el rey hizo que se bajaran el pantalón y viendo la marca, los echó afuera de la corte. Y después con ellos mismos Juan Osito hizo un palacio para vivir allí, porque allí le gustaba mucho.

*Gregorio Salas*
*Edad: 30, Peña Blanca, N.M.*

his eyes expecting to see a horrible sight, and he saw a prince. He took the crown from his head and presented it to Juan Osito. But Juan Osito refused it, saying he wasn't worthy of it. He left and went on working humbly and making himself the least of all.

As time came and went the king was invited to go to a feast in another city. The king's other sons-in-law got all dressed up, but Juan Osito dressed very poorly. He went on ahead in a carriage pulled by old mules. The others overtook him and left him behind without even saying hello. But when they had gone on by, he took out his ear and asked for such a carriage as had never been seen before. His ear gave it to him and he got to the city before his in-laws. When they were all in the palace of the king who was giving the party and had begun to eat, Juan Osito stood up from the table and said, "Have you noticed that my own servants are sitting down with me to eat?"

The king stood up angrily and said, "Have you seen that in my court there are servants of yours?"

And Juan Osito answered, "Yes, there are."

"Who are they?"

Juan Osito pointed at his three companions, but the king said he didn't believe it. Then Juan Osito said to him. "If you don't believe me, have them lower their pants, and if they don't have this brand on their right buttocks, they're not my servants."

Then the king made them lower their pants and when he saw the brand, he threw them out of the court. And later, Juan Osito used those same three men to build a palace there to live in, because he liked it there a lot.

*Gregorio Salas*
*Age: 30, Peña Blanca, N.M.*

## La joven valiente

## The Brave Young Woman

Ésta era una joven que se casó y tuvo un niño. Se le murió su marido y la muchacha dejó a su niño con la abuela y se fue a transitar mundo. Cuando llegó a una montaña se vistió de hombre y se encontró con dos hombres que tenían un campo de cazadores. Le dijeron que se podía estar allí y trabajar con ellos. Pero no sabían que era mujer.

Un día la dejaron para que cuidara la comida mientras ellos iban a cazar. Y le dijeron que se cuidara porque alguien venía cuando se iban y tiraba toda la comida y no podían saber quién era. La joven dijo que estaba bueno, que se quedaría.

Y luego que aquéllos se fueron vino una vieja y empezó a tirar la comida y la joven la vio. La joven fue entonces a pelear con ella con una porra que tenía. Pero la vieja salió huyendo y se metió en un agujero que había allí cerca.

Se volvió entonces la joven y se puso a esperar a sus compañeros, y cuando llegaron les dijo: —Es una vieja que tira la comida. Vino y empezó a comerse la comida y a tirarla por todas partes. Yo la seguí con mi porra y aquí se metió en este agujero.

—¿Cómo hacemos para agarrarla? —preguntaron ellos.

—Hacemos una reata de cuero y entramos —dijo ella.

This one is about a young woman who got married and had a baby. The woman's husband died and she left her baby with its grandmother and set out to travel the world. She dressed herself as a man, and when she came to some mountains she met up with two men who had a hunting camp. They told her she could work there with them. They didn't know she was a woman.

One day they left her in charge of the food while they went out hunting. They told her to be on her guard because somebody would come whenever they left and throw the food all around, and they didn't know who it was. The young woman said that was no problem and agreed to stay there.

As soon as they left, an old woman came and started throwing the food around and the young woman saw her. The girl went to fight the old woman with a club she had, but the old woman ran away and disappeared into a hole that was nearby.

Then the young woman went back and waited for her companions, and when they got there she told them, "The person who scatters the food is an old woman. She came and started eating the food and throwing it all over the place. I followed her with my club and she ran down that hole over there."

"How can we catch her?" the others asked.

"We'll make a rope out of leather and climb down," she said.

Conque hicieron la reata y entró primero uno de los dos hombres. Les dijo que cuando le diera miedo menearía la reata para que lo sacaran. Lo echaron con la reata y cuando ya iba muy adentro le dio miedo y meneó la reata y lo sacaron.

Entonces metieron al segundo, y a éste le pasó lo mismo que al otro. Le dio miedo cuando iba ya muy adentro y meneó la reata y lo sacaron.

—¿Qué viste allí abajo? —le preguntó la joven.

—Vi una lucecita y me dio miedo, y por eso me arrendé —dijo el hombre.

Conque entonces metieron a la joven con su porra. Y la dejaron entrar hasta que llegó bien al fondo y allí vio una luz y se puso a esperar. Y luego que vio que no había nadie, fue a ver qué había y vio a tres hermosas jóvenes que se asustaron al verla.

Una le preguntó: —¿Qué anda haciendo usted por aquí? ¿No sabe usted que estamos en un encanto? Nos tiene Judas, y una vieja nos está cuidando.

—No tengan ustedes miedo —les dijo la joven—. Yo las sacaré a ustedes de aquí aunque me cueste la vida.

—¿Cómo, señor? Judas nos ha robado de nuestro padre, el rey de esta ciudad.

Pero la joven les dijo que no tuvieran miedo, que ella las iba a sacar. Las llevó entonces a la puerta del agujero y una por una los de afuera sacaron a las tres princesas con la reata. Y ya con eso dijeron aquéllos que se iban a casar con las princesas y se fueron y dejaron a la joven en el agujero. Se sintió ella muy triste cuando vio que ya no la iban a sacar.

De repente salió la vieja y le dijo: —¿Qué estás haciendo aquí, ladrona? Tú te has robado a mis princesas. Ahorita vendrá Judas y te comerá.

—¿Qué me estás diciendo? —le dijo la joven. Y levantando su porra mató a la vieja en seguida.

Pero cuando mató a la vieja llegó Judas

So they made the rope, and one of the two men went in first. He told them that when he got scared he would shake the rope for them to pull him out. They lowered him down with the rope and when he was far inside he got scared and shook the rope and they pulled him out.

Then they lowered the second man, and the same thing happened to him. He got scared and shook the rope for them to pull him out.

"What did you see down there?" the young woman asked him.

"I saw a little light and was scared. That's why I turned back."

Then the young woman went in with her club. They lowered her down until she got clear to the bottom, and she saw a light there and waited to see what would happen. As soon as she saw that no one was in that place, she started looking around and found three beautiful girls who were very surprised to see her.

One of them asked her, "What are you doing around here? Don't you know that we're under a spell? Judas is holding us here and an old woman is keeping guard."

"Don't be afraid," she told them. "I'll get you out of here even if it costs me my life."

"But how?" they asked. "Judas carried us away from our father, the king of this city."

But the young woman repeated that they needn't be afraid, because she would get them out of there. Then she took them to the entrance of the hole and one by one the men up above pulled the princesses out with the rope. Right away the men decided they would marry the princesses, and they went away and left the young woman in the hole. The young woman was very sad when she realized they had abandoned her.

Suddenly the old woman came out and said to her, "What are you doing around here, you thief? You've stolen my princesses. Here comes Judas right now and he'll eat you."

"What are you talking about?" the girl said. And she raised her club and killed the old woman.

But after she killed the old woman, Judas

bramando y gritando: —¡A carne humana me huele aquí, y si no me la das te comeré a ti! Te has llevado a las princesas que yo tenía ganadas con mi poder.

Agarró la joven su porra y le tiró el primer golpe. Judas se capeó y la joven le cortó una oreja. Entonces Judas se le fue encima, pero la joven traía un rosario y se lo puso a Judas en el pescuezo y se pegó al suelo.

—¡Suéltame pronto! —gritó Judas.

—Si yo no te tengo agarrado —le dijo la joven—. Pero yo te suelto si prometes sacarme de este lugar.

—Prometo sacarte si me sueltas y me devuelves mi oreja —dijo Judas.

—Bueno —dijo la joven.

—Palabra de rey —dijo Judas. Y entonces le dijo a la joven que se subiera en sus hombros. La subió arriba y entonces Judas dijo: —Bueno, ya estás arriba, ahora dame mi oreja.

—Sí —le dijo la joven—, te la voy a dar, pero a condición de que me vengas a ayudar siempre que te necesite.

Judas prometió ayudarle siempre, y entonces la joven le dijo que cuando terminara todos sus negocios le devolvería su oreja.

Se despidió entonces de Judas y se fue para la ciudad. Y allí en la ciudad halló a los dos compañeros casados ya con las dos princesas mayores y la menor estaba esperando al que las había sacado del encanto, creyendo que era hombre.

Llegó la joven y pidió licencia para hablar con el rey, pero los guardias no la dejaron entrar. Pero la princesa menor la vio por una ventana y fue y le dijo al rey que la dejara entrar, que era su marido. El rey dijo que estaba bueno y la dejaron entrar.

Y cuando entró, dijo el rey: —¡Holas! ¡Holas! Ya apareció el marido de mi hija. —Y como la joven estaba vestida de hombre creían que era hombre. El rey le dijo: —Tú sacaste a las princesas del encanto. Ahora te puedes casar con la princesa menor.

Y llamaron a los dos hombres que ya se habían

came out roaring and shouted, "I can smell some human meat. Give it to me or it's you that I'll eat! You have taken the princesses that I won with my powers."

And the girl grabbed her club and struck first. Judas dodged and the girl cut off his ear. And then Judas came after her, but the girl was wearing a rosary and she put it around his neck and he was stuck tight to the ground.

"Turn me loose right now!" Judas hollered.

"I'm not the one that's holding you," the girl told him. "But I'll set you free if you promise to get me out of here."

"I promise to get you out if you set me free and give me back my ear," Judas said.

"All right," the girl told him.

"King's word," Judas said. And then he told the girl to climb up on his shoulders. He carried her up to the top and then said, "All right, you're up on top, now give me my ear."

"Yes," the girl said, "I'll give it to you, but on the condition that you come and help me whenever I need you."

Judas promised to help her and then the girl told him she would give him back his ear when she finished everything she had to do.

She dismissed Judas and then set off for the city. And there in the city she found out that her two companions were married to the two older princesses, but the youngest one was waiting for the person who had freed them from the enchantment, thinking it was a man.

The young woman went and asked for permission to speak to the king, but the guards wouldn't let her in. And then youngest princess saw her from a window and told the king to let her come in because she was her husband. The king said it was all right and they let her enter.

When she went inside the king said, "Hello! Hello! My daughter's husband has arrived." And since the young woman was dressed as a man they all thought she was a man. The king said to her, "You freed the princesses from their spell. Now you can marry the youngest princess."

They called for the two men who had already

casado con las princesas y ellos dijeron que era verdad, que aquél era él que había sacado a las princesas del encanto. Pero la joven dijo: —Señor Rey, yo tengo un hijo de las venas de mi corazón y ése puede casarse con su hija.

—¡Holas! ¡Holas! —dijo el rey—. Un hombre tan valiente como tú se rehusa a casar con mi hija. ¿Qué tienes tú? Tú la mereces y es tuya.

—Señor Rey, yo no puedo casarme con una mujer —dijo la joven.

—¿Por qué? —dijo el rey.

—Porque soy mujer.

—¡Holas! ¡Holas! —dijo el rey—. Pero me extraña que esa porra que traes ahí la pueda levantar una mujer.

—Pues soy mujer —dijo la joven.

—Si no dices la verdad, penas de la vida —le dijo entonces el rey—. Y convengo en que mi hija se case con tu hijo, y yo mismo lo coronaré de rey.

Conque entonces mandaron por el hijo de la joven y a la princesa le gustó y se casaron en seguida. Y entonces el rey llamó a la joven y le dijo: —¿Sería bueno matar a estos traidores que estan casados con mis hijas mayores y que te dejaron en la cueva? Palabra de rey que haré lo que tu digas.

—No —dijo la mujer—. Es verdad que fueron muy malos conmigo, pero ya están casados con las princesas y es mejor que vivan ellas felices porque no tienen la culpa.

Y el rey dijo que estaba bueno, y le dijo que cuando hubiera guerra la iba a nombrar capitana de todos sus ejércitos.

> Y está para bien saber
> que si fuera verdad,
> allá ya;
> y si fuera mentira,
> ya está urdida.

*Sixto Chávez*
*Edad: 65, Vaughn, N.M.*

---

married princesses and they said it was true that this was the one who had freed the princesses from their enchantment. But the young woman said, "Señor Rey, I have a son of my own flesh and blood, and he can marry your daughter."

"Hello! Hello!" said the king. "Such a brave man as you refuses to marry my daughter? What's the matter with you? You deserve her and she is yours."

"Señor Rey, I can't marry a woman," she told him.

"Why not?" asked the king.

"I'm a woman."

"Hello! Hello!" said the king. "But I'm surprised that a woman can lift the club you carry."

"Well, I'm a woman," she said.

"If you're not telling the truth you'll pay with your life," the king said. "But if you are, I agree that my daughter may marry your son, and I myself will crown him king."

So then they sent for the young woman's son and the princess liked him and they were married right away. And then the king called for the young woman and told her, "Wouldn't it be just to kill those traitors who are married to my older daughters and who left you there in the cave? King's word, I'll do what you say."

"No," the woman said. "It's true they were very unkind to me, but now they're married to the princesses and those women should be able to live happily because it's not their fault."

The king agreed with her and he told her that when there was a war, he would name her captain of all his forces.

> And it's a good thing to know
> that if a lie's been spun,
> it's already done.
> And that if it was true,
> it's the same thing too.

*Sixto Chávez*
*Age: 65, Vaughn, N.M.*

## La perra de concha

## The Dog Made of Shell

Éstos eran dos viejitos que tuvieron tres hijos.
Cuando éstos ya estaban grandes les pidieron la
bendición a sus padres para ir a buscar la vida.
Les prepararon sus padres sus arcos y sus
flechas, les echaron la bendición, y se fueron
ellos. En el camino iban cazando conejos y lo que
hallaban para comer.

Al fin llegaron a una ciudad donde había un
rey que tenía tres hijas, y se las habían robado
tres gigantes. Por eso el rey estaba mandando
gente a que mataran a los gigantes para que le
trajeran a sus hijas, pero nadie podía hacer nada.
Perdió el rey mucho dinero, y también se per-
dieron muchas vidas de hombres a los que
mataron los gigantes con una perra de concha
que tenían.

Cuando llegaron estos tres muchachos a la
ciudad le preguntaron al rey para dónde estaba
saliendo tanta gente con armas. Y les dijo el rey
que estaban yendo a pelear con unos gigantes que
se habían llevado a sus hijas cuando habían ido a
bañarse a la orilla de la mar, y que no podían
matarlos.

Entonces el mayor de los muchachos le dijo al
rey: —Su Sacarreal Majestad, dénos permiso
para ir también a pelear con los gigantes.

Y el rey dijo que sí, que si ellos traían a sus hijas
se casaría cada uno de ellos con una de ellas, y si
mataban a los gigantes les daría la mitad de su
caudal. Y luego mandó que les prepararan tres

This one is about two old folks who had three
sons. When the boys were grown up they asked
for their parents' blessing to go and make a life
for themselves. Their parents prepared their
bows and arrows for them and gave them their
blessing, and they set out. Along the way they
hunted for rabbits and whatever else they could
find to eat.

At last they came to a city where there was a
king with three daughters, and three giants had
kidnaped the girls. The king kept sending men
off to kill the giants and bring back his daughters,
but no one could do it. The king lost a lot of
money, and many men lost their lives to a dog
made of shell that the giants had.

When these three boys got to the city they
asked the king where all the armed men were
going. The king told them that they were going to
fight with some giants who had carried off his
daughters when they had were bathing at the
seashore, and that no one had been able to kill
the giants.

The oldest boy said to the king, "Your Royal
Majesty, give us permission to go fight the giants
too."

The king said he would, and he said that if
they brought back his daughters, each of the boys
could marry one of them, and that if they killed
the giants, he would give them half of the giants'
riches. And then he gave orders to prepare three

caballos de los mejores que tenía y tres mulas para que llevaran sus provisiones. Y cuando salieron, le dio el rey a cada uno una carta.

Cuando llegaron al lugar de los gigantes, se quedaron los dos hermanos mayores y el asistente que llevaron para preparar el campo para ir otro día a pelear con los gigantes. Y le dijeron al menor que fuera a juntar leña.

Pero el menor, en lugar de ir a juntar leña, se fue a pelear con los gigantes. El zacate del camino por donde iba estaba muy alto y también estaba muy oscuro. Pero alcanzó a ver a un animal con el pecho que alumbraba como lumbre. Era una perra de concha que venía para donde él estaba para matarlo. Se hincó el joven con su flecha en el arco y la esperó. Cuando venía llegando le tiró, y cayó muerta la perra de concha. El muchacho se fue para la casa de los gigantes.

Cuando entró en la casa de los gigantes vio a un gigante que estaba asando una costilla de carne para la cena. Se levantó el gigante hacia el bastidor, y el joven puso una flecha en su arco y le tiró y le pegó en el ombligo. De una vez cayó muerto aquel gigante.

Entonces entró el muchacho por la puerta y vio al gigante que estaba muerto. Y luego vio luz en un cuarto, y entró en el cuarto. Y allí estaba la mayor de las hijas del rey. Cuando lo vio la hija del rey, le dijo: —¡Hola! ¡Qué cosa tan extraña ver entrar a alguien que no ha sido devorado por la perra de concha y por el gigante!

Entonces dijo el muchacho: —El gigante nada me pudo hacer a mí, ni la perra de concha. —Entonces sacó la carta de su bolsillo y se la entregó. La estuvo ella leyendo y le corrían las lágrimas de sus ojos, pero se detuvo para ver si podría lograr su salida de aquella prisión.

Le preguntó el joven dónde estaban sus otras hermanas. Y dijo ella: —Están en otros cuartos aquí adentro, y ahora estoy yo saliendo para pasearme para allá.

Entonces le dijo él: —¿Cómo podemos hacerlo con los gigantes?

of his best horses for the boys, and three mules to carry their provisions. And when they left, the king gave each one a letter.

When they got to the giants' lands the two older brothers and the helper they brought along stayed to make camp so they could go fight the giants the next day. They told the youngest to gather firewood.

But instead of gathering firewood, the youngest went to fight the giants. The grass was very tall on the path where he walked and it was also very dark, but he could see an animal whose chest was glowing like fire. It was the dog made of shell coming to kill him. The boy knelt down with his bow and arrow and waited. When it was close, he shot, and the dog made of shell fell dead. The boy set out for the giants' house.

When he entered the giants' house he saw a giant roasting a side of beef for his supper. The giant stood up facing the doorway and the boy set an arrow to his bow and shot. He hit the giant in the navel, and immediately the giant fell dead.

The boy went in through the door and found that the giant was dead, and then he saw a light in another room and went there. There was the oldest of the king's daughters. When the king's daughter saw him, she said, "What's this? What a surprise that someone has come here without being eaten by the dog made of shell or by a giant."

The boy said, "The giant couldn't do a thing to me, and neither could the dog of shell." And then he took the letter from his pocket and gave it to her. Tears ran from her eyes as she read, but then she got control herself and started thinking of a way to escape.

The boy asked her where her other sisters were, and she said, "They're in other rooms here inside. I was just going to take a walk over that way."

He asked her, "How shall we deal with the giants?"

—Pues sólo llamo yo a la puerta y el gigante tiene que venir a la puerta a recibirme.

—Cuando se arrime a la puerta —le dijo el muchacho—, se hace a un lado y yo hago fuerza para matarlo.

—Los gigantes tienen la vida en el ombligo —dijo la muchacha—, y pegándoles ahí se mueren.

Fueron a un cuarto y cuando la muchacha llamó a la puerta vino el gigante a abrirle. Entró ella con gusto porque venía paseándose. Entonces agarró la puerta y la abrió y dejó descubierto al gigante. En eso le dio el muchacho con la flecha en el ombligo y quedó el gigante tendido. Luego le dijo ella que le cortara la cabeza, y él le cortó el pescuezo.

Y se fueron para el cuarto donde estaba la hermana de la muchacha. Cuando llamaron a la puerta, preguntó la hermana quién era. Entonces respondió la mayor que era su hermana y que abriera. Abrió y entró la mayor, y dijo: —¿Cuánto me dieras de albricias si yo te saco de esta prisión donde estás?

—Yo te podría dar mi corazón, pero ¿quién nos puede sacar de este cautiverio?

Entonces respondió ella a su hermana: —Aquí viene un joven, y viene triunfando entre los gigantes.

Entonces entró el muchacho y ella lo saludó muy cariñosa. Se apuraron mucho para ir al lugar donde estaba el otro gigante, y fueron las dos con el muchacho.

Cuando llamaron a la puerta, estaba el gigante cenando y le dijo la mayor: —Pero, hombre, ahora está cenando.

—Sí, sí, pero entren. Ya acabé la cena.

—Entraron una por un lado y otra por otro lado del gigante, y le tiró el muchacho y le atravesó el ombligo y lo tendió.

Y cuando lo vieron las muchachas, le dijo la mayor al muchacho: —Córtale el pescuezo.

Y entraron donde estaba la menor de las hermanas. Tocaron la puerta y le dijeron que saliera. Salió y todas vieron que estaban libres.

"I'll knock on the door and the giant will come and open it for me."

"When he comes to the door," the boy told her, "move to one side and I'll try to kill him."

"The giants have their life force in their navels," the girl told him. "If you shoot them there, they'll die."

They went to one of the rooms and when she knocked on the door a giant came to open it. She walked in smiling like she was coming for a visit and opened the door wide, leaving the giant exposed. Right away the boy shot the giant in the navel with an arrow and he fell to the floor. Then she told him to cut off the giant's head, and he did it.

They went on to the sister's room and knocked at the door. The sister asked who it was, and the oldest princess identified herself. When the sister opened the door, the oldest girl went in and said, "What reward would you give me if I get you out of this prison?"

"I can give you my heart, but who could free us from this captivity?"

Then the oldest one said, "There's a young man here who's defeating the giants." Then the boy went in and the sister greeted him affectionately. Then the two sisters and the boy hurried to go to where the other sister was.

When they opened the door, they saw that the giant was eating his dinner. The oldest girl said, "Oh, I see that you're eating."

"Yes, yes, but come on in, I've just finished." One girl went in on one side of the giant and the other on the other side, and the boy shot him and pierced his navel and knocked him dead.

When the girls saw him, the oldest said, "Cut his throat."

They went to where the youngest sister was and knocked on the door and told her to come out. She came out and they all saw that they were free.

Entonces les dijo él que eran ellos tres hermanos. Y como le había dicho a la mayor que él era el hermano menor, ella le dijo que la muchacha menor era su esposa. Entonces el muchacho volvió con ellas al primer cuarto, donde había matado al primer gigante.

Le dijo la mayor que fuera a traer a sus hermanos, porque iban a llegar otras compañías y los podrían matar. Se fue el muchacho y halló a sus hermanos ya tristes por no saber dónde estaba su hermano. Le preguntaron dónde andaba, y les dijo que había ido a pelear con los gigantes, y que había matado a los tres y a la perra de concha que tenían. Entonces les dijo el menor que tenían que ir ese mismo día.

—No, mañana —respondió el mayor.

—No, que no, nos matarán otras compañías. Yo ya me voy ahora —dijo el menor. Entonces determinaron irse los tres, y se fueron a pie porque estaba cerca.

Llegaron allí donde estaba la perra de concha y el menor se la enseñó. Luego se fueron para el palacio de los gigantes. Llegaron a la puerta, que era de acero, y la abrió el menor porque traía las llaves que le había dado la hermana mayor. Entraron al cuarto y les enseñó al gigante que había matado, y luego les dijo: —Vamos a entrar aquí en este cuarto.

Sacó la llave y abrió el cuarto. Salió la mayor a recibirlos con mucho gusto, y dijo: —¿Cuál de ustedes es el mayor?

—Éste —dijo el menor de los hermanos.

Entonces le agarró la mano derecha la muchacha y le dijo: —Dame la mano en prueba de matrimonio. —Y él se la dio.

Inmediatamente fueron al cuarto donde estaban las otras muchachas, y cuando llegaron, abrió el joven la puerta y entraron. Y allí estaban las dos menores de las muchachas.

La mayor le dijo al de en medio: —Ésta es la que mi padre te deja a ti por esposa, y ésta otra es la menor y es la esposa de tu hermanito menor. Ahora los caudales de los gigantes son para los tres, pero lo más le toca al menor porque él nos salvó.

The boy told them he was the youngest of three brothers. The oldest girl said that since he was the youngest brother, the youngest sister would be his wife. Then they all went back to the room where he had killed the first giant.

The oldest sister told him to go get his brothers because the other companies of men that would be arriving might kill them. The boy went back and found his brothers looking very sad because they didn't know where their youngest brother was. They asked him where he had been and he told them he had gone to fight with the giants and had killed all three, as well as the dog made of shell. Then he told them they had to leave right away.

"No, we'll go tomorrow," the oldest said.

"No, no. Other men will come and kill us. I'm leaving now," the youngest said. Then all three decided to go. They went on foot because it wasn't far.

They got to where the dog made of shell lay dead and the youngest brother showed it to them. Then they went on to the giants' palace. They got to the door, which was made of steel, and the youngest brother opened it with a key the oldest sister had given him. They went into the room and he showed them the giant he had killed. And then he said, "Let's go into this room." He took out the key and unlocked the door.

The oldest came out to greet them warmly and said, "Which one of you is the oldest?"

"This one," the youngest said.

The girl took his right hand and said, "Give me your hand as a pledge of marriage." And he gave it to her.

They went immediately to the room where the other sisters were waiting and the boy opened the door and they all went in.

The oldest girl told the middle brother, "This is the one my father will give you as a wife, and this other one is the youngest and will be your youngest brother's wife. And all the giants' riches belong to you three, but the youngest should get the most because he rescued us."

Pero el menor no quiso. Dejó todo, diciendo que le viniera su suerte a cada uno como Dios quisiera. Entonces la mayor les dijo que cada uno quitara la lengua de un gigante, y luego que vinieron con las lenguas, dijo: —Ahora sí, vámonos de aquí.

Y fueron a donde los gigantes tenían sus caballos y sus carrozas y sacaron provisiones para llevar en el camino y atrancaron muy bien las puertas y se fueron en la misma noche para el palacio del rey, ansiosos por casarse.

Allá donde iban toparon con una compañía que iba a pelear con los gigantes. Pero no les dijeron nada. Al otro día, cuando ya iban cerca del palacio del rey, le dijo la mayor de ellas al menor de los muchachos que fuera al palacio a decirle al rey que esperara a sus hijas, que iban en camino con unos jóvenes que las habían sacado de la prisión donde las tenían los gigantes.

Fue el muchacho al palacio del rey, y le dijo: —Su Sacarreal Majestad, espere a sus hijas. Vienen en camino, que las sacaron unos tres jóvenes de donde estaban en manos de los gigantes.

Mandó el rey preparar una boda. Allá fue el muchacho a donde estaban los otros, y cuando llegó de una vez se fueron. La mayor de las muchachas iba adelante. Cuando ya iban cerquita del palacio llegó un heraldo del rey a toparlos. Cuando los vio, pensó que eran otros reyes por las carrozas que traían.

Cuando el mayor de los muchachos hizo alto, las muchachas brincaron de sus carrozas y abrazaron a sus padres, que casi desmayaban de ver a las que tenían tan poca esperanza de ver otra vez en la tierra. De allí siguieron para la ciudad y tan pronto llegaron, pasó el rey el aviso a los sacerdotes que se iban a casar sus hijas. Hubo unos bailes, champaña y licores de los más finos.

But the youngest boy didn't want that. He left it all, saying that each one should have whatever God might give him. Then the oldest sister said that each brother should cut the tongue from one of the giants. When they came back with the tongues, she said, "All right. Now let's get out of here."

They went to where the giants had their horses and carriages. They took provisions for the road and locked the doors tight and then set out for the king's palace, anxious to get married.

As they traveled along, they met up with a company of men who were going to fight with the giants, but they didn't tell them anything. The next day, when they were getting close to the king's palace the oldest daughter told the youngest brother to go to the palace and tell the king to be expecting his daughters because they were coming down the road with some young men who had freed them from the prison where the giants were holding them.

The boy went to the king's palace and told him, "Your Royal Majesty, prepare for the arrival of your daughters. They are coming down the road. Three youths have freed them from the hands of the giants."

The king ordered preparations for a wedding. The boy went back to where the others were waiting and they all set out immediately. The oldest sister went in front. When they were near the palace, the king's herald came out to meet them. When the people saw them pass by, they thought the boys were other kings because of the carriages they rode in.

When the oldest brother called a halt the girls jumped down from the carriages and hugged their parents, who nearly fainted at the sight of the daughters they'd had so little hope of ever seeing again on this earth.

From there they went on into the city and as soon as they got there the king sent notice to the priests that his daughters were going to be married. There were dances, with the finest champagne and liquor for all.

Otro día les dijo el rey cómo iba a darles lo de los gigantes. Mandó preparar todos los carros y bueyes para que cada uno de los muchachos trajera lo que tenía uno de los gigantes. Salieron, y toparon con una compañia que traía la perra no más y éstos dijeron que habían matado a los gigantes y los habían dejado encerrados.

Les preguntó el rey si ésa era la perra de concha, y dijeron que sí. Entonces mandó el rey que enseñaran la lengua de la perra. Y era que la mayor la tenía; la traía en un pañuelo. Así probaron que aquéllos eran embusteros. El rey les dijo a los muchachos que ésos no tenían pruebas, porque los muchachos tenían las lenguas de los gigantes.

Enterraron a los gigantes, y los muchachos se quedaron con todas sus propiedades.

Luego, después de pocos días de casados determinaron los tres muchachos ir por sus padres para traerlos allá donde tenían todo su caudal. Fueron por sus padres y se los llevaron, y hicieron cuartos para sus mujeres y para sus padres.

> Entro por este cesto y salgo por otro.
> El que me oyó contar este cuento, que
> me cuente otro.

*Marcial Lucero*
*Edad: 72, Cochití, N.M.*

The next day the king told them he was going to grant them all the giants' possessions. He ordered carts and oxen to be prepared so that each boy could take the riches of one of the giants. They set out and soon met up with a company of men who were carrying the dog made of shell and claiming they had killed the giants and left them locked up.

The king asked them if that was the dog made of shell, and they said it was. Then the king ordered them to show him the dog's tongue, because the oldest daughter had it wrapped in a handkerchief. And so he proved that they were liars. The king said the others had no proof that they had done what they said, because the boys had the giants' tongues. They buried the giants and carried away their belongings, and the boys got the whole place for themselves.

A few days after they were married, the three boys decided to go and get their parents and bring them to where they had all their riches. They went for their parents and brought them there and built homes for their wives and for their parents.

> I come in through this basket and leave
> through another.
> Whoever heard me tell this tale, let him
> tell me another.

*Marcial Lucero*
*Age: 72, Cochití, N.M.*

68

## Príncipe de la estrella en la frente

Ésta era una muchacha que cuando nació se la robó una bruja. La muchacha se llamaba Paloma Blanca. La bruja la tenía encantada en un lugar donde había muchos animales, monstruos y gigantes, y siempre la tenía bajo guardias. Los padres de la muchacha habían prometido darla en matrimonio al que la desencantara, pero a todos los que iban al lugar los mataban los animales feroces, monstruos y gigantes.

Por allí vivía un rey que tenía tres hijos. El mayor le dijo un día a su padre: —¿Por qué no me deja ir a ver si venzo al ejército que guarda a Paloma Blanca?

Consintió el padre, y el hijo mayor se puso en camino al lugar donde la bruja tenía encantada a la muchacha. Llegó al palacio donde tenía la bruja a Paloma Blanca y tocó a la puerta, y en seguida salieron las fieras y se lo comieron.

Al mes de que no volvió el mayor, dijo el hijo segundo a su padre: —¿Por qué no me deja ir a ver qué le pasó a mi hermano y a ver si venzo al ejército que guarda a Paloma Blanca? —El padre consintió y se fue el hijo segundo. Cuando llegó al palacio donde tenían a Paloma Blanca salieron las fieras y se lo comieron también.

Después de un mes dijo a su padre el hijo menor: —Mis dos hermanos no vuelven. Permítame ir a ver si los hallo y si venzo al ejército que guarda a Paloma Blanca.

This one is about a girl that was kidnaped by a witch when she was born. The girl was named Paloma Blanca. The witch held her under a spell in a palace where she was guarded by many animals, monsters, and giants. The girl's parents had promised her in marriage to whoever could free her, but everyone who went there was killed by the ferocious animals, monsters, and giants.

Not far away there lived a man who had three sons. The oldest said to his father one day, "Why don't you let me go see if I can conquer the army that guards Paloma Blanca?"

The father agreed, and the oldest son set out for the palace where the witch was holding the girl, but when he got there the wild animals came out and ate him.

A month later, when the oldest son still hadn't returned, the second son said to his father, "Why don't you let me go find out what happened to my brother and see if I can conquer the army that guards Paloma Blanca?" The father agreed, and the second son started out. When he got to the palace, the wild animals came out and ate him too.

After a month the youngest son said to his father, "My two brothers haven't returned. Let me go see if I can find them and if I can overcome the army that guards Paloma Blanca."

—¡Válgame Dios! —dijo el padre—. Tú eres mi único hijo, y nadie puede desencantar a ésa.

Pero estuvo insistiendo y al fin consintió el padre, y el hijo menor se fue a desencantar a Paloma Blanca. Era tan lindo que tenía una estrella en la frente.

En el camino por donde iba llegó a un palacio donde vivía una hermosa princesa. Habló con ella y ella se enamoró de él. Le dijo que se casara con ella, porque si no, se iba a morir de amores. Pero el joven no le hizo aprecio y pasó adelante. Se quedó ella enferma de amor.

El muchacho llegó por fin al palacio donde estaba encantada Paloma Blanca. Tocó la puerta y salió Paloma Blanca encantada, y dijo: —Entra Príncipe de la Estrella en la Frente. Tú serás el que acabarás con mi ejército y serás dueño de todo lo que hay en este palacio.

El muchacho no la vio a ella, no más las voces oyó. Entró y se sentó en un sofá muy hermoso. Luego le pusieron la comida en otra habitación, y entró y comió pero no vio a nadie. Después le pusieron la cama y se acostó a dormir. Paloma Blanca se acostó con él en la cama, pero él no la vio. La tocó y se le hizo que era muy hermosa. Tres noches seguidas durmió con ella de este modo, pero nunca la vio.

De día salía del palacio a pasearse por los alrededores, y allí se encontró con un viejito que le dijo que para saber cómo era su novia debiera verla cuando dormía. Y le dio un cabito de vela y unos fósforos. Entonces le dijo: —Cuando esté dormida prendes el cabito de vela y la ves. No la vayas a ver mucho. Apaga el cabito de vela presto para que no te vea.

El joven hizo lo que el viejito le aconsejó. Llevó su cabito de vela y cuando ya vio que su novia estaba bien dormida lo prendió para verla. Y era tan hermosa que se estuvo viéndola por mucho tiempo. Tanto tiempo estuvo viéndola que se le cayó una baba y cayó en la cara de Paloma Blanca. Pronto despertó, y le dijo: —Príncipe de

"Heaven help us!" the father said. "You're my only son, and no one can free that girl."

But the youngest son kept insisting and finally he set out to free Paloma Blanca. He was so handsome that he had a star on his forehead.

Along the way he came to a palace where a beautiful princess lived. He spoke to her and she fell in love with him. She told him that if he didn't marry her, she would die of a broken heart. But the boy didn't like her and went on his way, and she was left with a broken heart.

At last the boy came to the palace where Paloma Blanca was imprisoned. He knocked, and the bewitched girl Paloma Blanca came out and said, "Come in, Prince with a Star on his Forehead. You will be the one to defeat my army and you will be the owner of everything in this palace."

The boy didn't see her; he just heard voices. He went in and sat down on a beautiful sofa. Food was set for him in another room and he went there and ate, but he didn't see anyone. Later a bed was prepared for him and he lay down to sleep. Paloma Blanca lay with him in the bed, but he didn't see her. He touched her and she seemed beautiful to him. Three nights in a row he slept with her in this way, but he never saw her.

In the daytime he went out strolling around the countryside, and there he met an old man who told him he should look at his lover while she slept and find out what she looked like. He gave the boy a stub of a candle and some matches. He told him, "When she's asleep, light the candle stub and look at her. But don't look for long. Blow out the candle right away so that she doesn't see you."

The boy did what the old man advised him to do. He brought along his candle stub and when he saw that his lover was sound asleep he lit it. She was so beautiful that he kept looking at her for a long time. He stared at her so long that a drop of spit fell from his mouth and landed on Paloma Blanca's face. She woke up and said, "Prince with

la Estrella en la Frente, ya no me puedes
desencantar. Y ahora mientras Dios sea Dios y
mientras el mundo sea mundo no volveré a verte.
Pero lo prometido, prometido, y mi encanto será
tuyo y mi haber también. Ya me voy a los campos
hecha paloma para siempre. Tú te volverás al
palacio de la princesa que se muere de amores
por ti. Ésa será tu mujer.

—¡Ay, Paloma Blanca! —dijo el joven—. A
nadie en el mundo quiero como a ti. —Pero
entonces ella se desapareció.

El joven fue entonces a la casa de un herrero y
pidió trabajo. Dijo que le diera algún trabajo
aunque fuera de carbonero. El herrero le dijo que
era una desgracia que un joven tan lindo como él
se metiera de carbonero. El herrero le dijo
entonces que fuera a un palacio vecino donde
vivía una princesa que estaba muriendo de
amores. No quería ir el joven, pero el herrero lo
llevó por fin.

Cuando llegó le dijeron que muchos jóvenes
venían seguidos a ver si la princesa quería
casarse, pero ninguno le gustaba. Entró hecho
garras y sin hablar, pero al momento que entró, la
princesa lo vio y empezó a gritar: —¡Mi marido,
mi marido! ¡Con éste me caso!

Vino el rey y pronto lo casaron con la princesa.
Les pusieron una casita cerca del corral y pusieron al príncipe de cochinero. Otro día fue a
cuidar los cochinos.

El rey tenía tres yernos a quienes quería
mucho. Y estos tres yernos fueron a pelear con
los ejércitos de Paloma Blanca. Y en el camino
donde iban se encontraron con el nuevo yerno
cuidando a sus cochinos, y lo cogieron y le dieron
una buena pela, pegándole con chicotes. Y
cuando le pegaban le decían: —¡Ah, cochinero,
marranero! ¡Así se le gana el reino al rey!

Y luego se fueron y él se quedó. Y en la pena
que estaba se le apareció Paloma Blanca, y le

the Star on his Forehead, now you can't free me
from the spell. And now, so long as God is God
and the world is the world, I'll never see you
again. But what is promised is promised, and my
enchanted palace will be yours and all my
possessions as well. I leave now for the fields,
turned to a dove forever. You must return to the
palace where the princess is dying for love of
you. She will be your wife."

"Ay, Paloma Blanca!" the youth said. "I love
no one else in the world as I love you." But she
disappeared.

Then the boy went to a blacksmith's house and
asked for work. He asked for any kind of work at
all, even as a coal shoveler. The blacksmith said it
was a shame for such a fine looking boy to take
work shoveling coal. The blacksmith told him to
go to the neighboring palace, where there was a
princess who was dying of a broken heart. The
boy didn't want to, but finally the blacksmith
took him there.

When he got there, he was told that young
men were constantly coming to see if the princess
wanted to marry them, but she didn't like any of
them. He went in dressed in rags and without
saying a word, but as soon as he entered, the
princess saw him and started shouting, "My
husband! My husband! This is the one I'll
marry!"

The king came in and soon the boy was
married to the princess. A little house was built
for him next to the pigpen and the prince was put
to work as a swineherd. The next day he went to
tend the pigs.

The king had three sons-in-law that he loved
very much, and these three went off to fight
Paloma Blanca's armies. Along the way they met
up with the new son-in-law tending his pigs, and
they grabbed him and gave him a good beating
with their whips. As they hit him, they said, "Ah,
swineherd, pig keeper! This is how you'll win the
kingdom for yourself!" And then they went away
and left him there.

And in his sorrow and pain Paloma Blanca
appeared to him and said, "I have come so you

dijo: —Vengo a que me cuentes tus trabajos. Y siempre que me necesites, llámame diciendo, "¡Aquí, Paloma Blanca!"

El joven le dijo que se había casado con la princesa, pero que no la quería, que ella dormía en su cama y él dormía en un rincón.

Entonces Paloma Blanca le dijo: —Príncipe de la Estrella en la Frente, todo lo que quieras haré por ti. ¿Qué quieres ahora?

Y dijo él: —Lo que quiero es un caballo con montura y un vestido y armas, y que me des modo para acabar con tu ejército.

Todo le puso Paloma Blanca. —Toma esta espada —le dijo—, y con ella matarás todos los tigres y leones y otros animales que te salgan.

Se desapareció Paloma Blanca y el joven se fue a pelear con los ejércitos de animales y gigantes. Alcanzó en el camino a sus cuñados y ellos le preguntaron si podía darles alguna idea para vencer a los ejércitos de Paloma Blanca. Él les dijo que sí, que él sabía cómo hacerlo, pero que tenían que darle un pago muy grande. Le dijeron ellos que le daría cada uno un talegón de dinero. Pero él dijo que no, que le diera mejor cada uno el rosario con que se había casado.

Le dieron los rosarios y fue el joven y mató a todos los animales de los ejércitos de Paloma Blanca. Fueron los yernos muy contentos con las lenguas de los animales para el palacio de su suegro. Y el joven entregó a Paloma Blanca su caballo y su vestido y se fue vestido de cochinero al palacio. Cuando llegó salió la princesa su mujer a recibirlo, pero él le dijo: —No te me arrimes, que no te quiero.

Pero entró y cenó y luego fue a ver qué platicaban sus cuñados. Ya estaban con el rey sentados y contando los trabajos que habían hecho ese día. Dijeron que ellos habían matado a todos los tigres y leones y que merecían todo lo de la bruja. Y el joven sólo decía: —Así será, pero tal vez no sea así. —Y el rey les dijo a sus tres yernos que serían reyes y que se pusieran coronas.

Al otro día volvieron los cuñados a mañanear. Pero más mañaneó el cochinero. Otra vez lo

72

can tell me your troubles. Whenever you need me, call for me, saying, 'Come, Paloma Blanca.'"

The boy told her he had married the princess, but that he didn't love her, that she slept in her bed and he slept in the corner.

Paloma Blanca said, "Prince with a Star on his Forehead, whatever you wish, I will do for you. What do you want now?"

And he said, "What I want is a horse and saddle and a suit of clothes and weapons, and advice on how to defeat your army."

Paloma Blanca gave it all to him. "Take this sword and with it you can kill all the tigers and lions and other animals that attack you."

Paloma Blanca disappeared and the boy went off to fight with the army of animals and giants. He caught up with his brothers-in-law on the road and they asked him if he could give them an idea of how to defeat Paloma Blanca's armies. He said he knew how to do it, but that they had to pay a high price. They offered to give him a sack of money apiece, but he refused it, and said that instead, each one had to give him the rosary he had been married with.

They gave him the rosaries and the boy went and killed all the animals in Paloma Blanca's army. The sons-in-law all went off happily to their father-in-law's house with the animals' tongues. The boy returned the horse and suit of clothes to Paloma Blanca and went to the palace dressed as a swineherd. When he got there, his wife, the princess, came out to meet him, but he told her, "Don't come near me. I don't love you."

He went inside and ate supper and then went to see what his brothers-in-law had to say. They were sitting with the king and telling about all the things they had done that day. They said they had killed all the tigers and lions and that all the witch's belongings should go to them. And the boy said, "Maybe it's true, and maybe it isn't." And the king told his sons-in-law that they would be kings and wear crowns.

The next day the brothers-in-law got up early again, but the swineherd rose even earlier. Again

alcanzaron y lo volvieron a maltratar. Y allí lo dejaron diciéndole: —¡Ah, cochinero, marranero! ¡Así se le gana el reino al rey!

Pero cuando se fueron, dijo el joven: —¡Aquí, Paloma Blanca! —Pronto llegó Paloma Blanca. Traía un niño de la mano, y era el hijo del Príncipe de la Estrella en la Frente. El joven lo agarró y lo agasajó, y dijo: —Sólo a ti te quiero, Paloma Blanca.

Pero ella le dijo: —Ya sabes que me perdiste para siempre. Mientras Dios sea Dios y mientras el mundo sea mundo no me volverás a ver. Todo lo daré por bien para que quieras a ésa. Y ahora dime lo que quieres.

Y el joven le dijo: —Pues ahora quiero que me des otra idea para ver cómo mato a los gigantes.

Le dio ella entonces otro caballo, más hermoso que el de antes, y otro vestido. Entonces le dijo: —Ahora vete, que mañana irá tu hijo contigo. —Se desapareció entonces Paloma Blanca.

Se fue y a poco se encontró con sus cuñados. —Amigo —le dijeron—, ¿por qué no nos ayudas a matar a estos gigantes? —Páguenme y yo los mato a todos —les dijo.

Y le ofrecieron pagarle cada uno un talegón de dinero.

—No necesito dinero —dijo el joven—. Por los anillos con que se casaron mato a los gigantes.

Se los dieron y se fue a matar a los gigantes. Y fue y les tiró un huevo por la ventana donde estaban jugando a la baraja, y los gigantes se pelearon y se mataron unos a otros, gritando todos: —Tú me tiraste ese huevo.

Se fue otra vez con sus cochinitos y llegó a la casa y salió su mujer a recibirlo. Pero otra vez le dijo: —No me arrimes, que no te quiero.

Pero entró y cenó y fue a ver qué platicaban sus cuñados. Y ya contaron que eran los hombres más valientes del mundo y que ya habían matado a todos los gigantes. El rey les dijo que ya dentro de poco serían dueños de todo.

they overtook him and beat him up. And they left him there saying, "Ah, swineherd, pig keeper! This is how you'll win the kingdom for yourself."

But when they had left, the boy said, "Come, Paloma Blanca!" Right away Paloma Blanca came. She was holding the hand of a child, who was the son of the Prince with a Star on his Forehead. The prince took him and held him tenderly, and said, "I love only you, Paloma Blanca."

But she told him, "You know you have lost me forever. So long as God is God and the world is the world you won't see me again. I give you everything freely so that you will love the other woman. And now tell me what you want."

The boy told her, "Now I want you to give me another idea so I can kill the giants." Then she gave him another horse, more beautiful than the first, and another suit of clothes. And then she told him, "Now go. Tomorrow your son will go with you." Then Paloma Blanca disappeared.

He went on his way and soon he met up with his brothers-in-law. "Friend," they said, "why don't you help us kill the giants?"

"Pay me, and I'll kill them all for you," he told them.

They offered a sack of money for each one.

"I don't need money," the boy said. "I'll kill the giants for the rings you were married with."

They gave him their wedding rings and he went off to kill the giants. He threw an egg in through the window of the room where the giants were playing cards, and they started fighting and shouting, "You threw that egg at me." And they killed one another.

He went away again with his pigs and when he got home his wife came out to meet him. But again he told her, "Don't come near me. I don't love you."

He went inside and ate supper and went to see what his brothers-in-law were saying. And now they were saying they were the bravest men in the world and that they had killed all the giants. The king told them they would soon own everything.

Otro día mañanearon otra vez, pero ya el cochinero había mañaneado más. Y lo mismo que los dos otros días lo encontraron y le dieron una buena pela y le dijeron como antes. Se fueron y allí se quedó el joven y llamó a Paloma Blanca:

—¡Aquí, Paloma Blanca!

Llegó en seguida, y le dijo: —Ahora será la última vez. Te voy a dar dos caballos, uno para ti y el otro para tu hijo. Tu hijo será el que matará a la bruja. Y aquí tienes una marquita para que la pongas en la nalga del que te sirva.

Se desapareció Paloma Blanca y se fueron el Príncipe de la Estrella en la Frente y su hijo por su camino. Cuando alcanzó a los cuñados le preguntaron si sabía cómo podían matar a la bruja.

—Eso es muy fácil —dijo el joven—. Si me pagan, yo mato a la bruja.

Le prometió cada uno un talegón de dinero, pero él les dijo que no, que no más a condición de que le dejaran ponerles su marquita en la nalga derecha. Esto no querían al principio, pero al fin consintieron, y calentó la marquita y se la puso caliente a cada uno en la nalga derecha. Y quedaron herrados como animales.

—¿Les dolió mucho? —les preguntó.

—O, no —dijeron—. Era no más como piquetes de aguja.

Entonces fue el niño, el hijo del joven, a pelear con la bruja. Llegó y salió la bruja a recibirlo.

—¡Ay, niñito! ¿De dónde vienes? —dijo la bruja. Pero él, sin decir nada, le dio un moquete y la mató.

Y el joven llamó a Paloma Blanca y vino por última vez y le dijo: —Ahora sí es la última vez que me vas a ver. Ya no nos volvemos a ver. Toma esta varita de virtud y ésta será tu caudal. Mi palacio se volverá ceniza. Vete a tu casa y todo lo que desees te dará tu varita. A los campos nos iremos yo y tu hijo, convertidos en palomas. Adiós.

The next day they got up early again, but the swineherd had risen earlier. The same as on the other two days, they met up with him and gave him a good beating and said the same thing as before. They went away and the boy stayed there and called for Paloma Blanca, "Come, Paloma Blanca."

She came right away and said, "This will be the last time. I'll give you two horses, one for you and the other for your son. Your son will be the one to kill the witch. And here is a brand to put on the buttock of whoever serves you."

Paloma Blanca disappeared, and the Prince with a Star on his Forehead went off down the road with his son. When he caught up with the brothers-in-law they asked if he knew how to kill the witch.

"That's easy," the boy said. "Pay me, and I'll kill the witch."

Each one promised him a sack of money, but he refused the money and said that he'd only do it if they'd let him put his brand on their right buttock. They didn't want to do it at first, but finally they agreed, and he heated up the branding iron and touched the hot iron to each one on the right buttock, and they were branded like animals.

"Did it hurt much?" he asked them.

"Oh, no," they said. "It was only like little pin pricks."

Then the prince's son went to fight with the witch. When he got there the witch came out to meet him. "Ay, little boy!" the witch said. "Where did you come from?" But without saying a thing he hit her hard and killed her.

And the prince called for Paloma Blanca and she came for the last time and said, "This truly is the last time you will see me. You'll never see us again. Take this magic wand and it will be your most valuable possession. My palace will turn to ashes. Go home, and whatever you want will be granted by the wand. Your son and I will leave now for the fields in the form of doves. Good-bye."

Lloraron y dijeron su último adiós. El joven se fue para su casa muy triste y llegó ya cansado de llorar. Salió la princesa, su mujer, y lo agarró de la mano y le dijo: —Parece que llegas muy triste. —Cenaron, y luego que llegó la noche se fueron a la casa del rey a ver qué platicaban los cuñados. Contaron cómo había sido todo y dijeron que otro día iban a recoger los caudales del palacio de la bruja. Y cuando ya terminaron de hablar el cochinero pidió permiso para decir unas palabras.

Le dijeron que estaba bueno, y dijo: —Aquí traigo yo tres rosarios. A ver si los conoce el rey.

Los vio el rey y dijo: —Sí, son de mis hijos.

Sacó entonces los tres anillos y dijo: —Y aquí traigo estos tres anillos. ¿Los conoce usted?

—¿Cómo no, si son de mis hijos? Aquí tienen los nombres.

Entonces dijo el joven: —Ahora dígales a sus yernos que vengan a enseñar la nalga derecha. —Al oír eso los tres yernos salieron huyendo.

Dijo entonces el joven: —Señor Rey, yo soy el que maté a los animales y a los gigantes y a la bruja. —Y explicó cómo había sido todo.

El rey mandó entonces que agarraran a los yernos y les hizo bajar los calzones. Y todos vieron que tenían la marca en la nalga. El rey mandó ahorcar a sus yernos y dijo que el joven sería coronado.

Ahorcaron a los tres yernos. Pero el joven le dijo al rey: —Yo no merezco su corona. Yo merezco la de mi padre. —Y se fue a su casa.

Cuando llegó a su casa tomó su varita de virtud, y dijo: —Varita de virtud, por la virtud que tienes y la que Dios te ha dado y la de Paloma Blanca, quiero que me pongas aquí un palacio más lindo que todos los del mundo, con torres y patios, y con cincuenta ventanas,

They cried and said their last farewell. The young man went home very sadly and arrived worn out from crying. The princess came out and took him by the hand and said, "You seem to be very sad." They ate supper and as soon as night came they went to the king's house to see what the brothers-in-law were saying. They told how everything had happened and said that the next day they were going to get all the riches from the witch's palace. And when they finished speaking, the swineherd asked permission to say a few words.

They agreed, and he said, "I have three rosaries here. Let's see if the king recognizes them."

The king looked at them and said, "Yes, they belong to my sons."

Then he took out the three rings and said, "And I have these three rings. Do you recognize them?"

"Of course. They belong to my sons. Their names are right here."

And then the boy said, "Now tell your sons-in-law to come here and show their right buttock." When they heard that, the three sons-in-law ran out of the room.

Then the boy said, "Your Majesty, I am the one who killed the animals and the giants and the witch." And he explained how everything had happened.

Then the king gave the order for his sons-in-law to be caught and their pants lowered. And everyone saw that they had the brand on their buttocks. The king ordered his sons-in-law hanged and said that the boy would be crowned king.

They hanged the three sons-in-law, but the boy told the king, "I don't deserve your crown. I deserve my father's crown." And he set out for home.

When he got home, he took his magic wand and said, "Magic wand, by the power that God has given to you and by Paloma Blanca's power too, I want you to build me a palace that's more lovely than all others in the world, with towers

cuarenta y nueve de verdad y la otra que sólo parezca ventana. —Y pronto se le presentó todo ya hecho. Y vino el rey a ver todo y le preguntó para qué había dejado así esa ventana. El joven le respondió que la había puesto para él por crédulo.

Entonces se fue en su coche para donde vivía su padre. Cuando llegó, ya su padre había muerto. La madre estaba muy contenta de ver que era rey. Fueron entonces y sacaron del sepulcro al padre muerto, y cuando abrieron el cajón el rey muerto se sentó y le puso la corona a su hijo. Entonces él fue rey.

Y entro por un cesto y
salgo por otro.
Y el que me oyó este cuento, que me
cuente otro.

*Flor Varos*
*Edad: 53, Taos, N.M.*

and gardens and with fifty windows—forty-nine real ones and one that only looks like a window." And right away everything appeared before him. The king came to see it all and asked him why he had left one window like that, and the youth answered that it was for him, for being so gullible.

And then he went away in his carriage to where his father lived. When he got there his father had already died. His mother was very happy to see that he had become a king. And then they took his dead father from the tomb, and when they opened the casket the dead king sat up and put the crown on his son's head. And then he was truly the king.

And I come in through one basket and
leave through another.
Whoever heard me tell this tale, let him
tell me another.

*Flor Varos*
*Age: 53, Taos, N.M*

76

Éste era un viejito y una viejita que tenían un hijo. Y como eran muy pobres lo despacharon a que fuera a trabajar, y fue y halló trabajo en la casa de un rey. Y allí estuvo trabajando hasta que ganó dos reales. Le pagaron sus dos reales y se fue para su casa muy contento a ver a sus padres.

Y en el camino por donde iba encontró a un viejito que le dijo: —¿Cómo te va, buen hijo?

—Muy bien, señor. Y a usted, ¿cómo le va?

—Muy bien, hijo mío. ¿Cuánto me pagas para que te cuente un cuentecito?

El muchacho le dijo entonces que sólo traía dos reales que había ganado trabajando en la casa del rey y que tenía que mantener a sus padres.

—Pues, págame los dos reales y te cuento el cuentecito —le dijo el viejito.

—Bueno, cuéntemelo —dijo el muchacho.

Y el viejito entonces dijo: —El casado al cuidado y armas con que defenderse.

—Siga, siga —le dijo el muchacho.

—Eso es todo el cuento —dijo el viejito.

Y se fue el pobre muchacho muy desconsolado para donde vivían sus padres. Sus padres le preguntaron cuánto había ganado, y les dijo lo que había hecho con el dinero que había ganado. Sus padres entonces lo despacharon otra vez a que fuera a trabajar, y le dijeron que si venía otra vez con ese cuento, que le iban a pegar.

This one is about an old man and an old woman who had one son. Because they were so poor they sent the son away to work, and he found a job in the house of a king. He worked there until he earned two reales. He was paid his two reales and set out for home feeling very happy that he would see his parents again.

And along the way he met up with an old man who said to him, "How's it going with you, my good boy?"

"Very well, sir. And how is it going with you?"

"Very well, my son. How much would you pay me to tell you a little story?"

The boy told him he had only two reales which he had earned working in the king's house and that he had to support his parents.

"Pay me the two reales and I'll tell you a little story," the old man told him.

"All right, tell it to me," the boy said.

And then the old man said, "A married man must be alert and be armed to defend himself."

"Go on, go on," the boy told him.

"That's the whole story," the old man said, and the poor boy went sadly on to his parents' house. His parents asked him how much he had, and he told them what he had done with the money he'd earned. His parents sent him away again to work, and they told him that if he came home again with the same story, they were going to beat him.

Bueno, pues lo despacharon al trabajo y fue otra vez a la casa del rey, y allí estuvo trabajando hasta que ganó otra vez dos reales, y se los pagaron y se fue para su casa.

Y allí en el camino se encontró otra vez con el viejito, y el viejito le dijo: —¿Cómo te va, buen hijo?

—Muy bien. Y a usted, ¿cómo le va?

—Muy bien, hijo mío. ¿Cuánto me pagas porque te cuente otro cuentecito?

—No tengo más que dos reales que gané trabajando en la casa del rey —dijo el muchacho—. Y ese dinero lo necesito para darles de comer a mis pobres padres. No tienen más que lo de mi trabajo.

—Pero si me pagas esos dos reales te cuento un cuentecito muy bueno —le dijo el viejito.

—Pero ya me dijeron mis padres que si no les llevaba el dinero me iban a pegar.

Pero el viejito estuvo insistiendo hasta que el muchacho le pagó los dos reales porque le contara otro cuentecito. El viejito entonces le dijo: —El que quiere lo celeste, que le cueste.

—Siga, siga —le dijo el muchacho.

—Eso es todo el cuento —dijo el viejito.

Muy desconsolado se fue el pobre muchacho a casa de sus padres. Y luego que llegó le preguntaron cuánto había ganado, y él les contó lo que le había pasado con el mismo viejito que había encontrado otra vez.

Los padres entonces le dieron una buena paliza, y le dijeron que otro día fuera otra vez a trabajar, y que si hacía lo mismo otra vez lo iban a matar.

Y otro día lo despacharon a trabajar a la casa del rey. Y allí estuvo trabajando hasta que ganó otra vez dos reales. Se los pagaron y se fue para su casa, y en el camino se encontró otra vez con el mismo viejito, y le dijo: —¿Cómo te va, buen hijo?

—Muy bien, señor —le dijo el muchacho—. Pero ahora no puedo darle a usted nada por cuentos porque mis padres me pegaron y me dijeron que si no les llevaba los dos reales me iban a matar.

So off he went to work. He went to the king's house again and worked there until he earned another two reales. He received his pay and set out for home.

Along the way he met up with the old man again, and the old man said, "How's it going with you, my good boy?"

"Very well. And how is it going with you?"

"Very well, my son. How much will you pay me to tell you another little story?"

"I have only two reales that I earned working in the king's house," the boy said. "And I need that money to feed my poor parents. They have nothing but what I make by working."

"But if you pay me those two reales I'll tell you a very good little story," the old man told him.

"My parents told me that if I didn't bring home the money, they'd beat me."

But the old man kept insisting until the boy paid him the two reales to tell him another little story. Then the old man said, "He who wants his pleasure must pay for it."

"Go on, go on," the boy told him.

"That's the whole story," the old man said.

Very sadly the poor boy went on to his parents' house, and as soon as he got there they asked him how much money he had. He told them what had happened with the same old man he had met the last time, and his parents gave him a good beating. They told him to go back to work the next day and said that if he did the same thing again they would kill him. So the next day he went off to work at the king's house.

He worked there until he earned two reales again. He was paid and set out for home, and on the road he met up with the same old man again. The old man said, "How's it going with you, my good boy?"

"Very well, sir," the boy said. "But this time I can't pay you anything for stories because my parents beat me and told me that if I didn't bring home my pay, they were going to kill me."

—Págame los dos reales y te cuento otro cuentecito —le dijo el viejito—. Tus padres no te van a hacer nada.

Y el muchacho no quería, pero tanto estuvo insistiendo el viejito que al fin le dio los dos reales que había ganado.

Y el viejito le dijo entonces: —El que tenga tienda, que la atienda, y si no, mejor que la venda. —Y después el viejito le regaló una espadita. Y le dijo que la espadita era para que se defendiera.

Ya el muchacho no quería ir a casa de sus padres. Se arrendó por otro camino y por fin llegó a otra ciudad donde vivía un rey que tenía una hija muy bonita. Todos los días este rey casaba a su hija con un hombre, y luego en la noche cuando estaba dormido el hombre, dejaban entrar una serpiente para que lo comiera. Entonces la princesa volvía otra vez a la casa del rey.

Cuando el muchacho llegó a esta ciudad el rey quería que se casara con su hija. Tenían un ranchito donde llevaban a dormir a los que se casaban con la princesa. Y la serpiente bajaba siempre a las doce de la noche y se los comía. Cada noche se comía uno.

Bueno pues, se casó el muchacho con la princesa, y los llevaron a los novios al ranchito a que durmieran la primera noche. Y cuando llegaron, la princesa se acostó pronto. Le dijo a él que se acostara, pero él dijo que no, y fue y agarró su espadita y empezó a pasearse por el cuarto. Y a cada rato decía: —El casado al cuidado y armas con que defenderse.

La princesa le rogaba que se acostara, pero él no le hacía caso. Sólo daba vueltas y vueltas por el cuarto diciendo: —El casado al cuidado y armas con que defenderse.

Y la pobre novia temía que viniera la serpiente y se la comiera a ella. Le rogaba y le imploraba que se acostara con ella. Pero el muchacho seguía dando vueltas por el cuarto con su espadita y repitiendo todo el tiempo: —El casado al cuidado y armas con que defenderse.

A la medianoche se oyeron los bramidos de la serpiente que ya venía llegando. Era una serpi-

"Pay me two reales and I'll tell you another little story," the old man told him. "Your parents won't do anything to you."

The boy didn't want to, but the old man insisted so much that in the end the boy gave him the two reales he had earned.

And then the old man told him, "He who has a store had better tend it; if not, he'd better sell it." And then the old man gave him a little sword. He said the boy could use the sword to protect himself.

Now the boy didn't want to go home to his parents. He turned back by a different road and finally came to another city where a king with a beautiful daughter lived. Every day this king married his daughter to a man, and then during the night when the man was asleep a serpent came in and ate him. Then the princess would return to the king's house again.

When the boy got to the city, the king wanted him to marry his daughter. There was a cottage where the men who had married the princess were taken to sleep, and the serpent always came there at midnight and ate them. Each night it ate one.

The boy married the princess, and the newlyweds were taken to the cottage to sleep the first night. When they got there, the princess went right to bed. She told the boy to lie down, but he didn't want to. Instead, he got his sword and started pacing around the room. Every so often he would say, "A married man must be alert and be armed to defend himself."

The princess begged him to come to bed, but he paid no attention. He only walked around and around the room saying, "A married man must be alert and be armed to defend himself."

The poor bride was afraid the serpent would come and eat her too. She begged and pleaded for him to lie down with her, but the boy kept on walking around the room with his sword and repeating constantly, "A married man must be alert and be armed to defend himself."

At midnight he heard the bellow of the serpent and it came closer. It was a seven-headed serpent.

ente de siete cabezas. Metió una de las cabezas por la puerta y el muchacho se la cortó pronto con su espadita. Metió la segunda cabeza y ésta se la cortó también. Y así estuvo la serpiente metiendo las cabezas por la puerta para entrar y todas las cabezas se las cortó el muchacho con su espadita. Y luego que mató a la serpiente la tiró afuera.

La princesa le dijo entonces: —Bueno, ahora que ya mataste la serpiente, ven a acostarte conmigo. —Y fue y se acostó y se quedaron dormidos.

Al otro día muy de mañanita fue el rey y levantó a toda la gente para ir a buscar a su hija. Como no había venido al palacio después de la medianoche, creía que la serpiente se la había comido a ella también. Y cuando llegaron todos al ranchito, hallaron a la princesa y al muchacho abrazados y dormidos.

Con el bullicio y el ruido al fin se despertaron. Y cuando el rey supo que el muchacho había matado a la serpiente, estaba muy contento, y le dijo que ahora se podían ir a vivir a su palacio con él. Pero el muchacho dijo que no quería. —¿Por qué no? —preguntó el rey.

Y el muchacho le dijo: —Porque el que quiere lo celeste, que le cueste. Y yo mismo tengo que mantener a mi mujer.

Bueno, pues la princesa le preparó el lonche y otro día se fue a trabajar con otro rey a dos reales al día. Y estaba batiendo zoquete con los otros trabajadores que lo maltrataban mucho. Y hasta el mismo rey lo maltrataba. Y cuando el rey lo estaba maltratando, el muchacho le dijo: —Usted cree que es muy rico, pero yo estoy casado con la hija de un rey que es mucho más rico que usted.

El rey se enojó mucho y le dijo: —¡Embustero! Te apuesto todos mis caudales contra tu vida a que no estás casado con la hija de un rey.

—Bueno —dijo el muchacho, y hicieron la apuesta y firmaron el contrato. Y el muchacho le dijo al rey que otro día iban a venir su mujer, la princesa, y sus damas y caballeros a traerle la comida.

It stuck one of its heads in through the door and right away the boy cut off the head with his sword. It stuck in the second head, and he cut that one off too. The serpent kept sticking its heads in through the door and the boy cut them all off with his sword. And as soon as he killed the serpent, he threw it outside.

Then the princess said to him, "All right, now that you've killed the serpent, come and lie down with me." And he went and lay down and they fell asleep.

Very early the next morning the king went and woke up all the people to go look for his daughter. Since she hadn't come to the palace after midnight, he thought the serpent had eaten her too. But when the people got to the cottage they found the princess and the boy asleep in each other's arms.

With all the noise and bustle they finally woke up. When the king found out that the boy had killed the serpent he was very pleased and said that now the boy could come to live with him in the palace. But the boy said he didn't want to. "Why not?" the king asked.

And the boy told him, "Because he who wants his pleasure must pay for it. I have to support my wife myself."

So then the princess made a lunch for him and the next day he went to work for another king for two reales a day. He was mixing mud with some other workers who were really unkind to him. Even the king himself treated the boy badly. And when the king was picking on him, the boy said, "You think you're so rich, but I'm married to the daughter of a king who is a lot richer than you are."

The king got really angry and said to him, "Liar! I'll bet all my riches against your life that you're not married to a king's daughter."

"All right," the boy said, and they made the bet and signed the contract. He told the king that the next day his wife, the princess, and her knights and ladies would all come to bring him his lunch.

Esa tarde se fue para su casa con los dos reales que había ganado. Y pensó no decirle a su mujer nada de la apuesta. Y cuando llegó, le dijo a su mujer: —Ahora sí, hija, mañana vas a la casa de tu padre y le pides comida para mí y para todos los peones de donde trabajo, y nos la llevas.

Tan ancha se puso la princesa, y le dijo que sí, que le diría a su padre que le diera mucha comida para llevar a todos.

Al otro día se fue otra vez a trabajar, y a la mediodía le dijo al otro rey: —Ahora van a venir mi mujer y sus criados a traer comida para todos. —Y el muchacho se puso la mano en la frente para ver si ya venían. En ese momento vio el polvito y dijo: —Ya vienen.

Llegaron la princesa y sus criados y pusieron las mesas. La princesa fue con todas sus damas a comer con el muchacho. Y el otro rey y todos los trabajadores se quedaron lelos y callados. Y el pobre rey que había hecho la apuesta tuvo que entregarle al muchacho su corona y todos sus caudales.

Entonces el muchacho le dijo a la princesa: —Ahora vamos a recoger a mis padres y a los tuyos y vamos a vivir todos juntos. Ahora tenemos que trabajar todos más que antes.

—¿Por qué? —le preguntó su mujer.

Y él le dijo: —Porque el que tiene tienda, que la atienda, y si no, que la venda.

Y fueron y recogieron a los padres del muchacho y todos siguieron viviendo muy contentos. Y el viejito que le había dado los consejos al muchacho y que le había regalado la espadita era San José.

*José P. Chávez*
*Edad: 43, Belén, N.M.*

That evening he went home with the two reales he had earned, but he didn't tell his wife anything about the bet. He said to his wife, "Listen, dear, tomorrow go to your father's house and ask for food for me and for all the peons at the place where I work, and bring it to us."

The princess was very pleased, and said that she would tell her father to give her plenty of food to bring for all of them.

The next day he went off again to work, and at noon he told the other king, "Now my wife and her servants will come and bring food for everyone." And the boy held his hand to his forehead to see if they were coming yet. He saw a small cloud of dust and said, "Here they come."

The princess and her servants arrived and set the tables. The princess and all her ladies-in-waiting went to eat with the boy, and the other king and all the workers were dumbfounded. And the poor king who had made the bet had to hand over his crown and all his riches to the boy.

And then the boy said to the princess, "Now let's go get my parents and yours and let's all live together. Now we all have to work harder than ever."

"Why?" his wife asked.

And he told her, "Because he who has a store had better tend it; if not, he'd better sell it."

They went and got the boy's parents and they all lived together happily. And the old man who had given the advice and the gift of the sword to the boy was Saint Joseph.

*José P. Chávez*
*Age: 43, Belén, N.M.*

## El muchacho huérfano

Éste era un niño huérfano que no tenía ni padre ni madre. Y como no sabía cómo ganarse la vida, fue a pedir trabajo a la casa de un herrero. El herrero le dio trabajo pero no le pagaba nada. Aprendió de herrero y hizo un cuchillo muy grande. Y un día tomó su camino.

Y allí donde iba se encontró con cuatro animales que se estaban peleando por una vaca muerta. Eran un león, un tigre, un águila, y una hormiga. Llegó el muchacho y les preguntó por qué peleaban. Los animales respondieron que por aquella vaca muerta.

Entonces el muchacho les dijo que él iba a repartir la vaca en cuatro partes. Tomó su cuchillo y apartó la carne de los huesos y cortó la cabeza y las patas. Entonces les dio los huesos al león y al tigre porque ellos tenían dientes. Al águila le dio la carne porque no tenía dientes. Y a la hormiga le dio la cabeza para que entrara por un oído y saliera por el otro buscando comida—. ¡Adiós, animalitos! —les dijo entonces y se fue.

Cuando ya iba a una distancia, el león se puso a pensar y les dijo a los animales: —Tan gran beneficio nos ha hecho ese hombre y no le hemos correspondido con nada. —Y entonces le dijo al águila: —Anda y alcanza al hombre y dile que se vuelva para que le correspondiéramos con algo.

Voló el águila y lo alcanzó. Volvió el muchacho y le preguntó al león qué se le ofrecía. Y el león le dijo: —Tan agradecidos que estamos por lo que

## The Orphan Boy

This one is about an orphan boy who had no father or mother. Since he didn't know how else to make a living, he went and asked a blacksmith for work. The blacksmith gave him work but didn't pay him anything. The boy learned the blacksmith's trade and made himself a long knife, and then one day he set out down the road.

Along the way he met up with four animals that were fighting beside a dead cow. It was a lion, a tiger, an eagle and an ant. When the boy got there and asked them why they were fighting, the animals said it was over the cow.

The boy said he would divide the cow in four parts. He took his knife and cut the meat away from the bones, and then cut off the head and the legs. He gave the bones to the lion and the tiger because they had teeth. He gave the meat to the eagle because it didn't have teeth. And to the ant he gave the head so that it could go in one ear and out the other and find food. Then he said, "Goodbye, little animals," and went away.

After the boy had gone some distance, the lion started thinking and he said to the other animals, "That man has done us such a great service and we haven't repaid him in any way." And then he told the eagle, "Go catch up with the man and tell him to come back so that we can reward him."

The eagle flew off and overtook him, and the boy came back and asked the lion what he wanted. The lion said, "We're very thankful for

has hecho y no te hemos pagado nada. Ahora te ofrecemos lo que tú quieras.

Y el muchacho le dijo que quería que le dieran una merced. El león entonces le dijo: —Mira lo que voy a hacer y no te espantes. Voy a extender la pata y puedes escoger la uña que más te guste y me la cortas. Y te la llevas y cada vez que quieras, puedes decir, "Adiós y león," y te volverás león. Y cuando digas, "Adiós y hombre," te volverás hombre otra vez. —Y extendió la pata y el muchacho le cortó una uña.

El tigre le dijo entonces: —Ahora voy yo a erizar el pelo y no te espantes. Córtame el pelo que más te guste. Y cuando digas, "Adiós y tigre," te volverás tigre, y luego para volverte hombre otra vez dices, "Adiós y hombre."

El águila extendió un ala y le dijo: —Yo te voy a dar una pluma. Escoge la que te guste y sácamela. Y siempre que digas, "Adiós y águila," te volverás águila, y luego para volverte hombre otra vez dices, "Adiós y hombre."

La hormiga entonces dijo: —Yo no sé qué darte. Si te doy una patita quedo cojita y si te doy una manita quedo manquita. Te daré un cuernito, que es lo que no me hace tanta falta. —Y le dio un cuernito y le dijo: —Cuando digas, "Adiós y hormiga," te volverás hormiga y cuando digas, "Adiós y hombre," te volverás otra vez hombre.

El muchacho les dio las gracias y tomó su camino. Cuando ya iba muy lejos vio venir una gavilla de ladrones a caballo con rifles y pistolas, matando a quién encontraban. Cuando ya se iban acercando dijo: —Adiós y hormiga. —Pronto se volvió hormiga y se escondió en el zacate. Los ladrones no lo vieron y se pasaron.

Y cuando ya iban a una distancia dijo: —Adiós y hombre. —Y se volvió hombre otra vez. Pero los ladrones voltearon para atrás y vieron al hombre y corrieron con sus caballos para cogerlo. Pero él pronto dijo: —Adiós y águila. —Y se volvió águila y dio un alazo y se fue volando muy lejos.

Y fue volando y volando hasta que paró en un árbol cerca de una casa donde vivía un gigante. Y este gigante tenía una princesa encantada.

what you have done for us, but we haven't given you a thing. We'll give you whatever you want."

And the boy told him he wanted to be granted some kind of power. The lion said, "Watch what I do, and don't be afraid. I'll hold out my paw and you can choose whichever claw you like and cut it off. Take it with you and whenever you want to, you can say, 'Adiós y león,' and you'll turn into a lion. When you say, 'Adiós y hombre,' you'll turn into a man again."

Then the tiger told him, "Now I'll ruffle my fur, and don't be afraid. Cut whichever hair you like. And when you say, 'Adiós y tigre,' you'll turn into a tiger, and then to turn back into a man say, 'Adiós y hombre.'"

The eagle extended a wing and told him, "I'll give you a feather. Choose the one you like and pull it out. And whenever you say, 'Adiós y águila,' you'll turn into an eagle, Then to turn back into a man say, 'Adiós y hombre.'"

Then the ant said, "I don't know what to give you. If I give you a leg, I'll be lame and if I give you an arm, I'll be one-armed. I'll give you a feeler since that's what I'll miss the least." And she gave him a feeler and said, "When you say, 'Adiós y hormiga,' you'll turn into an ant. And when you say, 'Adiós y hombre,' you'll turn back into a man."

The boy thanked them and went on his way. When he had traveled a long way, he saw a gang of thieves on horseback. They had rifles and pistols and were killing everyone they met. When they got close to him, the boy said, "Adiós y hormiga." And right away he turned into an ant and hid in the grass. The thieves didn't see him and went on by.

When they got far down the road, he said, "Adiós y hombre." And he turned back into a person. But the thieves looked back and saw the boy and came running on their horses to catch him. He quickly said, "Adiós y águila." He turned into an eagle and flapped his wings and flew far away.

He flew and flew until he saw a tree near the house of a giant. The giant was holding a princess

Cuando el águila llegó y se paró en el árbol andaba la princesa en el patio y la vio. Fue y le dijo al gigante: —¡Mira, qué águila tan bonita! ¿Por qué no me la pescas?

Y el gigante le dijo: —¿Pero para qué la quieres?

—Para divertirme con ella donde me tienes encerrada. —Y dijo el gigante que estaba bueno, y fueron a pescar el águila. Se dejó pescar y la pusieron en una jaula y la metieron en el cuarto de la princesa.

Bueno, pues a la medianoche cuando la princesa estaba dormida en su cama, el muchacho dijo: —Adiós y hombre. —Y se volvió hombre. Fue entonces a la cama de la princesa y la meneó para que se despertara. Se despertó ella y se asustó mucho. Empezó a gritar del susto, y el gigante oyó los gritos y subió a ver qué había. Pero cuando el muchacho oyó los pasos del gigante, dijo: —Adiós y hormiga. —Y se metió en la jaula. Entonces dijo: —Adiós y águila. —Y se volvió águila. Y entonces clavó el pico bajo una ala para dar a entender que estaba dormido.

Llegó el gigante y le preguntó a la princesa qué le pasaba, por qué daba tantos gritos. Y ella dijo que no sabía, quizás estaba soñando. Se fue el gigante y todo se quedó en silencio.

Cuando vio el águila que ya el gigante se había ido, dijo otra vez: —Adiós y hormiga. —Y salió de la jaula otra vez. Entonces dijo: —Adiós y hombre. —Y fue y despertó otra vez a la princesa y le dijo que no se asustara, que era un joven, y que si se casara con él, la sacaría de aquella prisión.

Ella le dijo que ni muchas compañías de soldados habían podido matar al gigante y ¿cómo había él de matarlo?

—¿Y cómo es que no lo pueden matar? —preguntó el muchacho. Y la princesa le dijo que no sabía—. Pues mañana le preguntas cerca de donde yo esté —le dijo el muchacho. Y la princesa le prometió hacerlo.

Otro día la princesa salió al patio y dijo que

prisoner. The eagle got there and perched in the tree just when the princess was walking in the yard, and she saw it. She said to the giant, "Look at that pretty eagle! Won't you catch it for me?"

The giant said, "But what do you want it for?"

"To amuse myself with while you have me locked up."

The giant said all right, and he went to catch the eagle. It let itself be caught and put in a cage and taken to the princess's room.

Then at midnight when the princess was asleep in her bed, the boy said, "Adiós y hombre." And he turned into a person. He went to the princess's bed and shook it to wake her up. She was frightened and started to scream, and the giant heard her and came upstairs to see what was wrong. But the boy heard the giant's footsteps and said, "Adiós y hormiga." He ran back into the cage. Then he said, "Adiós y águila." And he turned into an eagle. He poked his beak under a wing to show that he was asleep.

The giant came in and asked the princess what was going on and why she had screamed like that. She said she didn't know. She must have been dreaming. The giant went away and everything was quiet.

When the eagle saw that the giant had left, he said, "Adiós y hormiga." And he ran out of the cage again. Then he said, "Adiós y hombre." He went over and woke up the princess again and told her not to be afraid, that he was a young man, and that he would free her from captivity if she would marry him.

She said that many companies of soldiers had failed to kill the giant. What made him think he could do it?

"And why is it that they can't kill him?" the boy asked her. The princess said she didn't know. "Well ask him that tomorrow when I'm close by," the boy told her. And the princess promised to do it.

The next day the princess went out into the

quería que sacaran su águila para que le diera el sol en el patio. Y así lo hicieron. Y allí donde estaba la princesa en el patio llegó el gigante, y le dijo ella: —¿Por qué es que tantas compañías de soldados que han venido a matarte no te pueden matar?

—No te lo quiero decir porque me puedes engañar —dijo el gigante—. No quiero confiarme de mujeres.

Pero la princesa estuvo insistiendo hasta que el gigante le dijo: —Pues no me matan ni me matarán nunca porque mi vida está en un huevo. El huevo está guardado dentro de una paloma, y la paloma está dentro de un oso que anda por unos valles que están muy lejos de aquí. El que me mate tiene que quebrarme el huevo en la frente.

Apenas acabó de hablar el gigante cuando el águila dijo: —Adiós y hormiga. —Salió de la jaula sin que la vieran. Y entonces dijo: —Adiós y águila. —Armó vuelo y se fue volando.

—¡Mi águila! ¡Mi águila! —gritó la princesa, pero ya no pudieron alcanzarla.

Anduvo volando el águila hasta que vio los valles por donde andaba el oso. Y en las cercanías de estos valles vivían un viejito y una viejita que tenían una hija. El muchacho se volvió hombre y llegó a la casa de los viejitos y les pidió posada. Y les preguntó el muchacho: —¿Cómo viven ustedes aquí?

El viejito le respondió: —Tenemos borreguitas.

—¿Dónde cuidan ustedes sus borreguitas?

—Pues las cuidamos por todas partes de estos montes, menos esos valles de allá abajo porque allí anda siempre un oso que no nos permite acercarnos.

—¿Y quién cuida las borreguitas?

—Mi hijita.

—Pues mañana voy yo.

—Bueno, que vayas tú —dijo el viejito—. No más que en aquel valle no vayas a entrar porque es por donde anda el oso.

El muchacho no les dio nada en que maliciar y se fue otro día a cuidar las borreguitas. Llevó a

garden and asked for the eagle to be brought out too so that it could get some sun. And when the giant came out to the garden, she asked him, "Why is it that all those companies of soldiers have come to kill you and aren't able to do it?"

"I don't want to tell you because you might deceive me," the giant said. "I don't want to trust a woman."

But the princess kept insisting until finally the giant said, "Well, they don't kill me, and they won't ever kill me, because my life is in an egg. And the egg is kept inside a dove, and the dove is inside a bear that wanders through some valleys far away from here. The one who kills me must break the egg on my forehead."

The giant had hardly finished talking when the boy said, "Adiós y hormiga." He ran out of the cage without being seen. Then he said, "Adiós y águila." He took off and flew away.

"My eagle! My eagle!" the princess cried, but they couldn't catch it.

The boy flew along until he saw some valleys where a bear was roaming around. And near those valleys lived a man and a woman who had a daughter. The boy turned into a person and went to the house and asked for lodging. And the boy asked them, "How do you make a living here?"

The old man answered, "We have sheep."

"Where do you pasture your sheep?"

"We pasture them all over these hills, except in those valleys down there. A bear lives there and it doesn't let us go near."

"And who takes the sheep to pasture?"

"My daughter."

"Well, tomorrow, I'll go."

"All right, you can go," the old man said. "Just don't go into that valley because that's where the bear lives."

The boy didn't give them any reason to be suspicious and he went off the next day to tend

las borreguitas a pastear, y por la tarde volvió con las borreguitas muy gorditas y con las ubres llenas de leche. Los viejitos no sabían por qué, y él dijo que las había llevado donde había mucha yerba. Y otro día hizo lo mismo. Entonces los viejitos dijeron: —Mañana es bueno que vaya nuestra hijita.

Y fue ella al valle donde había mucha yerba y pronto salió el oso. Y era que el oso había peleado con el muchacho vuelto león los dos días antes. Y el muchacho iba siguiendo a la muchacha y cuando salió el oso, dijo: —Adiós y león.—Se volvió león y empezó a pelear con el oso.

Pelearon el día entero, y la muchacha viendo todo. Y cuando ya el oso se fatigaba le dijo al león: —Si yo hallara una plancha de hielo donde revolcarme, te haría dos mil pedazos.

Y el león dijo: —Si yo tuviera un vaso de vino y un beso de una doncella, te haría dos mil pedazos.

La muchacha oyó esto y fue y les platicó a sus padres. Y le dijeron los viejitos a su hija que otro día fuera y llevara vino y un vaso, y que cuando dijera el muchacho vuelto león que hacía dos mil pedazos al oso si tuviera un vaso de vino y un beso de doncella, le diera el vaso de vino y un beso.

Bueno, pues se fue el muchacho otro día a cuidar las borreguitas otra vez, y la muchacha lo siguio escondiéndose. Y cuando llegó, el muchacho se volvió león, y cuando salió el oso, empezaron a pelear. Estuvieron peleando casi todo el día, cuando ya el oso muy cansado dijo: —Si yo hallara un planchón de hielo donde revolcarme, te haría dos mil pedazos.

Y el muchacho vuelto león dijo: —Si yo tuviera un vaso de vino y un beso de una doncella, te haría dos mil pedazos.

Entonces salió la muchacha de donde estaba escondida y le dio el vaso de vino y un beso. Entonces dijo el león: —Adiós y tigre.—Y así empezó el tigre a pelear con el oso. Y de un

the sheep. In the evening he brought them back looking fat, with their udders full of milk. The people wondered why, and the boy said he had taken them to where there was a lot of good grass. And the next day he did the same thing. Then the man told him, "Tomorrow let our daughter go."

She went to the valley where there was plenty of grass and suddenly the bear appeared. What had been going on was that the bear had fought with the boy in the form of a lion the two days before. And this day the boy was following the girl and when the bear came out he said, "Adiós y león." He turned into a lion and started to fight with the bear.

They fought all day long and the girl was watching it all. And when the bear was tired out he said to the lion, "If only I could find a slab of ice to roll on, I would tear you into two thousand pieces."

And the lion said, "If only I had a glass of wine and a kiss from a pretty maid, I would tear you into two thousand pieces."

The girl heard all that and went and told her parents about it. It was already late when the boy brought back the sheep looking plump and full of milk. And the parents told their daughter to go out again the next day and take wine and a glass, and when the boy in the form of a lion said that he wanted a glass of wine and a maiden's kiss, she should give him the glass of wine and a kiss.

So then the next day the boy went off to tend the sheep again, and the girl followed secretly. When he got to the pasture, the boy turned into a lion, and when the bear appeared they started to fight. They had fought almost the whole day when the bear said wearily, "If only I could find a slab of ice to roll on, I would tear you into two thousand pieces."

And the lion said, "If only I had a glass of wine and a kiss from a pretty maid, I would tear you into two thousand pieces."

The girl came out of her hiding place and gave him a glass of wine and a kiss, and then the lion said, "Adiós y tigre." And the tiger started

zarpazo que le dio al oso, le rompió la panza y salió volando la paloma.

Entonces el tigre dijo: —Adiós y águila. —Y armó vuelo y siguió la paloma hasta que la pescó. Y la mató y le sacó el huevo.

Entonces volvió y le dijo a la muchacha: —Adiós, hermanita, que ya me voy. Lleva las borreguitas para tu casa, que yo ya no vuelvo. Ya el oso no los molestará.

Y el águila se fue con el huevo hasta la casa del gigante y paró en el mismo árbol donde había parado antes. Y desde que el muchacho traía el huevo en el bolsillo ya se había puesto muy enfermo el gigante. Cuando la princesa vio al águila en el árbol empezó a gritar: —¡Mi águila! ¡Mi águila! ¡Pésquenmela otra vez!

—¿Para qué la quieres? —le dijo el gigante. Pero fueron a agarrarla y se dejó agarrar otra vez. Y otra vez llevaron la jaula con el águila al cuarto de la princesa.

En la noche dijo: —Adiós y hormiga. —Y salió y despertó a la princesa y le dijo todo lo que le había pasado y que ya traía el huevo donde estaba la vida del gigante. Y otro día cuando la princesa fue a ver al gigante le quebró el huevo en la frente y al momento el gigante expiró.

El muchacho se llevó a la princesa y se casaron y hicieron fiestas muy grandes.

Y el que me oyó este cuento que me cuente otro.

*Porfirio Roybal*
*Edad: 45, Jacona, N.M.*

fighting with the bear. With one swipe of a claw he tore open the bear's belly and a dove came flying out.

Then the tiger said, "Adiós y águila." And the eagle flew off after the dove until it caught it. It killed the dove and took the egg from it.

Then the boy returned and said to the girl, "Goodbye, little sister, I must leave now. Take the sheep home because I won't be returning. The bear won't trouble you any more."

And the eagle flew off with the egg and returned to the giant's house and perched on the same tree it had perched on before. Ever since the boy had been carrying the egg in his pocket, the giant had been sick. When the princess saw the eagle in the tree, she started shouting, "My eagle! My eagle! Catch it for me again!"

"What do you want it for?" the giant said. But he went to catch it, and again the eagle let itself be caught and taken in a cage to the princess's room.

In the night the boy said, "Adiós y hormiga." He came out and woke the princess up and told her all that had happened and that he had the egg which held the giant's life. The next day when the princess went to see the giant she broke the egg on his forehead. And immediately the giant died.

The boy took the princess away and they were married and there was a big party.

And whoever heard me tell this story, must tell me another.

*Porfirio Roybal*
*Age: 45, Jacona, N.M.*

Una vez había un indio muy pobre que se llamaba Puseyeme. Los otros indios del pueblo no lo querían porque era tan pobre. Un día salió a cazar a la sierra y allí donde andaba cazando vio un venado. Este venado era un rey que habían encantado los indios. El indito iba a matarlo creyendo que era venado, pero el venado le dijo que no lo matara, que se quitara su faja y lo lazara. Entonces le lazó el pescuezo y le amarró las patas.

Y allí cerca había un pozo de agua. Y el venado le dijo al indito que le trajera agua con las manos para beber, y zacate para comer. Cuando bebió el agua y comió el zacate se volvió rey otra vez.

Este rey le dijo entonces a Puseyeme: —Ahora llévame al palacio del rey mi padre y dile que me entregarás a cambio de un espejito que él pone a su cabecera. —Entonces fueron y comieron de lo que traía Puseyeme.

Y cuando ya iban llegando al palacio del rey padre, el rey chiquito mandó a Puseyeme para ir primero a la casa de su padre. Llegó y le dijo al viejo rey: —¿Cuánto me pagas si te digo donde está tu hijo, el rey chiquito que se te perdió?

—¿Cuánto quieres que te pague? —le dijo el rey—. Te pago ganado, vacas, dinero, y todo lo que tú quieras si me dices donde está mi hijo.

—Pues, mira, Tata Rey, —le dijo Puseyeme—,

Once there was a very poor Indian boy named Puseyeme. The other Indians of the pueblo didn't like him because he was so poor. One day he went out to hunt in the mountains and saw a deer, which was an enchanted king the Indians had placed under a spell. The Indian boy was going to kill it, thinking that it was just an animal, but the deer told him not to. It told him to take off his belt and lasso it. He roped the deer by the neck and tied its feet together.

There was a well near by, and the deer told the Indian boy to bring water in his hands for it to drink and grass for it to eat. When it had drunk the water and eaten the grass it became a king once again. The king told Puseyeme, "Now take me to the palace of the old king, my father, and say you'll return me to him in exchange for a little mirror that he keeps at the head of his bed." Then they ate some of the food Puseyeme had brought with him.

When they were close to the palace, the young king sent Puseyeme to speak to the elder king. He went to the palace and said to the elder king, "How much would you pay me to tell you where to find your son, the young king that you lost?"

"How much do you want me to pay you?" the king said. "I'll pay you cattle, sheep, money, whatever you want, if you tell me where my son is."

"Look here, King," Puseyeme told him, "if you

si me pagas el espejito que tienes a tu cabecera te digo donde está tu hijo.

—Bueno —dijo el rey. Y entonces mandó prender las mejores carrozas que tenía y mandó a sus criados que fueran con ellos a donde el indito decía que estaba su hijo, el rey chiquito.

Fueron al lugar donde estaba, y el rey y la reina se alegraron mucho de ver a su hijo, y se lo llevaron pronto para su palacio. Y mandó el rey hacer una fiesta y invitó a todos los reyes del país a la fiesta.

Y luego que acabaron las fiestas el rey le preguntó al indito si todavía quería no más el espejito, y él dijo que sí, que era todo lo que quería. Se lo entregó el rey y le dijo que ese espejito tenía virtud. Todo lo que le pidiera se lo concedería.

Y el rey le preguntó si quería también caballos para ir a su tierra. Pero el indito dijo que no, que no quería nada más. Y le ofreció el rey provisiones, pero dijo que no más pan quería para el camino, estilo indio.

Y cuando ya Puseyeme iba solo caminando por su camino, sacó su espejito y dijo: —Aquí te pones, espejito. —Y lo puso en el suelo.

En seguida saltaron dos gigantes muy atentos y le dijeron: —¿Qué dice, qué manda, gran caballero?

Y Puseyeme dijo, muy espantado: —Quiero cagarme.

Y entonces otra vez le dijeron los gigantes: —¿Qué dice, qué manda, gran caballero?

Y el indito, que ya se le había quitado el susto, dijo: —Quiero pan. —Y le dieron una torta de pan. Y cuando le dieron la torta de pan y la agarró, los cuidó para que no le robaran el espejo. Lo escondió en el cuerito donde lo traía. Y cuando agarró el espejo vio que se desaparecieron los gigantes. Y de allí siguió su camino.

Y allí donde iba ya muy cansado volvió a sacar su espejito y dijo: —Aquí te pones, espejito.

Y saltaron otra vez los gigantes muy atentos y

give me the little mirror you have at the head of your bed, I'll tell you where your son is."

"All right," the king said, and he gave orders for his finest carriage to be hitched up and for servants to go with the Indian boy to where the young king was.

They all arrived and the king and the queen were very happy to see their son. They took him to the palace right away. And the king declared a great celebration and all the kings of the country were invited.

And as soon as the celebration was over the king asked the Indian boy if he still only wanted the little mirror, and the boy said yes, that was all he wanted. The king gave it to him and told him the mirror had magic power. Everything he asked of it would be given to him. The king also asked him if he wanted horses for the trip home. But the Indian boy said no, that he didn't want anything else. The king offered him provisions, but he said all he wanted was Indian-style bread for his journey.

And along the way Puseyeme took out the mirror and said, "Front and center, little mirror," and he set it on the ground. Right away two obedient giants appeared and said to him, "What have you to say? What is your wish, fine gentleman?"

Puseyeme was scared and said, "I want to shit."

The giants repeated, "What have you to say? What do you wish, fine gentleman?"

The Indian boy wasn't afraid anymore and said, "I want bread." And they gave him a loaf of bread. And as he took the bread he kept his eye on them so they wouldn't steal his mirror. He hid it back in the leather bag he carried it in. And when he picked up the mirror, the giants disappeared. Then Puseyeme went on his way.

And as he walked along he began to feel tired, so he took out his mirror again and said, "Front and center, little mirror."

Again the giants came out obediently and said, "What have you to say? What is your wish, fine gentleman?"

le preguntaron: —¿Qué dice, qué manda, gran caballero?

—Lo primero que quiero es un caballo con silla —dijo Puseyeme. Y pronto le dieron su caballo ya bien ensillado y todo. Y agarró entonces Puseyeme su espejito y se subió en su caballo y siguió su camino. Pero cuando iba en el caballo tenía miedo y decía: —¡Ay, Tata Dios, que no me tire este caballo! ¡Ay, Tata Dios, que no me tire este caballo!

Cuando ya iba llegando a su pueblo paró su caballo. Se apeó el indito, y al dar una vuelta se le despareció el caballo. Y llegó a su casa a pie y saludó a sus padres, y le preguntaron dónde había andado. Y les contó el cuento del venado y todo lo que le había sucedido en la sierra, y después del espejito de virtud que le había dado el rey y todo.

Sus padres estaban muy contentos. Y cuando ya llegó la hora de cenar fue y sacó su espejito, y dijo: —Aquí te pones, espejito.

Y salieron los dos gigantes y le dijeron: —¿Qué dice, qué manda, gran caballero?

—Lo que quiero es que me den de comer para mí, para mi papá, y para mi mamá.

—Todo se te concederá, buen indito —le dijeron los gigantes. Y pronto le trajeron de todo lo que podía desear. Y después de comer pidió a su espejito ropas y joyas para su papá y para su mamá, y todo le dieron: vestidos de pieles de animales de los que se usaban en aquellos tiempos y todas ropas y joyas.

Por la noche el indito le dijo a su espejo que ahora quería una casa para vivir, y los gigantes le hicieron un palacio muy rico con toda clase de muebles y alfombras.

El palacio de Puseyeme estaba a una corta distancia del pueblo donde vivían los indios, y por eso los otros indios le tenían envidia. Estaba su casa en una lomita, y allí llevó el indito a sus padres. Pidió provisiones y los gigantes le dieron todo lo que quería. Y allí se quedó a vivir con sus padres.

Pero los indios estaban muy enojados con él y al fin se prepararon para pelear con él.

90

"The first thing I want is a horse and saddle," Puseyeme said. And right away they gave him a horse all saddled and ready. Puseyeme put his mirror away and climbed onto the horse and went on his way. But as he rode along on the horse he was scared and kept saying, "Ay, Tata Dios, don't let this horse throw me."

When he got close to his pueblo, he stopped his horse, and when he got down and turned around the horse disappeared. He went to his house on foot and greeted his parents, and they asked him where he had been. He told them all about what had happened in the mountains with the deer, and also about the little magic mirror the king had given him.

His parents were very pleased with him. And when dinnertime came he took out his mirror and said, "Front and center, little mirror."

The two giants appeared and said, "What have you to say? What do you wish, fine gentleman?"

"What I want is food for me and for my father and my mother."

"Everything will be given to you, good boy," the giants said, and right away they brought him everything he could want. After he ate, he asked his mirror for clothes and jewelry for his father and mother, and they gave him everything: suits made of animal skins like they wore in those days and all kinds of clothes and jewelry.

That night the Indian boy told his mirror he wanted a house to live in and the giants made him a fine palace with all kinds of furniture and carpets.

Puseyeme's palace was just a short distance from the pueblo where the Indians lived, and because of that the Indians of the pueblo were jealous. His house was on a little hill and he took his parents to live there. He asked for his mirror for all kinds of provisions and the giants gave him everything he wanted.

But the Indians were very angry with him and finally they prepared to fight with him. They got their bows and arrows ready and went to find out

Prepararon sus arcos y flechas. Decían a ver quién era aquel atrevido o alevoso que había hecho aquel palacio en propiedad de los indios cerca del pueblo. Y se juntaron todos para ir a correrlo.

Y luego que Puseyeme los vio venir, sacó su espejito y dijo: —Aquí te pones, espejito.

Y salieron pronto los gigantes y le dijeron como siempre: —¿Qué dice, qué manda, gran caballero?

—Lo que quiero es que me den soldados si pueden —les dijo Puseyeme—, porque ya vienen los indios del pueblo a matarme.

Y de una vez le fueron poniendo los gigantes una compañía de soldados, y le dijeron que fuera a encontrar a sus enemigos con esa compañía. Y le dieron también un genio para que fuera con él y con sus soldados. Se encontraron con los indios y le preguntaron quién le había dado derecho para hacer ese palacio.

Y el indito les dijo: —Yo soy Puseyeme, un pobre de este pueblo. ¿No ven que Tata Dios me dio suerte ahora? ¿Por qué vienen tan enojados? Que ¿no me conocen?

—Pues si eres pobre, ¿por qué hiciste ese palacio? —le preguntaron.

—Miren —les dijo Puseyeme—, allá está quien nos manda. —Y apuntaba para el cielo con el dedo—. ¿Quién hizo este mundo? ¿Ustedes?

—No, nostros no —contestaron.

—Pues entonces, ¿por qué vienen tan enojados? ¿No ven que cuando Tata Dios quiere dar buena suerte la da? Me dio buena suerte a mí. Y ahora, ¿qué quieren ustedes, gente de mi pueblo? ¿Pelear?

—No, no, ya no queremos pelear —le dijeron.

Entonces Puseyeme sacó su espejito y pidió de los gigantes comida y bebidas y les dio una fiesta a los indios. Y luego que comieron les dijo que si querían cazar, él los llevaría a cazar donde iban a encontrar animales de toda clase.

Ya todos los indios se pusieron contentos con

who had dared build a palace on Indian land. They were going to run him off, but as soon as Puseyeme saw them coming he took out his mirror and said, "Front and center, little mirror."

The giants jumped right out and said as always, "What have you to say? What is your wish, fine gentleman?"

"I want you to give me soldiers," Puseyeme told them, "because the Indians from the pueblo are coming to kill me."

Right away the giants produced a company of soldiers, and they told him to go out and meet his enemies with the army. They also gave him a genie to go along with him and the soldiers.

He met up with the other Indians and they asked him who had given him permission to build the palace. The Indian boy told them, "I'm Puseyeme, a poor boy from this pueblo. Can't you see that Tata Dios has given me good fortune? Why do you come here acting so angry? Don't you know me?"

"If you're so poor why did you build that palace?" they asked him.

"Look," Puseyeme said, "the one who is in control is up there." And he pointed toward the sky. "Who made this world? Did you?"

"No, not us," they answered.

"Well, then, why are you so angry? Can't you see that when Tata Dios wants to give someone good luck he gives it? He has given me good luck. And now, what do you want, people of my village, a fight?"

"No, we don't want to fight anymore," they said.

Then Puseyeme took out his mirror and asked the giants for food and drink and he threw a party for the Indians. And after they had eaten he told them that if they wanted to hunt he would take them to where there were all kinds of animals.

Now all the Indians were happy with Puseyeme and liked him a lot. They said they wanted him to be governor, but he didn't want to. So they made his father governor.

And after they made Puseyeme's father

Puseyeme y empezaron a quererlo mucho. Le dijeron que lo querían hacer gobernador, pero él no quiso. Entonces hicieron gobernador a su padre.

Y cuando ya habían puesto de gobernador al tata de Puseyeme, los llamó Puseyeme para ir a cazar. Y cuando llegaron a las sierras sacó su espejito y les pidió a los gigantes que le pusieran por todas partes muchos animales, como venados, conejos, y ratones. Y así lo hicieron los gigantes.

Salieron cazando por las sierras y por los llanos, y fue extendiéndose la indiada. Mataron hasta que se hartaron: conejos, venados, ratones, y de cuanto había. Volvieron a su pueblo todos cargados de animales, y ya de ahí para adelante quedaron sujetos al tata de Puseyeme.

Y cuando vio Puseyeme que todos estaban contentos con su tata de gobernador creyó que era tiempo de ir a ver a su amigo, el rey que había desencantado. Sacó su espejito y dijo: —Aquí te pones, espejito.

Salieron los dos gigantes, y él les dijo: —Quiero que me pongan un buen bogue con caballos y todo para ir a ver a mi amigo, el rey chiquito. —Y todo le concedieron los gigantes y se fue a ver a su amigo.

Cuando llegó lo recibieron muy bien. Y llevaba su cuerito con su espejito, pero no lo aflojaba nunca. El rey chiquito le preguntó cómo le iba, y él dijo que muy bien. Y hablando con él, le dijo a Puseyeme que había allí cerca un rey que tenía tres hijas y que daría una de sus hijas en matrimonio al que hiciera un palacio en un brazo de mar que estaba allí.

Y cuando Puseyeme le dijo adios a su amigo se fue para donde decía que vivía ese rey. Cuando llegó vio mucha gente que estaba yendo a un brazo de mar. Le preguntó a uno qué pasaba por allí donde iba tanta gente.

Y el hombre le dijo: —Esa gente va al brazo de mar para ver si puede hacer un palacio allí. ¿No sabes que aquí hay un rey que tiene tres hijas y que ha prometido una al hombre que le haga un palacio en ese brazo de mar?

El indito le dio las gracias y fue al palacio del

governor, they called Puseyeme to take them hunting. When they got to the mountains he took out his mirror and asked the giants to fill the place with all kinds of animals like deer and rabbits and squirrels, and the giants did it.

They went and hunted all over the mountains and prairies. They killed until they were tired of it—rabbits, deer, squirrels, everything there was. They returned to their pueblo loaded with animals and from then on they were loyal to Puseyeme's father.

And when Puseyeme saw that they were all happy that his father was governor, he figured it was time for him to go and see his friend, the king he had set free. He took out his mirror and said, "Front and center, little mirror."

The two giants appeared and he told them, "I want you to give me a buggy and horses to go and see my friend, the young king." The giants granted it all, and he went to see his friend.

When he got there, he was well received. He was carrying his leather bag with his mirror inside, and he never let go of it. The young king asked him how he was doing, and he said very well, and as they were talking, the king told Puseyeme that living near that place was a another king who had three daughters. This king would give one of his daughters in marriage to whoever built a palace on an arm of the seashore that was nearby.

So when Puseyeme said goodbye to his friend, he set out for where the other king lived. When he got there, he saw a lot of people going to an arm of the seashore. He asked one of them what was going on, and where all the people were going.

The man told him, "Those people are going to that headland to see if they can build a palace there. Didn't you know that the king has three daughters and has promised one of them to the man who builds a palace on this arm of the seashore?

The Indian boy thanked him and went on to

rey. Cuando llegó, le preguntó al rey si era verdad lo que le habían dicho. Y el rey le dijo que sí, que todo era verdad.

—Pues, enséñame a tus hijas, que yo las quiero conocer —le dijo Puseyeme—. Y si me gusta una para mujer, a ver si yo puedo hacer un palacio en ese brazo de mar.

—Bueno, buen indito —le dijo el rey—. Ven a donde están mis hijas.

Cuando entró Puseyeme allí estaban sentadas las tres y eran muy hermosas. Y se paró delante de la menor y le dijo al rey: —Ésta me gusta para casarme. —Y las otras dos se rieron de oír que un indio quería casarse con una de ellas. Pero Puseyme le dijo al rey: —Mira, Tata Rey, ésta me gusta y yo te voy a hacer tu palacio en el brazo de mar. —Y hasta el rey se rió de oír lo que decía aquel indito.

Fue el indito a ver el brazo de mar y vio que por un lado tenía peñascos y que de allí para allá era todo plano. Y el agua corría muy volada. Dijo Puseyeme que podía hacer el palacio.

El rey fue en una carroza con la reina para ver si les gustaba el lugar, y dijeron que sí, que allí estaba bueno, porque no creían nada de lo que decía el indito.

—Para mañana puede que ya comience a hacer muralla —les dijo Puseyeme.

Y la hija menor del rey dijo: —Pues si lo haces para mañana, entonces sí me caso contigo.

Y en la noche el indito fue y sacó su espejito y dijo: —Aquí te pones, espejito.

Y salieron los dos gigantes y le dijeron: —¿Qué dice, qué manda, gran caballero?

—Quiero que me levanten un palacio en esos peñascos de ese brazo de mar —les dijo Puseyeme. Y pronto empezaron a trabajar carpinteros y albañiles con los gigantes y genios, y en la misma noche acabaron de hacer el palacio. Y a la madrugada fueron los genios a despertar al indito para que fuera a ver el palacio que estaba acabado.

Cuando el indito se despertó, casi se volvía loco de ver el palacio tan bonito y tan grande. Y

the king's palace. When he got there, he asked the king if what he had heard was true. And the king said it was.

"Show me your daughters. I'd like to meet them," Puseyeme said. "If I'd like one of them for my wife, I'll see if I can build a palace on that headland."

"Very well, my good Indian boy," the king said. "Come to where my daughters are."

Puseyeme went inside and saw the three girls, and they were beautiful. He stopped in front of the youngest and said to the king, "I want to marry this one." The other two laughed to hear that an Indian boy wanted to marry one of them. But Puseyeme said to the king, "Look here, King, I like this one and I'm going to build a palace for you on the arm of seashore." And even the king laughed to hear what the Indian boy was saying.

The Indian boy went to the headland and saw that there were cliffs on one side, but from there on the land was flat. The water was rushing in fast. Puseyeme looked around and said he could build the palace.

The king went in a carriage with the queen to see if they liked the spot, and they said it would be fine, because they didn't believe anything the Indian boy said.

"Tomorrow I'll start to build the walls," Puseyeme told them.

And the king's youngest daughter said, "If you do it by tomorrow, I'll surely marry you."

During the night the Indian boy took out his little mirror and said, "Front and center, little mirror."

The giants appeared and said, "What have you to say? What is your wish, fine gentleman?"

"I want you to build me a palace on the cliffs of that arm of the seashore," Puseyeme said. And right away carpenters and bricklayers started working along with the giants and genies, and in one night they built the palace. At dawn the genies woke up the Indian boy to come see the palace they had finished building.

The Indian boy woke up and just about went crazy when he saw how big and beautiful the

93

cuando llegó la luz del día, el rey y la reina y todos vieron el palacio desde el suyo. Todos dijeron que iban a ver el palacio. Y cuando Puseyeme supo que venían a verlo, sacó su espejito y les pidió a los gigantes muebles para todo el palacio, y comidas y todo.

Entonces fue a encontrar al rey que ya venía con la reina y las princesas, y le dijo: —Ahí está tu palacio ya hecho y preparado de muebles y de toda comida, Tata Rey. —Y el indito venía en una carroza muy bonita con caballos muy bonitos y todo.

Vinieron al palacio todos y llegó tanta gente que ya no cabía en el palacio. Y almorzaron todos y hicieron muchas fiestas. Y allí estuvieron hasta la noche cuando el rey dijo que su hija menor se iba a casar con el indito. Y el rey le dio la corona a Puseyeme y se casó con la menor de las princesas.

*Marcial Lucero*
*Edad: 72, Cochití, N.M.*

palace was. When daylight came, the king and queen could see the new palace from their own, and they decided to go have a look. When Puseyeme saw them coming, he took out his mirror and asked the giants for furniture for the whole palace and for food and everything.

Then Puseyeme went out to meet the king and queen and the princesses, and he said to the king, "There's your palace, all built and ready with furnishings and food and everything, Tata Rey." The Indian boy was riding in a fine carriage with beautiful horses.

They all went to the palace and so many people arrived that they didn't all fit inside. Everyone ate and celebrated. They stayed there until nighttime, and then the king announced that his youngest daughter was going to marry the Indian boy. The king gave his crown to Puseyeme and he married the youngest princess.

*Marcial Lucero*
*Age: 72, Cochití, NM*

Había un viejito y una viejita en una montaña que tenían tres hijos. Y allí vivían criando a sus tres hijos y no conocían a ninguna gente.

Cuando ya creció el mayor les dijo a sus padres que le echaran la bendición porque quería irse a hacer la vida. Entonces ellos le preguntaron qué quería mejor, la bendición o una maleta llena de bastimento. Dijo él que con la bendición no comía y con la maleta de bastimento sí, y que por eso mejor escogía la maleta de bastimento. Y le echaron su maleta de bastimento y se fue.

Llegó a una ciudad donde vivía un príncipe. Y cuando llegó le preguntó el príncipe qué andaba haciendo, y él respondió que haciendo la vida. Y el príncipe le dijo: —Pues yo estoy saliendo a buscar un hombre que me cuide el jardín y que me diga qué animal es el que me está haciendo daño en el jardín todo el tiempo.

—Yo soy ése —dijo el muchacho—. Déme usted una vihuela. —Y le dieron la vihuela y se fue para el jardín.

Y se quedó dormido y el animal vino y destruyó peor que antes. En la mañana el príncipe se levantó y vio su jardín todo destrozado y se enojó mucho y echó al muchacho a patadas y no le pagó nada.

Entonces el hijo segundo dijo que él quería ir a hacer la vida. Y sus padres le preguntaron también qué quería mejor, la bendición o una maleta llena de bastimento. Y él respondió:

Once a man and woman lived in the mountains with three sons. They didn't know any other people.

When the oldest son was grown, he told his parents to give him their blessing because he wanted to leave home to find a life for himself. They asked him which he wanted more, the blessing or a bag full of food, and he said he couldn't eat the blessing but he could eat the food, so he wanted the bag of food. They gave him a bag of food and he left home.

He came to a city where a prince lived, and the prince asked him what he was doing. He said he was trying to make a life for himself, and the prince said to him, "I'm looking for a man to guard my garden and tell me what animal is destroying it."

"That's me," the boy said. "Just give me a vihuela." And he was given the instrument and set out for the garden.

But he fell asleep there and the animal came and was more destructive than ever. In the morning the prince got up and saw his garden ruined and was angry and threw the boy out and didn't pay him anything.

Then the second son said he wanted to go make a life for himself, and his parents asked him which he wanted more, a blessing or a bag of food. He answered, "I can't eat the blessing and I

—Con bendición no como y con bastimento sí; de manera que mejor tomo el bastimento.

Le dieron el bastimento y se fue. Y llegó al palacio del mismo príncipe preguntando por su hermano. Y el príncipe le dijo que sí, que lo había visto y que le iba a pagar un talegón de dinero porque le cuidara un jardín y le dijera qué animal le estaba haciendo daño todas las noches, pero que se había dormido y el animal había hecho más daño que antes.

—Páguemelo a mí —dijo el muchacho. Y el príncipe le pagó el talegón de dinero y se fue aquél a cuidar el jardín. Le dieron la vihuela y se puso a tocar. Y tocó y tocó hasta que vio venir un resplandor. Entonces dijo: —Ya me gané el talegón de dinero. Ahora voy a dormirme.

Se durmió y llegó el animal, y fue peor el destrozo. Y otro día el príncipe fue y vio el destrozo y se enojó mucho y echó al muchacho a patadas.

Entonces el menor de los hermanos pidió permiso a sus padres para salir a hacer la vida y ellos le preguntaron también qué quería mejor, la bendición o una maleta llena de bastimento. Y él dijo que la bendición. Le dieron entonces la bendición y se fue.

Llegó al mismo palacio del príncipe preguntando por sus hermanos. El príncipe le contó que ya había corrido a sus hermanos porque se habían dormido cuidando su jardín cuando él les había prometido un talegón de dinero si le decían qué animal hacía tantos destrozos en él.

—Pues págueme a mí el talegón de dinero y yo le digo qué animal es —dijo el hermano menor. Y dijo el príncipe que estaba bueno. Entonces el muchacho pidió una cuerda y fue al jardín.

Allí estuvo paseándose y cantando hasta que vio unos reflejos y se puso a mirarlos. Aquellos reflejos venían más y más cerca, y ya reconoció que era un animal y fue al lugar por donde entraba.

Cuando el reflejo llegó era un caballo, y le habló y le dijo: —Móntame, joven.

—No —le dijo el joven—, porque te voy a entregar al príncipe.

can the food, so I'd rather have the food."

They gave him the food and he set out. He went to the palace of the same prince, asking for his brother. The prince said he had seen the brother and had offered to pay him a sack of money to guard his garden and tell what animal was destroying it every night, but the boy had fallen asleep and the animal had done more harm than ever.

"Pay me," the boy said. And the prince paid him a sack of money and he went off to guard the garden. He had a vihuela and started to play. He played and played until he saw a glow coming near, and then he said, "Now I've earned the sack of money. I'm going to go to sleep."

He fell asleep and the animal came, and the damage was worse than ever. The next day the prince saw the damage and was angry and kicked the boy out of there.

Then the youngest of the brothers asked his parents for permission to go and make a life for himself, and they also asked him which he preferred, a blessing or a bag full of food. He asked for a blessing. They gave him the blessing and he left.

He got to the same prince's palace and asked for his brothers. The prince told him he had already run his brothers off because they had fallen asleep in the garden after he had promised them a sack of money if they'd tell him what animal was ruining it.

"Pay me the sack of money and I'll tell you what animal it is," the youngest brother said. And the prince agreed. The boy asked for a rope and went to the garden.

He walked around and sang until he saw a glow approaching. As he watched, the glow came closer and closer, until he could tell it was an animal that was coming into the garden.

When the glow arrived, the boy saw it was a horse. It spoke to him saying, "Mount me, young man."

"No," the boy said. "I'm going to take you to the prince."

—Pues si no me sueltas estamos perdidos. Si me sueltas estaremos felices y el aroma del jardín llegará hasta el palacio del príncipe. Suéltame y échate a dormir.

El joven soltó al caballo y se echó a dormir. Y el aroma del jardín llegaba hasta el palacio. Cuando el príncipe despertó otro día empezó a gritar: —¡El aroma de mi jardín que llega a mis puertas! ¡El aroma de mi jardín que llega a mis puertas! —Y salió a ver y halló al joven dormido.

Lo llevaron al palacio y allí lo despertaron porque el príncipe quería saber qué animal era el que le hacía el daño. Y el muchacho dijo: —¿No me querrá ahorcar usted?

—No —le dijo el príncipe—. Sólo quiero saber qué animal hacía daño en mi jardín.

Entonces le dijo el joven: —Pues ha de saber que es un caballo de siete colores.

—¿Por qué no lo trajiste?

—Porque usted no más me pagó porque viera qué animal era el que le hacía el daño en el jardín.

—Es verdad —dijo el príncipe—. Pasa a mi mesa a tomar el almuerzo conmigo.

Cuando acabaron de almorzar, dijo el príncipe: —Aquí está el dinero.

—No, señor —dijo el muchacho—. Guárdemelo aquí, que tengo que seguir a mis hermanos.

Y se fue caminando en busca de sus hermanos. Y ya por la tarde alcanzó a ver a sus hermanos. Volteó el hermano de en medio y le dijo al mayor: —Ahí viene nuestro hermanito.

—Tú estás loco —contestó el mayor—. ¿A qué ha de venir un baboso? Y si es él, lo matamos.

Los alcanzó y los saludó y ellos empezaron a darle patadas. Lo mataron y se fueron, dejándolo allí tirado en el suelo.

Luego que ya aquéllos iban lejos llegó el caballo y recogió la sangre y lo revivió. Entonces le dijo el caballo: —¿Qué tienes? ¿Por qué sigues a tus hermanos? No los sigas.

Se fue el caballo y el muchacho volvió a seguir

"If you don't set me free, we're lost. If you do, we'll be happy, and the aroma of the garden will reach the prince's palace. Set me free and go to sleep."

The boy set the horse free and lay down to sleep, and the aroma of the garden reached the palace. When the prince awoke the next day he began to shout, "The aroma of my garden that comes to my door! The aroma of my garden that comes to my door!" And he went to have a look and found the boy asleep.

They carried the boy to the palace and then woke him up, because the prince wanted to know what animal had been doing all the harm. The boy said, "I suppose you're going to hang me."

"No," the prince said. "I only want to know what animal was doing all the damage to my garden."

Then the boy told him, "You must know that it's a horse of seven colors."

"Why didn't you bring it to me?"

"Because you only paid me to find out what animal was doing all the damage to your garden."

"That's true," the prince said. "Come sit at my table and have breakfast with me."

When they finished eating, the prince said, "Here's the money."

"No, sir," the boy said. "Keep it for me here, because I have to follow my brothers." And he went away looking for his brothers.

In the afternoon he managed to get within sight of them, and the middle brother looked back and said to the oldest, "Here comes our little brother."

"You're crazy," the oldest said. "How could that idiot be coming? And if it's him, we'll kill him."

He caught up to them and greeted them and they started kicking him. And they killed him and went away, leaving him lying on the ground.

As soon as they were far away, the horse came and gathered his blood and revived him. And then the horse said to him, "What's the matter with you? Why are you following your brothers? Don't follow them."

The horse went away and the boy started

a sus hermanos. Volteó el de en medio, y dijo:
—Aquí viene otra vez nuestro hermanito.

—¿Cómo ha de venir si ya lo matamos? —dijo el mayor.

—Pues es él.

Y llegó y los saludó y ellos le dijeron que si quería ir con ellos, iría de criado. Y se fueron con él y llegaron a una ciudad donde vivía una viejita. Le saludaron y ella les dijo: —¿Cómo les va, nietecitos?

—Éste es nuestro criado —dijeron los dos mayores. Entonces le preguntaron a la viejita qué había de nuevo.

—Sólo hay de nuevo —dijo la viejita—, que el rey de esta ciudad ha echado un bando que el que agarre las sortijas del balcón del palacio se casa con una de sus tres hijas.

Bueno, pues, otro día había ya mucha gente alrededor del palacio para ver quién podía agarrar las sortijas. Y el hermanito menor le pidió licencia a la viejita para ir allá. —No, nietecito —le dijo—. Si vas, te matan tus hermanos.

—No me hacen nada —dijo el muchacho. Y por fin le echó la viejita la bendición y se fue. Se acordó del caballo de siete colores y pronto ya estaba el caballo en presencia de él.

—¿Qué quieres? —le preguntó.

Y el muchacho le contestó: —Lo que quiero es que me des un caballo blanco con la crin negra y la cola negra, una montura de oro y plata, y un rico vestido.

Todo se lo dio el caballo y se fue para el palacio. Cuando llegó, gritó el rey: —¡Ábranse, que aquí viene el príncipe!

Y el muchacho anduvo paseándose hasta que volteó su caballo y voló al balcón y agarró la sortija de la mayor. Gritó el rey que lo agarraran, pero no pudieron. Cuando ya se retiró aclamó a su caballo y le dijo que le quitara todo y le trajera de las comidas que comía el rey. Y entonces se fue para la casa de la viejita.

following his brothers again. The middle brother looked back and said, "Here comes our little brother again."

"How can he be coming if we killed him?" the oldest said.

"Well, it's him."

He got there and greeted them and they told him that if he wanted to come along with them he had to come as their servant. And they went on until they came to a city where an old woman lived. They greeted her and she said to them, "How are things going, grandsons?"

"This is our servant," the older brothers told her. And then they asked the old woman if there was any news in those parts.

"There's only one bit of news," the old woman said, "The king of this city has issued a proclamation that whoever snatches the rings from the palace balcony can marry one of his three daughters."

The next day a crowd of people gathered around the palace to see who could snatch the rings, and the youngest brother asked the old woman for permission to go too. "No, grandson," she said. "If you go, your brothers will kill you."

"They won't do a thing to me," the boy said, and finally the old woman gave him her blessing and he left. He remembered his horse of seven colors, and right away it was there with him.

"What do you want?" it asked him.

The boy said, "I want you to give me a white horse with black mane and tail, a saddle of gold and silver, and a fine suit of clothes."

The horse gave it all to him and he set out for the palace. When he got there, the king shouted, "Make way, here comes a prince!"

The boy rode slowly about, and then wheeled his horse around and flew to the balcony and snatched the oldest one's ring. The king shouted for someone to catch him, but no one could do it. When he had escaped, he called for his horse and told it to take away everything and bring him some food from the king's table. Then he went to the old woman's house.

When he got home the old woman asked him

Cuando llegó a casa, la viejita le preguntó qué traía, y él le dijo que traía de las comidas que iba a comer el rey. La viejita se puso a comer, y el muchacho fue al fogón a pelear con el gato en las cenizas.

Y en esto llegaron sus hermanos y les preguntaron la viejita: —¿Cómo les fue, nietecitos?

Respondieron que mal, que había llegado un príncipe en un caballo blanco que faltaban ojos con que verlo.

Y dijo el menor: —¿No sería yo, hermanos?

—¿Qué habías de ser tú, leproso? Tú eres un criado de nosotros. —Y le dieron unas patadas. Y dijeron que otro día iban a ir otra vez para ver si podían agarrar las sortijas.

Y otro día se fueron los dos hermanos mayores muy temprano para el palacio. Y el menor dijo: —Abuelita, déjame ir yo.

—Bueno —le dijo la abuelita—. Pero me traes de la comida que va a comer el rey.

—Sí —dijo, y se fue para el palacio. Y en el camino aclamó a su caballo.

Vino el caballo y el joven le pidió un caballo prieto con la crin blanca y la cola blanca, y montura de plata y oro, y ricos vestidos. Y cuando llegó al palacio las princesas gritaron: —¡Mi marido! ¡Mi marido!

Dio tres vueltas y en la tercera se llevó la sortija de la segunda princesa. Y se fue sin que lo pudieran alcanzar. Cuando ya estaba lejos llamó a su caballo para que le quitara todo y le diera de la comida que iba a comer el rey. Fue a casa y le llevó la comida a la abuelita.

Y a poco rato llegaron sus hermanos y la viejita les preguntó cómo les había ido. Dijeron ellos que muy mal y le contaron del príncipe que había llegado en un caballo prieto con la cola blanca y la crin blanca, y que se había llevado la sortija de la segunda princesa. Y dijeron que el rey había echado el bando que mañana habrían de agarrar vivo o muerto al príncipe.

—¿No sería yo, hermanitos? —les preguntó el muchacho.

what he was carrying, and he told her he was bringing her some food from the king's table. The old woman sat down to eat, and the boy went to the chimney corner to wrestle in the ashes with the cat.

Just then his brothers arrived, and the old woman asked them, "How did it go, grandsons?"

They said it had gone badly, that a prince had come on a white horse that was more beautiful than eyes could see.

And the youngest said, "Could it have been me, brothers?"

"How could it be you, scum? You're our servant." And they gave him a few kicks. Then they said that the next day they were going to go again to see if they could snatch the rings.

The next day the older brothers set out very early for the palace, and the youngest said, "Grandma, let me go."

"All right," the old woman said. "But bring me some food from the king's table."

"Sure," he said and set out for the palace. And on the road he called for his horse. The horse came and the boy asked for a black horse with white mane and tail and a saddle of silver and gold and a fine suit of clothes. When he got to the palace, the princesses shouted, "My husband! My husband!"

He circled three times and on the third he took the second princess's ring, and then got away without being caught. When he was far away, he called for his horse to take everything away and give him some food from the king's table. He went home and took the food to the old woman.

In a little while his brothers got there and the old woman asked them how it had gone. They said it had gone really badly and told her about the prince that had come on a black horse with white mane and tail and had taken the second princess's ring. And they said the king had proclaimed that tomorrow the prince must be caught dead or alive.

"Could it have been me, brothers?" the boy asked.

—¿Qué habías de ser tú, cuando eres nuestro criado? —le dijeron.

Bueno, pues ya el tercer día se fueron aquellos otra vez al palacio. Y el hermanito le pidió licencia a la abuelita para ir él también y ella le dijo que bueno, pero que le trajera de la comida que iba a comer el rey. Y se fue y aclamó a su caballo. Vino el caballo y le preguntó qué se le ofrecía.

—Que me des un caballo mejor que los que me has dado y ricos vestidos.

—Bueno, pues ahora vas en mí. Súbete. No me vayas a tirar la rienda. Déjame solo.

Y montó el joven en el caballo de siete colores. Cuando ya iba llegando al palacio se veía el resplandor del caballo. Cuando lo vieron las princesas, gritaron: —¡Mi marido! ¡Mi marido!

Llegó a las puertas del palacio y la gente se abrió y dejaron la entrada libre. Voló su caballo y se llevó la sortija de la menor. Y el rey gritó que dieran fuego los tiradores para agarrarlo vivo o muerto. El mejor tirador del rey le dio en la pierna derecha, pero se escapó.

Cuando ya iba lejos se sentía bastante malo. Y el caballo le dijo: —Pues ya yo me retiro.

—Pues dame de las comidas que va a comer el rey —le dijo el muchacho. Y le dio las comidas y se fue.

Llegó a la casa de la viejita y le dio las comidas y se fue a su fogón a pelear con el gato en las cenizas. Le preguntó la viejita por qué iba triste, y él le dijo que por nada. Llegaron entonces los hermanos mayores y la viejita les preguntó cómo les había ido.

—Muy mal —respondieron—. No pudimos agarrar ninguna de las sortijas. Y llegó un príncipe y, si hermosos estaban los que vinieron antes, más hermoso estaba éste.

Y les dijo el menor: —¿No sería yo?

—¡Qué habías de ser tú, leproso!

"How could it be you? You're our servant," they said.

And then on the third day they went again to the palace, and the little brother asked the old woman for permission to go too. She said he could, but that he must bring her some food from the king's table. He left and then called for his horse. The horse came and asked what he wanted.

"Give me a horse that's even better than the ones you've given me and fine clothes."

"All right, then, this time you'll ride me. Climb up. But don't pull the reins. Just let me be."

The boy mounted the horse of seven colors, and as he drew near, the glow of the horse reached the palace. When they saw him, the princesses cried out, "My husband! My husband!"

He got to the palace gates and the people moved aside and gave him free passage. His horse flew through the crowd and he carried away the youngest princess's ring. The king called for the marksmen to open fire and catch him dead or alive, and the king's best marksman hit him in the right leg, but he got away.

When he was far away and beginning to feel sick, the horse told him, "I must go away now."

"First give me some food from the king's table," the boy told him. And the horse brought the food and went away.

He got to the old woman's house and gave her the food and went to the chimney corner to wrestle with the cat in the ashes. The old woman asked him why he looked so sad, but he said nothing was wrong. Then the older brothers arrived and the old woman asked them how it had gone.

"Really bad," they answered. "We couldn't get a single one of the rings. Another prince came, and if the others were handsome, this one was even more handsome."

And the youngest said, "Could it have been me?"

"How could it be you, you disgusting slob?"

Y ya echó el rey un bando que esculcaran por toda la plaza para ver si hallaban al que había llevado las sortijas. Y cuando la abuelita lo supo, les dijo a los tres hermanos: —Ahora no salgan ni a mearse.

Llegaron los soldados del rey esculcando todas las casas. Y cuando ya se iban a salir de la casa volteó uno para atrás y vio al menor en el fogón peleando con un gato. —Aquí está uno —dijo.

—Ése es uno de nuestros criados —dijeron los hermanos mayores.

Pero el rey había dado la orden de esculcar a todos. Lo esculcaron y le hallaron el balazo en la pierna. Y le hallaron una mascada de la princesa y lo llevaron al palacio.

Cuando llegaron al palacio salió el rey y gritó: —¡Holas, holas, aquí está el príncipe!

—Éste tiene el balazo y tiene una mascada con el nombre de la princesa —dijeron los soldados.

Cuando le preguntó el rey si era el que se había llevado las sortijas, dijo el muchacho: —Yo soy un pobre muchacho de las montañas. Aquí están las sortijas de sus hijas.

Brincaron las princesas y lo abrazaron. Y decían que se iban a casar con él. Y lo llevaron y lo vistieron muy bien y bajó a hablar con el rey.

Estaba el rey esperándolo. Cuando llegó, le dijo: —¿Bueno, y qué vas a hacer con tres mujeres?

—No, señor —dijo el muchacho—. Me caso sólo con una. Tengo dos hermanos y ellos se pueden casar con dos.

Escogió a la menor y se casó con ella. Llamaron a los otros y se casaron con las otras dos. Entonces determinó irse por sus padres. Con una escolta de soldados se puso en camino. Cuando llegó se vistió muy mal y no lo conocieron. Pero les dijo quién era y se fueron con él.

Cuando llegó al palacio de su suegro le dijo el rey que viviera con él. Pero el muchacho dijo que no, que tenía su propio palacio. Y fue y aclamó a su caballo y pronto se le apareció y le preguntó qué se le ofrecía. Y el joven le pidió un palacio

Then the king proclaimed that the whole city should be searched to find the one who had carried away the rings. When the old woman heard about it, she told the three brothers, "Don't go out of the house, not even to pee."

The soldiers came along, searching every house, and when they were about to leave, one of them turned around and saw the youngest brother wrestling in the corner with the cat. "Here's one more," he said.

"That's our servant," the old brothers said.

But the king had ordered everyone to be searched, so they searched him and found a bullet in his leg. Then they found the princess's kerchief, and they took him to the palace.

"This one has a bullet in him and a kerchief with the princess's name on it," the soldiers said.

When the king asked him if he was the one who had carried off the rings, the boy said, "I'm just a poor boy from the mountains. Here are your daughters' rings."

The princesses jumped up and hugged him, and they all said they were going to marry him. He was taken and dressed in fine clothes and then he went down to talk to the king.

The king was waiting for him, and when he got there, the king said, "So, now, what are you going to do with three wives?"

"No, sir," the boy said. "I'll only marry one. I have two brothers and they can marry two of them."

He chose the youngest and married her. The other brothers were called, and they married the other two. Then the boy decided to go get his parents and he set out with a troop of soldiers. When he got there he dressed poorly and his parents didn't recognize him, but he told them who he was and they went with him.

When he got to the king's house, his father-in-law said he should live there with him. But the boy said no, that he would have his own palace. And he went and called for his horse and right away it appeared and asked what he wanted. The boy asked for a palace that would block the sun

que le tapara el sol al de su suegro y que le diera con que vivir toda su vida.

Todo le dio el caballo y luego se desapareció. Entonces el muchacho llevó a su mujer y a sus padres a su propio palacio.

*Sixto Chávez*
*Edad: 65, Vaughn, N.M.*

from his father-in-law's palace, and for enough of everything he needed for the rest of his life.

The horse gave him everything and then disappeared. And the boy took his wife and parents to live in his own palace.

*Sixto Chávez*
*Age: 65, Vaughn, N.M.*

## La rana encantada

Había un pobre hombre y una pobre mujer que
tenían tres hijos. El primero le dijo a su padre
que quería irse a buscar la vida. Lo mismo dijo el
segundo. Y el menor dijo también que se quería ir
a buscar la vida. No lo querían ni el papá ni la
mamá, pero al fin les dieron el permiso y su
bendición y se fueron.

El mayor se fue adelante y llegó a un lugar en
un sesteo donde había un álamo, y allí estaba una
rana que estaba cantando. Le interesó la cantada
y le gritó desde abajo: —¿Por qué no se baja,
señorita, para casarme con usted?

—No, no, que no puedo bajar —contestó la
rana—. Usted no puede llevar la vida conmigo.

Al fin cuando el muchacho estuvo batallando
porque bajara la rana dio un brinco y cayó en la
capa del muchacho. Y el muchacho cuando la vio,
dijo: —¿Qué voy a hacer yo con ranas? —Y la
tiró y se fue.

Después llegó por allí el segundo de los
hermanos. Y cuando oyó que la rana cantaba tan
lindamente dijo: —Baje usted para casarme con
usted.

—No, señor —dijo la rana—. Ayer pasó un
muchacho por aquí y me hizo bajar de mi encanto, y cuando bajé me tiró con desprecio.

Y el muchacho le dijo que no, que él sí se

Once a poor man and woman had three sons. The
first son told his parents he wanted to go and find
a life for himself, the second said the same, and
the youngest also said he wanted to go find
himself a life. The father and mother didn't want
them to go, but finally they gave them permission
and a blessing, and the sons set out.

The oldest went ahead of the others and he
came to a resting place by a cottonwood tree, and
a frog was singing there. He liked the song and
shouted from below, "Why don't you come down
here so that I can marry you?"

"No, no, I can't come down," the frog replied.
"You couldn't make a life with me."

Finally, after the boy had tried for a long time
to get her to come down, the frog jumped and fell
into the boy's cape. When the boy saw her, he
said, "What do I want with a frog?" And he
threw her away and went on.

Later the second brother arrived there, and
when he heard the frog singing so beautifully he
said, "Come down so that I can marry you."

"No, sir," the frog said. "Yesterday a boy came
by here and made me come down from my
chamber, and when I came down he scorned me
and threw me away."

The boy said he wouldn't do that. He said he
really would marry her, and he spread out his

casaría con ella, y le puso su capa para que brincara para abajo. Y brincó la rana y cuando la vio, dijo: —¡Uy, qué asco! ¿Qué voy a hacer yo con ranas? —Y la tiró como el otro.

Bueno, pues al fin pasó por allí el hermanito menor y oyó a la rana cantando en el álamo como los otros hermanos. Y el muchacho le dijo que bajara del álamo, que quería conocerla.

—No, no puedo —le dijo la rana—. Han pasado dos muchachos por aquí y los dos me han hecho bajar y luego me despreciaron y me tiraron. —Y el muchacho estuvo batallando, rogándole que bajara, hasta que la rana le dijo: —Bueno, pues tiende tu capa para brincar.

Y tendió el muchacho su capa y la rana dio un brinco y cayó en la capa. Y el muchacho fue y la agarró y se la echó en la bolsa. Y de allí se fue camino adelante.

Casualmente llegó a una plaza donde estaban sus dos hermanos. Ya estaban casados y eran muy orgullosos. El hermanito menor también estaba ya casado con su ranita. Y cuando se reconocieron escribieron a sus padres y les dijeron que estaban casados y les enviaron regalos. Las mujeres de los hermanos mayores también escribieron, pero la rana no. La rana no podía escribir. Y los padres escribieron que querían recibir regalos de sus mujeres. Dijeron que les mandaran tres pañuelos bordados.

El hermanito menor estaba entonces muy apenado y cuando llegó donde estaba su ranita, le dijo lo que había escrito sus padres. —No tengas cuidado —le dijo la rana—. Tírame muy recio en la mar. —Y fue a la mar y la tiró y de allí salió la rana con una capita que tenía no más un paño bordado en puro oro.

—Mándales esta capita a tus padres —le dijo. Y los hijos mandaron sus regalos y los padres quedaron admirados con el regalo de la mujer del menor, que era la capita con el paño bordado de puro oro.

Pero entonces mandaron a decir los padres que querían conocer a las mujeres de sus hijos, que fueran a verlos con ellas para conocerlas. Y

cape for her to jump down. So the frog jumped down, but when he saw it he said, "Uy, how disgusting! What do I want with a frog?" And he threw her away just as his brother had done.

So then finally the youngest brother came along and like the others he heard the enchanted frog singing in the cottonwood tree. The boy told her to come down from the cottonwood because he wanted to meet her.

"No, I can't do that," the frog told him. "Two boys have come by here and both have asked me to come down, and then they scorned me and threw me away." But the boy keep begging for her to come down until the frog said, "All right, spread out your cape for me to jump down." The boy spread out the cape and the frog hopped and fell in the cape, and the boy took her and put her in his pocket. Then he went on down the road.

He came to the town where his two brothers were living. They were married now and were very proud, and the youngest brother was married too—to the frog. When they were all reunited, they wrote to their parents to tell them they were married and to send them presents. And wives of the older brothers also wrote, but not the frog. The frog couldn't write. And the parents wrote back saying they wanted to receive gifts from the wives. They told them to send them three embroidered kerchiefs.

The youngest brother was heartsick, and when he got home to his frog he told her what his parents had written. "Don't worry," the frog told him. "Throw me into the sea." So he went to the sea and threw her in, and the frog came out with a little cape made of a single cloth embroidered with pure gold.

"Send this little cape to your parents," she told him. The sons all sent their gifts and the parents were amazed by the gift the from youngest son's wife—a little cape made of a single cloth embroidered with pure gold.

But then the parents sent word to say that they wanted to meet their sons' wives, and told the sons to bring their wives for a visit. The sons

dijeron ellos que estaba bueno, que irían a verlos con sus mujeres. Y el menor entonces se puso muy acongojado, y dijo: —¿Qué voy a hacer yo ahora? La rana ni siquiera parece mujer. —Y cuando fue a su casa y le dijo a la ranita lo que tenían que hacer, la ranita le dijo que no se apenara, que ella iría también.

Y como la ranita sabía que las mujeres de sus cuñados eran muy envidiosas fue y se puso a lavar la cabeza con cal. Y las envidiosas cuando la vieron dijeron que ellas también se iban a lavar la cabeza con cal. Y se lavaron la cabeza con pura cal y se les cayó todo el pelo y quedaron bien peladas.

Y por la noche fue entonces la ranita y le dijo a su marido: —Ahora me llevas y me tiras en lo más hondo de la mar. Y allí me dejas y mañana vas por mí.

Así lo hizo el muchacho, pero muy apenado porque creía que ya no volvería a ver a su ranita. Pero otro día se levantó muy temprano y fue a buscar a su ranita donde la había tirado en la mar. Y al fin halló en la orilla una princesa muy hermosa en un coche muy elegante.

—Aquí estoy —le dijo—. Ya estoy desencantada. Vamos ahora a ver a tus padres.

Se fueron pronto porque ya los otros hermanos iban de camino con sus mujeres. Y llegaron y los padres se alegraron mucho de ver a sus hijos con sus mujeres. Las mujeres de los dos mayores traían las cabezas tapadas para que no vieran que eran calvas. Y por la noche les dieron los padres un banquete, de contentos que estaban.

Cuando estaban comiendo, la princesa se hacía que se estaba echando garbanzos y huevos en el seno, pero era que se estaba echando puro dinero. Y las pelonas se echaban garbanzos y huevos de veras.

Después del banquete todos se fueron a bailar. Y todos estaban mirando a la hermosa princesa y decían que era la mujer más linda que habían visto jamás. Y cada vuelta que daba cuando bailaba tiraba puros pesos y plata. Y las envidiosas tiraban puros garbanzos y huevos, los que

all agreed to go to visit them with their wives, but the youngest was very worried and said to himself, "What am I going to do now? The frog doesn't even look like a woman." But when he went home and told the frog about it, she told him not to worry, that she would go too.

And since the frog knew that the wives of her brothers-in-law were spiteful, she went and started washing her hair with lye. The envious wives saw her and decided they were going to wash their hair with lye too. They washed their hair with lye and it all fell out and they were bald.

And then that night the frog told her husband, "Now take me and throw me into the deepest part of the sea. Leave me there and come for me in the morning."

The boy did that, but he was very sad because he didn't think he would see his frog ever again. The next day he got up very early and went to look for her at the place where he had thrown her into the sea, and there on the bank of the sea he found a princess in an elegant carriage.

"Here I am," she told him. "I'm free from my enchantment. Now let's go visit your parents." And they started out because the other brothers and their wives were already on their way.

They all arrived, and the parents were pleased to see their sons and their wives. The wives of the older two had their heads covered so no one could see they were bald. The parents were so pleased that they gave a banquet that night.

And when they were eating, the princess pretended she was stuffing garbanzos and eggs down the front of her dress, but she was really putting in money. But the bald-headed wives really did stuff garbanzos and eggs into their dresses.

After the banquet they all went to dance, and everyone's eye was on the beautiful princess and everyone said she was the prettiest woman they had ever seen. And with each turn she took as she was dancing she scattered pesos and silver coins. But the envious wives scattered the

se habían metido en el seno cuando estaban comiendo.

¡Y la gente al dinero, y los perros a los garbanzos y a los huevos!

*Alesnio Chacón*
*Edad: 58, Alcalde, N.M.*

garbanzos and eggs they had stuffed into their bosoms when they were eating.

The people ran to get the money, and the dogs ran to get the garbanzos and eggs!

*Alesnio Chacón*
*Age: 58, Alcalde, N.M.*

*Juan Chililí*

En un tiempo había un hombre que tenía tres hijos, y el más menor era el más sabio. Llegó el tiempo cuando crecieron los tres hermanos. Cerca de donde ellos vivían vivía un gigante que nadie podía matar, y los tres hermanos ni podían ir a trabajar porque el gigante mataba a todos los que salían de sus casas.

Al fin los hermanos determinaron salir a trabajar. Y salieron y llegaron cerca de la casa del gigante y allí se escondieron para pasar la noche. Y sin que los otros lo supieran, el hermano más menor se había ido también siguiéndolos y llegó cuando ya aquéllos estaban acostados. Y cuando llegó, les dijo: —Ustedes son unos cobardes. Yo puedo ir ahora mismo a la casa del gigante. —Sus hermanos quedaron espantados y le dijeron que ellos no iban, que no querían ir a buscar peligros.

Se fue el más menor solo para la casa del gigante. Y llegó y halló al gigante parado a la puerta de su casa. Y cuando lo vio, le dijo el gigante: —¿Qué andas haciendo aquí donde ni pajaritos habitan?

Y el muchacho, que se llamaba Juan, le dijo: —Pues vengo aquí para ver si nos da posada por esta noche.

—Sí, te puedo dar —respondió el gigante.

—Bueno —dijo Juan—. Ahora voy por mis hermanos. —Y fue y les dijo que el gigante les había dado posada por la noche.

Fueron allí, y el gigante les dijo que ya les

There was once a man who had three sons, and the youngest was the smartest. In time the three brothers grew up, but they couldn't go out and work because a giant lived nearby. The giant killed all the people who left their houses, but no one could kill the giant.

But finally the two older brothers decided to go out and work anyway. They left home and came to a place near the giant's house and decided to spend the night hiding there. The youngest brother had also left home secretly and followed them, and he got to where the others were hiding and said, "You're cowards. I can go to the giant's house right now." His brothers were scared and said they were staying there because they didn't want to go looking for danger.

The youngest set out alone for the giant's house, and when he got there he found the giant standing in the doorway. When he saw the boy, the giant said, "What are you doing around here, where not even little birds live?"

And the boy, who was named Juan, told him, "I came here to see if you'll give us lodging for the night."

"Yes, I can do that," the giant replied.

"All right," Juan said. "Now I'll go and get my brothers." And he went and told them the giant had given them lodging for the night.

They all went there and the giant told them he

tenían preparadas las camas. Y era que el gigante iba a matarlos esa noche. Y cuando se acostaron les dijo Juan a sus hermanos:

—Ahora vamos a traer aquí a las tres hijas del gigante y las dejamos dormidas con nuestras mascadas. —Y entonces salieron.

A poco rato entró el gigante y agarró su espada y les cortó las cabezas a sus tres hijas, creyendo que eran los hermanos. En la mañana vio que eran sus hijas y le dijo a su mujer: —El que ha hecho todo esto es Juan. Pero no las hemos de perder. —Las cocieron y se las comieron.

Y ya cuando los tres hermanos iban muy lejos se enojó Juan Chililí y dejó a sus hermanos y se fue a trabajar en casa de un rey. Y en el palacio del rey había un panadero muy envidioso. Y fue y le dijo al rey: —¿Sabe usted lo que dice Juan?

—¿Qué? —le contestó el rey.

—Dice que puede robarse el caballo del gigante.

Conque llamaron a Juan, y le dijo el rey: —Juan, ¿es que tú has dicho que te puedes robar el caballo del gigante?

—No lo he dicho, Señor Rey, pero si lo hubiera dicho lo sostendría.

—Bueno —le dijo el rey—, pues si no vas y te lo robas, penas de la vida.

Juan Chililí se apenó mucho y esperó a que se hiciera noche para ir a la casa del gigante. Cuando se hizo noche fue y se robó el caballo y el gigante ni lo sintió. Y fue y le entregó al rey el caballo del gigante.

Conque ya fue el panadero envidioso y le dijo otra mentira al rey: —Oiga, Señor Rey, ha dicho Juan que puede traer la cabeza de la giganta.

Y llamaron otra vez a Juan y le preguntó el rey: —Juan, ¿es que has dicho que puedes traerme la cabeza de la giganta?

—No lo he dicho, pero si lo hubiera dicho lo sostendría —dijo Juan.

—Pues ahora tienes que ir a traerme la cabeza de la giganta, y si no, penas de la vida.

Y se fue Juan haciendo su plan. Esperó hasta

had beds all ready for them. The giant was going to kill them that night, but when they lay down, Juan told his brothers, "Now let's go and get the giant's three daughters and leave them sleeping here with our kerchiefs on." And that's what they did.

A little while later the giant went in with his sword and thinking they were the brothers cut his daughters' heads off. In the morning he saw it was his daughters and said to his wife, "The one who had done all this is Juan. But let's not waste them." And they cooked the daughters and ate them.

Then after the three brothers had traveled a long way, Juan got mad at his brothers and left them and went to work at a king's house. And in the palace there was a baker who was very spiteful, and he went to the king and said, "Do you know what Juan says?"

"What?" the king replied.

"He says he can steal the giant's horse."

So Juan was sent for and the king said to him, "Juan, did you say you could steal the giant's horse?"

"I didn't say that, Señor Rey, but if I had said it, I'd do it."

"All right," the king said, "if you don't go and steal it, you'll pay with your life."

Juan Chililí didn't know what else to do. He waited until it was nighttime and then went and stole the horse and the giant didn't even know it. He delivered the giant's horse to the king.

And then the spiteful baker went and told another lie to the king. "Listen, Señor Rey," he said, "Juan has said he can bring you the head of the giant's wife."

Juan was sent for again and the king asked him, "Juan, did you say you can bring me the head of the giant's wife?"

"I didn't say that, but if I had said it, I'd do it," Juan said.

"Well, now you have to bring me the giant's wife's head, and if you don't, you'll pay with your life."

Juan went off to make his plan. He waited

que el gigante salió a cazar. Y fue entonces y halló a la giganta partiendo la leña. Llegó y le dijo: —Buenas tardes, señora. Yo le partiré esa leña.

Y ella le dio el hacha y empezó a partir leña. Cuando se agachó la giganta para coger unos cuantos palitos le dio Juan un hachazo en la nuca y la mató. Pronto le cortó la cabeza y partió con ella para la casa del rey. Llegó y se la entregó al rey. Y todos estaban muy admirados.

Y estuvo Juan Chililí viviendo en la casa del rey hasta que el rey vio que el gigante le estaba haciendo mucho mal. Mandó el rey una partida de soldados para que lo mataran, pero a todos los mató el gigante. Y entonces fue el panadero con otra mentira: —Señor Rey, dice Juan que él puede traerle al gigante vivo.

Conque llamaron otra vez a Juan, y el rey le dijo: —Oyes, Juan, ¿es que has dicho que puedes traerme al gigante vivo?

—No he dicho tal cosa —contestó Juan—, pero si lo hubiera dicho lo sostendría.

Y el rey le dijo: —Bueno, pues tienes que traerme al gigante vivo, y si no, penas de la vida.

Y Juan le dijo al rey: —Para hacer eso tiene que darme un vestido nuevo, un sombrero de vaquero, unas botas nuevas, un bogue nuevo, unas cadenas gruesas, y un par de bueyes gordos.

—Todo se lo dio el rey y se fue Juan y llegó a casa del gigante.

—Buenas tardes —le dijo.

Y el gigante le dijo: —¿Qué andas haciendo por aquí que ni pajaritos habitan?

Y Juan le dijo: —Pues ha de saber, Señor Gigante, que me ha mandado el rey a llevar unos de estos álamos para hacer una canoba para encerrar dentro de ella a Juan Chililí.

Y como el gigante no sabía quién era, le dijo: —Bueno; yo mismo te ayudo a hacer la canoba porque Juan Chililí me está haciendo mucho mal a mí.

Empezaron a hacer la canoba y empezaron a platicar. Y cuando ya estaba la canoba casi acabada le dijo Juan Chililí al gigante: —Sabe usted que Juan Chililí es del tamaño de usted y

until the giant went out hunting, and then he went and found the giantess splitting firewood. He walked up and said, "Good afternoon, ma'am. I'll split that wood for you."

She gave him the ax and he started splitting wood. And when the giantess bent down to pick up the chips, Juan gave her a chop in the neck and killed her. Right away he cut off her head and left with it for the king's house. When he got there and handed it over to the king, everyone was amazed.

Juan Chililí stayed there at the king's house until the king began to think about how much harm the giant was doing. The king sent a party of soldiers to kill him, but the giant killed all the soldiers. And then the baker went to the king with another lie. "Señor Rey," he said, "Juan says he can bring you back the giant alive."

So Juan was called for again, and the king said to him, "Listen, Juan, have you said you can bring me the giant alive?"

"I didn't say that," Juan answered, "but if I had said it, I'd do it."

And the king told him, "Very well then, you have to bring me the giant alive, and if you don't, you'll pay with your life."

Juan told the king, "For that job you'll have to give me a new suit of clothes, a cowboy hat, new boots, a new wagon, heavy chains, and a team of fat oxen." The king gave him all of it, and Juan went to the giant's house.

"Good afternoon," he said.

And the giant replied, "What are you doing here where not even little birds live?"

Juan told him, "You should know, Mr. Giant, that the king has sent me to get one of these cottonwood trees to hollow into a trough to lock Juan Chililí in."

And since the giant didn't know who he was, he said, "All right. I'll help you make the trough myself because Juan Chililí has been doing a lot of bad things to me."

And as they were making the trough, they began to chat. When the trough was almost finished Juan Chililí told the giant, "Did you

que dice que puede matarlo? Y para ver si queda bien Juan Chililí es bueno que se meta usted en la canoba para medirse.

Y el gigante se metió en la canoba y le dijo a Juan: —Estoy poco ajustadito.

—Bueno —le dijo Juan—. Ahora déjeme clavar aquí la tapa con unos clavos para saber cómo tengo que clavarla cuando esté Juan Chililí adentro.

Y ahí estuvo Juan Chililí clavando muchos clavos. Y entonces le gritó Juan: —A ver si puede abrir la tapa.

Y el gigante hizo mucha fuerza, pero no pudo abrir la tapa. Entonces Juan Chililí clavó más clavos hasta que remachó todo bien. Entonces amarró la canoba con las cadenas que traía y la amarró al bogue. Les habló a los bueyes y se fueron muy recio.

Y cuando ya iba llegando al palacio del rey salió el panadero y le dijo: —Juan, Juan, dame la mitad del dinero que te dé el rey porque yo he hecho mucho por ti.

—Bueno —le dijo Juan Chililí.

Llegó Juan al palacio y salió el rey a encontrarlo. —Aquí está el gigante —le dijo Juan Chililí—. Ahora tiene usted que abrir la tapa de la canoba con un buen instrumento para que vea que el gigante está vivo.

Y hicieron lo que dijo Juan Chililí y encontraron al gigante vivo. Y el rey llamó a Juan Chililí, y le dijo: —Ahora pide tú lo que quieras.

—Yo no quiero dinero —dijo Juan—. Todo lo que quiero es que me den trescientos azotes cuando yo los pida. Pero también pido ahora mismo que le den al panadero del rey la mitad de los que me van a dar a mí.

Y pronto mandó el rey que se hiciera lo que Juan Chililí había pedido. Y le estuvieron dando azotes al panadero hasta que se murió antes de que le dieran la mitad.

Juan todavía no ha recibido los azotes suyos. Y el rey tiene al gigante en su poder.

*María del Carmen González*
*Edad: 12, San Ildefonso, N.M.*

know that Juan Chililí says he can kill you and that he is the same size as you? We can find out if Juan Chililí will fit in this trough if you'll get in yourself and try it out."

The giant climbed into the trough and said to Juan, "It's a little tight."

"Good," Juan said. "Now let me fasten the top with some nails to see how I'll close it when Juan Chililí is inside."

Juan Chililí drove in a lot of nails, and then shouted, "See if you can open the top."

The giant tried hard, but he couldn't open the top. And then Juan Chililí drove in more nails until he clinched it down tight. Then he tied the chains he had brought around the trough and hitched it to the wagon. He shouted at the oxen and they started at a fast pace.

When he was near the palace, the baker came out and said to him, "Juan, Juan, give me half of the king's reward, because I've done so much for you."

"All right," Juan Chililí told him.

Juan got to the palace and the king came out to meet him. "Here's the giant," Juan told him. "You just have to pry the top of the trough with a strong tool to see that the giant is alive."

They did what Juan Chililí told them to do and found the giant alive. And the king called for Juan Chililí and said, "Now choose whatever you want."

"I don't want money," Juan said. "All I want is to be given three hundred lashes with a whip, but not until I ask for them. For now, I just want the king's baker to be given half the reward I've earned."

The king ordered that Juan's request should be granted. The baker was whipped, and he died before he had received half the lashes, but Juan still hasn't gotten his lashes. And the king has the giant in his power.

*María del Carmen González*
*Age: 12, San Ildefonso, N.M.*

Éste era un hombre muy rico que tenía tres hijos. Y cuando ya los tres estaban grandes y llegaron a la edad de casarse los tres se enamoraron de la misma novia. Y como la novia no sabía con quién casarse les dijo que se casaría con cualquiera de los tres que le trajera la cosa más curiosa.

Entonces vino su padre y le dio a cada uno una mula cargada de dinero para que se fueran a buscar cosas curiosas. Salieron los tres juntos y llegaron donde se dividían tres caminos. Y propusieron volver a encontrarse allí cuando cada uno hubiera hallado una cosa muy curiosa.

Y por allá donde andaba el mayor encontró un sombrerete y lo compró por pura curiosidad. Y este sombrerete, al que le decía, "Vuela, vuela, sombrerete, hasta donde mi corazón piensa," lo llevaría a donde quisiera. El de en medio halló un anteojo con que se podía ver todo lo que uno quisiera ver en el mundo. Y el hermanito menor halló unos polvitos de revivir difuntos, y los compró.

Bueno, pues al poco tiempo se encontraron los tres hermanos donde se dividían los tres caminos. Y el mayor le preguntó al segundo: —¿Qué hallaste tú?

Y él dijo: —Yo hallé un anteojo con que uno puede ver lo que quiera.

Y el mayor dijo entonces: —Yo hallé un sombrerete que me lleva donde quiera.

This one is about a rich man who had three sons, and when the three were grown up and old enough to get married all three fell in love with the same girl. Since the girl didn't know which one to choose, she said she would marry the one who brought her the most unusual thing.

The father gave each one a mule loaded with money so they could go and search for unusual things. The three left home and came to a place where three roads divided. They agreed to meet each other at that fork in the road when each one had found something very unusual.

As he traveled around, the oldest brother found a little hat and bought it because it was so unusual. This hat would carry a person to wherever he desired. All he had to do was say, "Fly, fly, my little hat to where my heart is thinking." The middle brother found a looking glass that would let a person see anything in the world. And the youngest brother found some powder that could revive the dead.

Soon the three brothers met again where the three roads divided. The oldest asked the second, "What did you find?"

He said, "I found a looking glass that will let me see whatever I wish."

The oldest said, "I found a little hat that will carry me wherever I desire."

Y al menor no le preguntaron nada porque le tenían envidia.

Entonces el hermano segundo dijo: —Voy a poner el anteojo para la casa de la novia. —Y lo puso y vio que la casa de la novia estaba llena de gente, y los tres hermanos creyeron que era que ya iba a casarse.

El mayor dijo: —Hay que ir a verla en mi sombrerete.

—Sí, sí, hay que irnos pronto —dijeron los otros.

Y el mayor dijo entonces: —Vuela, vuela, sombrerete, hasta donde mi corazón piensa.

Y pronto llegaron donde vivía la novia y la hallaron muerta. Entonces el menor de los tres le pidió la venia al padre de la novia para arrimarle los polvitos que traía a las narices a la muerta. El padre le preguntó ¿para qué? y él le dijo que eran unos polvitos de resucitar difuntos. El padre de la muchacha entonces consintió.

Fue entonces el menor de los hermanos con sus polvitos y se los arrimó a las narices a la muerta y pronto resucitó. Y empezaron los hermanos mayores a pelear con el menor por la novia. Ella dijo que se casaría con el menor porque él la había resucitado.

Y el mayor dijo: —Si no hubiera sido por mí, no hubiéramos venido a tiempo.

Y el segundo dijo: —Si no hubiera sido por mí, no viéramos nada.

Y el menor dijo: —Más que hubiéramos venido, si no hubiera sido por mí, no se hubiera resucitado.

Y entonces el padre decidió que el menor se casaría con ella.

*Ramona Martínez de Mondragón*
*Edad: 60, Santa Cruz, N.M.*

They didn't ask the youngest anything because they had no use for him.

Then the second brother said, "I'm going to point my looking glass at the girl's house." And he pointed it that way and saw that the girl's house was full of people. The three brothers thought it must be because she was going to get married.

The oldest said, "We'd better go see her in my little hat."

"Yes, yes, we'd better go right away," the others said.

They soon arrived at the girl's house and learned that she was dead. Then the youngest of the three asked the father for permission to touch the dead girl's nose with the powder he had. The father asked him why, and he said it was powder to bring dead people back to life, so the girl's father consented.

The youngest took out the powder and held it under the dead girl's nose and she came back to life. And then the older brothers started fighting with the youngest because the girl said she would marry the youngest, since he had brought her back to life.

The oldest brother said, "If it hadn't been for me, we wouldn't have gotten here on time."

And the second brother said, "If it hadn't been for me, we wouldn't have seen anything."

And the youngest said, "Even if we had gotten here, if it hadn't been for me, she wouldn't have come back to life."

And then the father decided that the youngest was the one who should marry his daughter.

*Ramona Martínez de Mondragón*
*Age: 60, Santa Cruz, N.M.*

## El pájaro verde

## Prince Pájaro Verde

Ésta era una mujer que tenía nueve hijas. La mayor tenía nueve ojos, la otra ocho ojos, la otra siete, la otra seis, la otra cinco, y así, hasta la menor que tenía sólo un ojo.

Y una vez salieron a pasearse las nueve hijas por una alameda, y la que tenía dos ojos se apartó de las otras. Y vino un pájaro que era un príncipe encantado y le preguntó si se quería casar con él. Ella le dijo que sí, que se casaría con él.

Se fue entonces el pájaro y la muchacha fue a contarles a sus hermanas lo que le había pasado. Y sus hermanas se burlaron de ella y le dijeron que ¿cómo se iba a casar con un pájaro?

—Es mi gusto —dijo la muchacha—. Me voy a casar con él aunque sea pájaro.

De manera que fue el pájaro y la pidió y nadie quería que lo hiciera, pero ella se casó con el pájaro y se fue. Y el pájaro se llamaba el Pájaro Verde. Se fueron a vivir en un palacio en la sierra. Y el pájaro le entregó todo el palacio y le dijo que tuviera cuidado, que él estaba encantado y que ella no debía descubrirlo y decir lo que había en el palacio.

En el palacio había nueve cuartos y cada cuarto tenía nueve ventanas. Y a las nueve de la noche cantaba el pájaro en cada una de las nueve ventanas de cada cuarto. El pájaro le dio a su mujer una botellita de agua de sueño, y le dijo

This one is about a woman who had nine daughters. The oldest had nine eyes, the next had eight eyes, the next seven, the next six, the next five, and so on, until the youngest who had only one eye.

Once the nine daughters went out walking along a shady lane and the one who had two eyes strayed away from the others. A bird, who was really an enchanted prince, came to her and asked her if she would marry him, and she said she would.

Then the bird went away and the girl went to tell her sisters what had happened. Her sisters made fun of her. How could she marry a bird? they said.

"It's what I wish," the girl said. "I'm going to marry him, even if he is a bird."

So the bird went and asked for her hand, and even though no one wanted her to do it, she married him and went away. The bird was named Pájaro Verde, and he took her to live in a palace in the mountains. The bird placed the whole palace at her disposal, but he told her to be careful, that he was living under a spell and that she must not reveal the truth about him to anyone.

There were nine rooms in the palace and each room had nine windows. Each night at nine o'clock the bird sang in each of the nine windows of each room. The bird gave his wife a little bottle

que les diera a todos los que vinieran una gotita para que se quedaran dormidos. Así, le dijo, no lo podrían ver.

Se fue entonces el Pájaro Verde y dejó a su mujer en el palacio. Y la madre le dijo a la hija mayor, a la que tenía nueve ojos, que fuera a ver cómo estaba su hermanita en el palacio. —Tú que tienes nueve ojos es la que mejor puedes ver —le dijo.

Fue aquélla y vino al palacio y salió su hermanita a encontrarla. Y la metió y le enseñó todos los nueve cuartos del palacio y todo. —Pero yo no veo al pájaro —dijo la hermana mayor.

En la noche se acostó la mayor y la hermanita le echó agua de sueño en la cama y se durmió pronto. Y vino el pájaro y cantó en las nueve ventanas de cada cuarto, y aquélla dormida y no viendo nada. El pájaro entró entonces y le dijo a su mujer: —¿Quién vino?

—Mi hermana mayor —dijo su mujer.

—Cuidado —le dijo—. Si no hay envidia está bien. Si hay envidia me voy y no me vuelves a ver. —Y cuando el pájaro se fue le dijo que le diera a su hermana todo lo que quisiera. Y le dijo que tuviera mucho cuidado la noche siguiente.

Bueno, pues así del mismo modo vinieron las otras cinco hermanas, y les pasó la misma cosa. Les daba la hermanita agua de sueño y se dormían. Venía el Pájaro Verde y no veían nada. Y se fueron a su casa con regalos de su hermanita, pero no vieron nada.

Entonces la madre envió a la que tenía tres ojos para ver si ésa podía ver algo. Y el Pájaro Verde le había dicho a su mujer: —Cuidado, que ya mero salgo del encanto. Si no hay envidia, serás tú reina y yo rey. Mucho cuidado.

Y nada. Vino y le sucedió como a las otras. Le dio la hermanita agua de sueño, se durmió, y no vio nada.

of sleepy water and told her to give a drop to whoever came to visit so that they would fall asleep. In that way, he said, they wouldn't be able to see him. Then Pájaro Verde went away and left his wife in the palace.

One day the mother told her oldest daughter, the one with nine eyes, to go see how her younger sister was doing in the palace. "Since you have nine eyes, you can see best," she told her.

She went off to the palace and her little sister came out to meet her and took her inside and showed her all nine rooms of the palace. "But I don't see the bird," the oldest sister said.

That night when the oldest sister lay down to sleep, the girl sprinkled sleepy water on her bed, and right away she fell asleep. The bird came and sang in the nine windows of each room, but the oldest sister slept through it all and didn't see a thing. Then the bird came inside and said to his wife, "Who came here?"

"My oldest sister," his wife said.

"Be careful," he told her. "If no envy is aroused, everything will be fine. If anything spiteful happens, I'll go away and you'll never see me again." And when the bird went away he told her to give her sister whatever she wanted. He told her to be especially careful the next night.

In the same way the other five sisters came and the same thing happened to them. Their younger sister gave them sleepy water and they fell asleep. Pájaro Verde came and they didn't see anything. They went home with presents from their little sister, but they didn't see a thing.

And then the mother sent the one with three eyes to see if she could see anything. Pájaro Verde had told his wife, "Be careful because I'm about to be free from the spell. If no envy is aroused, you'll be queen and I'll be king. Be very careful."

Nothing happened. Three Eyes came and everything went as it had with the others: The little sister gave her sleepy water, she fell asleep, and she didn't see a thing.

114

La madre llamó entonces a la menor de todas, que era la que tenía sólo un ojo, y le dijo: —Pues ahora anda tú. Tus hermanas aunque tienen tantos ojos no han podido ver nada. A ver si tú puedes ver algo.

—Si mis hermanas no pudieron ver nada, ¿cómo he de ver yo, que tengo no más un ojo? —dijo la menor. Pero la madre le dijo que se fuera de todos modos, y se fue.

—Ahí viene mi hermanita —dijo la muchacha cuando vio venir a la menor. Y luego que llegó le dijo: —¿Cómo te va? Ven a ver mis cuartos. Te quiero enseñar este palacio donde vivimos.

Le enseñó todos los cuartos del palacio, y aquélla muy sorprendida de ver todo. Y cuando ya habían visto todo la hermanita menor dijo: —Ya estoy muy cansada y quiero acostarme.

—Ven a cenar primero —le dijo la muchacha.

—No, no, que estoy muy cansada.

Y fue la muchacha y le tendió la cama para la hermanita menor y no le echó agua de sueño—. Mi hermanita, tan chiquita y tan cansada que está, ¿qué ha de ver? —dijo.

—Tápame bien con la sábana —dijo la hermanita. Y la tapó bien, pero la hermanita menor hizo un agujerito en la sábana y por ahí veía con su ojito.

Llegó el Pájaro Verde a las nueve de la noche y empezó a cantar. Cantó por todas las ventanas y aquélla estaba viendo y oyendo todo. Y cuando entró en la última ventana se desencantó como hacía todas las noches y se acostó. Y aquélla estaba viendo y oyendo todo.

—¿Quién vino? —le preguntó el príncipe a su mujer.

—Mi hermanita.

—Si, ya lo sé. Y es una ingratitud la que has hecho conmigo. No le echaste agua de sueño a tu hermanita y ha visto todo. Para mañana a estas horas me verás salir en una carroza y un cuervo negro va a ir tirando. —Y se fue como antes y se quedó ella muy triste y llorando.

Then the mother called for the youngest of all, who had only one eye, and told her, "You go this time. Even though they have so many eyes, your sisters haven't been able to see anything. Let's see if you can see something."

The youngest said, "If my sisters couldn't see anything, how am I, who only have one eye, supposed to see?" But the mother told her to go anyway, and she went.

"Here comes my little sister," the girl said when she saw the youngest coming, and as soon as the sister got there, she said to her, "How are you? Come and see my rooms. I want to show you the palace we live in."

She showed her all the rooms of the palace, and the youngest sister was amazed by everything. And when they had seen everything, the youngest sister said, "I'm tired now and want to go to bed."

"Come eat dinner first," the girl told her.

"No, no, I'm too tired."

So the girl went and prepared a bed for her youngest sister, but she didn't sprinkle sleepy water on it. "My little sister is so young and so tired, what could she see?" she said.

"Cover me good with the sheet," the little sister said, and the girl covered her very well, but the youngest sister made a little hole in the sheet and watched with her one eye.

Pájaro Verde came at nine o'clock at night and started singing. He sang in all the windows, and the sister saw and heard everything. And when he came in through the last window, he changed into himself, as he did every night, and went to bed. The one-eyed sister saw it all.

"Who came here?" the prince asked his wife.

"My little sister."

"Yes, I already knew that. And you have been inconsiderate. You didn't sprinkle sleepy water on your little sister and she has seen everything. By this time tomorrow you'll see me leave in a carriage with a black crow pulling it." And then he went away and she was left sad and crying.

Y otro día la muchacha le dijo a su hermanita:
—¿Qué viste, hermanita?

—Nada —respondió—. Dame de almorzar para irme.

Y almorzó y se fue sin llevar nada. Y cuando llegó, les dijo: —Éstas con tantos ojos no vieron nada. Yo lo vi al Pájaro Verde que es un príncipe muy hermoso. Yo vi que llegó a las nueve de la noche y entró donde estaba mi hermana. —Y todas estaban sorprendidas y querían ver lo que les contaba.

Y la madre, que era muy mala y muy envidiosa, dijo que otro día iba a ir ella. Y fue a escondidas, sin que nadie la viera, y puso vidrios rotos por todas las ventanas para que se matara el príncipe y ellas pudieran quedarse con el palacio. Y a su hija ni la vio.

Llegó el pájaro y cantó muy bonito en la primera ventana. Y así fue cantando de ventana en ventana, y se le iba apagando la voz, hasta que en la última ventana ya ni voz tenía. Y luego entró.

—Ahora sí, ya hiciste una ingratitud y no me volverás a ver —le dijo a su mujer—. Ya viene el cuervo. —Y llegó el cuervo y se fue con él en una carroza.

Se quedó aquélla muy triste y fue y agarró su agüita y su traje de reina y se fue en el rumbo de la carroza. Pero en poco tiempo se cansó de seguir y perdió de vista la carroza. Y se sentó bajo un álamo, y bajo el álamo había muchos pajaritos. Los pajaritos cantaban y decían que el príncipe iba muy enfermo, pero que su enfermedad se podía curar muy fácil matando a los pajaritos, echando la sangre en una botellita y untándosela al príncipe, para que se le salieran los vidrios y sanara.

La muchacha entonces fue y mató a todos los pajaritos y vació el agua de su botellita y la llenó con la sangre de los pajaritos. Y se fue siguiendo a su marido.

Anduvo buscándolo por todo el mundo pero no lo encontraba. Al fin llegó donde vivía la luna, y le dijo: —Luna, luna, ¿no has visto por aquí al Pájaro Verde?

The next day the girl asked her little sister, "What did you see?"

"Nothing," she answered. "Give me some breakfast so that I can leave."

She ate breakfast and went away without taking anything. And when she got home, she said, "These girls with all their eyes didn't see anything. I saw that Pájaro Verde is a handsome prince. At nine o'clock I saw him come and enter my sister's room." And they were all amazed and wanted to see for themselves.

And the mother, who was evil and envious, said she would go there the next day. She went secretly, without anyone seeing her, and put pieces of glass in all the windows so that the prince would kill himself and they could have his palace. Her daughter didn't even see her do it.

The bird arrived and sang beautifully at the first window. He went singing like that from window to window, and his voice grew weaker and weaker, until at the last window he had no voice left at all. And then he went inside.

"Yes, you have truly been unkind to me, and you'll never see me again," he told his wife. "Here comes the crow." And the crow arrived and he went away with it in a carriage.

She was very sad. She packed a little bottle of water and her queen's gown and set out following the carriage, but she soon grew tired and lost sight of the carriage. She sat down under a cottonwood tree where there were many little birds, and the birds sang and told her the prince was very sick, but that his sickness could be cured easily by killing the little birds, putting their blood in a bottle and then smearing the prince with it. That would make the splinters of glass come out and he would be well.

The girl killed all the little birds. She poured the water from her bottle and filled it with the birds' blood. Then she went on following her husband.

She searched for him all over world but she couldn't find him. Finally she came to where the moon lived, and she said, "Moon, moon, have you seen Pájaro Verde around here?"

—No, no —respondió la luna—, yo he andado de ventana en ventana y no he visto al Pájaro Verde. Anda a la casa del sol. Puede que él te pueda dar señas de él.

Y de allí se fue la muchacha a la casa del sol. Y cuando llegó, le preguntó: —Sol, sol, ¿no has visto por aquí al Pájaro Verde? Va muy enfermo y ando buscándolo.

—Sí, sí, yo lo he visto —respondió el sol—. Está en la casa del rey su padre, y está muy enfermo.

—Llévame donde está —le dijo la muchacha.

—No, no —le dijo el sol—. Yo no puedo llevarte. Pero anda a la casa del aire. Fácil él puede remediarte.

Y fue la muchacha a la casa del aire, y preguntó: —Aire, aire, ¿no has visto por aquí al Pájaro Verde?

—Sí, sí —dijo el aire—. Yo lo conozco muy bien. El rey su padre le ha llevado médicos de todas partes y no han podido curarlo.

La muchacha entonces le dijo si la podía llevar donde estaba.

—Métete en este costal de cuero y yo te llevaré. Y lleva este cuchillo para que rasgues cuando salte el saco por el suelo.

Se metió la muchacha en el costal y la llevó delante de la casa del príncipe. Con el soplón con que llegó, las lavanderas del rey volaron y no quedó más que ella sola en la puerta del palacio. Salieron los criados del rey y la muchacha les preguntó: —¿Qué hay de nuevo?

—Cuentan que el hijo del rey está muy enfermo y que los médicos dicen que no tiene remedio —dijeron los criados.

Y les dijo la muchacha que si los criados del rey se lo permitieran, fácil ella lo podría curar. Y mandaron a llamarla, y el rey le dijo: —Si curas a mi hijo te pongo casa y te mantengo para toda tu vida.

Y entró ella y pidió una sábana y la untó de sangre de pajarito. Dijo que envolvieran al príncipe con la sábana, como habían dicho los pajaritos. Y así lo hizo sudar. Tres veces lo envolvieron con una sábana untada de sangre de

"No, no," the moon answered. "I have gone from window to window and I haven't seen Pájaro Verde. Go to the sun's house. Maybe he can tell you something about him."

The girl set out for the sun's house. When she got there, she said, "Sun, sun, have you seen Pájaro Verde around here?"

"Yes, yes, I've seen him," the sun replied. "He's in the house of his father, the king, and he's very sick."

"Take me to him," the girl said.

"No, no," the sun said. "I can't take you. But go to the wind's house. He could easily help you."

The girl went to the wind's house and asked, "Wind, wind, have you seen Pájaro Verde around here?"

"Yes, yes," the wind said. "I know him well. His father, the king, has brought doctors from all over and they haven't been able to cure him."

The girl asked the wind if he could take her to him, and the wind said, "Get into this leather sack and I'll take you. And take this knife so you can cut your way out when the sack hits the ground."

The girl got into the sack and the wind carried her to the prince's house. The gust he carried her with blew the king's washer women away, and she found herself alone in front of the palace door. The king's servants came out and the girl asked them, "What news is there around here?"

"They say the king's son is very sick and that the doctors say there's no hope," the servants told her.

And the girl told the servants that if she were permitted to, she could easily cure the prince. The king sent for her and said, "If you cure my son, I'll build you a house and I'll support you for the rest of your life."

She went in and asked for a sheet and she wet it with blood from the little birds. She told them to wrap the prince in it, just as the birds had told her, and in that way she made him sweat. Three times he was wrapped in the sheet soaked with

los pajaritos. Y empezaron a salírsele los vidrios y empezó a sanar.

Por fin sanó bien y el rey cumplió su palabra y le puso su casa cerca del palacio. Y yendo y viniendo tiempo el príncipe ya estuvo completamente bueno, pero no sabía quién lo había curado. Estaba para casarse con una princesa de otras partes. Y la princesa había llegado y tenía sus trajes y sus anillos y todo. Y vinieron todas las gentes de la princesa porque era muy rico el príncipe.

Cuando ya se iban a casar fue la muchacha y se vistió también de reina con sus trajes y anillos y corona y todo. Y cuando ya se iban a casar se presentó ante el altar al lado del príncipe. Y el príncipe entonces la vio y la reconoció y dijo:
—Aquí está mi mujer. Ésta es mi mujer. —Y dejó a la novia nueva y se casó con su primera novia.

Y las hermanas envidiosas cuando fueron al palacio del Pájaro Verde no hallaron nada. Sólo hallaron el llano.

*Patrocina Roybal*
*Eдaд: 50, Peñasco, N.M.*

*118*

bird blood. And the slivers of glass began to come out and he began to get well.

Finally he was cured, and the king kept his word and built her a house near the palace. As time went by the prince was completely well, but he didn't know who had cured him. He was about to marry a princess from a different place. The princess had arrived there with her gowns and rings and everything, and all the princess's relatives came too, because the prince was very rich.

When they were just about to get married, the girl went and dressed herself like a queen, with her suit of fine clothes and rings and crown and all. And when the wedding was about to begin, she appeared before the altar at the prince's side. When the prince saw her he recognized her and said, "Here is my wife. This is my wife." And he dropped the new sweetheart and married his first love.

And the jealous sisters didn't find a thing when they went to Pájaro Verde's palace. All they saw was an empty plain.

*Patrocina Roybal*
*Age: 50, Peñasco, N.M.*

_A ver qué me da Dios_        _I'll See What God Will Give Me_     119

Éste era un hombre muy pobre que tenía mucha familia. Y porque no hallaba cómo mantenerla dijo un día: —Yo me voy a ver qué me da Dios por allí. —Y se fue.

Llegó a la casa de uno de sus compadres. —¿Cómo le va, compadre? —le preguntó el compadre—. ¿Para dónde va?

—Voy por allí a ver qué me da Dios. —Y siguió caminando

En el camino le salió Dios en figura de hombre, y le dijo: —¿Adónde vas?

—Voy a buscarle a Dios a ver qué me da —respondió el hombre.

—Yo te doy esta mesa. No más dices, "Componte, mesita," y la tendrás toda llena de comida.

Muy gustoso, el hombre se fue con la mesa. —Componte, mesita —dijo, y quedó la mesa con toda clase de comidas—. Ahora sí estoy rico —dijo. Y se fue con su mesita de vuelta a la casa de su compadre.

—¿Cómo le fue? —le preguntó el compadre.

—Bien —respondió. Entonces dijo: —Componte mesita. —Y la mesita se volvió a componer. Dijo el compadre que con eso tenía para mantener a su familía. Comieron los dos.

—Ahora voy a mi casa a ver a mis hijitos —dijo el hombre.

This one is about a poor man with a big family. He didn't have any way to support his family, and so one day he said to himself, "I'm going to go traveling and see what God will give me along the way." And he left home.

He came to the house of one of his compadres. "How's it going, compadre?" the other man asked him. "Where are you headed?"

"I'm going out to see what God will give me." And he went on his way.

Along the way God appeared in the form of a man and said to him, "Where are you going?"

"I'm going looking for God, to see what he'll give me," the man replied.

"I'll give you this little table. Just say, 'Set yourself, little table,' and it will be full of food for you."

The man went away with the table feeling very happy. "Set yourself, little table," he said, and the table was covered with all kinds of food. "Now I'm really a rich man," he said. And he went back to his compadre's house with the table.

"How did it go?" his compadre asked him.

"Good," he answered. And then he said, "Set yourself, little table." And the table was covered with food again. His compadre said he'd be able to support his family well with that, and the two of them ate together.

"Now I have to go home to see my children," the man said.

—Compadre, no se vaya. Puede que se la quiten por allí. Vale más que duerma aquí esta noche y mañana se va y se lleva su mesita.

—Sí, compadre, dice muy bien. —Y se quedó allí.

Otro día en la mañana fue el compadre y escondió la mesa y puso otra. Se levantó el hombre, agarró la mesita y se fue para su casa. Cuando iba llegando, su mujer, que estaba muy enojada con él, se arrimó a la puerta y lo vio venir con la mesa. —¿Para qué trajiste una mesa si ni tenemos que comer?

—Ahora verás tú, hija —dijo, y puso la mesa en medio del cuarto—. Componte, mesita. —Pero nada—. Componte, mesita. —Y nada. Y la mujer agarró la mesa y la quemó.

Se fue otra vez, y llegó a la casa de su compadre. —¿Para dónde va, compadre? —le preguntó.

—Para ver qué hallo. La mesita no sirvió.

El compadre le dio de comer y se fue el hombre otra vez por el mismo camino donde había salido Dios. Le volvió a salir y le dijo: —¿Para dónde vas?

—A ver qué me da Dios —respondió.

—Pues toma —le dijo, y le dio una burrita—. No más le dices, "Caga, burrita," y chorros de pesos saldrán.

Se fue el hombre con su burrita y llegó otra vez a casa de su compadre. —¿Qué le dio Dios? —le preguntó.

—Ya verá —le dijo, y dijo: —Caga, burrita. —Y salió un chorro de pesos—. Ya me voy a mi casa. Quién sabe cómo estarán.

—No, quédese para que no le vayan a quitar su burrita —respondió el compadre.

El hombre dijo que decía bien y se quedó. Cuando dormía, vino aquél y cambió la burra con

"Don't go, compadre. Someone might take the table from you along the way. You'd better sleep here tonight and leave tomorrow with your table."

"Yes, compadre, that's good advice." And he stayed there.

The next morning the compadre went and hid the table and put another one in its place. The man got up, grabbed the table and set out for home. When he got near, his wife, who was very mad at him, went to the door and saw him coming with the table. "What did you bring a table for, when we don't even have anything to eat?"

"You'll soon see, dear," he said and he put the table in the middle of the room. "Set yourself, little table." But nothing happened. "Set yourself, little table." Nothing. And the woman took the table and burned it.

He left home again and came to his compadre's house. "Where are you going, compadre?" his compadre asked.

"To see what I can find. The table didn't work."

The compadre fed him and the man went away again along the same road where God had appeared. He appeared again and said, "Where are you going?"

"To see what God will give me," the man answered.

"Then take this." And he gave him a little donkey. "Just tell it, 'Shit, little donkey,' and a stream of pesos will come out."

The man went off with his little donkey and again he came to his compadre's house. "What did God give you?" his compadre asked.

"You'll see," he told him, and he said, "Shit, little donkey." A stream of pesos came out. "Now I must go home. Who knows how my family is doing."

"No. Stay here so no one will take your little donkey from you along the way," his compadre said.

The man said he was right and stayed there. When he was asleep, the other man came and

una que tenía él. El hombre otro día se levantó y se fue. Y cuando llegó, su mujer, que estaba en la puerta, lo vio llegar con la burra, y le dijo: —¿Si no tenemos que comer, con qué vamos a dar de comer a la burra?

—Calla, hija, calla. Ahora verás —le dijo. Y dijo: —Caga, burrita. —Y nada—. Caga, burrita —volvió a decir. Y nada otra vez. Al fin cagó, y le dieron palos a la burra. Y el hombre se fue otra vez.

Se fue por el mismo rumbo, y allí se volvió a encontrar con el mismo hombre, que era Dios. —¿Para dónde vas? —le preguntó el hombre que era Dios.

—A ver qué me da Dios —respondió.

—Pues toma —le dijo. Y le dio un cuerito—. No más dices, "Sal, negro, del cuero," y saldrá.

Él se echó el cuero en el seno, pensando para qué servía eso. Cuando ya se vio solo, dijo: —Sal, negro, del cuero. —Y salió el negro con un chicote. Tuvo miedo el hombre, y dijo: —No, entra, negro. —Y entró el negro en el cuero.

No sabía por qué se lo había dado el hombre que era Dios. Se lo echó al seno y se fue. Cuando llegó a casa de su compadre, le dijo éste: —¿Cómo le fue, compadre?

Y no quería decirle él. —Mire, compadre, este cuerito. —Y luego dijo: —Sal, negro, del cuero. —Y salió el negro y le dio un chicotazo al compadre.

—Dígale que se meta —decía el compadre—. Tome su mesita y su burrita.

Y el hombre, enojado, las tomó y se fue para su casa. Allí estaba la mujer mirándolo y luego que lo vio con la burra y la mesa, dijo: —¿Para qué queremos burra y mesa? Ya se morirán de hambre mis hijitos.

—Calla, hija, calla —dijo. Y luego dijo: —Componte, mesita. —Se puso la mesa llena de primores, y ellos empezaron a comer.

—¿Para qué quieres burra, hijo? —preguntó la mujer.

exchanged the donkey for one he had. When the man got home, his wife, who was at the door, saw him coming with the burro and said to him, "If you didn't bring anything for us to eat, what are we going to feed a donkey?"

"Quiet, dear, quiet. You'll see," he told her. And he said, "Shit little donkey." And nothing happened. "Shit, little donkey," he said again, and again nothing happened. Finally it did shit, and they lit into the donkey with sticks. And the man left home again.

He went the same way and again he met up with the same man who was God. "Where are you going?" the man who was God asked him.

"To see what God will give me," he replied.

"Then take this," he said, and he gave him a leather bag. "Just say, 'Come out of the bag, black man,' and he'll come out."

He put the leather bag in the front of his shirt wondering what it was good for. When he was alone, he said, "Come out of the bag, black man." And the black man came out with a whip. The man was scared and said, "No. Get in, black man." And the black man got back into the bag.

He didn't know why the man who was God had given it to him. He put it inside his shirt and went on. When he came to his compadre's house, the compadre said, "How did it go, compadre?"

He didn't want to tell him, but he said, "Look at this leather bag, compadre." And then he said, "Come out of the bag, black man." And the black man came out and started whipping the compadre.

The compadre said, "Tell him to get back into the bag. Take your table and your little donkey."

The man took them angrily and set out for home. There was his wife watching for him, and as soon as she saw him with the donkey and the table, she said, "What do we want with a donkey and a table? My children are about to starve."

"Quiet, dear, quiet," he said. And then he said, "Set yourself, little table." The table covered itself with delicious food and they started to eat.

"What do you want with that donkey, dear?" his wife asked him.

—Calla la boca. Ahora verás. —Y dijo:
—Caga, burrita. —Y cagó un chorro de pesos
para todo.

Entonces estaba ella muy contenta. Él sacó el
cuerito y dijo: —Esto no te enseño.

—¿Por qué? —preguntó la mujer—. Eso será
lo mejor. Quién sabe por qué lo tendrás.

—No, hija —dijo él—. Pero voy a enseñártelo.
Sal, negro. —Y salió y le dio chicotazos a la
mujer—. Métete en el cuerito —dijo el hombre.
Y el negro se metió. Y así se le quitó a la mujer lo
enojona.

122

*Pabla Sandoval*
*Edad: 71, Chamita, N.M.*

"Just shut your mouth and you'll see." And he
said, "Shit, little donkey." And it shit a stream of
pesos to buy everything they needed.

Then she was really happy. He pulled out the
leather bag and said, "I won't show you about
this."

"Why?" the woman asked. "It must be the best
of all. That must be why you brought it home."

"No, dear," he kept saying. But finally he said,
"I'll show it to you. Come out of the bag, black
man." And he came out and started whipping the
wife. "Get back into the bag," the man said. And
the black man got back into the bag. And that's
how he cured his wife of her bad temper.

*Pabla Sandoval*
*Age: 71, Chamita, N.M.*

Éstos eran un hombre y una mujer y tenían tres hijos. Y el mayor dijo un día: —Mamá, hágame bastimento, que mañana me voy a trabajar. —Su madre le hizo el bastimento y se fue a trabajar.

Llegó a donde estaba el Señor. Y le dijo al Señor que le diera trabajo. —¿Qué sabe usted hacer? —le preguntó el Señor.

—No sé hacer nada, pero usted me enseña —dijo el joven.

Bueno, pues allí estuvo trabajando diez años. Y un día el Señor le dijo: —Bueno, ahora tienes que traer la burrita pintita para que vayas con una carta a tu amita.

Entonces fue el muchacho y trajo la burrita pintita y el Señor le dio la carta, y le dijo: —Toma y lleva esta carta a tu amita, y dile que me mande las flores más bonitas de su jardín. Primero tienes que pasar un río de agua y después un río de sangre. Después de estos dos tienes que pasar un río de leche.

Se fue el joven y luego que llegó al primer río, el río de agua, rompió la carta y la echó en el río. Se volvió entonces y el Señor, que ya lo esperaba, le dijo: —Ya sé que no fuiste. Rompiste la carta y la echaste en el río. Te dio miedo. Ahora dime qué quieres mejor, un talegón de oro o un "Dios te lo pague".

Y el muchacho dijo: —Con un "Dios te lo

This one is about a man and a woman who had three sons. One day the oldest son said, "Mama, pack me some food because tomorrow I'm going to go off and work." His mother packed some food for him and he went off to work.

He came to where the Lord was. And the Lord said he would give him a job. "What do you know how to do?" the Lord asked him.

"I don't know how to do anything, but you can teach me," the boy said.

He worked there for ten years, and then one day the Lord said to him, "All right, now you have to take the little spotted donkey and carry a letter to your mistress."

The boy went and got the spotted donkey and the Lord gave him the letter and said, "Take this letter and carry it to your mistress, and tell her to send me the prettiest flowers from her garden. First you have to cross a river of water, then a river of blood. After those two you have to cross a river of milk."

The boy set out, and as soon as he got to the first river, the river of water, he tore up the letter and threw it into the river. Then he went back, and the Lord was there waiting for him and said, "I know you didn't go. You tore up the letter and threw it into the river. You were scared. Now tell me which you want more, a sack of gold or a 'May God reward you.'"

And the boy said, "With a 'May God reward

pague" no mantengo a mis padres. —Y el Señor entonces le dio el talegón de dinero. Se fue entonces para donde vivían sus padres.

Llegó el hijo mayor a casa de sus padres y les entregó el talegón de dinero que había ganado. Pero cuando fueron a abrirlo hallaron sólo buñigas en el talegón. Con eso se pusieron los pobres padres muy disgustados.

Y el hijo segundo les dijo entonces a sus padres que él quería salir a ver si hallaba trabajo. Le dijeron que estaba bueno, y él le dijo a su madre que le echara bastimento. Le echó su bastimento y se fue y llegó a donde vivía el Señor lo mismo que el otro.

—¿Cómo te va, hijo? ¿Qué buscas por aquí? —le dijo el Señor.

—Ando buscando trabajo —respondió el muchacho.

—Yo te doy trabajo —dijo el Señor. Y le dio trabajo lo mismo que al otro. Estuvo trabajando diez años también, y un día le dijo el Señor: —Anda y agarra la burrita pintita para que vayas a llevarle una carta a tu amita.

Vino con la burrita y el Señor le dio la carta, y le dijo: —Lleva esta carta a tu amita y dile que me envíe las flores más bonitas de su jardín. Primero tienes que pasar un río de agua, después un río de sangre, y después un río de leche.

Se fue el muchacho y no más llegó al río de agua y rompió la carta y la echó en el agua y se volvió lleno de miedo. Ya lo esperaba el Señor y le dijo: —No fuiste. Rompiste la carta y la echaste en el río. Ya sé que tuviste miedo. Ya no quiero que trabajes conmigo. Ahora ¿qué quieres mejor, un talegón de dinero o un "Dios te lo pague"?

Y el muchacho le dijo: —Con un "Dios te lo pague" no puedo mantener a mis padres. Mejor quiero el talegón de dinero. —Se lo dio el Señor y se fue.

Cuando llegó a la casa de sus padres les entregó el talegón de dinero, pero cuando lo

you' I can't support my parents." So the Lord gave him the sack of money, and he set out for his parents' house.

The oldest son got to his parents' house and gave them the sack of money he had earned. But when they opened it, they found nothing but cow chips in the sack. The poor parents were very displeased.

Then the second son told his parents he wanted to leave home to see if he could find work. They said it was all right, and he told his mother to prepare some food for him. She got his food ready and he set out and came to the Lord's house the same as the other brother had done.

"How is it going, my son? What is it you're looking for here?" the Lord asked him.

"I'm looking for work," the boy replied.

"I'll give you work," the Lord said. And he gave him work just as he had done for the other brother. This brother also worked there for ten years, until one day the Lord said to him, "Go and get the spotted donkey so that you can take a letter to your mistress."

He brought the little donkey and the Lord gave him the letter and told him, "Take this letter to your mistress and tell her to send me the prettiest flowers in her garden. First you will have to cross a river of water, then a river of blood, then a river of milk."

The boy set out, and as soon as he got to the river of water he tore up the letter and threw it into the water and turned back full of fear. The Lord was there waiting for him and said, "You didn't go. You tore up the letter and threw it into the river. I know you were afraid. I don't want you to work for me anymore. So now, which do you prefer, a sack of money or a 'May God reward you'?"

And the boy said, "With a 'May God reward you' I can't support my parents. I'd rather have the sack of money. The Lord gave it to him and he went away.

When he got home he gave the sack of money to his parents, but when they opened it they

abrieron hallaron sólo buñigas. Los padres se pusieron muy acongojados.

Entonces el hijo menor, que se llamaba Margaros, le dijo a su madre: —Écheme basti-mento, que ahora voy yo a ver si hallo trabajo por alguna parte. —Se fue Margaros y llegó a donde estaba el Señor.

Le preguntó el Señor: —¿Qué buscas, hijo?

—Ando buscando trabajo —contestó Margaros.

—Pues yo te doy trabajo —le dijo el Señor—. Dime qué sabes hacer.

—No sé nada —dijo Margaros—, pero me puede enseñar.

Se quedó trabajando con el Señor y allí estuvo diez años. Y un día le dijo el Señor: —Ahora quiero que vayas y agarres la burrita pintita para que vayas a llevarle una carta a tu amita.

Fue Margaros y volvió con la burrita pintita, y el Señor le dijo: —Bueno, pues ahora vas y le llevas esta carta a tu amita y le dices que me envíe las flores más bonitas que tenga en su jardín. Tienes que pasar primero un río de agua. Des-pués tienes que pasar un río de sangre. Y después todavía tienes que pasar un río de leche. Todo es muy difícil, pero todo lo que tienes que decir es, "¡Arre, burrita!" y "¡Válgame Dios!" y todo saldrá bien. Y después de pasar los tres ríos tienes que pasar dos cerros que se están topeteando. Y otra vez dices, "¡Arre, burrita!" y "¡Válgame Dios!" y todo saldrá bien.

Pues se fue Margaros, y cuando llegó al río de agua dijo: —¡Arre, burrita! ¡Válgame Dios! —Y pasó. Y luego llegó al río de sangre y lo pasó del mismo modo. Y luego llegó al río de leche y también lo pasó. Y por fin llegó a donde estaban los dos cerros que se topeteaban. Le dio miedo, pero dijo como antes y pasó. Y llegó donde estaba la amita, que era María Santísima, y le dijo: —¿Cómo le va, amita?

—Muy bien, y a ti, ¿cómo te va, Margaros? —le dijo la Virgen.

Y Margaros, muy sorprendido, le dijo: —¿Que tú eres la madre que me parió, que sabes

found only cow chips. The parents were very discouraged.

Then the youngest son, whose name was Margaros, said to his mother, "Prepare some food for me. I'm going to go see if I can find work somewhere."

Margaros set out and he came to the Lord's house. The Lord asked him, "What are you looking for, my son?"

"I'm looking for work," Margaros answered.

"I'll give you work," the Lord said. "Tell me what you know how to do."

"I don't know how to do anything," Margaros said. "But you can teach me."

He stayed there working for the Lord for ten years, and one day the Lord said to him, "Now I want you to go and get the little spotted donkey so you can take a letter to your mistress and tell her to send me the prettiest flowers she has in her garden. First you have to cross a river of water. Then you have to cross a river of blood. And then you still have to cross a river of milk. It's very hard, but all you have to say is, 'Get up, little donkey!' and 'God save me!' and everything will turn out all right. And after crossing the three rivers you have to go by two mountains that are crashing into each other. Again say, 'Get up, little donkey!' and 'God save me!' and everything will turn out all right."

Margaros started out, and when he got to the river of water he said, "Get up, little donkey! God help me!" And he crossed over. Then he came to the river of blood and he crossed it the same way. He came to the river of milk and he crossed it too. Finally he came to where the two mountains were crashing into each other. He was afraid, but he said the same thing as before and he went safely by, and he came to the house of his mistress, who was the Blessed Virgin, and he said to her, "How is it going with you, mistress?"

"Very well, and how is it going with you, Margaros?" the Virgin said.

Margaros was very surprised and said, "Are

125

cómo me llamo?

Y la Virgen le dijo: —No soy la madre que te parió pero sé que te llamas Margaros.

Bueno, pues allí estuvo Margaros con María Santísima por diez años. Y entonces le dijo la Virgen: —Margaros, ya has estado diez años conmigo y ya es tiempo que te vayas.

—Si ayer vine y ya quieres que me vaya —dijo Margaros. Y era que le parecían sólo un día los diez años.

Entonces la Virgen le dio las flores más hermosas de su jardín para que las llevara al Señor. Pero antes de irse Margaros le preguntó a la Virgen qué quería decir el río de agua.

—Ése es el diluvio cuando se acabó el mundo —dijo la Virgen.

—Y el río de sangre, ¿qué quiere decir? —preguntó Margaros.

Ése quiere decir la sangre que derramó el Señor cuando lo crucificaron.

—¿Y los dos cerros que se topeteaban?

—Tus dos hermanos que engañaron al Señor.

Se despidió Margaros de la Virgen y todo el camino era puro llano. Cuando llegó, le dijo el Señor: —¿Cómo te va, Margaros?

—Muy bien —respondió Margaros. Y entonces le entregó las flores.

Y el Señor le dijo: —Dime ahora qué quieres mejor, un talegón de dinero o un "Dios te lo pague."

Y Margaros le dijo: —Con un talegón de dinero no mantengo a mis padres y con un "Dios te lo pague," sí.

El Señor le dijo entonces que se fuera a su casa a ver a sus padres y que otro día iría él a verlo.

Se fue y llegó a donde vivían sus padres—. ¿Cómo te va, Margaros? —le dijeron sus padres cuando llegó.

—Bien —dijo Margaros—. Mañana viene mi amito a vernos. Hagan buena comida. —Y al otro día llegó el Señor. Margaros salió a toparlo.

you the mother who gave birth to me, that you know my name?"

And the Virgin told him, "I'm not the mother who gave birth to you, but I know that your name is Margaros."

So Margaros stayed there with the Virgin for ten years. And then the Virgin told him, "Margaros, you've been here ten years with me already, and it's time for you to go."

"I just got here yesterday, and you already want me to leave?" Margaros said, because the ten years seemed like a single day to him.

Then the Virgin gave him the most beautiful flowers from her garden to take to the Lord. But before he left, Margaros asked the Virgin the meaning of the river of water.

"That is the flood that destroyed the world," the Virgin said.

"And the river of blood, what does that mean?" Margaros asked.

"It is the blood the Lord shed when they crucified him."

"And the two mountains that are crashing together?"

"Your two brothers who deceived the Lord."

Margaros said goodbye to the Virgin and the road back was perfectly smooth. When he arrived, the Lord said to him, "How is it going, Margaros?"

"Very well," Margaros answered and gave him the flowers.

And the Lord said, "Now tell me which you want more, a sack of money or a 'May God reward you.'"

And Margaros said, "With a sack of money I can't support my parents and with a 'May God reward you,' I can."

Then the Lord said he should go home and see his parents and that he would come the next day to see him. Margaros left and soon got to where his parents lived. "How is it going with you, Margaros," his parents asked him when he got there.

"Good," Margaros said. "Tomorrow my master will come to visit us. Make a good meal." And the

—Pide merced, Margaros —le dijo el Señor—. Pide merced, que te voy a dar todo lo que pidas.

Y Margaros dijo: —Todo lo que pido es que nos lleves a mí y mis padres al cielo contigo.

—Se te concederá —le dijo el Señor.

Se fue el Señor a su casa y se quedó Margaros con sus padres. Y vino la muerte por ellos. En cuerpo y alma los iba a llevar. —Ya vengo por ti, Margaros —dijo la muerte.

Y Margaros le dijo: —Que se vayan primero mis padres y después me iré yo.

Conque la muerte se fue con los padres de Margaros y los llevó al cielo en cuerpo y alma gloriosos. Y entonces vino la muerte otra vez. —Vine por ti, Margaros.

Y Margaros dijo: —Entra en esta botellita, hermanita muerte, a ver si cabes.

Y la muerte se metió en la botellita y Margaros la tapó y la tiró en el camino. Y allí se quedó la muerte hasta que pasó uno a caballo y quebró la botella y la dejó salir. Y entonces se llevó a Margaros para el cielo.

Cuando llegó, el Señor dijo: —Entra, Margaros.

—No, Señor —dijo Margaros—. Si no entra mi borreguita no entro yo. —Y fue y sacó a sus hermanos del purgatorio y a muchas otras almas. Y entonces entró en el cielo y se sentó en la silla apostólica, y allí se quedó.

*Donusinda Mascareñas*
*Edad: 58, Peñasco, N.M.*

next day the Lord arrived and Margaros went out to meet him.

"Ask for a reward, Margaros," the Lord told him. "I will grant you everything you ask for."

And Margaros said, "All I want is that you take me and my parents to heaven with you."

"It shall be granted," the Lord told him.

The Lord went home and Margaros stayed with his parents, and Death came for them. She was going to carry them away in body and soul. "Now I have come for you, Margaros," Death said.

But Margaros said, "Let my parents go first, and then I'll go later."

So Death went away with Margaros's parents and she took them to heaven in glorious body and soul. And then Death came back again. "I have come for you, Margaros."

Margaros said, "Get into this bottle, Sister Death. Let's see if you fit." And Death got into the little bottle and Margaros put on the lid and threw it down in the road. And Death lay there until someone came by on horseback and broke the bottle and let her out. Then she took Margaros to heaven.

When he got there, the Lord said, "Come in, Margaros."

"No, Lord," Margaros said. "I won't enter unless my little lambs can come in too." And he went and got his brothers out of purgatory, along with many other souls. Then he entered into heaven and took a seat upon the apostolic throne. And he's been there ever since.

*Donusinda Mascareñas*
*Age, 58, Peñasco, N.M.*

*Don Juanito*

Vivían en un lugar unos pobres casados que no tenían familia. Y estuvieron rogándole a Dios que les diera un hijo, hasta que al fin la mujer tuvo un niño. Y fueron y convidaron a unos ricos de otra ciudad para que vinieran de padrinos. Y el padre les dijo a los padrinos que como los padres eran tan pobres les encargaba a ellos que educaran al niño.

Así que cuando el niño llegó a la edad se lo llevaron sus padrinos para educarlo. Y cuando ya estaba bien educado fueron los padrinos y se lo entregaron a sus padres. Y por ruegos del padre lo enviaron de una potencia a otra a mercar cosas. Y le dieron tres mulas cargadas de dinero para que fuera a comprar cosas a la otra potencia.

Se fue el muchacho y cuando ya iba muy lejos se paró a sestear, y oyó unas voces que salían de una casita cerca del camino. Fue a ver y era que estaba allí llorando una mujer a la que se le había muerto su marido. Hacía ya tres días que lloraba sobre él, y no lo enterraba porque no tenía dinero para pagar el entierro. Y los hombres a que les debía dinero estaban peleándose.

Al muchacho le dio tanta lástima que arrimó una mula y con el dinero le dio a la mujer para que pagara sus deudas y para que enterrara a su marido. Llamaron al padre y enterraron al

In a certain place there once lived a poor married couple who didn't have any children. They kept begging God to give them a child until at last the woman had a baby, and then they went and asked some rich people from a different city to come and be the godparents. The priest said that because the parents were so poor, he was putting the godparents in charge of the boy's education.

So when the boy reached the proper age, his godparents took him to educate him. And when he was well educated the godparents returned him to his parents. At the priest's insistence, they sent him from one kingdom to another to buy things. They gave him three mules loaded with money to buy things in the other lands.

The boy set out, and when he had traveled a long way he stopped to rest and heard some voices coming from a house near the road. He went to investigate and saw a woman crying because her husband had died. For three days she had been crying over him, and she couldn't bury him because she didn't have money to pay for the funeral. And the men she owed money to were all demanding payment as well.

The boy felt such pity that he led a mule over there and from the load of money he gave the woman enough to pay her debts and bury her husband. They called for the priest and buried

hombre y la mujer pagó todas sus deudas y se
quedó en paz.

De allí el muchacho se arrendó para atrás y
llegó a su casa. Y cuando sus padres lo vieron
venir dijeron: —Ahí viene don Juanito.

Cuando llegó les platicó lo que le había pasado
en el camino. Y dijeron ellos: —¡Chula está la
educación que te dieron! —Y era que no estaban
muy contentos con lo que había hecho. Pero lo
volvieron a enviar con tres mulas cargadas de
dinero para que fuera a mercar cosas a otra
potencia. Y llegó a una potencia cerca de la mar y
dio aviso que mercaba de todo lo que vendieran.

Allí había un hombre que traía a tres princesas
que se había robado y que eran hijas de un rey.
Le dijo el muchacho que le daría una carga de
dinero por ellas. Y las princesas empezaron a
llorar y le rogaban que las comprara. El hombre
le dijo que si no le daba las tres cargas de dinero
por ellas que no se las iba a dar. Y dijo el muchacho que estaba bueno y le dio las tres cargas de
dinero por las tres princesas. Entonces se fue
para su casa con las tres princesas.

Cuando sus padres lo vieron venir, dijeron:
—Ahora sí parece que trae carga don Juanito.
Ahora sí le fue bien.

Y cuando llegó le preguntaron: —¿Cómo te
fue?

Y don Juanito respondió: —Bien. Aquí les
traigo estas tres niñas para que no estén tan solos.

—¡Chula está la educación que te dieron!
—dijeron—. En lugar de darnos alivio nos estás
echando encima este peso. De ahora en adelante
tú tendrás que mantener a esta familia. Te vamos
a dar sólo cuatro reales al día de salario y con eso
tienes que vivir tú y tus niñas.

Conque se quedó allí con las niñas como si
fuera su papá. Las tres niñas dormían en un
colchón y él a los pies. Y siempre ponía la cabeza
en los pies de la chiquita. Y un día la princesa
mayor le dijo: —¿Por qué no vas y recoges
trapitos por ahí en algún basurero y me los traes?

Fue él y hizo lo que le mandó, y con los

the man and the woman paid all her debts and
was left in peace.

The boy turned around and went back to his
parent's house, and when they saw him coming
they said, "Here comes Don Juanito."

When he got there, he told them what had
happened on the way, and they said, "Some fine
education you got!" They weren't at all pleased
by what he had done. They sent him away again
with three mules loaded with money to buy
things in another kingdom. He came to a kingdom by the sea and announced that he would buy
whatever was for sale.

There was a man there who had three princesses he had kidnaped, and the boy offered to
pay a mule load of money for the princesses. The
princesses started crying and begging him to buy
them, but the man said he wouldn't sell the
princesses to the boy unless he gave him all three
loads of money. The boy agreed and paid the
three loads of money, and then he started for
home with the three princesses.

When his parents saw him coming, they said,
"This time it looks like Don Juanito is really
bringing something home. This time things went
well for him."

When he got there, they asked him, "How did
it go?"

And Don Juanito answered, "Fine. I've
brought you three girls so you won't be so
lonely."

"Some fine education you got!" they said.
"Instead of helping us out, you've brought us
more trouble. From now on you'll have to
support all these girls. We'll pay you just four
reales a day and you and your girls can live on
that."

So he stayed there with the girls as if he were
their father. The three of them slept on a mattress, and he slept at their feet. And he always
rested his head on the youngest one's feet. Then
one day the oldest princess said to him, "Why
don't you go and gather rags from some trash can
and bring them to me?"

He went and did what she told him to do, and

trapitos hizo ella relicarios para que fuera a venderlos a las casas de los ricos. Y fue y las vendió todas y trajo la canasta y las bolsas llenas de oro.

—Ahora ya no queremos que vuelvas a trabajar —le dijo la princesa. Y le dijo que fuera a la plaza y comprara trapitos de cada color para hacer más relicarios. Y así hizo y en una de los relicarios la princesa metió una carta para sus padres los reyes, y le dijo al muchacho que ese relicario con la carta se la diera a un marinero.

Cuando llegó el muchacho a la mar le dio la carta al marinero. Cuando el marinero leyó la carta se espantó de ver que todavía estaban vivas las niñas. Y pronto maqueó el navío y lo bandereó de colorado, de contento que estaba.

Cuando el rey y la reina vieron venir el navío bandereado de colorado, dijo la reina: —¡Qué contenta me siento en mi corazón! ¿Quién sabe si vengan allí mis hijitas?

—Ya de tus hijas ni huesos habrá —dijo el rey.

Cuando se acercó el navío y se apeó el marinero, el rey le dijo: —Hijo, ¿qué nuevas traes? Aquí me tienes más muerto que vivo. —Y el marinero le enseñó la carta.

—¡Nuestras hijas están vivas! —dijo el rey cuando leyó la carta, y la reina cayó desmayada. La carta le decía al rey donde estaban las princesas y quién era el que las había sacado de su cautiverio.

El marinero dijo que él mismo iría en su navío a traer a las princesas. El rey le dio permiso y partió. Y en el navío llevaba una carretela hermosa.

Llegó el marinero a la casa de don Juanito y dijo que el rey le había mandado por él y por las princesas. Y fue Juanito y les pidió permiso a sus padres y ellos se lo dieron, y se subió con las princesas en la carretela del marinero y se fueron.

Cuando llegaron donde estaba el navío en la orilla de la mar, se subieron. Y cuando ya iban en medio de la mar el marinero se enamoró de la menor, que era la que se iba a casar con don Juanito. El marinero notaba que Juanito siempre

with the rags she made reliquaries that he could take and sell at the rich people's houses. He sold them all and came back with the basket empty and his pockets full of money.

"Now we don't want you to work anymore," the princess told him. And then she told him to go to the town and buy rags of every color for her to make more reliquaries. He did that and the princess put a letter to her parents, the king and queen, in one of the reliquaries and told the boy to give the reliquary with the letter to a seaman.

When the boy got to the shore, he gave the letter to a seaman. When the seaman read the letter, he was amazed to learn that the girls were still alive. He was so happy that right away he decorated his ship with red flags.

When the king and queen saw the ship arriving all decked out with red flags, the queen said, "How happy my heart feels. Maybe my little daughters are coming."

"There's probably nothing left of your daughters but bones," the king said.

The ship drew near, and the seaman went ashore, and the king said to him, "What news do you bring, my son? You've got me half dead with curiosity." And the seaman showed him the letter.

"Our daughters are alive!" the king said when he read the letter, and the queen fell into a faint. The letter told the king where the princesses were and who had freed them from captivity.

The seaman said he would go himself in his boat to bring the princesses back. The king gave him permission and he set out. On board the ship he took a beautiful carriage.

The seaman arrived and said the king had sent for Juanito and the princesses. Juanito went and asked his parents for permission and they gave it to him, so he climbed into the seaman's carriage along with the princesses and away they went.

When they got to where the ship was docked at the edge of the sea they all went on board. And when they were on the high sea, the seaman fell in love with the youngest princess, which was the one who was going to marry Don Juanito. The seaman noticed that Juanito always put his head

ponía la cabeza en los pies de ella cuando dormían y la segunda noche de mar fue y lo llamó y le dijo: —Juanito, mira qué cosas tan bonitas se ven en el cielo.

Fue Juanito a ver y lo agarró aquél y lo echó a la mar. Pero se prendió de una tabla, y allí se quedó prendido hasta que llegó a un isla. Las princesas no sabían nada y sólo lloraban de ver que se había perdido Juanito. Cuando llegaron al palacio de sus padres les contaron todo, y lloraban y decían que ya no querían nada.

El rey y la reina estaban muy contentos de ver que habían vuelto sus hijas, pero también estaban muy tristes porque se había desaparecido el que las había salvado.

Don Juanito halló yerbas frescas y agua en la isla y allí estuvo por un tiempo viviendo como mejor podía. Pero a los siete años de estar allí se le cayó la ropa y quedó empeloto. Le creció el pelo y parecía un animal salvaje.

Para ese tiempo ya las dos princesas mayores se habían casado, pero la novia de don Juanito no quería casarse. El rey y la reina le decían que se casara con el marinero, pero ella decía que no. Al fin ya el rey se enojó mucho y le dijo que tenía que casarse con el marinero, y le prepararon la boda. Entonces ella alistó una taza de veneno para beberlo antes de las bodas.

Cuando ya era la última noche antes de las bodas don Juanito oyó una voz que le dijo: —Don Juanito, don Juanito, tu novia se está casando.

—Dios la haga buena casada —dijo don Juanito.

Y la voz entonces dijo: —Si tú me pagas la mitad de lo que Dios te dé durante los tres primeros años de casado yo te llevo allá con tu novia.

—Lo prometo —dijo don Juanito.

—Pues cierra los ojos y no los abras hasta que yo no te ponga en el lugar donde yo quiero. Y allí saldrá un borracho y por él mandas a llamar al

on her feet when they slept, and so the second night out at sea he called for Juanito and said to him, "Juanito, come see how beautiful the sky looks this evening." Juanito went to take a look and the seaman grabbed him and threw him into the sea.

But Juanito caught hold of a board, and he held fast to it until he came to an island. The princesses didn't know what had happened and they cried and cried because Juanito was gone. When they got to their parents' palace the princesses told them everything, and they cried and said they no longer had any interest in anything. The king and queen were very happy to see their daughters again, but they were also sad because the one who had saved them had disappeared.

Don Juanito found fresh plants and water on the island and he lived there as best he could for a long time. But after he had been there seven years his clothes fell from him and he was left naked. His hair grew until he looked like a wild animal.

By this time the two older princesses had married, but Don Juanito's sweetheart didn't want to marry anyone. The king and the queen told her to marry the seaman, but she said she didn't want to. Finally the king grew angry and told her she had to marry the seaman, and the wedding plans were begun. Then she prepared a cup of poison to drink before the wedding.

When it was the very last night before the wedding, Don Juanito heard a voice that said, "Don Juanito, Don Juanito, your sweetheart is getting married."

"May God grant her a happy marriage," Don Juanito said.

And then the voice said, "If you'll pay me half of what God gives you during the first three years of your marriage, I'll take you to where your true love is."

"I promise," Don Juanito said.

"Close your eyes and don't open them until I put you down. You'll find a drunken man there. Send him to call for the king, and talk to the king

rey y hablas con él y le dices quién eres. Y ahora súbete en mí.

Y Juanito sintió una espalda y se subió, y pasaron mares y pasaron mares y él con los ojos cerrados. Y al fin se pararon y le dijo la voz: —Abre los ojos.

Cuando don Juanito abrió los ojos ya no vio más que un borracho que pasaba por allí y le gritó que le hiciera el favor de ir a llamar al rey porque quería hablar con él.

Ya la novia iba a beberse el veneno. Pero el borracho fue y llamó al rey y el rey fue a ver a don Juanito.

—¿Quién eres tú y qué quieres? —le dijo el rey, muy asustado de verlo tan feo y empeloto.

—Yo soy don Juanito —le dijo—. El marinero que mandaste por mí me echó en la mar para casarse con mi novia, la princesa menor.

El rey apenas creía lo que estaba oyendo. Pero lo llevó a un cuarto y trajo sus criados para que lo lavaran y le cortaran el pelo. Y luego mandó que trajeran de los mejores vestidos para que se vistiera como príncipe. Entonces cuando ya estaba bien vestido, el rey lo sentó en una silla y llamó a la princesa mayor, y ésta gritó: —¡Don Juanito! ¡Don Juanito!

Llamó el rey entonces a la segunda, y ésta también gritó: —¡Don Juanito! ¡Don Juanito!

El rey entonces supo que todo lo que decía don Juanito era verdad y mandó llamar a la menor. Y cuando entró y vio a don Juanito, gritó: —¡Mi esposo, don Juanito! ¡Mi esposo, don Juanito!

Llamaron entonces al marinero, y cuando vio a don Juanito se le cayeron los brazos del susto. Don Juanito contó cómo había sucedido todo. Y el rey mandó que trajeran una mula rejiega para que amarraran al marinero a la mula y lo llevaran a despedazarlo.

La princesa menor se casó con don Juanito y hubo grandes fiestas. Y vivieron muy felices por muchos años. A los tres años de casados tuvo la princesa un niño muy hermoso. Y esa misma

and tell him who you are. Now climb onto me."

Juanito felt someone's back and he climbed onto it. They crossed oceans and seas, and Juanito kept his eyes shut tight. Finally they stopped and the voice told him, "Open your eyes."

When Don Juanito opened his eyes, he saw nothing but a drunk who was walking past, and he shouted to the drunk and asked him to go call for the king because he wanted to talk to him.

Juan's true love was just about to drink the poison. But the drunk went and called for the king and the king went to see Don Juanito. "Who are you and what do you want?" the king asked him, and he was frightened to see Juan so naked and ugly.

"I'm Don Juanito," he answered. "The seaman you sent for me threw me into the sea so he could marry my true love, the youngest princess."

The king could hardly believe what he was hearing. But he took Juan to a room and brought servants to wash him and cut his hair. And then he ordered the finest clothes for him so that he might be dressed like a prince. When he was well dressed, the king seated him in a chair and called for the oldest princess, and she cried out, "Don Juanito! Don Juanito!"

Then the king called for the second princess, and she also cried out, "Don Juanito! Don Juanito!"

Then the king knew that everything Don Juanito said was true, and he sent for the youngest princess. When she came in and saw Don Juanito, she cried, "My husband, Don Juanito! My husband, Don Juanito!"

Then the seaman was sent for, and when he saw Don Juanito he was terrified. Don Juanito told everything that had happened. And the king called for a wild mule to be brought and for the seaman to be tied to it and dragged until he broke into pieces.

The youngest princess married Don Juanito and a great party was held. And they lived happily for many years. Three years after they were married, the princess had a beautiful baby,

noche oyó don Juanito una voz que le decía:
—Ya vine por lo prometido.

Y don Juanito ya no se acordaba de nada.
Pero llegó un hombre y le dijo que tenía que
darle la mitad del niño. Se le cayó el cielo encima
al pobre de don Juanito, pero no podía arrepentirse. Sacó al niño de la cama y alzó la espada
para cortarlo en dos.

Pero cuando vio que don Juanito iba a
cumplir su promesa se detuvo y le dijo: —Nada.
Todo es tuyo. Esto me faltaba para verle la cara a
Dios. Yo soy aquél que enterraste de tu cuenta.
Vivirás feliz todos los días de tu vida. Adiós, que
ya me voy con Dios.

*Benigna Vigil*
*Edad: 52, Santa Cruz, N.M.*

and that same night Don Juanito heard a voice
that said, "I have come for what was promised."

Don Juanito no longer remembered anything,
but a man came and demanded half the baby.
Poor Juanito felt like the sky had fallen on his
head, but he couldn't break his word. He got the
baby from its bed and raised his sword to cut it in
two.

But when he saw that Don Juanito was going
to keep his promise, the man stopped him and
said, "Forget it. Everything is yours. This is what
I needed to look upon the face of God. I am the
man whose burial you paid for. You shall live
happily all the days of your life. Goodbye, I go to
be with God."

*Benigna Vigil*
*Age: 52, Santa Cruz, N.M.*

133

## La flor que cantaba

## The Singing Flower

Éstos eran unos padres que tenían tres hijos, y como eran muy pobres salieron los tres a hacer la vida. Se fueron por tres caminos diferentes. Todos ganaban mucho dinero, pero los dos mayores gastaban todo lo que ganaban. Sólo el hermanito menor guardó su dinero.

Cuando los tres hermanos se juntaron para volver a su casa, los mayores le preguntaron al menor si traía dinero. Y él dijo que sí, y se lo enseñó. Entonces aquellos envidiosos lo mataron para quitarle el dinero, y lo enterraron allí en el campo. Entonces se fueron para su casa y le dijeron a su padre que el hermanito menor se había muerto. Los padres estaban muy tristes.

Y de allí, de donde estaba enterrado el hermanito menor salió una flor. Un día pasó por allí un indio y agarró la flor y la empezó a soplar. Y cuando soplaba, la flor cantaba:

Pítame, indito, pítame,
pítame con gran dolor.
Mis hermanos me mataron.
Soy espiga de una flor.

Y el indio, muy sorprendido, le llevó la flor a su mujer, y ella también la sopló. Y la flor cantaba:

Pítame, indita, pítame,

This one is about some parents who had three sons, and because the family was very poor the three sons went away to find a life for themselves. They left by three different roads. They all made a lot of money, but the two older sons spent everything they made. Only the youngest brother saved any money.

When the three brothers met to return home, the older ones asked the youngest if he had any money, and he said yes and showed it to them. Then the jealous older brothers killed him to take his money and buried him out there in the country. Then they went on home and told their father that the youngest brother had died. The parents were very sad.

But from where the youngest brother was buried a flower grew, and one day an Indian passed that way and picked the flower and started to blow on the stem. When he blew on the stem, the flower sang:

Play me, good Indian, play me,
As sadly as you know how.
My older brothers have killed me.
I'm the stem of a flower now.

The Indian was surprised and took the flower home to his wife. She blew on it too. And the flower sang:

Play me, good Indian, play me,

pítame con gran dolor.
Mis hermanos me mataron.
Soy espiga de una flor.

Entonces le llevaron la flor al compadre, que
era el padre del muchachito muerto, y él también
sopló la flor. Y la flor cantaba:

Pítame, mi padre, pítame,
pítame con gran dolor.
Mis hermanos me mataron.
Soy espiga de una flor.

Luego el padre le dio la flor a la madre y ella la
sopló también. Y la flor cantaba:

Pítame, mi madre, pítame,
pítame con gran dolor.
Mis hermanos me mataron.
Soy espiga de una flor.

Entonces le preguntaron al camarada dónde
había encontrado la flor y él los llevó al lugar. Y
allí abrieron la sepultura y hallaron al hermanito
menor vivo.

*Ruperta Salas*
*Edad: 45, Peña Blanca, N.M*

As sadly as you know how.
My older brothers have killed me.
I'm the stem of a flower now.

They took the flower to their compadre, the
dead boy's father. He blew on the stem, and the
flower sang:

Play me, my father, play me,
As sadly as you know how.
My older brothers have killed me.
I'm the stem of a flower now.

Then the father gave the flower to the boy's
mother and she also blew on the stem. The flower
sang:

Play me, my mother, play me,
As sadly as you know how.
My older brothers have killed me.
I'm the stem of a flower now.

They asked the Indian where he had found the
flower, and he took them to the spot. They
opened the grave and found the youngest brother
alive.

*Ruperta Salas*
*Age: 45, Peña Blanca, N.M.*

135

## El rico y el pobre

## The Rich Man and the Poor Man

Había dos amigos, uno rico y el otro muy pobre. Y el rico le dijo al pobre un día: —Compadre, usted es muy huevón y duerme mucho y por eso es tan pobre.

El pobre respondió que era pobre porque Dios así lo quería. Y es que él estaba en creencia que no era rico porque Dios así lo quería y no porque no madrugaba.

Pero el rico decía que no, que el que madrugaba se hacía rico y no el que Dios le ayudaba. Y el rico le dijo que le apostaría todo su caudal contra los ojos y manos del pobre que lo que él decía era verdad. Y así apostaron. Dijo el rico que iban a salir un día por el camino y hablando con tres personas se podían desengañar. Y el Malo estaba oyendo todo esto.

Hicieron ellos su apuesta y su contrato y llegó el día que iban a salir a preguntar. Y fue el pobre y le dijo a su mujer: —Hija, hice un contrato con mi compadre, y me apostó todo su caudal contra mis ojos y mis manos a que el que madruga se hace rico y no el que Dios le ayuda. Muele ese maíz y hazme una tortilla en el rescoldo y me la envuelves en un trapo, porque mañana vamos a salir.

La mujer hizo lo que su marido le mandó y otro día salieron él y su compadre. A poco de que

There were once two friends, one rich and the other very poor. The rich man said to the poor man one day, "Compadre, you're lazy and sleep too much and that's why you're poor."

The poor man replied that he was poor because God wished it so. He believed that God's will was what made a man rich, and not rising early in the morning.

But the rich man disagreed, saying that the one who got up early became rich and not the one God helped. The rich man said he would bet all his riches against the poor man's eyes and hands that what he said was true, and they made the bet. The rich man said they should go out walking along the road, and by asking three people they would settle the matter. And the Evil One was listening to all this.

They made the bet and closed the deal and then the day came when they were to go out and ask people's opinion. The poor man went and said to his wife, "I made a deal with my compadre and he bet all his riches against my eyes and hands that the one who rises early becomes rich and not the one God helps. Grind this corn and make me a tortilla on the coals of the fire and wrap it up for me in a cloth. We're starting out tomorrow to find the answer."

The woman did what her husband told her, and the next day he and his compadre went off together. They had only gone a short distance

se retiraron de la casa llegaba uno a caballo y muy galán.

—Aquí viene un amigo —dijo el rico. Y cuando llegó donde estaban, le preguntó el rico: —¿Cuál se hace más rico, el que madruga o el que Dios le ayuda?

—El que madruga —dijo el galán. Y es que el galán era el Malo. Se fue el Malo y ellos siguieron su camino. Y el pobre ya empezó a creer que iba a perder.

Luego al ponerse el sol vieron venir otro muy bien vestido y muy bonito. Y cuando llegó donde estaban, le preguntó el rico: —Cuál se hace más rico, el que madruga o el que Dios le ayuda?

—El que madruga —dijo el Malo. Y es que el Malo era el que encontraban siempre. Ya con eso el pobre se entregó y el rico iba a sacarle los ojos cuando se acercaron a un ojo bajo un álamo. Y allí le cortó el rico las manos y le sacó los ojos. Y se fue el rico, y allí se quedó el pobre solo.

Cuando ya anocheció, el pobre oyó un ruidazo y era que pasaban muchos diablos. El diablo cojo le preguntó a otro diablo qué había hecho. Y le dijo: —Yo tengo una princesa muy orgullosa que está enferma, y si la gano yo, esta alma es tuya. Abajo de su cama está un sapo enterrado y si subes ese sapo arriba y lo ahorcas, la ganas para tí. Pero si prenden un horno y echan el sapo en el horno se salva el alma.

Entonces el diablo cojo le dijo a otro diablo: —Y tú, a ver qué has hecho.

Y el otro diablo respondió: —Yo tengo una ciudad encantada sin agua. Si pegan un peñasco con una barra, sale agua del peñasco y la ciudad se salva.

Y otro diablo a quien le preguntaron qué había hecho, dijo: —Yo empecé a ganar un alma hoy mismo.

Y entonces dijo uno de los diablos: —Si ése a que le cortaron las manos y le sacaron los ojos se

from the house when an elegant man on horseback came along.

"Here comes someone," the rich man said, and when the man got to where they were, the rich man asked him, "Which man becomes richer, the one who rises early, or the one God helps?"

"The one who gets up early," the Evil One said, for the elegant man was really the Evil One. The Evil One went off and they continued on their way, and the poor man began to think he was going to lose the bet.

Then when the sun set they saw another well dressed, handsome man coming along. When he got to where they were, the rich man asked him, "Which man becomes richer, the one who gets up early, or the one God helps?"

"The one who rises early," the Evil One said, for it was the Evil One they kept meeting up with. And with that the poor man gave up. The rich man said he would pluck out his eyes when they arrived at a spring that was under a cottonwood tree. When they got there the rich man cut off his hands and plucked out his eyes and then went away, leaving the poor man there alone.

When nighttime came, the poor man heard a loud noise as many devils came passing that way. A lame devil asked another one what he had done, and the other one said, "I have made a proud princess sick, and if I win her, her soul will be yours. There's a toad buried under her bed, and if you dig up the toad and hang it, you'll get her soul. But if the toad is thrown into a hot oven, her soul will be saved."

And then the lame devil said to another, "And you, let's hear what have you've done."

And the other devil replied, "I'm holding a city under a spell without water. If a nearby rock is struck with an iron bar, water will come out and the city will be saved."

Then another devil who was asked what he had done said, "I started to win a soul this very day."

And then one of the devils said, "If that man whose hands were cut off and whose eyes were

unta agua del ojo en los ojos y en las manos, puede sanar.

Y oyó el pobre y fue y se lavó las manos y los ojos con agua del ojo y sanó y cobró su vista y sus manos. Y se fue y llegó donde estaba la princesa enferma y les dijo que sacaran el sapo y lo quemaran en un horno. Y así la princesa sanó y se salvó. Y de allí fue a la ciudad y les dijo que pegaran el peñasco con una barra para que saliera agua, y así se salvó la ciudad. Y el rey le dio mucho dinero y la mitad de su reino, y los de la ciudad le dieron más caudales.

Y ya muy rico se fue para su casa donde todo estaba revuelto. Llegó y compró muchos animales y casas y estaba ya más rico que el otro. Y cuando llegó el compadre rico a preguntar cómo había sido eso, él le contó todo y le dijo que él había ganado porque había probado que el que Dios le ayuda se hace rico, y no el que madruga.

El rico tuvo que entregarle todos sus caudales. Y los diablos se llevaron al rico en cuerpo y alma. Y se hizo más rico el que Dios le ayudaba que el que madrugaba.

*Marcelino Morgas*
*Edad: 89, Ranchitos, N.M.*

plucked out would wash his hands and eyes with water from this spring he would be healed."

The poor man heard that, and went right away and washed his hands and eyes with water from the spring and he recovered his sight and his hands. He left there and went to where the princess was sick and he told them to dig up the toad and burn it in an oven. And the princess became healthy and was saved. From there he went to the city and told them to hit the rock with an iron bar so that water would come out. And the city was saved. The princess's father gave the poor man a lot of money and half his kingdom, and the people of the city gave him even greater riches.

And now that he was very rich, he set out for home, where everything was in a terrible state. He got there and bought livestock and houses and was now richer than his compadre. And when his rich compadre came to ask how this had all come about, the poor man told him everything. And he said that he had won the bet because he had proved that the one God helps becomes rich, not the one who rises early in the morning.

The rich man had to turn all his wealth over to him, and the devils carried the rich man away, body and soul. So the one God helped became richer than the one who rose early in the morning.

*Marcelino Morgas*
*Age: 89, Ranchitos, N.M.*

*Don Pedro y Don Juan*          *Don Pedro and Don Juan*          139

Éstos eran dos amigos que desde chiquitos se criaron juntos. Se querían como hermanos. Todo lo que hacían, lo hacían con voluntad el uno del otro. Eran más que hermanos. Así vivieron por mucho tiempo una vida santa, haciendo bien. Pero un día dijo Don Pedro a Don Juan: —Ya es bueno que termine nuestro estado. Yo quiero casarme.

Y Don Juan le dijo que estaba bueno, que hiciera como mejor pareciera. Fue Don Pedro y pidió mujer y se la dieron, y se casó. Pero el amigo siguió viviendo con él.

Después de algún tiempo Don Juan le dijo a Don Pedro: —Quiero que me des un gusto. Quiero ir a andar por el mundo para ver qué hallo.

—Yo no quiero que te vayas —le dijo Don Pedro—, pero si ése es tu gusto, está muy bien.

Y se fue Don Juan después de que la mujer de su amigo le preparó su bastimento. Por ahí anduvo Don Juan andando no más, sin trabajo, por más de un año. Y le dio una enfermedad. Tenía su cuerpo lleno de llagas. Lo supo su amigo y fue por él y se lo llevó a su casa para cuidarlo. Y le dijo a su mujer: —Aquí traje a Don Juan para cuidarlo.

Y estuvieron cuidándolo por mucho tiempo, pero no sanaba. Cada día estaba peor, y ya parecía que se iba a morir. Entre más lo cuidaban más malo se ponía.

This one is about two friends who had grown up together since they were very small. They were more than brothers. They always got along perfectly in everything they did. For a long time they lived a good life and everything went well, but one day Don Pedro said to Don Juan, "It would be good for us to change our relationship. I want to get married."

Don Juan said that would be fine and urged him to do what seemed best to him. Don Pedro asked for a woman's hand and it was granted, and he got married. But his friend continued to live with him.

After some time Don Juan said to Don Pedro, "I want you to do me a favor. I'd like to go travel the world and see what I can find out there."

"I don't want you to go," Don Pedro told him, "but if it's what you want, that's fine."

So after his friend's wife prepared some food for him, Don Juan set out. He wandered about without work for more than a year, and in his travels he was struck with an illness. His body was covered with sores. His friend found out about it and went to get him and bring him home and take care of him. He told his wife, "I have brought Don Juan so we can care for him."

They took care of him for a long time, but he didn't get well. Each day he got worse, until it looked like he was going to die. The more they did for him the worse he got.

Un día Don Pedro se quedó dormido y tuvo en sus sueños una revelación que para que sanara Don Juan tenía que untarle con sangre de su hijo recíen nacido que estaba durmiendo con su mujer. Cuando despertó fue a verlo donde estaba durmiendo con su mujer. Y como vio que estaba bien dormida, sacó al niño recíen nacido y le sacó toda la sangre en una olla. Entonces lo vistió de nuevo y lo acostó con su madre.

Fue entonces y empelotó a Don Juan que ya estaba casi muerto y le untó todo el cuerpo con la sangre del niño. Don Juan ya no se sentaba, ni comía, ni nada. Pero ahora empezó pronto a sentirse mejor.

A poco rato despertó la mujer y el marido le dijo: —Hija, tengo una cosa que decirte. Mira cómo me molesta decirte, pero estoy obligado.

—¿Qué es lo que tienes que decirme? —le preguntó su mujer.

Y entonces le dijo Don Pedro: —Es que cuando estaba dormido soñé que untando a mi amigo con la sangre del niño sanaría. Y vine y saqué al niño de donde estaba acostado contigo y lo degollé ahí en ese platón.

Y la mujer pronto sacó al niño de donde lo tenía cobijado, y cuando lo agarró vieron que estaba vivo y que no tenía nada. Y con aquella cura sanó completamente Don Juan en dos o tres días.

Y fue Don Pedro y le dijo a su amigo: —Fuiste a buscar trabajo y en vez hallaste enfermedad porque Dios lo quiso. Y ahora sanaste también porque Dios quiso.

*Jesús María Tafoya*
*Edad: 93, Placita, N.M.*

And then one day Don Pedro fell asleep and in his dreams it was revealed to him that to cure Don Juan he had to smear him with the blood of his own newborn son, who was sleeping beside his wife. When Don Pedro awoke he went to see the child lying there with his wife, and when he was sure his wife was fast asleep he took the baby and drained all his blood into a pot. Then he dressed the baby again and laid him down next to his mother.

Then Don Pedro went and undressed Don Juan, who was nearly dead, and smeared his whole body with the infant's blood. Don Juan was no longer able to sit up or eat, but he quickly began to feel better.

Soon the woman awoke and her husband told her, "Dear, I have something I must tell you. You can see it's a very hard thing to say, but I really must do it."

"What do you need to tell me?" his wife asked him.

And then Don Pedro told her, "When I was asleep I dreamed that my friend would get well if I smeared him with our child's blood. I came and took the child from where he was lying with you and I slit his throat on that platter."

The woman ran right away and got the baby from where she had left him bundled up, and when she picked him up they saw that he was alive and nothing was wrong with him. And Don Juan was completely well in three days' time.

Don Pedro said to his friend, "You went away to look for work, and instead you found sickness, because God willed it so. And now you have recovered, because that was God's will too."

*Jesús María Tafoya*
*Age: 93, Placita, N.M.*

Éste era un hombre que iba solo en un burrito por un camino. Para bastimento llevaba sólo una torta de pan y en el camino se encontró con un hombre que era el Señor.

El Señor le saludó y le dijo: —Vamos conmigo. —Y el hombre le dijo entonces que se subiera con él en el burro. Se subió y los dos se fueron caminando en el burrito.

Cuando ya se hizo noche llegaron a un lugar para pasar la noche, y el Señor le dijo a su compañero: —Vaya usted al otro lado de aquel rito y allí hallará una manada. Compre usted un borreguito. —Y le dio dinero para que lo comprara.

El hombre fue a donde el Señor le había dicho y halló la manada y compró un borreguito. Se vino con él a donde estaba el Señor y lo mataron. El Señor le dijo entonces al hombre: —Tome usted esta cabeza y póngala en las brasas para almorzar mañana. —Aquél hizo lo que dijo el Señor. Cenaron y se acostaron a dormir.

A la medianoche le dio hambre al hombre y se levantó y vio que la cabecita ya estaba bien asada y le sacó la lengua y se la comió. Y por la mañana cuando ya se levantaron, los dos fueron a comerse la cabecita del borreguito. El Señor vio que no tenía lengua y dijo: —Y la lengua, ¿dónde está?

—Es que no tenía lengua —dijo el compañero. Nada dijo el Señor. Se subieron en su burrito y se fueron.

This one is about a man who was riding down the road alone on a burro. The only food he had was a loaf of bread. And on the road he met up with another man, who was the Lord.

The Lord greeted him and said, "Let's travel along together." And the man told the Lord to climb up with him on the burro. The Lord climbed up and they went off together on the burro.

About nightfall they came to a good place to spend the night, and the Lord said to the man, "Go to the other side of that creek and you'll find a flock of sheep. Buy a lamb." And he gave him money to buy it with.

The man went to where the Lord had told him and he found the flock of sheep and bought a lamb. He brought it back and they killed it. And then the Lord told the man, "Take this head and put it in the coals to cook for our breakfast tomorrow." He did what the Lord told him, and then they ate their supper and lay down to sleep.

At midnight the man felt hungry and got up. He saw that the head was well cooked and he took out the tongue and ate it. In the morning when they woke up they went to eat the lamb's head, and the Lord saw that it didn't have a tongue. He asked, "Where's the tongue?"

"It didn't have a tongue," the man told him. The Lord didn't say anything and they climbed onto the burro and traveled on.

Por fin llegaron a una ciudad donde había un rey muy enfermo a quien le habían llevado a todos los doctores pero no sanaba. Y siempre que veían llegar a personas de otras ciudades iban a ver si podían curarlo. Y cuando el Señor y su compañero llegaron, pronto se dieron cuenta y los llevaron para ver si tenían algún remedio para el rey.

El Señor dijo que él no era médico, pero que haría lo que podía. Y es que era su voluntad que todavía viviera este rey. Les dijo que trajeran un cajete de agua y le dio al rey un baño. Luego lo acostó en la cama. Entonces levantó su mano y le echó una bendición, y el rey se levantó bueno y sano.

El rey le dijo que estaba listo a pagarle todo lo que quisiera porque lo había curado. Y lo llevó a un cuarto y le enseñó muchos sacos de dinero y le dijo que tomara lo que quisiera. Pero el Señor dijo que no, que él no quería nada.

Pero su compañero le decía: —Ande. Agarre siquiera dos sacos de dinero, uno para mí y otro para usted. —Pero nada. No pudo conseguir que el Señor agarrara nada.

Pronto se sonó por toda la cuidad que había llegado un médico que todo curaba. Y vinieron entonces a decirle al Señor que en otra cuidad había una mujer muy enferma y que querían que fuera a curarla. Pero el Señor no quería darle más vida. Quería que se muriera. Dijo que no podía curarla, que no podía hacer nada.

El compañero dijo que iría él, que él sí podía curarla. Y creía que él tambien tenía el poder de curar. Creía que todo lo que tenía que hacer era lo que había hecho su compañero. No sabía que su compañero era el Señor. Y el Señor no le dijo nada. Lo dejó para ver que iba a hacer.

Se fue aquél para la casa de la mujer enferma, y el Señor iba siguiéndolo de cerca. Entró y dijo aquél que le trajeran un cajete de agua. Y le dio un baño a la enferma y la envolvió en una sábana y la metió en la cama. Y no más la metió en la cama y se murió la mujer. Empezó a echarle

Finally they came to a city where there was a very sick king who had been treated by all the doctors but didn't get any better. Whenever someone arrived from another place the people would ask him if he could cure the king, and when the people found out that the Lord and his companion had arrived they took them to see if they could make the king well.

The Lord said he wasn't a doctor but that he would do what he could, for the Lord's will was that the king should live. He asked for a tub of water and bathed the king and then laid him down in a bed. Then he raised his hand and blessed him, and the king stood up as healthy as ever.

The king said he was prepared to pay the Lord whatever he wanted for having cured him. He took him to a room and showed him many sacks of money and told him to take whatever he wanted, but the Lord said he didn't want anything.

"Go on," the companion said. "Take two sacks of money at least, one for me and the other for you." But no, he couldn't get the Lord to take anything.

Soon word spread all over the city that a doctor who could cure any sickness had arrived. Some people came to tell the Lord about a very sick woman in another city and to ask him to cure her. But the Lord didn't want to give her a longer life; he wanted her to die. He said he couldn't do anything to cure her.

The man said he would go and cure her, because he thought he also had the power to cure. He thought all he had to do was what he had seen his companion do, because he didn't know his companion was the Lord. And the Lord didn't say anything. He let him alone to see what he would do.

They set out for the sick woman's house, and the Lord followed close behind him. He went in and asked for a tub of water. He bathed the sick woman and wrapped her in a sheet and put her in the bed. And no sooner had he put her in bed than the woman died. He started praying and

bendiciones y a echarle bendiciones, pero no le valió nada. La mujer se murió. Y el marido de la mujer se enojó mucho y mandó que llevaran al hombre a un calabozo y que prepararan la horca para ahorcarlo al otro día. El Señor fue entonces y pidió permiso para hablar con su compañero. Y ya lo habían subido a la horca cuando llegó el Señor. Se le acercó y le dijo: —Dígame la verdad y yo resucito a la mujer que mató. ¿Se comió usted la lengüita del borreguito?

—No, yo no —dijo el compañero.

Pero el Señor le tuvo misericordia y les dijo que bajaran a su compañero y así lo hicieron. Y fueron a la casa de la mujer muerta. Al momento que llegó el Señor le echó la bendición y la mujer resucitó y se levantó de la cama buena y sana.

El marido llevó al Señor a un cuarto y le dijo que tomara todo el dinero que quisiera. Y le enseñó muchos sacos de dinero. Y el Señor no quería agarrar nada. Decía que él no necesitaba dinero para nada.

Pero el compañero le decía: —Ande. Agarre siquiera dos sacos, uno para mí y otro para usted.

Y ya por fin agarró el Señor un saco. Y se fueron de allí los dos. Pararon en un lugar cuando ya se hacía noche y sacó el Señor todo el dinero y hizo tres partes de él. Y el compañero le preguntó: —¿Para qué lo divide en tres partes cuando sólo somos dos?

El Señor le dijo: —Esta parte es para mí, esa es para tí, y esa otra parte es para el que se comió la lengüita del borreguito.

Y el compañero dijo entonces: —Esa parte es para mí. Yo soy el que me comí la lengüita.

El Señor entonces le dijo que no volviera a decir mentiras. Y le dijo quién era. Le enseñó las manos donde tenía los clavos y se desapareció.

*Pabla Sandoval*
*Edad: 71, Chamita, N.M.*

praying over her but it did no good. The woman was dead. The woman's husband was furious and had the man thrown in jail and ordered the gallows made ready to hang him the next day.

Then the Lord went and asked for permission to talk to his companion. He was already up on the gallows when the Lord arrived. The Lord went there and said, "Tell me the truth and I'll revive the woman you killed. Did you eat the lamb's tongue?"

"No, not me," the man said.

But the Lord took mercy on him and told them to let his companion down, and they did it. They went to the dead woman's house, and as soon as the Lord got there he blessed her and the woman revived and stood up from the bed in perfect health.

The husband took the Lord to a room full of money and told him to take all the money he wanted. He showed him many sacks of money, but the Lord didn't want to take any. He said he had no use for money.

But the companion kept insisting, "Go on. Just take two sacks, one for me and the other for you."

Finally the Lord took one sack and they left. When they stopped for the night the Lord took out the money and divided it into three parts. The man asked him, "Why did you divide it into three parts when there are only two of us?"

The Lord told him, "This part is for me, that part is for you, and the other part is for the one who ate the lamb's tongue."

And then the man said, "That part's for me, too. I'm the one who ate the tongue."

Then the Lord told him not to tell lies again. He told him who he was and showed him his hands with the nail marks on them and then disappeared.

*Pabla Sandoval*
*Age: 71, Chamita, N.M.*

*Piedras se te volverán*

*May They Be Stones*

Cuando San José y la Virgen iban con el Niño huyendo del Rey Herodes, llegaron a donde estaban unos labradores sembrando trigo. Y San José y la Virgen iban con el Niño en un burrito.

—¿Qué están sembrando? —les preguntó la Virgen.

Y uno de ellos, para burlarse de la Virgen, le dijo: —Piedras.

La Virgen para castigarlo le dijo: —Que sean piedras. —Y todo se les volvió pedregal.

De allí siguieron su camino y se encontraron con otros labradores que sembraban trigo.

—¿Qué están sembrando? —les preguntó la Virgen.

—Trigo, buena señora —respondieron.

Y la Virgen les dijo:

> ¡En el nombre de la cruz
> y de su Divina Estampa,
> el que con la cruz comienza
> buen principio y fin alcanza!

Los labradores se quedaron elevados, y la Virgen les dijo: —Vayan por sus hoces. Cuando vengan ya el trigo estará maduro.

Y se fueron los labradores por sus hoces y cuando volvieron ya todo el trigo estaba maduro, y empezaron a cortar más y más. Los otros sacaron piedras, pero éstos sacaron más trigo del

When Saint Joseph and the Virgin were fleeing with the Christ child from King Herod, they came to a place where some field workers were sowing wheat. Saint Joseph and the Virgin were traveling humbly on a burro with the Child.

"What are you sowing?" the Virgin asked the men.

And one of the men, to belittle the Virgin, said, "Stones."

To punish him, the Virgin said, "May they be stones." And the whole field became a patch of stones.

They traveled on from there and met up with some other workers who were sowing wheat. "What are you sowing?" the Virgin asked them.

"Wheat, kind lady," they replied.

And the Virgin said,

> In the name of the cross
> and its holy emblem,
> he who starts with the cross
> has a good beginning and ending!

The workers' spirits were lifted, and the Virgin told them, "Go get your scythes. When you get back, the wheat will already be ripe."

The workers went to get their scythes and when they got back the wheat was already ripe, and they started cutting and cutting. The other workers got nothing but stones, but these ones got more wheat than they had hoped for. And

que esperaban. Y se fueron San José y la Virgen con el Niño.

Poco después pasaron por el primer lugar tres judíos que iban buscando al Niño, y les preguntaron a los labradores si habían pasado por allí un viejo y una mujer y un niño en un burro. —Sí —contestaron los labradores—, pasaron unos brujos y nos volvieron el rancho puras piedras.

Y llegaron los judíos donde estaban los otros labradores ya trillando el trigo, y les preguntaron: —¿No vieron pasar por aquí unos brujos? Los buscamos para matarlos.

—Pasaron por aquí cuando estábamos sembrando este trigo —repondieron los labradores.

Y se volvieron los judíos porque pensaban que ya irían lejos San José y la Virgen, y no le hicieron nada al Niño Jesús.

*Ramona Martínez de Mondragón*
*Edad: 60, Santa Cruz, N.M.*

Saint Joseph and the Virgin went on with the Child.

A short while later three Jews who were looking for the Child came to the first place and asked the workers if an old man and a woman and child had passed that way on a burro. "Yes," the workers replied. "They were witches and turned our farm into a field of stones."

And then the Jews got to where the other workers were now threshing the wheat and asked them, "Did you see some witches pass this way? We want to find them and kill them."

"They came by here when we were sowing this wheat," the workers answered.

And the Jews turned back because they thought Saint Joseph and the Virgin must already be far away, and they didn't do a thing to the Child Jesus.

*Ramona Martínez de Mondragón*
*Age: 60, Santa Cruz, N.M.*

145

## Pedro de Urdemalas y el rey

## Pedro de Urdemalas and the King

Ésta era una madre que tenía tres hijos. Uno se llamaba Juan, otro Manuel, y otro Pedro. La madre ya estaba viuda. Un día, cuando ya eran medianos sus hijos, la madre les dijo: — ¿Por qué no van a la casa del rey a ver si les da trabajo?

Y el rey era muy severo con los peones. Se fue primero el mayor, Juan, a la casa del rey. Llegó y preguntó si querían algún peón y el rey le dijo que sí, que podía entrar a trabajar con él, pero con la condición de que el primero que se enfadara, a ese le sacaría el otro una tira del lomo. Aceptó Juan y entró en el servicio del rey.

Lo primero que hizo el rey fue ponerlo a cuidar las vacas. Por la tarde el rey le dijo a la cocinera que cerrara la puerta del corral donde iban a encerrar las vacas. Cuando llegó Juan el rey le dijo que no dejara salir las vacas para que no fueran a hacer daño. Cuando Juan llegó y halló las puertas cerradas no sabía qué hacer. Se puso a cuidar las vacas fuera del corral. Pero como las vacas son tan dañosas pronto se fueron a las labores a hacer mal.

Otro día vinieron los vecinos a decirle al rey que habían hecho mucho mal las vacas. Y fue el rey y le preguntó a Juan por qué las había dejado hacer tanto mal en las labores. Y Juan le dijo muy enfadado: — ¿Cómo no, si estaban cerradas las puertas del corral y yo no podía encerrarlas?

This one is about a mother who had three sons. One was named Juan, another Manuel, and the other Pedro. The mother's husband had died. One day, when the sons were about half grown, the mother said to them, "Why don't you go to the king's house and see if he'll give you a job?"

Now, this king was very hard on his workers. The oldest son, Juan, set out first for the king's house. He got there and asked if they needed a worker and the king said that Juan could work for him, but with the condition that if one of them lost his temper, the other would cut a strip of flesh from his back. Juan accepted and went to work for the king.

The first thing the king did was assign him to tend the cows, and in the afternoon the king told the cook to lock the gates to the corral where Juan would need to put the cows. Then the king told Juan not to let the cows run loose and do any damage. So when Juan got to the corral he found that the gates were locked and he didn't know what to do. And since cows are very destructive, they soon went off to the fields and did a lot of damage.

The next day the neighbors came to tell the king about the damage his cows had done. And the king asked Juan why he had let the cows get into the fields. Juan answered angrily, "How could I help it, when the corral gates were locked and I couldn't put them inside?"

Y el rey le dijo entonces: —¿Conque te enfadas? —Y le sacó una tira del lomo, y Juan se fue para su casa.

Cuando llegó a su casa les contó lo que le había pasado con el rey. Manuel dijo entonces que ahora iba él y que de él no se iba a burlar el rey.

Se fue y llegó y el rey hizo el mismo contrato con él. Y el rey lo envió a cuidar las vacas y mandó cerrar las puertas del corral como antes. Y Manuel hizo lo mismo que Juan. Dejó las vacas solas y hicieron mucho daño. Y cuando el rey le preguntó por qué las había dejado hacer daño se enfadó, y el rey le sacó a él también una tira del lomo. Y así se fue para su casa.

Cuando llegó, contó lo que le había pasado. Entonces dijo Pedro, que era el menor: —Ahora voy yo y van a ver que de mí no se burla el rey.

Hicieron el mismo contrato y el rey lo mandó también a cuidar las vacas y le cerró las puertas del corral. Y Pedro fue y trajo muchos de sus amigos y mataron todas las vacas y las echaron muertas en el corral.

Llegó el rey y le dijo: —¿Dónde están las vacas?

—Ahí están en el corral muy seguras —le dijo Pedro.

Y el rey le preguntó entonces por qué las había matado. Y Pedro le respondió: —Porque así están más seguras y no salen a hacer daño en las labores. —Y el rey se enfadó mucho, pero no dijo nada.

Otro día el rey le mandó a escarbar las viñas y a cercarlas bien para que no entraran a hacer daño los animales. Ahí estuvo Pedro escarbando las viñas y luego vio que no le había dado el rey con que hacer la cerca. Fue y cortó muchos árboles y los puso a secar. Otro día el rey llegó y le preguntó por qué había cortado los árboles, que él no le había mandado hacer eso. Y Pedro le respondió que los había cortado porque no había con que hacer la cerca y que con algo la había de hacer. El rey le dijo entonces que se fuera, pero Pedro le dijo que no.

And then the king said, "So, you lost your temper!" And he cut a strip of flesh from Juan's back and the boy set out for home.

When Juan got home, he told all about what had happened with the king. Then Manuel said he would go and that the king wouldn't make a fool of him.

He went there and the king made the same deal with him. The king sent him to tend the cows and ordered the corral gates locked, just as before. And Manuel did the same thing as Juan. He left the cows alone and they did all sorts of damage. When the king asked him why he had let them do so much harm, he lost his temper, and the king cut a strip of flesh from his back too. He set out for home and when he got there he told what had happened. Then Pedro, who was the youngest, said, "Now I'll go, and you'll see that the king won't make a fool out of me."

They made the same deal, and the king sent Pedro to tend the cows too, and he had the corral gates locked. Pedro went and got a lot of his friends and they killed all the cows and threw their dead bodies into the corral.

The king came and asked, "Where are the cows?"

"They're in the corral, safe and sound," Pedro told him.

The king asked him why he had killed them, and Pedro answered, "Because that will keep them safely inside and they won't be going around destroying the neighbors' fields." The king was really mad, but he didn't say anything.

The next day the king sent him to cultivate the vineyards and build a fence around them so that no animals could get inside and do harm. Pedro was there cultivating the vineyards when he noticed that the king hadn't given him anything to build the fence with. He went and cut down a lot of trees and laid them out to dry. The next day the king came and asked him why he had cut down the trees when he hadn't been told to do that and Pedro answered that he had cut them down because he hadn't been given anything to build a fence with, and he had to build

147

Y otro día el rey lo envió al monte a cuidar un toro. Y el rey le dijo a la cocinera que cuando volviera Pedro por la tarde que no le diera de cenar, y que si pedía de cenar que le dijera que fuera a ordeñar al toro.

Cuando Pedro volvió, la cocinera no le dio de comer y le dijo que fuera a ordeñar el toro. Y Pedro le pegó a la cocinera y ella empezó a llorar. Y entonces él también empezó a llorar. Y llegó el rey y le preguntó por qué lloraba. Y Pedro le respondió: —Estoy llorando porque mi padre murió de parto.

—¿Cómo puede ser eso? —le dijo el rey—. ¿Que tú no sabes que los hombres no se mueren de parto? ¿Que tú eres tonto?

—Más tonto es usted, Señor Rey, que cree que a los toros los ordeñan —le dijo Pedro. Y el rey se calló y no dijo nada.

Entonces ya la reina le dijo al rey que corriera a Pedro porque era muy atroz. Y el rey dijo que no hallaba qué hacer para correrlo.

—Yo te ayudaré —dijo la reina—. Nos vamos a pasear y le decimos que vaya adelante porque vamos a la casa de otro rey. Y de algún modo lo echamos en la mar sin que él lo sepa.

La reina le echó el bastimento y le dijo que se fuera adelante y que ellos llegarían en tal día. Y ya llegó Pedro a la casa del otro rey donde lo habían despachado y les dijo que los reyes lo habían mandado y que decían que le hicieran una olla de poleadas y la mejor comida que tuvieran.

Así hicieron y luego llegaron el rey y la reina. Y el rey mandó que le cortaran la cola a la mula de Pedro. Y Pedro entonces fue y les cortó la jeta a todos los caballos del rey, y se puso a llorar. Llegó el rey y le preguntó por qué lloraba, y él le dijo que era porque todos los caballos se estaban riendo de su mula porque le había cortado la cola.

El rey fue a verlos y vio que todos estaban con las jetas mochas y los dientes de afuera. Entonces se enfadaron el rey y la reina y dijeron que ya no podían aguantar a Pedro. Pero no le decían nada.

it with something. Then the king told him to get out of there, but Pedro said he wouldn't go.

The next day the king sent him to the woods to tend a bull. And the king told the cook not to give Pedro anything to eat when he came back in the afternoon, and that if he asked for something to eat to tell him to go and milk the bull.

When Pedro came back, the cook wouldn't feed him and told him to go milk the bull. Pedro hit the cook and she started to cry, and then he started crying too. The king came and asked why they were crying, and Pedro said, "I'm crying because my father died in childbirth."

"How can that be?" the king said. "Don't you know that men don't die in childbirth? Are you stupid, or what?"

"Not as stupid as you are, Señor Rey, since you think that bulls can be milked," Pedro answered. And the king shut up and didn't say a word.

Then the queen told the king to run Pedro off, because he was so awful, but the king said he didn't know how to get rid of him.

"I'll help you," the queen said. "We'll go out for a ride, and we'll tell him to go on ahead because we're going to visit another king. And we'll figure out a way to throw him into the sea."

The queen prepared food for Pedro and told him to go on ahead. She said they would arrive on such and such a day. Pedro got to the other king's house and told them that the king and queen had sent him and had said for them to make him a big bowl of all the best food they had.

They did it, and then the king and queen arrived. The king ordered the tail to be cut off Pedro's mule, so Pedro went and cut the lips off the king's horses and then started to cry. The king came and asked him why he was crying, and he said it was because the horses were all laughing at his mule because its tail was cut off.

The king went to have a look and saw that the horses all had their lips cut off and their teeth showing. Then the king and queen were furious and said they couldn't put up with Pedro any longer. But they didn't say anything to him.

Otro día dijeron que ya se iban y les dijeron adiós a los otros reyes. Y es que de allí se iban a donde querían echar a la mar a Pedro. Y cuando ya era noche sestearon y comieron y le pusieron a Pedro su cama. Y Pedro no dormía porque ya estaba maliciando que lo querían echar a la mar.

Cuando ya el rey y la reina sentían que Pedro se estaba durmiendo se pusieron muy contentos, pero se durmieron ellos primero. Y entonces Pedro se levantó y llevó a la reina y la puso en su propia cama. Luego fue y se vistió con las ropas de la reina. Entonces recordó al rey y le dijo muy quedito: —Ahora sí, ya está Pedro durmido. Vamos a echarlo a la mar.

Y en la oscuridad fueron Pedro y el rey y cogieron a la reina donde estaba dormida en la cama de Pedro y la llevaron y la echaron en la mar. Y cuando la echaron le dijo Pedro al rey: —¡Aque, mi señor amito! ¡Ya echamos a la reina a la mar!

El rey se enfadó mucho y le dijo a Pedro que lo iba a ahorcar. —Me quitaste mis animales y mi mujer —le dijo a Pedro—, y ahora te voy a ahorcar.

Pero como se había enfadado tanto, tuvo que cumplir su contrato. Le pagó a Pedro todo el dinero que le había prometido, y además Pedro le sacó cuatro tiras del lomo.

Y entonces los otros reyes lo pusieron a Pedro de rey por astuto y por valiente y por las trampas que hacía. Se hizo un rey muy rico y todos le decían Pedro de Urdemalas.

*Bonifacio Ortega*
*Edad: 50, Chimayó, N.M.*

The next day they said goodbye to the other king and queen and left, because they wanted to go on from there to the place where they would throw Pedro into the sea. When it was nighttime, they stopped to rest. They ate and then prepared Pedro's bed for him. But Pedro didn't go to sleep because he suspected they wanted to throw him into the sea.

The king and queen were pleased when they heard Pedro lie down, but they fell asleep first. And then Pedro got up and carried the queen to his own bed. Then he dressed himself in the queen's clothes and woke up the king and whispered to him, "Now's the time. Pedro is asleep. Let's throw him into the sea."

149

Pedro and the king went in the darkness and got the queen where she was sleeping on Pedro's bed and took her and threw her into the sea. And when they had thrown her into the sea, Pedro said to the king, "Oh no, boss! We just threw the queen into the sea!"

The king was furious and said he was going to hang Pedro. "You've robbed me of my animals and my wife," he told Pedro. "And now I'm going to hang you!"

But because he had lost him temper, the king had to keep his end of the bargain. He paid Pedro all the money he had promised him, and besides that, Pedro cut four strips of flesh from his back.

And then the other kings made Pedro a king for being so clever and brave and for playing so many good tricks. He became a very rich king and everyone called him Pedro de Urdemalas.

*Bonifacio Ortega*
*Age: 50, Chimayó, N.M.*

*Las picardías de Pedro de Urdemalas*      *The Pranks of Pedro de Urdemalas*

Había dos hermanos. Uno se llamaba Pedro y el otro se llamaba Juan. Su madre estaba ya muy vieja y muy enferma. Tenían cabras y un día iba Juan a cuidarlas y otro día iba Pedro. Los días que Pedro las cuidaba Pedro les soplaba aire por la rosca y las llenaba de aire. Y eso lo hacía para hacer creer que estaban muy gordas, porque siempre volvían muy panzonas. Pero los días que Juan iba, las cabras daban mucha leche.

Y un día que le tocó a Juan ir a cuidar las cabras Pedro se quedó en su casa cuidando a su mamá. Y Pedro empezó a hacer una olla de chaquegüe de maíz. Y cuando ya estaba hecho fue a darle a su mamá. Y como la vieja no podía comer le metió el chaquegüe por la boca hasta que la ahogó. Entonces fue y la lavó y la vistió bien y la puso cerca de la puerta.

Le dijo a Juan cuando lo vio venir que su mamá estaba vestida y hilando lana cerca de la puerta. Juan llegó corriendo a ver a su mamá y le dio a la puerta y cayó la vieja. Creyó Juan que la había matado.

—Ya mataste a mi mamá —le dijo Pedro—. ¿Ahora qué vamos a hacer?

Y el pobre de Juan empezó a llorar.

—No llores, que yo sé lo que vamos a hacer —le dijo Pedro. Y fue y trajo un caballo ensillado y con la ayuda de Juan subieron en el caballo a la mujer muerta. Y así como estaba echaron el

There were once two brothers. One was named Pedro and the other was named Juan. Their mother was very old and very sick. They had some goats, and Juan would tend them one day and Pedro would tend them the other. On the days that Pedro tended the goats, he would blow air up their asses and fill them with wind so they would look fat, with nice round bellies. But on the days Juan tended the goats, they always gave more milk.

One day when it was Juan's turn to tend the goats, Pedro stayed home to look after their mother. He started cooking a pot of cornmeal mush, and when it was ready, he went and gave it to his mother. But since the old woman couldn't eat, he kept stuffing mush into her mouth until she choked. Then he washed her and dressed her and set her up next to the door.

When he saw Juan coming, he told him that their mother was dressed and spinning wool next to the door. Juan went running to see and hit her with the door and knocked her down. Juan thought he had killed her.

"You killed my mom," Pedro said. "Now what are we going to do?"

Poor Juan started to cry.

"Don't cry. I know what we'll do," Pedro told him. And he went and saddled up a horse, and Juan helped him lift their dead mother onto its

caballo para el trigal de un hombre rico que vivía cerca.

Cuando el rico vio aquel caballo con una persona montada metiéndose en su trigal y destrozando todo, salió dando gritos y diciéndole que saliera de su trigal. Pero el caballo se embocó en medio del trigo haciendo mucho daño. El rico agarró una honda y le tiró una pedrada y le pegó a la mujer, y ella cayó del caballo.

Entonces Pedro fue corriendo para donde estaba el rico y muy enojado le dijo: —¡Esa es mi madre! ¡Usted la ha matado!

Y cuando el rico vio lo que había hecho, le rogó a Pedro que le perdonara, que no lo había hecho de adrede, que sólo lo había hecho para espantarla. Pero Pedro seguía muy enojado y le decía al rico que de adrede lo había hecho.

Entonces el rico prometió que él la velaría y pagaría el entierro de su cuenta, y además que a los dos hermanos les daría trecientos pesos. Y la velaron y la enterraron en la iglesia a cuenta del rico.

Pero como Pedro de Urdemalas era tan malo, al fin Dios envió a la muerte por él. Cuando la muerte llegó lo halló sentado en una lomita. Y cuando la había visto venir, Pedro había puesto mucha trementina donde se iba a sentar la muerte. Llegó la muerte y se sentó en la trementina y se pegó. Y cuando ya se iba a ir con Pedro allí se quedó pegada y no pudo caminar.

Entonces Dios envió a otra muerte por Pedro de Urdemalas. Pero cuando Pedro la vio venir hizo como antes. Fue y puso mucha trementina donde se iba a sentar la muerte y allí llegó y se sentó y se quedó pegada como la otra.

Entonces Dios envió otra muerte por Pedro y le dijo que se cuidara con Pedro y que no se quedara pegada en la trementina. Llegó la muerte y Pedro le puso la trementina donde creyó que se iba a sentar, pero esta muerte no se sentó allí y no se pegó. Se llevó a Pedro para la gloria donde estaba Dios.

Cuando le dijeron a Dios que ahí estaba Pedro, Dios le dijo a San Pedro que lo llevara para el purgatorio. Y se lo llevaron al purgatorio

back. Then they turned the horse loose in the wheat field of a rich man who lived nearby.

When the rich man saw the horse and rider going into his wheat field and tearing everything up, he came out hollering and shouting for them to get out of there. But the horse kept going clear to the middle of the field, ruining everything. The rich man grabbed a sling and hurled a rock that hit the old woman and knocked her from the horse.

Then Pedro ran over to the rich man and told him angrily, "That's my mother! You killed her!"

When the rich man saw what he had done, he begged Pedro to forgive him, saying that he hadn't done it on purpose, that he'd only meant to scare her. But Pedro still acted angry and insisted the rich man had done it on purpose.

The rich man promised he would sponsor a wake for her and pay for the burial, and he even said he'd give the brothers three hundred pesos. So they held a wake for their mother and buried her in the churchyard at the rich man's expense.

But since Pedro de Urdemalas was so bad, God finally sent death to get him. When death got there, she found him sitting on a hilltop. He saw her coming and put a lot of pine tar on the seat next to him. Death arrived and sat on the pine tar and got stuck. She tried to take Pedro but she stayed glued to the spot and couldn't move.

Then God sent another death for Pedro de Urdemalas. But when he saw her coming, Pedro did the same thing as before. He put a lot of pine tar where death would sit and she got there and sat down and was stuck just like the other one.

Then God sent another death for Pedro and told her to watch out for him and not to get stuck in any pine tar. Pedro put a lot of pine tar where he thought she would sit, but this Death didn't sit there and didn't get stuck. She took Pedro to heaven.

When he heard Pedro was there, God told Saint Peter to take him to purgatory. He was taken to purgatory and there Pedro de Urdema-

y allí empezó Pedro de Urdemalas a darles chicotazos a las ánimas. Y vino un ánima huyendo a decirle a Dios que Pedro les estaba pegando chicotazos. Dijo que a Pedro ya no lo aguantaban en el purgatorio.

Dijo Dios que lo llevaran a Pedro de Urdemalas al limbo. Y cuando lo llevaron al limbo, Pedro oyó a los niños sin bautizar que gritaban: —¡Agua! ¡Agua! —Y pronto empezó a agarrarlos y a echarlos en un río que vio cerca. No más se levantaban del rio y estaban ya bautizados y se iban volando a la gloria.

Y cuando Dios vio el mal que hacía, dijo que lo llevaran al infierno. Y en el camino por donde lo llevaban hizo Pedro de Urdemalas un montón de crucitas y las traía en sus manos. Y cuando llegó al infierno los diablos salían huyendo de las santas cruces. Fue Pedro de Urdemalas y puso las cruces en las puertas y en las ventanas y los diablos ya no podían ni entrar ni salir.

Al fin salió el diablo mayor por un fogón y fue a darle la queja al Señor. El Señor mandó otra vez por Pedro de Urdemalas, y cuando Pedro llegó a la gloria salió San Pedro a recibirlo. Y Pedro de Urdemalas le dijo: —San Pedro, ábreme la puerta. Déjame ver para adentro.

San Pedro abrió poquito la puerta para que viera y Pedro de Urdemalas brincó para adentro. Y cuando entró lo vio el Señor y le dijo: —Pedro, piedra te volverás.

—Pero con ojos —dijo Pedro de Urdemalas.

Y Dios lo volvió piedra, pero con ojos. Y allí está Pedro de Urdemalas a la puerta de la gloria viendo a todos los que entran.

*María Bustos*
*Edad: 74, Sombrío, N.M.*

las started whipping all the souls until they couldn't put up with Pedro in purgatory any longer.

God said Pedro de Urdemalas should be taken to limbo. And when he was taken to limbo, Pedro heard the unbaptized babies crying, "Water! Water!" And he started grabbing them and throwing them into the river that was nearby. As soon as they came out of the river, they flew away to heaven because now they were baptized.

And when God saw all the mischief he was doing, he ordered Pedro taken to hell. Along the way Pedro de Urdemalas made a lot of crosses and carried them in his hands, and when he got to hell, the devils took off running from the holy crosses. Pedro de Urdemalas went and put crosses in all the windows and doors and the devils couldn't go in or out.

Finally the main devil got out through the chimney and went to complain to the Lord. The Lord sent for Pedro de Urdemalas again, and when Pedro got to heaven Saint Peter came out to meet him. And Pedro de Urdemalas said, "Saint Peter, open the door for me. Let me look inside."

Saint Peter opened the door a little way so that Pedro de Urdemalas could take a look, and Pedro jumped inside. When he got inside, the Lord saw him and said, "Pedro, you will be a stone."

"But one with eyes," Pedro de Urdemalas said.

And God turned him into a stone with eyes. And Pedro de Urdemalas is still there by the doorway to heaven seeing everyone who comes inside.

*María Bustos*
*Age: 74, Sombrío, N.M.*

## La Ramé

Éste era un soldado que le había servido muchos años a su rey y cuando ya se retiró el rey sólo le pagó tres reales. Se fue para su plaza y cuando iba en el camino se encontró con un viejito, que era el Señor, y que le dijo: —¿Que no traes una limosna que me des? Vengo muy necesitado.

—Mira —le respondió el soldado—. Yo le serví tantos años al rey y me han pagado tres reales no más. Uno es para beber, otro es para comer, y el otro es para chupar. Pero te daré el real para comer. —Y le dio un real al Señor sin saber quién era.

Y se fue el Señor, y el soldado también se fue caminando. Y más adelante topó con otro viejito que era el Señor otra vez. Y el viejito le dijo: —¿Cómo le va a la Ramé? —Y era que el soldado se había puesto el nombre de la Ramé y todos le decían la Ramé.

Y le respondió al viejito: —¡Diablos! Todos conocen a la Ramé y la Ramé no conoce a nadie.

—¿No traes una limosna que me des? Que vengo muy necesitado —le dijo entonces el Señor.

—Bueno —dijo el soldado—. Allá topé con un viejo que me pidió una limosna y le dí de los tres reales que traía el de comer. Toma tú el de beber. Ahora me queda no más el de chupar. —Y le dio otro real.

This one is about a soldier who had served his king for many years, and when he retired, the king paid him three reales. He set out for the village, and as he walked along the road, he met up with an old man who was the Lord, and the old man said to him, "Don't you have a spare coin you could give me? I'm in great need."

"Look," the soldier replied, "I served the king all those years and all they paid me is these three reales. One is for drink, another for food, and another for smoke. Oh, well, I'll give you the one that's for food." And he gave one coin to the Lord without knowing who he was.

The Lord went away, and the soldier also walked on. Further along he met up with another old man who was the Lord again. And the old man said to him, "How's it going, La Ramé?" You see, the soldier had given himself the name of La Ramé, and everyone called him by that name.

The soldier said to the old man, "What the devil? Does everybody know La Ramé, and La Ramé doesn't know anyone?"

"Don't you have a spare coin you might give me? I'm in great need," the Lord said then.

"Well," the soldier said, "I met up with an old man over there who asked for a handout, and of the three reales I had, I gave him the one for food. You can have the one for drink. Now all I have left is the one for smoke." And he gave him the other coin.

Y de allí siguió y siguió caminando. Y al fin se encontró con otro viejito que era otra vez el Señor.

—¿Cómo está la Ramé? —le dijo el viejito.

—¡Pero qué diablos! ¡Todos conocen a la Ramé y la Ramé no conoce a nadie! —dijo el soldado.

—Dame una limosnita. Que vengo muy necesitado —dijo entonces el viejito.

Y el soldado respondió: —Ya me he encontrado con dos viejitos que me pidieron limosna. A uno le dí de los tres reales que traía el de comer y al otro le dí el de beber. Y traigo no más el de chupar. Tómalo, que no traigo más.

—¿Y no sabes tú quién era el que te pidió limosna la primera vez? —le preguntó el Señor.

—No.

—¿Y no sabes quién era el que te pidió limosna la segunda vez?

—No.

—¿Ni la tercera?

—No, tampoco.

—Pues yo soy el con quien encontraste las tres veces. Ahora pide merced. Escoge las mercedes que quieras.

Y el soldado, muy sorprendido le dijo: —Pues lo primero que pido es que me dé una maleta que no pese más que un pliego de papel, y que cuando yo diga, "Venga todo a mi maleta," que entre todo en ella. Y además pido una pipa que siempre esté chupando y que nunca se acabe.

—Todo se lo concedió el Señor, y de allí se fue el soldado con su maleta y pipa.

Y caminando llegó a una tienda casi muerto de hambre. Le pidió al comerciante que le fiara cosas para comer porque él no traía dinero. Y dijo el comerciante que no lo conocía y por eso no le fiaba nada. Y al retirarse, el soldado dijo:

—¡Venga toda esa tienda a mi maleta! —Y todo entró en la maleta. Y entonces se retiró un tanto más y escogió todo lo que quiso para comer. Entonces dijo: —¡Que vuelva todo a la tienda!

—Y todo volvió.

He walked on and on and finally he met up with another old man who was the Lord again.

"How are you, La Ramé?" the old man said to him.

"What the devil? Everyone knows La Ramé, and La Ramé doesn't know anyone!" the soldier said.

"Give me a little something. I'm in great need," the old man said then.

And the soldier replied, "I already met up with two old men who asked for a handout. Of the three reales I had, I gave the one for food to one man, and I gave the one for drink to the other. All I have left is the one for smoke. Take it. Now I have nothing left."

"Don't you know who the first beggar was?" the Lord asked him.

"No."

"And don't you know who the second beggar was?"

"No."

"And not the third one either?"

"No, not that one either."

"Well, I'm the person you met up with three times. Now ask for a wish. Wish for whatever you want."

The soldier was surprised and said, "Well, the first thing I wish for is a suitcase that's as light as a piece of paper, but whenever I say, 'Everything into my suitcase,' everything will have to go inside. And I also wish for a pipe that will always be full and will never run out of tobacco." The Lord granted the wishes, and the soldier went off with his suitcase and pipe.

He traveled until he was nearly starved, and then he came to a store. He asked the merchant to give him something on credit because he didn't have any money. But the merchant said he didn't know who he was and wouldn't give him anything on credit. So when he left, the soldier said, "Everything in the store into my suitcase." And everything went into his suitcase. He went a little further off and chose what he wanted to eat and then said, "Everything return to the store!" And everything went back.

Y de allí se fue y llegó a otro lugar donde había un hombre que no hacía más que quejarse y desesperarse. Llegó y le preguntó por qué se quejaba tanto, y qué tenía. Y el hombre le respondió: —¿Cómo no me he de quejar, si esta misma noche viene el diablo por mí?

—¿Qué compromisos tienes con él? —le preguntó el soldado—. ¿Por qué te va a llevar?

—Porque en un juego que tuve con él me ganó la vida.

—No estés triste por eso —le dijo el soldado—. Yo te cuido y no te lleva. Acuéstate. No más que antes de acostarte tráeme dos marros de madera muy pesados. Y luego tú, duérmete.

Todo le trajo el hombre y luego se acostó. A eso de las doce de la noche llegó el diablo, y el pobre hombre recordó y empezó a temblar de miedo. Pero la Ramé gritó cuando vio entrar al diablo: —¡Venga el diablo a mi saco! —Y se metió el diablo en el saco y lo amarró bien la Ramé, y se quedó encerrado.

Luego el soldado agarró un marro y el hombre otro, y apalearon bien hasta que el pobre diablo pidió de misericordia que lo soltaran. Lo dejaron salir y arrancó a huir y no lo volvieron a ver nunca.

Y más tarde se murió la Ramé. Cuando llegó al cielo San Pedro le dijo que se fuera para el purgatorio. Cuando llegó al purgatorio halló a todas las ánimas quejándose y clamoreando mucho, y les dijo: —¿Por qué lloran tanto, pelonas? Y las ánimas le dieron sus quejas—. ¡Pues vengan todas a mi maleta! —les gritó, y todas se metieron en su maleta, y no pesaban más que un pliego de papel todas juntas. Y de allí se fue la Ramé con la maleta llena de almas para el cielo. Tocó la Ramé y salió otra vez San Pedro y le preguntó qué quería, y para qué había venido.

—Déjame entrar —le dijo a San Pedro.

—Espera y yo iré a ver.

Y en lo que San Pedro se fue, entró la Ramé un poquito y soltó todas las almas dentro de la gloria.

Llegó San Pedro y le dijo: —Dice el Señor que te vayas para el limbo.

He traveled on from there and he saw a man who was moaning and complaining. He went and asked the man what was wrong and why he was complaining so much, and the man replied, "Why shouldn't I be complaining, when the devil is going to come for me this very night?"

"What deal have you made with him?" the soldier asked. "Why is he going to take you?"

"In a game I played with him, he won my life."

"Don't let that make you sad," the soldier told him. "I'll guard you and he won't take you away. Lie down. But before you lie down, bring me two heavy wooden mallets. And then go to sleep."

The man brought him the mallets and then lay down. About twelve o'clock at night the devil arrived. The poor man woke up and started trembling with fear, but when La Ramé saw the devil he shouted, "Devil into my suitcase!" And the devil went into the suitcase and La Ramé tied it up tight.

Then the soldier grabbed one hammer and the man grabbed the other and they pounded away until the poor devil begged them to have pity and set him free. They let him out and he took off running and they never saw him again.

And then later on La Ramé died. When he got to heaven, Saint Peter told him to go to purgatory. When he got to purgatory he found all the souls moaning and raising a great lamentation, and he asked them, "Why are you poor fools crying so much?" And the souls told him their woes. "Well, everyone into my suitcase," he shouted, and they all flew into his suitcase, and all of them together didn't weigh more than a sheet of paper. Then La Ramé went off to heaven with his suitcase full of souls. La Ramé knocked and Saint Peter came out again and asked him what he wanted and why he had come.

"Let me in," he said to Saint Peter.

"Wait, and I'll go and check."

And as soon as Saint Peter was gone, La Ramé went in a little way and turned all the souls loose in heaven.

Saint Peter returned and said, "The Lord says for you to go to limbo."

Se fue y halló a los niños que habían muerto sin bautismo, y allí cerca había un río muy ancho con agua muy limpia. Y los niños, llorando, decían: —¡Agua! ¡Agua!

—¡Aya, flojos! ¿Por qué no beben? —les dijo la Ramé—. Tan cerquita que está el agua. ¿Por qué no beben?

Y empezó a echar a todos en el agua, y conforme los iba echando todos se iban volando para la gloria.

Se volvió la Ramé a encaminar para el cielo. Llegó y tocó otra vez y salió otra vez San Pedro y le dijo: —¡Hombre, ya viniste otra vez! ¡Ya viniste otra vez a terquear! Dios dijo que te fueras al limbo.

—Yo no puedo estar allí.

Y San Pedro fue a hablar con el Señor para ver qué iban a hacer con la Ramé. El Señor dijo que no podía entrar en el cielo, que se fuera al infierno. Y se fue la Ramé para el infierno y llegó y tocó la puerta. Salió el diablo y lo conoció en seguida y le cerró la puerta.

Con eso se fue otra vez para el cielo. Y llegó y tocó y volvió a salir San Pedro. —¿A qué vienes, la Ramé, cuando sabes que aquí no puedes entrar? —le preguntó San Pedro.

—El diablo no me deja entrar —le dijo la Ramé—. Me cerró la puerta.

—Pues entra —le dijo entonces San Pedro—. Pero tienes que estarte en este lugarcito.

Y allí se quedó la Ramé en el cielo, pero no más en un lugarcito. Los primeros días se estuvo muy bien, pero después ya empezó a andar por todas partes, y siempre chupaba en su pipa. Vino el Señor y le dijo que si no se quedaba donde le había dicho que lo iban a echar. Y la Ramé dijo que si lo echaban, se llevaría el cielo en su maleta. Y ya con eso lo dejaron quedarse en el cielo.

*Porfiria Borrega de Ortiz*
*Edad: 45, Santa Cruz, N.M.*

He went there and found the children who had died without being baptized. Close by there was a wide river of pure water, and the children were crying and saying, "Water! Water!"

"Ay, you lazy kids! Why don't you drink?" La Ramé said. "The water is so close, why don't you drink?"

And he started throwing them all into the water, and as he threw them into the water they flew away to heaven.

La Ramé set out for heaven again. He got there and knocked again, and again Saint Peter came out and said to him, "Oh, man, are you back again? Are you back again to bother me? God told you to go to limbo."

"I can't stay there."

So Saint Peter went to talk to the Lord to see what they would do with La Ramé. The Lord said he couldn't enter heaven, and that he should go to hell. La Ramé went off to hell and knocked on the door, but the devil came out and recognized him right away and slammed the door shut.

With that, he started out again for heaven. He got there and knocked and again Saint Peter came out. "What did you come here for, La Ramé, when you know you can't come inside?" Saint Peter asked him.

"The devil won't let me in," La Ramé told him. "He shut the door in my face."

"Well, come on in," Saint Peter told him then. "But you have to stay in this little area."

And La Ramé stayed there in heaven, but just in that one area. The first few days everything was fine, but before long he started wandering all over the place, and he was always smoking his pipe. The Lord came and told him that if he didn't stay where he was told, they would throw him out. But La Ramé said that if they threw him out he would take all heaven with him in his suitcase. And so finally they let him stay in heaven.

*Porfiria Borrega de Ortiz*
*Age: 45, Santa Cruz, N.M.*

*Pedro Jugador*          157

Pedro Jugador era casado. Se pasaba la vida jugando en las cantinas de noche. Era muy buen jugador y estuvo jugando hasta que ya no quería nadie jugar con él. Y cuando ya vio que nadie quería jugar con él determinó irse para otro lugar donde jugar. Fue y le dijo a su mujer que ya se iba. Se fue a pie. Cuando ya iba saliendo de la plaza se encontró con un viejito que era San José.

—¿Para dónde vas, Pedro? —le preguntó el viejito.

—Pues me voy de aquí porque ya no hallo con quién jugar —respondió Pedro.

—¿Y tu mujer?

—Ella se va a quedar. Tiene dinero para vivir algún tiempo.

Y San José le dijo entonces: —Pues anda, vuélvete por ella para que vaya contigo. Es tu compañera.

Se volvió Pedro para su casa y le dijo a su mujer: —Allá me encontré con un viejito y me aconsejó que te llevara conmigo.

—Pues, vamos —dijo la mujer, y se fueron juntos.

Cuando llegaron al mismo sitio salió otra vez el viejito y le preguntó si llevaba a su mujer. Y cuando Pedro Jugador le dijo que sí, le dijo:

Pedro Jugador was a married man. He spent his life gambling in the cantinas at night. He was a good card player and he played until no one wanted to play with him anymore. When he saw that no one would play with him, he decided to go somewhere else to play, and he went and told his wife that he was leaving. He left on foot, and as he was leaving the town, he met up with an old man who was Saint Joseph.

"Where are you going, Pedro?" the old man asked him.

"I'm leaving this place because I can't find anyone to play cards with around here anymore," Pedro replied.

"And what about your wife?"

"She's staying here. She has enough money to get by for a while."

Saint Joseph told him, "Go on back and get her so that she can go with you. She's your companion."

Pedro went back home and said to his wife, "I met up with an old man over there and he advised me to take you with me."

"Well, let's go," his wife said, and they set out together.

When they came to the same place, the old man appeared again and asked Pedro if he had brought his wife along. And when Pedro said he had, the old man said, "Take this road here, and

—Lleva este camino seguido y allá muy lejos vas a encontrar donde hacer una casa.

Siguieron caminando hasta que llegaron a un lugar donde se cruzaban cuatro caminos, y allí se quedó Pedro para hacer un hotel muy grande. Le había dicho el viejito que venía mucha gente allí. Creyó que podía poner cantina y hacerse rico. Llevó mucho dinero y hizo una casa muy grande, y puso mesas de juego. Pronto empezaron a llegar muchas gentes de muchos lugares. Tocaban a la puerta y les abría la mujer.

Y llegaron cuatro ricos, uno por cada camino. Pidieron la cena y cenaron con Pedro. Y cuando estaban cenando le dijo uno de los ricos a Pedro:

—Vamos a tomar unos traguitos y luego jugar a la baraja para divertirnos.

—¿Les cuadra a ustedes? —preguntó Pedro a los otros.

Todos dijeron que sí. Y les dio entonces unos tragos y pidieron baraja. Empezaron a jugar al monte. Y Pedro empezó a jugar y chupaba mucha marijuana. Cuando llegó la noche ya les había ganado todo su dinero.

Otro día llegaron a su hotel tres personas, el Señor, San José, y María Santísima y tocaron a la puerta. Salió la mujer de Pedro Jugador y les dijo que pasaran adelante. Y dijo entonces San José que querían posada.

Fue la mujer y llamó a Pedro Jugador, y le dijo: —Aquí están tres personas, un hombre viejo, una mujer y un joven que quieren posada.

—Y Pedro le dijo que les diera cuarto, que él estaba jugando y no podía ir a verlos ahora.

Bueno, pues cuando ya era noche y Pedro se iba a dormir, vio a San José con las barbas muy largas, y al Señor con unas barbas gruesas, y a la Virgen muy hermosa. Y cuando llegó a su cuarto, su mujer le dijo que fuera a darles de cenar a los tres. Fue Pedro Jugador a llamarlos, y San José no quería ir. Al fin fueron y se sentaron a cenar con Pedro Jugador. Y cuando acabaron se fueron a sus cuartos, y Pedro Jugador les dijo: —No se vayan mañana hasta que no almuercen conmigo.

158

far on down the road you'll find the place to build yourself a house."

They traveled on down the road until they came to a place where four roads crossed, and Pedro built a big hotel there. The old man had told him that many people passed by there. He thought he could open a cantina and get rich. He had a lot of money so he built a really big house and set up gaming tables. Soon people began arriving from all over. They would knock on the door and Pedro's wife would let them in.

Once four rich men arrived there, one on each road. They ordered supper and ate with Pedro. And when they were eating, one of the rich men said to Pedro, "Let's have a few drinks and then play cards to pass the time."

"Does that sound good to you?" Pedro asked the others.

Everyone agreed, so Pedro brought them drinks and called for a deck of cards. They started out playing monte. And Pedro started playing and smoking a lot of marijuana, and by nighttime he had won all their money.

The next day three people came to the hotel—the Lord, Saint Joseph, and the Blessed Virgin—and knocked on the door. Pedro's wife went out and invited them inside and Saint Joseph said they needed lodging.

The wife went and called for Pedro Jugador and told him, "Three people are here, an old man, a woman, and a youth, and they're asking for lodging." Pedro told her to give them a room, but that he was busy playing cards and couldn't go see them just then.

And then when it was nighttime and Pedro went off to sleep, he saw Saint Joseph with his long beard, and the Lord with his heavy beard, and the beautiful Virgin. When he got to his own room, his wife told him to go offer supper to the three of them. Pedro Jugador went to call them to supper, but Saint Joseph didn't want to go. Finally they went and sat down to eat with Pedro Jugador, and when they finished, they went off to their room, and Pedro Jugador told them,

Se fueron todos a acostarse. Pero San José y la Virgen y el Señor agarraron su camino y se fueron en la noche. Y otro día cuando se levantó Pedro Jugador y fue a buscarlos a su cuarto no halló a nadie.

—¿Por qué se irían tan temprano? —dijo. Y fue entonces a ver la cama donde había dormido el Señor y halló que estaba llena de dinero—. ¡Pobre gente! —dijo—. Han olvidado su dinero. —Agarró el dinero y se lo metió en la bolsa. Fue a contarle la historia a su mujer, y decidieron que lo mejor era que ensillara un caballo y fuera a alcanzarlos.

Ensilló un caballo y se fue tras ellos. Llevaba el dinero para entregárselo. Y a la primera que encontró fue a la Virgen. —Señora —le dijo—, aquí le traigo este dinero que dejaron olvidado en mi casa anoche.

—No es mío —dijo la Virgen—. Puede que sea del Señor.

Fue adelante Pedro Jugador y alcanzó a San José y le dijo: —Oiga, usted, aquí le traigo el dinero que dejó en el cuarto anoche.

—No es mío —le dijo San José—. Puede que sea del Señor.

Y se fue Pedro hasta que encontró al Señor y le dijo: —Aquí le traigo el dinero que dejó anoche en mi casa.

Y el Señor entonces vio que Pedro no era ladrón y le dijo que se quedara con el dinero, que él no lo necesitaba porque era el Señor.

—Entonces le voy a pedir tres mercedes —le dijo Pedro Jugador.

—¿Cuáles son? —le preguntó el Señor.

Y Pedro Jugador le dijo: —Primero quiero ser un jugador de la baraja que nadie me gane.

—Está concedida esa merced —le dijo el Señor.

Y Pedro le dijo entonces: —Y quiero que nunca me vaya a morir hasta que no me dé la gana.

—Está concedida esa merced también —le dijo el Señor—. ¿Qué más quieres?

—Quiero un saco para meter en él todo lo que quiera.

"Don't leave tomorrow until you've had breakfast with me."

They all went off to bed, but Saint Joseph and the Virgin and the Lord left during the night. The next day when Pedro Jugador woke up and went to their room to get them, he didn't find anyone there.

"I wonder why they left so early," he said. And then he looked at the bed where the Lord had slept and saw that it was full of money. "Those poor people!" he said. "They forgot their money." And he put the money in a purse and went to tell his wife what had happened. They decided that the best thing would be to saddle up a horse and go catch up to them.

He saddled his horse and rode off after them with the money, and the first one he overtook was the Virgin. "Señora," he said, "I have the money you left in my house last night."

"It's not mine," the Virgin said. "Maybe it belongs to the Lord."

Pedro Jugador went on and caught up to Saint Joseph and said, "Listen, I have the money you left in your room last night."

"It's not mine," Saint Joseph told him. "Maybe it belongs to the Lord."

Pedro went on until he caught up to the Lord, and he said to him, "Here's the money you left in my house last night."

And when the Lord saw that Pedro wasn't a thief he told him to keep the money, that he didn't need it because he was the Lord.

"Then I'm going to ask for three wishes," Pedro Jugador said.

"What are they?" the Lord asked him.

And Pedro Jugador told him, "First, I want to be a card player that no one can ever beat."

"Your wish has been granted," the Lord said.

And then Pedro said, "And I don't want to die until I feel like it."

"That wish has been granted too," the Lord said. "What else do you want?"

"I want a sack that I can command anything to go into."

—Está concedida —dijo el Señor. Y entonces el Señor le dijo adiós a Pedro y se fue.

Y ya de allí Pedro se volvió a su casa donde estaba esperándolo su mujer.

—¿Cómo te fue, Pedro? —le preguntó.

—Bien, bien, muy bien —dijo Pedro—. Aquel hombre hermoso era el Señor, el Dios del Cielo. No quiso el dinero y me lo dio para que hiciera limosnas a los pobres. Y me dio tres mercedes: una, que sea tan buen jugador que nadie me gane nunca; otra, que no me vaya a morir hasta que no me dé la gana; y otra, me dio un saco para meter en él todo lo que yo quiera.

Y la mujer no lo creía. Y ahí estuvo Pedro porfiando con su mujer hasta que le dijo: —Si no me crees te voy a meter en el saco.

Entonces ella dijo que sí, que lo creía. Pedro le dio entonces el dinero y le dijo: —Toma este dinero y haz limosnas a los pobres. —Y él se fue a jugar.

Ahí estuvo jugando hasta que les ganó todo a muchos ricos que llegaron. Entonces el Señor del Cielo vio las injurias que Pedro hacía, ganándoles a todos su dinero. Y llamó a la muerte y le dijo: —Anda y tráeme a Pedro.

Vino la muerte y halló a Pedro jugando y ganando. Y de repente miró Pedro por la ventana y vio que estaba la muerte allí afuera. Y salió y le dijo: —¿Qué hay? ¿Que ya viniste por mí?

—Sí —le dijo la muerte—. Ya vine por tí. Ya llegó tu hora.

—Vente a mi saco —le dijo Pedro. Y pronto la Muerte se metió en el saco y Pedro amarró bien el saco.

Tuvo a la muerte treinta años amarrada en el saco. Y esta era la muerte mediana. Y el Señor estaba muy acongojado con la muerte mediana, y fue y llamó a la muerte vieja, la que da la muerte con piedras, hacha, palo, navaja, pistola, o flecha, y le dijo: —No sé qué hacer con la muerte mediana. No viene. Quizás se quedó con Pedro. Anda tú y tráemelo. Pero sin que te vea Pedro.

Se fue la muerte vieja por Pedro y lo halló jugando y chupando marijuana. Y cuando

"It has been granted," the Lord said. And then the Lord bid Pedro farewell and went away.

Pedro turned around and went on home where his wife was waiting for him. "How did it go?" she asked him.

"Good, really good," Pedro said. "That good-looking man was the Lord, the God of heaven. He didn't want the money and gave it to me to hand out to the poor. And he granted me three wishes: one, that I'll be a card player that no one can ever beat; another, that I won't die until I want to; and another, a sack that anything I order to will have to go inside."

His wife didn't believe him, and Pedro kept arguing with her until finally he said, "If you don't believe me, I'm going to order you into my sack."

Then she said she believed him. Pedro gave her the money and told her, "Take this money and do good works among the poor." And he went to play cards.

He gambled until he beat all the rich people who came there. Then the Lord realized the trouble Pedro was causing, winning everyone's money, and he called for Death and told her, "Go bring me Pedro."

Death went and found Pedro playing cards and winning, but Pedro looked out the window and saw Death out there. He went out and said, "What's up? Have you come for me?"

"Yes," Death said. "I have come for you. Your hour has come."

"Get into my sack," Pedro said. And Death flew into his sack and he tied it up tight.

Death was tied up in the sack for thirty years. And that was Young Death. The Lord was upset with Young Death and called for Old Death, the one that kills with stones, axes, sticks, knives, pistols, or arrows, and said to her, "I don't know what to do with Young Death. She hasn't come back. Maybe she stayed there with Pedro. Go and bring him to me. But don't let him see you."

Old Death went to get Pedro and found him playing cards and smoking marijuana. When she

entraba por la puerta Pedro Jugador la vio y le dijo: —¿Que viniste por mí?

—Sí —dijo la muerte vieja.

—Pues pase, pase para adentro —le dijo Pedro. Y cuando entro le dijo: —Métete en mi saco. Y no me muero hasta que no me dé la gana.

Y desde dentro del saco donde Pedro la amarró bien la muerte Vieja decía: —El Señor me mandó por ti, Pedro.

—Pero yo no quiero irme —dijo Pedro—. Que venga el Señor si me quiere llevar.

Pero cuando Pedro había abierto el saco para que entrara la muerte vieja se había salido la muerte mediana. Y cuando llegó al cielo, el Señor le preguntó qué hacía, por qué se había tardado treinta años para volver. Y la muerte mediana le dijo al Señor: —Es que Pedro tiene más poder que usted. Y dice que si usted lo quiere, que vaya por él. Allí se queda jugando, y con la muerte vieja encerrada en un saco.

—Voy por Pedro —dijo el Señor, y se fue.

De repente se le apareció el Señor a Pedro. Cuando Pedro lo vio le dijo: —Ya viene por mí, Señor, pero yo no quiero irme todavía.

—Tienes que morir, Pedro —le dijo el Señor—. Arrepiéntete. Confiésate.

—¿Qué mal hago? ¿Por qué quiere usted llevarme?

—Has hecho muchas injurias —le dijo el Señor.

—¿Qué injurias? —preguntó Pedro.

—Y el Señor le dijo: —Mira, Pedro. Te doy tres días para que te arrepientas.

Y entonces Pedro vio que ya era la de de veras, y dijo: —Bueno, con usted sí me voy. Déme tiempo para arreglar mis cosas y guardar mi dinero.

Conque se fue Pedro para donde estaba su mujer, y le dijo: —En tres días me voy a morir. Será el miércoles por la mañana.

—Pero ¿cómo, Pedrito?

—Sí, que ya el Señor vino por mí. Me necesita en el cielo. Te pido una cosa no más y es que

was going through the door, Pedro Jugador saw her and said, "Are you coming for me?"

"Yes," Old Death said.

"Come on in," Pedro told her, and when she came inside, he said, "Get into my sack. I won't die until I want to."

From inside the sack where Pedro had her tied up, Old Death said, "The Lord sent me for you, Pedro."

"But I'm not ready to go," Pedro said. "Let the Lord come himself if he wants to take me."

But when Pedro had opened the sack to let Old Death in, Young Death had escaped. When she got to heaven, the Lord asked her what she had been doing and why it had taken her thirty years to come back, and Young Death told the Lord, "Pedro is more powerful than you are. He says that if you want him you should go for him yourself. He's down there playing cards, with Old Death tied up in a sack."

"I'll go get him," the Lord said, and he started out.

Suddenly the Lord appeared before Pedro. When Pedro saw him, he said, "I see you've come for me, Lord, but I'm still not ready to go."

"You must die, Pedro," the Lord told him. "Repent. Confess yourself."

"What harm am I doing? Why do you want to take me?"

"You've caused all kinds of trouble," the Lord told him.

"What trouble?" Pedro asked.

The Lord told him, "See here, Pedro, I'll give you three days to repent."

And then Pedro saw that this was the real thing, and he said, "All right, I'll go with you. Give me time to arrange my affairs and put my money away safely."

And then Pedro went to his wife and said, "In three days I'm going to die. It will happen on Wednesday morning."

"But, how is that, Pedrito?"

"It's true. The Lord has come for me. They need me in heaven. I only want you to do me one

cuando muera, me amarres mi saco aquí a mi lado y metas ahí mis barajas.

—Pero ¿y para qué quieres barajas cuando no vas a jugar allí? —le dijo su mujer.

—Sí —dijo Pedro—. En el otro mundo juegan también.

Y se fue Pedro con el Señor. Y todos los vecinos lloraban por Pedro y decían: —¡Ay, qué bueno era Pedro! ¡Se lo llevó el Señor!

Cuando Pedro llegó al cielo llegó muy espantado, y dijo: —Pero ¿y qué voy a hacer yo aquí?

Y miró una puerta y fue y tocó. Y era la puerta del infierno. Le abrieron y Pedro vio unos demonios con cuernos que estaban allí volteando almas en la lumbre con sus horquillas. Y Pedro le dijo a uno: —Ven a jugar. —Y entonces salieron otros demonios, y a todos les decía Pedro: —Vengan a jugar. —Y empezaron a jugar.

A todos los demonios les ganó. Y se enojaron los demonios con él y Pedro también se enojó, y les gritó: —¡Métanse en el saco, cabrones!

Y así los metió a todos en el saco. Y uno de los demonios le preguntó qué buscaba. Pedro le dijo que buscaba al Señor.

—Allí en aquella puerta es donde está —le dijo el demonio.

Y entonces Pedro fue a tocar y San Pedro contestó desde adentro: —¿Quién es?

—Soy Pedro.

—¿Eres Pedro Jugador?

—Sí.

—Pues entonces no entras aquí.

—Sí, entro —dijo Pedro Jugador.

Y estuvieron porfiando hasta que San Pedro fue a hablar con el Señor.

—Dile que entre para juzgarlo —dijo el Señor.

Y vino San Pedro y le dijo que entrara, que decía el Señor que entrara. Entró Pedro Jugador en la mera gloria con los diablos en su saco. Y cuando llegó ante el Señor, el Señor le preguntó: —¿Qué quieres, Pedro?

162

favor: when I die, tie my sack here at my side and put my deck of cards inside."

"But what do you want cards for when you won't be playing up there?" his wife said.

"Yes," Pedro said. "In the other world they play cards too."

And then Pedro went away with the Lord. All the neighbors cried for Pedro and said, "Ay! What a good man Pedro was. The Lord took him away."

When Pedro got to heaven he was shocked and said, "What am I going to do around here?"

He saw a door and went and knocked. It was the door to hell. It opened and Pedro saw some devils with horns turning souls over a fire with their pitchforks. Pedro said to one of them, "Come on. Let's play cards." And then more devils came out and Pedro told them all, "Come on and play cards." And they started playing.

He beat all the devils. They all got mad at Pedro, and he got mad at them and shouted, "Get into my sack, cabrones!" And he made them all go into his sack.

Then one of the devils asked him what he was looking for, and Pedro said he was looking for the Lord.

"He's in that door over there," the devil told him.

Pedro went over there and knocked, and from inside Saint Peter asked, "Who is it?"

"It's Pedro."

"You mean Pedro Jugador?"

"Yes,"

"Then you can't come inside."

"Yes, I will," Pedro Jugador said.

They argued until Saint Peter went to talk to the Lord.

"Tell him to come in and be judged," the Lord said.

And Saint Peter went and told him to come inside, because the Lord said he should enter. Pedro Jugador went into heaven with the devils in his sack, and when he was before the Lord, the Lord asked him, "What do you want, Pedro?"

—Si usted es él que mandó por mí —le contestó Pedro.

Y el Señor le dijo entonces: —Sí, es hora para darte tu castigo porque le has hecho mucho mal a la gente en el mundo.

—Pero y ¿cómo? Si yo no le hecho mal a nadie.

—¿Qué traes ahí en el saco? —le preguntó el Señor.

—Ahí están unos —dijo Pedro.

—Pues abre el saco —le dijo el Señor.

—No, no quiero —dijo Pedro.

Entonces el Señor llamó a San Pedro, y San Pedro abrió el saco, y salieron saltando cinco diablos.

—Pero y ¿qué has hecho? —le dijo el Señor a Pedro Jugador—. ¿Que no ves que has sacado a estos diablos del infierno?

—Era porque no los quiero. Y usted me dio este saco para que metiera en él lo no quería —dijo Pedro.

Y el Señor le dijo: —Pedro, estás haciendo mucho mal y te voy a castigar. Ya no te quiero. Ahora te vas otra vez al otro mundo. —Y mandó a Pedro otra vez a vivir donde vivía. Y todavía está vivo Pedro Jugador.

*Pedro Montoya*
*Edad: 53, Chamita, N.M.*

"You're the one who sent for me," Pedro answered.

And then the Lord said, "Yes, it's time to give you your punishment because you've done many bad things to people in the world."

"But, how's that? I haven't harmed anybody."

"What do you have there in that sack?" the Lord asked him.

"Oh, just someone," Pedro said.

"Open the sack," the Lord told him.

"No, I don't want to," said Pedro.

Then the Lord called for Saint Peter, and Saint Peter opened the sack and five devils came jumping out.

"What have you done?" the Lord said to Pedro Jugador. "Can't you see you've let those devils out of hell?"

"Well, I didn't like them. And you gave me this sack to hold anything I didn't like," Pedro said.

And the Lord said, "Pedro, you're doing a lot of harm, and I'm going to punish you. I don't like you anymore. You have to go back to the other world." And he ordered Pedro to go back and live where he used to live. And Pedro Jugador is living there still.

*Pedro Montoya*
*Age: 53, Chamita, N.M.*

163

## El mejor ladrón

## The Best Thief

Éstos eran un viejito y una viejita que eran muy pobres. Y enviaron por los padrinos de sus hijos y les dieron a los muchachos. Cada padrino educó a su ahijado conforme era. Uno aprendió a ladrón, otro a zapatero, y otro a sastre. Entonces los padrinos pensaron que sería bueno llevarlos a sus padres otra vez.

Llegó primero el padrino del menor, que era sastre, y dijo: —A ver quién puede hacer una moda mejor, yo o mi ahijado. —Y la hizo mejor el ahijado.

Luego llegó el padrino del zapatero y dijo: —A ver quién puede hacer unos zapatos mejor, yo o mi ahijado. —Y los hizo mejor el ahijado.

Y por fin vino el padrino del ladrón. Y dijo el padrino: —A ver quién es mejor ladrón.

Y salieron juntos y se fueron. Y en el camino había un álamo con un nido arriba, y había un pájaro echado en los huevos. Y dijo el padrino: —Yo voy a robarme los huevos sin que lo sienta el pájaro. Y después los voy a subir al nido otra vez sin que me sienta. Y después tú haces lo mismo, a ver si eres mejor ladrón que yo.

Pues se subió el padrino muy poco a poco, y sin que lo sintiera, el ahijado subió abajito. Y sacaba el padrino los huevos del nido y se los echaba en la bolsa. Y el ahijado, que estaba abajo, le sacaba cada uno de la bolsa y se lo echaba en la

This one is about an old man and an old woman who were very poor, so they sent for the godfathers of their sons and gave the boys to them. Each godfather educated his godson according to what he himself did. One of them learned to be a thief, another a shoemaker, and the other a tailor. Then the godfathers thought it would be a good idea for the boys to return to their parents.

The godfather of the oldest son, who was a tailor, was the first. He said, "Let's see who can make more stylish clothes, my godson or me." And the godson made the better clothes.

Then the godfather of the shoemaker said, "Let's see who can make better shoes, my godson or me." And the godson made a better pair of shoes.

Finally the godfather of the thief said, "Let's see who's a better thief."

They went off together, and along the way they came to a cottonwood tree with a bird's nest in it, and the bird was sitting on the eggs. The godfather said, "I'm going to steal the eggs without the bird even feeling it. Then I'll put them back in the nest again. Then you do the same thing. We'll see if you're a better thief than I am."

The godfather climbed slowly up the tree, and without his knowing it, the godson climbed below him. The godfather took the eggs from the nest and put them in his pocket, and the godson, who was just below him, took each egg from his

suya. Se bajó entonces el padrino, y el ahijado se bajó antes, sin que lo sintiera.

Entonces el padrino le dijo: —Bueno, hijo, aquí tienes los huevos. —Iba a sacar los huevos de la bolsa y vio que no tenía nada.

—¿Son éstos? —dijo el ahijado.

—Sí.

—Pues entonces yo soy mejor ladrón. Yo se los saqué sin que usted sintiera. —Luego el ahijado se subió al álamo y se los metió al pájaro sin que lo sintiera.

Cuando los padrinos les entregaron a los ahijados, los padres se alegraron mucho. Cuando los padrinos se fueron, los padres estuvieron preguntándoles qué habían aprendido. Y cada uno dijo lo que había aprendido. Cuando el menor dijo que era ladrón los padres se pusieron muy tristes, pero él les dijo que no tuvieran cuidado, que él no le haría mal a nadie.

Luego el rey del lugar supo que dos de los hermanos eran zapatero y sastre, y los comprendió para que trabajaran en su palacio. Y después supo que tenían un hermano que era ladrón y mandó llamarlo.

Fue el muchacho a la casa del rey y le preguntó el rey si era verdad que era ladrón. Dijo él que sí, que era verdad. El rey entonces le dijo: —Pues voy a ver si es verdad. Voy a mandar doce soldados a un lugar, cada uno con un burro cargado de dinero. Tienes que quitarles el dinero sin que lo sientan. Si haces esto, eres ladrón de verdad y te quedas en mi palacio. Si no, te mandaré ahorcar.

Conque se fue entonces el menor y les mandó a sus hermanos que le hicieran un mono del tamaño de un difunto, para que cupiera él adentro. Y se fue muy adelante sin que lo supieran los soldados. Llegaron ellos sin verlo. Y cuando ya se estaba haciendo oscurito fue y se metió adentro del mono y se colgó de un árbol.

Luego que lo vieron, los soldados dijeron: —Andan los apaches. —Y se fueron arrimando despacio. Y dijeron: —Ya mataron a uno. Vamos a rezar por él. —Y rezaron.

pocket and put it in his own pocket.

Then the godfather climbed down, and the godson climbed down ahead of him, without his knowing it.

The godfather said, "All right, son, here are the eggs." And he was going to take the eggs from his pocket, but there were no eggs.

"Are these the ones?" the godson asked.

"Yes."

"Well, then, I'm a better thief. I took them and you didn't feel it." And then the godson climbed the cottonwood and returned the eggs to the bird without her feeling a thing.

When the godfathers returned the boys, their parents were very happy, and as soon as the godfathers left, they asked the boys what they had learned. Each one told what he learned, and when the youngest said he was a thief, the parents were very sad, but he told them not to worry, that he wouldn't harm anyone.

Then the king of that place learned that two of the brothers were a shoemaker and a tailor, and he hired them to work in his palace. Later he learned they had another brother who was a thief and he sent for him.

The boy went to the king's house and the king asked him if it was true that he was a thief. He said it was. Then the king said, "I'll find out if it's true. I'm going to send twelve soldiers to a certain place, each with a burro loaded with money. You must take the money without the soldiers knowing it. If you can do that, you really are a thief, and you can stay in my palace. If you can't, you will be hung."

The boy went and told his brothers to make him a doll that was the size of a dead man, big enough for him to fit inside, and then he went on ahead without the soldiers knowing it. When it was getting dark, the boy hung the doll from a tree and then got inside.

As soon as they saw him, the soldiers said, "The Apaches are around here." And they approached very slowly. "They've already killed one man," they said. "Let's say a prayer for him." And they all prayed.

Y estuvieron hablando y preguntando dónde iban a parar esa noche, y el ladrón estaba oyendo todo. Y fueron a parar en un sitio y dejaron el dinero en los burros. Se sentaron a cenar, y entonces vino él haciendo ruido y gritando como indio.

—¡Ya vienen los indios! —gritaron, y salieron huyendo por todas partes.

Y el ladrón se llevó el dinero y se fue para su casa. Y cuando llegó con el dinero todos se pusieron a llorar, y decían que el rey lo iba a ahorcar. Él les dijo que no tuvieran miedo, que no le iba a pasar nada.

Conque otro día fue y le dijo al rey que en su casa tenía lo que era de él. Y entonces le dijo el rey: —Voy ahora a mandar otros doce soldados de la misma manera, cada uno con un burro cargado de dinero, para ver si les quitas el dinero sin sentir.

Y fue entonces y les dijo a sus hermanos que le hicieran doce vestidos de padres. Se los hicieron, y el día que salieron los soldados, él ya se había ido adelante. Iba vestido de padre. Cuando ya estaba oscureciendo se topó con los soldados, y ellos dijeron: —Ahí viene un hombre. Quién sabe si será que vienen los navajós. —Pero cuando se acercó dijeron: —No; no es navajó. Es un padre. ¡Qué buena suerte! —Se acercaron y le dijeron: —Buenas tardes le dé Dios, Padre.

—Buenas tardes, hijos.

—Apéyese, Padre.

—No, hijos, no puedo. Tengo que ir a un sitio a decir misa y hay muchos que confesar.

—Pero quédese a beber café.

Pues se apeó y sacó whiskey y les dio, y él bebió café. Y cada rato les echaba otro traguito—. Muchachos —les decía—, beban otro traguito.

Y así los estuvo emborrachando hasta que se quedaron todos dormidos. Hasta parecía que estaban muertos. Entonces los desvistió y los vistió de padres con los vestidos que traía. Y se fue el ladrón con el dinero para su casa.

Then the soldiers started talking about where they should spend the night, and the thief heard everything they said. They went off to where they planned to spend the night and unloaded the money from the burros and then sat down to eat. And then the boy started making a lot of noise and screaming like an Indian.

"Here come the Indians," the soldiers shouted and ran off in every direction. And the thief took the money and went on home. When he showed up with all that money, his parents started crying and saying that the king was going to hang him. He told them not to be afraid, that nothing was going to happen to him.

The next day he went and told the king the money was at his house. The king told him, "I'm going to send twelve more soldiers in the same way, each with a burro loaded with money. See if you can take the money without getting caught."

So the boy went and told his brothers to make him twelve priest's robes. His brothers made them, and by the time the soldiers set out, the boy had already gone on ahead of them dressed like a priest. When it was getting dark, he met up with the soldiers and they said, "Here comes someone. Maybe it's the Navajos." But when he got close they said, "No, it's not the Navajos. It's a priest. What good luck!" They went to him and said, "God give you good evening, Father."

"Good evening, my sons."

"Get down, Father."

"No, my sons, I can't do that. I have to go say Mass, and there are many people to confess."

"But at least stay and drink some coffee."

He got down and took out a bottle of whiskey and gave them some, but he drank coffee. And every so often he would give them a little more to drink. "Boys," he kept saying, "have another drink."

They all got so drunk they fell asleep. They looked like they were dead. Then he undressed them and dressed them like priests with the robes he had and went on home with the money.

Al otro día los soldados recordaron y se vieron vestidos de padres. Y se fueron para el palacio del rey. Y el sacristán del padre vio venir a los doce hombres vestidos de padres y creyó que eran padres. Fue a repicar las campanas, y salió el padre a ver quiénes eran. Pero no pararon en la iglesia porque iban al palacio del rey. Y cuando llegaron donde estaba el rey ya el ladrón le había dicho cómo había sido todo.

Dijo entonces la reina: —Éste nos quita la sábana del colchón donde dormimos y no lo sentimos.

Y el rey dijo: —Pues si no hace eso lo matamos.

Y el rey fue y mandó llamar al ladrón y le dijo: —Si me quitas la sábana del colchón donde duermo, te doy la mitad de mi caudal, y si no, penas de la vida.

Y el ladrón dijo que estaba bueno y fue entonces y les dijo a sus hermanos que le hicieran un mono del tamaño de un hombre que pudiera andar. Y les dijo que pusieran tripas llenas de sangre en el mono. Se lo hicieron.

Cuando vino la noche se acostó el rey. Apagó la lámpara y puso su espada en la puerta para matar al ladrón cuando entrara a robarle la sábana. Ya nochecita el muchacho fue metiendo el mono muy despacio.

—¡Ahí viene! —dijo la reina muy bajito. Y parecía que iba entrando. Y sacó el rey la espada y le dio fuerte y cayó el mono de sangre al suelo. Y la sangre corrió por todo el suelo.

—Ahora sí —dijo el rey—. Ahora voy a enterrarlo. —Y cuando lo levantó en la oscuridad, dijo: —¡Ay, qué pesado! —Y se lo llevó a enterrar.

Y cuando andaba el rey enterrando al mono entró el ladrón y dijo: —¡Ay, qué pesado estaba! —Y se metió en la cama y le dijo a la reina: —Hazte para allá. —Y estuvo diciéndole que se hiciera para allá hasta que sacó la sábana. Entonces dijo: —Voy a ver cómo está el difunto enterrado. —Y se fue.

The next day the soldiers woke up and saw that they were dressed like priests. They went on to the king's palace, and the sacristan of the church saw twelve men dressed in robes coming and thought they were priests. He went and rang the church bell and the priest came out to see who they were, but they didn't stop at the church because they were on their way to the king's palace. And when they got to where the king was, the thief had already told about everything.

Then the queen said, "This one could steal the sheet from the mattress we sleep on and we wouldn't know it."

And the king replied, "If he doesn't do that, we'll kill him."

And the king called for the thief and told him, "If you can take the sheet from the mattress I sleep on, I'll give you half my riches; if you don't, you'll pay with your life."

The thief said that was fine and then went and told his brothers to make him a man-sized doll that could walk. And he told them to put some intestines filled with blood inside the doll.

When night came, the king went to bed. He blew out the lamp and set his sword by the door to kill the thief when he came in to steal the sheet.

Late in the night the boy slowly pushed the doll into the room. "There he comes," the queen whispered, because it looked like someone was coming into the room. The king pulled out his sword and struck a hard blow, and the doll fell to the floor with blood running all over the place.

"Good!" the king said. "Now I'll go and bury him." And when he picked him up in the darkness, he said, "Ay! He's heavy!" and then took him to bury him.

When the king was busy burying the doll, the thief went into the room and said, "Ay! He was really heavy!" And he got into bed and said to the queen, "Move over." And he kept telling her to move over until he had removed the sheet. Then he said, "I'm going to go see if the dead man is buried yet." And he left the room.

Volvió el rey de enterrar al difunto, y dijo:
—¡Ay, qué pesado! ¡Cómo he trabajado!

Y la reina le dijo: —Ahorita me dijiste lo mismo, que estaba muy pesado.

—No —le dijo el rey—. Si yo no he entrado.

—¿Que no?

Y prendieron la lámpara y vieron la sangre y dijeron: —¿Pero a quién mataríamos? —Y luego vieron que no estaba la sábana.

Otro día llegó el muchacho y le dio la sábana al rey y le dijo: —Ésta es la sábana con que durmieron anoche.

—Sí, es verdad —dijo el rey.

Y cuando el rey supo cómo había sido todo, le dio la mitad de su caudal y le dio el sello de ladrón libre y así se hicieron ricos sus padres.

*Patrocina Roybal*
*Edad: 50, Peñasco, N.M.*

The king returned from burying the dead man and said, "Ay! He was really heavy! What a lot of work!"

The queen said to him, "You just said that to me. You just said he was heavy."

"No," the king said. "I haven't been here."

"You haven't?"

And they lit the lamp and saw the blood and said, "But who could we have killed?" And then they saw that the sheet was gone.

The next day the boy came and gave the sheet to the king and said, "This is the sheet you slept on last night."

"You're right," the king said.

And when the king learned how it had all been done, he gave the boy half his wealth and free license to be a thief, and so the boy's parents became rich.

*Patrocina Roybal*
*Age: 50, Peñasco, N.M.*

En aquellos tiempos que había reyes, había un rey que tenía un hijo que se llamaba Francisco Cazador. Lo quería mucho y le mandaba a las mejores escuelas. Aprendió mucho. Se ponía a leer mucho, y el rey se enojaba con él y le preguntaba quién componía esas mentiras, y el muchacho le respondía: —Hombres como tú. Tú eres rey. ¿Por qué no has castigado a los que han escrito estos libros?

Se quedaba callado el rey. El muchacho leyó en un libro: "En las playas de la mar se encuentra el placer de los hombres." Y dijo que él iba a ver.

Lo regañó el rey, pero dijo él: —Yo quiero ir, y me voy mañana, pero un favor quiero: que no me des dinero. —Pero la reina por debajo le dio tres diamantes.

Se fue a pie. Caminó y caminó y ni sabía para dónde iba. Un día que hambriento y sediento iba por la playa de la mar vio humo en la sierra. Se fue para allá y se encontró con unos carboneros. Llegó al campo tiznado. Les pidió lonche a los carboneros y le dieron ellos de comer. No sabían quién era. Creían que era mercador de carbón. Les dijo que no tenía dinero para pagar la comida pero que le cambiaría el traje con uno de ellos. Se puso un traje muy tiznado y se fue.

Back in the days when there were kings, there was a king who had a son named Francisco Cazador. He loved him very much and sent him off to the best schools and he learned a lot. He started reading so much that the king got mad and asked him who made up all those lies. The boy answered, "Men just like you. You're the king. Why haven't you punished the men who wrote these books?"

That shut the king up. In one book the boy read: *On the beaches of the seashore men's pleasure is found.* He said he was going to go see about that.

The king scolded him, but the boy said, "I want to go, and tomorrow I'm leaving, and I want one favor from you: Don't give me any money." But the queen secretly gave him three diamond rings.

He set out on foot and traveled and traveled without knowing where he was going. One day as he walked along the seashore feeling hungry and thirsty, he saw a cloud of smoke in the forest. He went over there and found some coal miners. He entered their sooty camp and asked the coal miners for a meal, and they gave him food. They didn't know who he was. They thought he was a coal merchant. He told them he had no money, but that he would trade his clothes with one of them. He put on the blackened suit of clothes and left.

Llegó a la orilla de la mar. Entraba él y agarraba conchas. Se empelotó todo y entró y no hallaba más que más conchas. Se cansó y fue a comer pan duro que le habían dado los carboneros.

Venía un buque de aquel lado y el capitán del buque se iba a casar con la hija del rey. Pero la cocinera había muerto. Vieron a Francisco y fueron por él a ver si quería ir de cocinero. Le preguntaron si quería ser cocinero. Dijo que sí, pero que no sabía hacer nada. Le dijo el capitán a dónde iba y lo llevó en el barco. El capitan marinero era bueno. Le dijo: —¿Y tú, cómo te llamas?

—Francisco Cazador.

—Te quiero para concinero. Te pago un peso al día.

Fue y ni sabía hacer lumbre y todos empezaron a reirse de él. Se hizo el tonto Francisco, y los otros dijeron que era un bruto para divertirse con él.

Cuando llegaron al puerto, Francisco le dijo al capitán: —¿Con quién se va a casar usted?

—Con la hija del rey.

Y él, corriéndole la baba, haciéndose tonto, dijo: —A que yo me caso con ella primero que usted.

—Bueno, bueno, vamos —dijo el capitán.

—Le apuesto mi vida contra toda su riqueza —le dijo Francisco al capitán.

Hicieron el papel. —Aquí falta —le dijo Francisco—. No ha firmado el notario público. Hace otro para usted. Éste es para mí.

—Te va a matar el rey —le decía el capitán a Francisco—. No vayas allá con pendejadas. Quédate aquí.

Llegaron a la casa. Supo la princesa que había llegado el capitán y mandó que le pusieran una cama en el corral de los caballos. Dijo Francisco que iba a ir con él a ver al rey. El capitán le decía que no fuera, que lo iban a matar, pero el tonto decía: —Yo voy también.

He got to the seashore and went into the water and collected shells. He took off all his clothes and dived in, but all he found was shells. When he was tired, he went to eat the hard bread the coal miners had given him.

Then a ship came sailing along the shore. The captain was on his way to marry the king's daughter, but the ship's cook had died, so when they saw Francisco they went to see if he wanted to go along with them as cook. He said he did, but that he didn't know anything about cooking. The captain told him where they were going and they took him to the ship. The captain was a kind man. He said, "And what is your name?"

"Francisco Cazador."

"I'd like you to be my cook. I'll pay you one peso a day."

He went with them, but he didn't even know how to start a fire, and everyone started laughing at him. Francisco acted stupid, and the others thought he was a fool they could make fun of for their own entertainment.

When they got to port, Francisco asked the captain, "Who are you going to marry?"

"The king's daughter."

And acting stupid and slobbering, Francisco said, "I'll bet I marry her before you do."

"Come on, now. That's enough," the captain said.

"I'll bet my life against all your riches," Francisco said.

They prepared the contract. "Something's missing," Francisco said. "This hasn't been signed by a notary public. Make another copy for yourself. This one is mine."

"The king is going to kill you," the captain told Francisco "Don't go around there with your foolish tricks. Stay here."

They went to the king's house, and when the princess found out the captain had arrived she ordered a bed placed for him in the stable. Francisco said he would go with him to see the king, but the captain told him not to go, that they were going to kill him. But the foolish boy kept saying, "I'm going."

Fue el capitán en su bogue a ver a la princesa.
Francisco se fue atrás de él. Cuando llegó el
capitán al palacio lo metieron a él, y el tonto se
quedó afuera dando vuelta y vuelta alrededor del
palacio. Entró en la cocina por un caño donde
echaban la comida. No vio a nadie. Se sentó en la
puerta con un diamante en el dedo.

—¿Qué haces aquí? —preguntó la cocinera.

—Nada.

—¿Quién te trajo?

—Nadie.

—¿Qué quieres?

—Tengo hambre.

—¿Tienes hambre? ¡Que bonito anillo traes!
Véndemelo.

—No quiero.

Fue la cocinera y llamó a la princesa: —Hay
un carbonero ahí lleno de engrudo de comida, y
tiene un anillo muy bonito.

Entró la princesa y dijo: —Buenas noches.
¿Qué haces tú aquí?

—Nada.

—¡Qué hombre tan puerco! —decía ella—.
¿Por qué no te lavas la cara? A ver tu anillo.
Véndemelo.

—No lo vendo.

—Pues regálamelo.

Se fue la cocinera. La princesa quería que se lo
regalara. Y dijo él: —Pues, que duermas conmigo
esta noche.

Y fue la princesa y dijo a la cocinera: —Me da
el anillo si duermo con él. Duerme tú con él. Yo
limpiaré todo.

Se acostaron y durmió con la cocinera. Cuando volvió allí donde se quedaban, le dijo el
capitán: —¿Cómo te fue con la novia?

—Muy bien —le respondió.

Otro día le quedaban dos anillos todavía, y
cuando dijo el capitán que iba a ver a su novia, el
tonto dijo que él también iba, y fue atrás de él.

The captain went to see the princess in his
buggy, and Francisco went along behind. When
the captain got to the palace, they let him in, and
the foolish boy stayed outside walking around
and around the building. He got into the kitchen
through a tube they used for shoving food inside,
and no one was there. He sat in the doorway with
a diamond ring on his finger. The cook came and
asked him, "What are you doing there?"

"Nothing."

"Who let you in here?"

"No one."

"What do you want?"

"I'm hungry."

"You're hungry? What a pretty ring! Sell it to
me."

"I don't want to."

The cook went and told the princess, "There's
a coal miner out there, all caked with food, and
he's wearing a beautiful ring."

The princess went to see him and said, "Good
evening. What are you doing here?"

"Nothing."

"What a filthy man!" she said. "Why don't you
wash your face? Let's see your ring. Sell it to
me."

"I won't sell it."

"Then give it to me."

The cook went away, and the princess kept
asking him to give her the ring as a gift, until
finally he said, "I will if you sleep with me
tonight."

The princess went and told the cook, "He says
he'll give me the ring if I sleep with him. You
sleep with him instead. I'll take care of everything."

They went to bed, and he slept with the cook.
When he went back to where they were staying,
the captain asked him, "How did it go with the
princess?"

"Very well," he answered.

The next day he still had two rings left, and
when the captain said he was going to go see his
sweetheart, the foolish boy said he was going too,

Llamó la cocinera a la princesa y ésta quiso comprarle el anillo.

—No quiero venderlo —respondió. Se lo regaló a la novia. Durmió con la cocinera.

Otro día le preguntó el patrón cómo le iba con la novia. —Bien —le respondió. Y porque él dijo que comía bien allí, se enojó el capitán.

Fueron otra vez, y volvió a entrar en la cocina con otro anillo más bonito. Llegó la princesa y al ver el anillo dijo: —Ése es anillo de reina. ¿Cuánto quieres por él?

—Que duermas conmigo esta noche. —Y durmió la princesa con él. Detrás de la cama se sentó. Miró la puerta y dijo que quería que echaran la llave para que no lo mataran. Se divirtió y se acostó en calzón blanco. Quería que la princesa se casara con él, y quedaron en que otro día se iban a casar.

—Mañana le dices a tu padre el rey que es el último día que vas a estar y que haga fiesta, y que llame al capitán. Yo te saco de allí.

Se fue en la mañana, pidió dinero, se lavó y peinó. Se hizo la barba y se puso un regular vestido y se fue para la fiesta. Cuando ya iba llegando volteó la cara para atrás y vio dos señoras. Las invitó a la fiesta, y fueron los tres y así entró.

Empezaron a emborracharse todos y a platicar y a decir quiénes eran. El capitán dijo que era marino, hijo de padres pobres. Y dijo Francisco: —Yo soy un pobre joven. Cuando yo estaba chiquito mi madre me hizo un arco y tres flechas para que jugara. Y me fuí a una sierra a cazar y vi un río, y quería beber agua y me bajé. Había árboles allí. Me hizo mal el beber y me acosté. Vi venir una paloma y le tiré y se quedó la flecha. Otro día tiré a otra y quedó sólo una flecha. Otro día tiré a la última y la pegé y voló la paloma y dejó una pluma allí.

and he went along behind. The cook called for the princess, and she wanted to buy the ring from him.

"I don't want to sell it," he answered. He gave it to the princess and slept with the cook.

The next day his boss asked him how it went with the princess. "Good," he answered. He said he was eating very well at the palace, and the captain got mad.

They went to the palace again, and the boy went into the kitchen again with an even more beautiful ring. The princess came to see the ring and said, "This is a queen's ring. How much do you want for it?"

"You must sleep with me tonight." And the princess slept with him. He sat down behind the bed and then looked at the door and told her to lock it so that no one could come in and kill him. He took his pleasure, and then lay down to sleep in his underwear. He wanted the princess to marry him, and they agreed that the next day they would get married.

"Tomorrow tell the king that it's the last day you'll be living there, and to give a big party and invite the captain. I'll take you away from there."

He went away in the morning and asked for money and washed himself and combed his hair. He trimmed his beard and put on normal clothes and went off to the party. As he was arriving, he looked back and saw two women and invited them to the party, and the three of them went in together.

Everyone started to get drunk and tell about whom he was. The captain said he was a seaman, the son of poor parents. And Francisco said, "I am a poor young man. When I was little my mother made a bow and three arrows for me to play with. I went to the mountains to hunt and saw a river, and since I wanted to drink some water, I went down there. The water made me sick and I lay down under some trees that were nearby. I saw a dove coming and shot at her and she took my arrow. The next day I shot another arrow and so I had only one left. The next day I

Sacó la camisa de la princesa. —Ésta es.

Y dijo la princesa: —Éste es el marido mío.

Y se casaron. Los tres anillos eran las tres flechas.

*Pedro Montoya*
*Edad: 53, Chamita, N.M.*

shot my last arrow and hit her, and the dove flew away, leaving one feather behind."

He pulled out the princess's nightgown. "This is it."

And the princess said, "This is my husband." And they got married. The rings were the three arrows.

*Pedro Montoya*
*Age: 53, Chamita, N.M.*

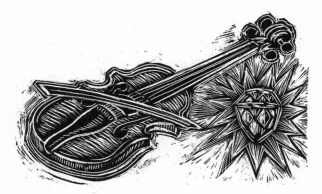

*La orgullosa*

*The Proud Girl*

Éste era un rey que era de Prusia y tenía una hija que era muy orgullosa. Todas las tardes salía a pasearse al jardín. El hijo del rey de España pretendía casarse con ella. Una tarde salió él a mostrarse con ella en el jardín y cuando la vio la saludó y le dijo que pretendía casarse con ella.

Ella le preguntó quién era, y él le dijo que era el hijo del rey de España. Ella le contestó diciéndole que el hijo del rey de España no merecía atarle los zapatos, mucho menos casarse con ella. Entonces él se avergonzó mucho con lo que ella le dijo y se fue a la casa de una vieja que vivía cerca del palacio del rey. Le contó a la vieja lo que le había pasado con la princesa y le dijo que él estaba muy triste y que le diera un consejo.

Entonces la vieja le dijo: —¿Tú sabes tocar el violín?

Y él le dijo que sí, que tocaba muy bien.

—En casa del rey siempre necesitan un violinista que les toque a las horas de la comida. El que ya tienen está para salir. Yo te buscaré ese trabajo y cuando tú entres es seguro que al fin ella se interesará contigo y se casarán.

Por fin salió el violinista que estaba y la vieja le buscó el trabajo. Fue donde estaba el rey, y le dijo: —Señor rey, ¿no quiere usted a un muchacho que sabe tocar el violín?

This one is about a king of Prussia who had a very proud daughter. Every evening she would go walking in the garden. The son of the king of Spain wanted to marry her, and so one evening he went out to meet her in the garden and greeted her and said he would like to win her hand in marriage.

She asked him who he was, and when he said he was the son of the king of Spain, she said the son of the king of Spain wasn't fit to tie her shoes, much less marry her. He was very shamed by what she said and went to the house of an old woman who lived near the king's palace and told the old woman what had happened with the princess. He said he was very sad and asked her for advice.

The old woman asked him, "Do you know how to play the violin?"

He said he did, that he could play very well.

"They always need a violin player in the king's house to play for them at dinner. The one they have now is about to leave. I'll try to get the job for you and when you start working there, she'll surely become interested in you and marry you."

Finally the violin player left, and the old woman tried to get the job for the prince. She went to the king and said, "Señor Rey, could you use a boy who can play the violin?"

Entonces el rey le dijo: —Puntualísimamente lo necesitamos aquí. Llámalo para acá.

Él fue a la presencia del rey y se arreglaron que él tenia que tocar a las horas de la comida. Entró al trabajo y le dieron su cuarto. La hija del rey tenía que pasar por el cuarto de él para ir al suyo, donde dormía con sus damas.

Él fue y agarró unos diamantes muy grandes que tenía y los puso arriba de la mesa de su cuarto para que los viera la princesa. Con aquello alumbraba el cuarto. No prendía lámpara. Y se ponía todas las tardes a tocar el violín.

En una de las veces que la princesa pasó con sus damas, le llamó la atención lo que estaba en la mesa, los diamantes. Él vino y cerró la puerta cuando ellas pasaron. Entonces ella les dijo a sus damas: —Vamos al cuarto del violinista a ver lo que es eso que brilla en su mesa.

Llegaron a la puerta y tocaron, y él preguntó: —¿Quién?

Y ella dijo: —Soy la princesa.

—¿Qué quiere la princesa aquí? —dijo él.

—Pues venimos a que nos toques un rato en el violín.

Estuvo tocándoles un rato en el violín, y a ella le gustaron muchísimo los diamantes, y se interesó tanto de ellos que les dijo a sus damas cuando ya se retiraron a sus cuartos: —¡Va! ¡Cómo quisiera yo que el violinista me diera esos diamantes! Yo ya tengo, pero no como esos.

Otro día las damas volvieron a salir a pasearse en la tarde y después volvieron a su cuarto. Entonces fue la princesa sola al cuarto del violinista y trató de mercarle los diamantes.

—¡Oh, no! —le dijo él—. Yo los tengo para mí.

—Pero debes vendérmelos —decía ella.

Entonces le dijo él: —No te los vendo, pero te los doy si prometes casarte conmigo.

Ella no sabía que era aquél que había salido al jardín. —Bueno —le dijo ella—. Sí, me caso contigo si me los das.

The king said, "We need him this very minute. Call him in."

The boy went before the king and they arranged for him to play music at dinner. He started working there and he was given a room, and the king's daughter had to go through his room to get to her own room, where she slept with her ladies.

He took out some big diamonds he had and he put them on the table in his room so that the princess would see them. He used them to light his room. He didn't even light a lamp. And each evening he would play his violin.

Once when the princess went by with her ladies, she noticed the glow of the diamonds on the table. The boy closed the door after they had gone through, and the princess said to her ladies, "Let's go to the violin player's room to see what's making the glow on his table."

They went to the door and knocked, and he said, "Who is it?"

She said, "It's the princess."

"What does the princess want here?" he asked.

"We came to listen to you play your violin for a while."

He played the violin for them for a while, and she really liked the diamonds. She wanted them so much that when she got back to her room she said to her ladies, "Oh! How I wish the violin player would give me those diamonds. I already have some, but not like those ones."

The next day they went out walking in the evening again and then returned to their room. And then later the princess went to the violin player's room alone and tried to get him to sell her the diamonds. "Oh, no," he told her. "Those are for me."

"But you really should sell them to me," she said.

Then he told her, "I won't sell them to you, but I'll give them to you, if you promise to marry me."

She didn't know he was the same one who had met her in the garden. "All right," she said. "I'll marry you if you give them to me."

Se los dió y así estuvieron hasta que se conocieron muy bien. Cuando ya pensaron casarse,
ella le dijo: —Yo tengo mucho miedo decirle a mi
padre que voy a casarme contigo, porque él no va
a querer que yo me case con el violinista que está
en mi casa. Pero vamos a hacer esto: nos vamos
de aquí y nos casamos en otro lugar.

Prepararon su viaje, y ella dijo: —Voy a ver al
negro para que prepare el coche y saque todo el
dinero que pueda, y nos vamos.

Salieron con todo y hicieron el viaje. La
princesa no traía más ropa que su vestido que
llevaba. Empezaron a caminar y a llegar a
hoteles, y ella haciendo muchos gastos. Tenían
que ir hasta España.

Cuando ya se acabó el dinero comenzaron a
vender diamantes. Luego vendieron el carruaje y
los caballos. Cuando llegaron a la ciudad donde
su padre de él vivía, la dejó fuera de la ciudad y le
dijo: —Éste es el lugar donde vive mi padre. Es
muy pobre. Yo voy a avisarle que aquí está mi
esposa para ver dónde vamos a vivir.

Fue él al palacio donde estaban sus padres y se
plantó y comió y fue y le aconsejó al carbonero de
su casa que fuera con él y que dijera que era su
padre. Lo llevó y le dijo a la princesa: —Salúdale.
Es mi padre.

Entonces dijo el carbonero: —Ahora voy a ver
dónde puedo alquilarles un cuarto para vivir.

Fue y halló un cuarto fuera de la plaza. Ya el
vestido de ella estaba todo roto, y él diciéndole
que era muy pobre.

Le dijo el suegro: —Pues ya les alquilé un
cuarto y te voy a dar unas cosas para que vendas.

Vino y le puso trastes de indio para que
vendiera. Y le pusieron unas botellas de licor
para que vendiera también. Y luego fue el
príncipe y les aconsejó a sus soldados que fueran
a comprarle licor y que se hicieran los embolados
y quebraran todo pero que no le tocaran a ella.

Ya su vestido estaba hecho garras, y fue él y le
compró unas yardas de indiana de la más corrien-
te, y le dijo: —Toma, para que te hagas un

He gave her the diamonds, and they went on
like that until they got to know each other very
well. When they figured it was time to get
married, she said to him, "I'm afraid to tell my
father I'm going to marry you because he's not
going to want me to marry a violin player who
works for him. Let's run away from here and get
married in another place."

They made ready to leave, and she said, "I'll
go tell the Black man to get the carriage ready
and load up all the money he can, and then we'll
go."

They took everything and started out, and the
princess brought no other clothes than the dress
she was wearing. They started traveling all over
and staying at hotels, and the princess spent a lot
of money. They went clear to Spain.

When the money ran out, they started selling
diamonds. Then they sold the carriage and the
horses. When they arrived at the city where the
boy's father lived, he left her at the edge of town
and told her, "This is where my father lives. He's
very poor. I'll go tell him that my wife is here and
see about a place for us to live."

He went to the palace where his parents lived
and dressed himself up and ate and then went
and got the coal shoveler to go with him and say
that he was his father. He and the coal shoveler
went to where the princess was, and he told her,
"Say hello to my father."

Then the coal shoveler said, "I'll go see about
renting you a room to live in." And he went and
found a room outside the town. By now her dress
was all torn, and all the while the boy kept saying
he was very poor. The father-in-law said to her,
"I've rented you a room and I'll bring you some
things you can sell."

He brought Indian trinkets for her to sell, and
some bottles of liquor too. Then the prince went
and told his soldiers to go and buy liquor and to
act drunk and break everything, but not to touch
her.

By now her dress was in rags, and he went
and bought several yards of common Indian
calico and told her, "Here, take this to make

vestido. —Ella estaba muy contenta porque ya no podía menos.

Empezaron a llegar soldados y a tratar con ella. Ella estaba contenta viendo que le salía bien. Empezaron los soldados a beber tragos. Enseñaron que estaban embolados y se pelearon. Hicieron bola, quebraron los trastes y todo y ella salió huyendo. Cuando vino su esposo, le dijo:

—¿Qué ha habido?

—Vinieron los soldados y se embolaron y tiraron todo.

—¿Ahora que dirá mi padre? —dijo él. Estaban muy tristes.

Luego vino su padre y vio esto, y dijo: —Ahora yo te diré qué hacer. En casa del rey necesitan una friegaplatos. Si tú quieres ir allá para ganar algún dinero yo te llevaré.

Entonces ella dijo que bien. Ella entró a trabajar en la casa del rey y en la noche iba a su cuarto. Y trabajaba tan bien que la esposa del rey decía: —¡Ah! ¡Qué muchacha ésta! Se me hace que es de sangre real. No me gusta mandarle.

Un día el príncipe le dijo a su esposa: —Oye, yo quiero caldo. ¿Por qué no me lo traes de la casa del rey?

—¿Pero cómo? —le dijo ella—. Pienso que no puedo.

—Sí puedes. Ponlo en una ollita y la atas a un mecate y te la cuelgas de las enaguas y así la sacas.

Todo esto lo hacía para quitarle el orgullo a ella. Esa noche él fue y le dijo a su madre: —Vamos a dar un banquete. Quiero que inviten a todos y preparen una cena y música y todo. Y quiero que inviten a todas las familias principales, a ver cuál me gusta para casarme. Pero lo hagan con la condición de que la friegaplatos se quede en la misma casa también.

Ya tenían todo preparado para la fiesta. Todas las muchachas estaban preparadas. Cuando ya estaba toda la gente y comenzó la música para comenzar una marcha, la pobre estaba allí con su

yourself a new dress." And she was happy, because she couldn't do any worse.

The soldiers started arriving and doing business with her, and she was happy to see that everything was going well. The soldiers started buying drinks, and then they started acting drunk and fighting. They started brawling and breaking the furniture, and she ran away from there. When her husband arrived, he asked, "What happened?"

"The soldiers came and got drunk and tore everything up."

"Now what will my father say?" he said, and they were very sad.

Then his father came and saw it all and said, "I'll tell you what you'd better do now. They need a dishwasher in the king's palace. If you want to go there and make a little money, I'll take you."

She said she would, and she started working in the king's house, and at night she would return to her room. She worked so well that the king's wife said, "Ah, what a girl that is! She almost seems to have royal blood. I don't like to give her orders."

One day the prince told his wife, "I want some soup. Why don't you bring me some from the king's house?"

"But how can I do that?" she said. "I don't think I can."

"Sure you can. Put it in a pot and tie a rope to it and hang it under your petticoats. You can sneak it out of the house that way."

He was doing all of this to rid her of her pride. That night he went and told his mother, "Let's give a big banquet. I want you to invite everyone and prepare a dinner and have music and all. I want to invite all the best families, to see if I find anyone I'd like to marry. But I want all this on the condition that the dishwasher be kept here in the house too."

Everything was ready for the party and all the girls were there in their party dress. Just when everyone was there and the music began for a promenade, the poor girl was ready to leave, with

ollita de caldo colgada para salir. Se escondió detrás de una puerta.

Él arrancó para la cocina y dijo: —Quiero a la friegaplatos. —Y la sacó a bailar.

Fue y entró en la marcha bailando hasta que se le cayó el caldo y cayó desmayada. La llevaron al baño y la limpiaron y la vistieron linda de novia. La sacaron y la pusieron en el salón donde se sentaban los novios.

Cuando ya volvió bien en sí, él le dijo: —¿Sabes quién soy?

Y le dijo ella que no.

—Pues yo soy hijo del rey de España. Soy el que te habló en el jardín y a quien dijiste que no era digno de amarrarte los zapatos.

Pues ahí estaba el padre y los casó. Siguió el baile y la buena cena y se acabó la fiesta.

*Pabla Sandoval*
*Edad: 71, Chamita, N.M.*

178

the pot of stew hanging under her skirt. She hid behind the door.

The prince ran to the kitchen all dressed in his finery and said, "I want the dishwasher." And he led her out to dance.

He took her and entered the promenade, and they danced until the pot of stew fell from under her skirt, and she fainted. They carried her to the bathroom and washed her and dressed her like a bride, and then took her to the room where all the young couples were sitting.

When she came to, he asked her, "Do you know who I am?"

She said she didn't.

"I'm the son of the king of Spain. I'm the one who spoke to you in the garden, the one you said wasn't worthy of tying your shoes."

The priest was there and he married them. The dance went on and the fine supper and the whole celebration too.

*Pabla Sandoval*
*Age: 71, Chamita, N.M.*

## El codicioso y el tramposo

## The Greedy Man and the Trickster

Éstos eran dos compadres. Uno era rico y muy codicioso, y el otro era pobre y muy tramposo. Una vez el tramposo hizo un plan para sacarle mucho dinero a su compadre. Tenía un conejito y le dijo a su compadre que el conejito sabía hacer mandados. Lo mandó a su casa a decirle a su mujer que tuviera la comida lista para cuando llegara. Y le había dicho todo a su mujer para que ella le ayudara con la trampa. La mujer tenía otro conejito en la casa, y cuando llegaron los hombres a la casa, estaba allí el otro conejito. Y la mujer ya tenía preparada la comida y todo.

El rico se admiró mucho de ver que el conejito hacía mandados. El pobre le preguntó a su mujer:
—¿Vino el conejito a decirte que tuvieras la comida lista?

—Sí —dijo la mujer—. Y ya la comida está lista.

El codicioso se interesó mucho en comprar el conejito. Y el compadre pobre se lo vendió por cien pesos. Cuando el rico se fue con el conejo, el pobre le dijo que no le fuera a hablar muy recio al conejo porque se iba a espantar.

Cuando el rico llegó a su casa se acostó y le dijo al conejito que le llevara fósforos. Pero le habló muy recio, y el conejito pescó la puerta y se fue. El rico se levantó pronto y fue a buscar el conejito, pero no lo encontró. Luego fue a la casa

This one is about two compadres. One of them was rich and very greedy, and the other was poor and a trickster. One time the tricky man came up with a plan to get a lot of money from his compadre. He had a little rabbit, and he told his compadre that the rabbit could run errands. He sent it to his house to tell his wife to have dinner ready for him when he got there, and he had already told his wife about it so that she would help him play the trick. The wife had another rabbit in the house, and when the men arrived the other rabbit was there, and the woman had the dinner all ready.

The rich man was amazed to see that the rabbit could run errands. The poor man asked his wife, "Did the rabbit come and tell you to have dinner ready?"

"Yes," the woman said. "And dinner is ready and waiting."

The greedy man was very interested in buying the rabbit, and the poor compadre sold it to him for one hundred pesos. When the rich man left with the rabbit, the poor man told him not to talk to it in a loud voice, because that would scare it.

When the rich man got home he lay down and told the rabbit to bring him some matches. But he spoke in a loud voice, and the rabbit ran out the door and disappeared. The rich man got right up and went looking for the rabbit, but he couldn't find it. Then he went to his compadre's

de su compadre y le preguntó si no estaba allí. El compadre le dijo que no, y ya no más lo volvieron a ver.

Después hizo el tramposo otro plan para sacarle dinero a su compadre. Fue y mató un borrego y llenó las tripas de sangre y fue y se las amarró a su mujer en el pescuezo. Entonces le dijo: —Voy al campo con mi compadre y cuando venga te pregunto si está lista la comida. Y tú me dices que no, y entonces yo me enojo y te corto la tripa de sangre. Tú te haces la muerta, y después yo chiflo tres veces con este pito y revives.

Se fue al campo con su compadre y cuando volvieron le preguntó a su mujer: —¿Ya está lista la comida?

—Todavía no —contestó la señora.

Y él, del coraje que le dio, sacó su cuchillo y le cortó la tripa de sangre a su mujer. Le salió sangre por dondequiera y cayó la mujer al suelo como muerta.

—¡Ay, compadre, que ya mató a mi comadre! —gritó el rico. Pero el pobre no dijo nada. Sólo sacó un pito que traía y empezó a chiflar. Y a los tres chiflidos la mujer se levantó y se puso a preparar la comida.

Aquél se quedó muy admirado de ver que su compadre pobre había resucitado a su mujer chiflando tres veces con un pito.

—Eso lo hago siempre que le quiero dar un sustito, para que haga lo que le mando —dijo el pobre.

El rico se interesó mucho en el pito y le dijo a su compadre que se lo vendiera. El pobre le dijo que no lo vendería por ningún dinero. Pero el codicioso quería mercarlo por lo que le pidiera. Y el pobre entonces le dijo que se lo daría por un tiro de caballos, un carro, y dinero y provisiones. El rico le dio todo eso y se fue para su casa con su pito.

Luego que se fue, el pobre tramposo le dijo a su mujer: —Ahora que tenemos caballos y carro, y algún dinero, vamos a mudarnos de aquí. —Y se fueron para otro lugar a vivir.

house and asked if it was there. The compadre said that it wasn't, and they never saw it again.

Then the tricky man came up with another plan to get money from his compadre. He killed a sheep and filled the intestines with blood and then tied them around his wife's neck. He told her, "I'm going to the fields with my compadre and when I get back I'll ask you if dinner is ready yet. You say no, and then I'll get mad and cut the intestine full of blood. You pretend to be dead, and then I'll blow this whistle three times and you come back to life."

He went out to the fields with his compadre and when they got home he asked his wife, "Is dinner ready yet?"

"Not yet," the woman answered.

And he was so mad he pulled out his knife and cut the intestine full of blood around his wife's neck. Blood ran all over the place, and she fell to the floor like she was dead.

"Ay, compadre! You just killed my comadre!" the rich man cried. But the poor man didn't say a thing. He just took out a whistle and started to blow it. When he blew it the third time, the woman got up and started making supper. The rich man was amazed that his poor compadre had revived his wife by blowing three times on a whistle.

"I do that whenever I want to give her a bit of a scare so that she'll do what I tell her," the poor man said.

The rich man was very interested in the whistle and asked his compadre to sell it to him, but the poor man said he wouldn't sell it for any amount of money. The greedy man said he was willing to pay whatever he wanted, and finally the poor man said he'd give it to him for a team of horses and a cart, and money and provisions. The rich man gave him all of that and went on home with the whistle.

And then the tricky poor man told his wife, "Now that we have horses and a cart, and some money, let's move away from here." And they went to live in another place.

Y el codicioso le preguntó a su mujer una mañana si ya tenía el almuerzo listo. Dijo ella que no, que todavía no estaba nada listo porque era todavía muy de mañana.

—No me hables así —le dijo su marido, muy enojado. Y sacó su cuchillo y le cortó el gaznate. Y cuando ya la vio muerta en el suelo, sacó su pito y empezó a chiflar. Y chiflaba y chiflaba, pero nada se resucitaba la pobre. Ya estaba bien muerta. Entonces hizo el funeral y todo y se fue a buscar a su compadre para vengarse.

Cuando el rico supo que el pobre se había mudado, se puso en camino con mulas y peones y dijo que lo iba a buscar hasta que lo encontrara, no importaba dónde estuviera. Y juró que si lo hallaba, lo iba a echar en la mar.

Y al fin lo encontró y le dijo: —Ahora sí, compadrito. Ahora sí no se me queda. Yo lo voy a echar en la mar. —Y con sus peones lo agarró y lo echó en un saco para llevarlo a la mar. Lo subieron en una mula y se fueron todos para echarlo en la mar.

Y allí donde iban los peones se detuvieron para que pastorearan un poco las mulas y para que cenaran los hombres. Y cuando estaban cenando dejaron a aquél en el saco junto a la puerta. Y pasó por allí uno de los peones de la casa que era muy curioso y que se acercó a ver qué había en el saco. Abrió el saco y vio al pobre adentro y le preguntó por qué lo llevaban allí.

—Es que me llevan a casarme con la hija del rey, pero yo no quiero casarme con ella porque es tuerta —le dijo el pobre tramposo.

—Métame a mí —dijo el peón—. Yo sí me caso con ella, aunque sea tuerta.

—Bueno —le dijo el otro. Y salió del saco y metió al otro y lo amarró bien.

Cuando ya aquéllos acabaron de cenar salieron y pusieron el saco en una mula y se fueron. Y lo llevaron a la mar y lo agarraron para echarlo.

—Yo sí me caso con ella, aunque sea tuerta —les dijo el peón. Pero no le valió porque de todos modos lo echaron en la mar y se ahogó. Y

And then one morning the rich man asked his wife if his breakfast was ready. She said no, that nothing was ready because it was still early.

"Don't talk to me like that," he said angrily to his wife. And he pulled out his knife and slit her gizzard. And when he saw that she was dead on the floor, he took out the whistle and started to blow. He blew and blew, but the poor wife didn't stir. She was good and dead. He held a funeral for her, and then set out looking for his compadre to get revenge.

When the rich man found out that his compadre had moved, he started out down the road with mules and servants, saying he wouldn't stop searching until he found his compadre, no matter where he was. He swore that if he found him he would throw him into the sea.

Finally the rich man found his compadre and said, "All right, compadrito. This time you won't get the best of me. I'm going to throw you into the sea." And with his servants' help he grabbed the poor man and stuffed him into a sack to carry him to the sea. They lifted him up onto a mule and all set out for the ocean.

But as the servants traveled along, they decided to stop for a while so the mules could graze and the men could eat dinner. While they were eating, they left the poor man in the sack next to the door, and one of the house servants who was very curious went over to see what was in the sack. He opened it and saw the poor man inside and asked him why they had him in there.

"It's because they're taking me to be married to the king's daughter, but I don't want to marry her because she only has one eye," the tricky poor man said.

"Put me in there," the servant said. "I'll marry her even if she is one-eyed."

"All right," the poor man said. And he got out of the sack and let the servant get in and then tied it up tight.

When the others had finished their dinner, they came out and loaded the sack onto the mule and went on. They took it to the sea and then unloaded it to throw it into the water.

el otro ya venía muy contento y se encontró con su compadre rico.

—Pero, compadre del diablo —le dijo—, ¿que no lo acabamos de echar en la mar?

—Es que me echaron muy a la orillita —le dijo el pobre tramposo—. Mire lo que traigo para vender. Si me hubieran echado más adentro hubiera traído cosas más bonitas para vender.

—Y le enseñaba cositas de esas que se venden en la orilla de la mar.

El codicioso le dijo: —Pues écheme a mí, compadre, para ver si yo saco muchas cositas.

Y fueron los peones y lo echaron bien en el medio de la mar. Y allí se queda hasta ahora.

*Pabla Sandoval*
*Edad: 71, Chamita, N.M.*

"I'll marry her, even if she is one-eyed," the servant kept crying. But it did him no good because they threw him into the sea anyway and he drowned. And the poor man went happily on his way and met up with his rich compadre.

"Damn it, compadre," he said. "Didn't we just throw you into the sea?"

"You just threw me close to the shore," the tricky poor man said. "Look what I brought back to sell. If you had thrown me farther out to sea, I could have brought back even better things to sell." And he showed him some of the little things they sell along the seashore.

The greedy man said, "Throw me in, compadre, so that I can get some things."

And the servants took him and threw him way out in the middle of the sea. And that's where he's been to this very day.

*Pabla Sandoval*
*Age: 71, Chamita, N.M.*

*Pedro y el obispo*

*Pedro and the Bishop*

Una mujer tenía un hijo que se llamaba Pedro, y este Pedro era un muchacho muy perverso. Un día le dijo a su mamá: —Mamá, voy a matar al marrano para venderlo. —Y lo mató y lo echó en una mula para ir a venderlo.

Y primero llegó a la casa del obispo. Y este obispo tenía dos padres con él en su casa. Cuando vieron venir a Pedro, uno de los padres le dijo al otro: —Ahí viene Pedro con un marrano. Voy a decirle que es un burro y no un marrano.

Llegó Pedro y les preguntó si querían mercar marrano. Uno de los padres le dijo: —No es marrano, es burro.

Y Pedro les dijo: —No es burro sino marrano, pero si el obispo dice que es burro se lo doy dado.

Y salió el obispo y le preguntaron si era burro o marrano. Y el obispo dijo que era burro. Y entonces Pedro les dejó el marrano dado y se fue para su casa.

Cuando llegó, su mamá le preguntó cómo le había ido con el marrano, y Pedro le dijo que lo había vendido fiado en tres plazos. La mamá empezó a regañarlo y le decía que nunca le iban a pagar. Y él se enojó y le robó las enaguas y el tápalo, y decía que sí le iban a pagar.

Entonces Pedro se puso las enaguas y el tápalo de su mamá, y se fue a la casa del obispo. Cuando

There was once a woman who had a son named Pedro, and this Pedro was a very mischievous boy. One day he told his mother, "Mamá, I'm going to kill a pig and sell it." He killed it and loaded it on a mule to go and sell it.

First he went to the bishop's house. The bishop had two priests living with him in his house, and when they saw Pedro coming, one of the priests said to the other one, "Here comes Pedro with a pig. I'm going to tell him it's a burro, and not a pig."

When Pedro got there and asked them if they wanted to buy a pig, one of the priests said, "That's not a pig, it's a burro."

Pedro said to them, "It's not a burro, it's a pig, but if the bishop says it's a burro, I'll give it to him for free."

The bishop came out and they asked him if it was a burro or a pig, and the bishop said it was a burro, so Pedro let them have the pig and went on home.

When he got home, his mother asked how it had gone with the pig, and Pedro said he had sold it on credit for three payments. His mother started to scold him and say that he'd never get paid. Pedro got mad and said they sure would pay him. He took his mother's pinafore and shawl.

Pedro put on his mother's pinafore and shawl and went off to the bishop's house. When he got

llegó, salieron el obispo y los dos padres a recibirlo. Y creyeron que era una muchacha muy bonita y se volvieron locos con ella. Dijo ella que quería que el obispo la confesara, y el obispo dijo que se quedara allí esa noche y que otro día por la mañana la iba a confesar.

Se quedó ella, pero les dijo que no quería que durmiera gente cerca de ella. Se quedó sólo el obispo, y se fue Pedro a acostar. Se desvistió y se desfajó un chicote que traía. Y entró en el cuarto donde estaba el obispo ya desvestido para acostarse. Sacó el chicote y empezó a darle chicotazos, y le dijo: —¿Qué era aquél, burro o marrano?

—¡Marrano! —gritó el obispo. Y conoció a Pedro y le dijo: —No me mates, Pedro. Te digo que era marrano.

Y Pedro le hizo darle mucho dinero y se fue para su casa, y dejó al obispo allí muriéndose. Cuando llegó a su casa le dijo a su mamá: —Aquí te traigo un pago y todavía faltan dos.

Otro día fue y le robó a uno de los frailes los hábitos y se vistió de padre y fue a pasearse por la casa del obispo. Y cuando llegó allí los padres le dijeron al obispo que había llegado un francisco que quería que lo confesara. Entró Pedro y le dijo al obispo que era muy sordo, que se retiraran muy lejos los otros.

Y cuando aquéllos se alejaron, Pedro empezó a darle sus buenos chicotazos al obispo. Y para que no le pegara más, el obispo le dio más dinero y se fue Pedro. Luego que llegó a su casa le dijo a su mamá: —Aquí está otro pago. Todavía falta uno.

Y otro día salió Pedro vestido de médico y fue a la casa del obispo otra vez. Y en el camino arrancó una hierbita y la metió en el velís. El obispo estaba muy enfermo de las dos friegas que Pedro le había dado, y cuando Pedro llegó, los padres le dijeron que entrara a curar al obispo. Entró Pedro y dijo que sólo con esa hierba que llevaba sanaría el obispo. Y se fueron los padres a arrancar hierbas y dejaron al obispo solo. Entonces Pedro le dijo al obispo: —Mira, fraile, si no

there, the bishop and the two priests came out to meet him. They thought he was a pretty girl, and were crazy about him. The girl said she wanted the bishop to hear her confession, and the bishop told her to stay there that night and he'd hear her confession the next morning.

She said she'd stay there, but she didn't want anyone else to sleep close to her. Only the bishop stayed around, and Pedro went off to bed. He undressed and untied a whip he had around his waist. He went into the room where the bishop was already undressed to go to bed and took out the whip and started whipping him and saying, "What was it, a burro or a pig?"

"A pig!" the bishop screamed. And he recognized Pedro and said, "Don't kill me, Pedro! I said it was a pig."

And Pedro made the bishop give him a lot of money and then he went home, leaving the bishop there half dead. When he got home, he told his mother, "Here's one payment. There are still two left."

The next day Pedro went and stole a robe from one of the friars and then dressed himself like a priest and went strolling over to the bishop's house. And when he got there, the priests told the bishop that a Franciscan priest was coming and wanted the bishop to hear his confession. Pedro went on in and told the bishop that he was deaf and asked the other priests to go far away.

And when the others were far off, Pedro started whipping the bishop again. To get him to stop, the bishop gave him more money, and Pedro went away. As soon as he got home, he said to his mother, "Here's another payment. There's still one more."

The next day Pedro dressed himself like a doctor and went to the bishop's house again. Along the way he pulled up a plant and put it in his case. The bishop was very sick from the beatings, and the priests asked Pedro to go in and treat him. Pedro went in and said that only by the herb he had with him could the bishop be healed. The priests went off to gather the herb and left

me mandas esos frailes con mucho dinero te dejo muerto. —El obispo le prometió que se los iba a mandar, y se fue Pedro. Después oyó decir Pedro que habían enterrado a un muerto. Fue y desenterró al muerto y le cortó la cabeza y fue y la colgó en medio de su cuarto.

Cuando los frailes llegaron con las yerbas el obispo les dijo que tenían que llevarle mucho dinero a Pedro. Y les dijo que Pedro era el que lo estaba matando. Y los dos padres se fueron con dos mulas cargadas de dinero para la casa de Pedro. Cuando llegaron, Pedro le dijo a su mamá que ése era el dinero que le debían por el marrano.

Y a los padres que le habían traído el dinero les dio orden que no se fueran hasta que él les dijera. Mandó a su mamá que les hiciera mucha comida. Los llamó a comer y estuvieron comiendo mucho hasta que ya no querían comer más. Pero Pedro les dijo que siguieran comiendo porque si no, les iba a cortar la cabeza y colgarla en medio del cuarto como la del difunto. Y los pobres padres comieron mucho más.

Se quedaron a dormir esa noche, y Pedro les atrancó las puertas para que no salieran. Y no les dejó Pedro bacín ni nada. Y allí estaban empelotos y no podían salir.

Uno de ellos dijo: —Ya me meo.

—Y yo, ya mero me cago —dijo el otro.

Y se mearon y se emporcaron por todo el cuarto. Y ya a la madrugada le dijo Pedro a su mamá: —Ésos ya habrán emporcado todo. Vamos a ver.

Llevaron una lámpara y se asomaron por la ventana y vieron que se habían emporcado por toda la cama y el cuarto. Entró Pedro y con un buen chicote los hizo salir huyendo empelotos para su casa.

*María Bustos*
*Edad: 74, Sombrío, N.M.*

the bishop alone. Then Pedro told the bishop, "Listen, Father, if you don't send those other priests to me with a lot of money, I'll kill you." The bishop promised he would send them, and Pedro went away. Later Pedro heard that a dead man had just been buried, so he went and cut off the dead man's head and took it home and hung it in the middle of his room.

When the priests got there with the herbs, the bishop told them they had to take a lot of money to Pedro. He told them Pedro was the one who was killing him. The two priests went off to Pedro's house with two mules loaded with money. When they got there, Pedro told his mother it was the rest of the money he was owed for the pig.

Then he ordered the two priests who had brought him the money not to leave until he said they could, and he told his mother to make a lot of food. He called them to eat, and they kept eating until they didn't want any more. But Pedro told them they'd better keep on eating, because if they didn't, he was going to cut off their heads and hang them in the middle of the room like the dead man's head. And the poor priests ate even more.

They stayed there to sleep through the night, and Pedro locked the door to their room so they couldn't get out. He didn't leave them a chamber pot or anything. They were in there naked, and they couldn't get out.

One of them said, "I'm going to pee."

"And me, I'm about to shit," the other said.

And they peed and messed all over the room. Early the next morning Pedro said to his mother, "They've probably crapped all over everything. Let's go and see."

They took a lamp and peeked in through the window and saw that they had messed on the bed and all over the room. Pedro went in with a good whip and made them run home naked.

*María Bustos*
*Age: 74, Sombrío, N.M.*

Éste era Juan Camisón que mató a siete de un arrempujón. Estaban peleando los moros con los cristianos, y Juan se puso un rótulo que decía eso para ir a la guerra. Su madre fue la que le dijo que se fuera a pelear con los moros.

Se fue y se quedó dormido en medio del camino. Y allí lo vieron los soldados y vieron que tenía un rótulo en el lomo, donde había escrito "Juan Camisón que mató a siete de un arrempujón". Y los soldados que lo encontraron le dijeron al rey que tenían miedo recordarlo. El rey les dijo que soltaran una descarga cerca de él para recordarlo.

Fueron los soldados y soltaron la descarga muy lejos de él para ver si iba a recordar, pero era tan huevón y tan dormilón que ni la descarga lo recordó. Pero al fin vino el rey mismo donde estaba y empezó a decirle: —¡Juanito! ¡Juanito!

Recordó Juan Camisón, y dijo: —Pero y ¿quién viene a recordarme?

Y el rey le dijo: —Yo soy el que he venido a buscarlo y recordarlo porque usted es un hombre muy fuerte y muy valiente que mata a siete de un empujón.

—Sí, sí, es verdad —dijo Juan Camisón. Y todo era pura mentira.

El rey le dijo entonces que lo iba a casar con su hija si le ganaba la guerra. Y se levantó Juan Camisón y se fue con el rey para el palacio. Y allí le pusieron muy buena cama y lo trataban como

This one is about Juan Camisón, who killed seven with one blow. The Christians were fighting with the Moors, and when Juan went off to the war, he wore a sign that said that. His mother was the one who told him to go fight with the Moors.

He started out and then fell asleep in the middle of the road. The soldiers saw him there and saw that he had a sign on his back that said *Juan Camisón, who killed seven with one blow.* The soldiers told the king they were afraid to wake him up, and the king told them to shoot off their guns to waken him.

The soldiers went and shot off their guns far away from Juan to see if he would wake up, but he was so lazy and such a sleepyhead that not even the sound of guns woke him up. Finally the king himself went to where Juan was and called out to him, "Juanito! Juanito!"

Juan Camisón sat up and said, "Who's trying to wake me up?"

The king told him, "I came to wake you up and take you with me because you're such a brave and strong man that you can kill seven with one blow."

"Yes, it's true," Juan said. But it was really nothing but a lie.

Then the king told Juan he could marry his daughter if he won the war, and Juan got up and went off to the palace with the king. He was

príncipe, y él se extrañaba de todo. No estaba impuesto a esas cosas. Y otro día le llevaron agua para que se lavara y todo. Y después del almuerzo fue el rey a llevarlo al dispensa de armas para que escogiera armas para ir a la guerra. Y Juan Camisón ni sabía lo que eran armas. Escogió un sable que estaba colgado en un rincón, y le dijo al rey: —Esta arma está buena al cabo. —El rey entendía que quería decir que al cabo para matar a todos.

El rey le dijo entonces que fuera con él a la caballeriza a escoger su caballo. Juan Camisón le dijo al rey: —El caballo que usted escoja está bueno al cabo.

En esos tiempos había muerto un guerrero del rey que se llamaba Macario, y desde entonces los moros habían abatido a los cristianos. Y el rey le dijo que tenía un caballo que nadie usaba desde que Macario había muerto. —Si se atreve a subirse en él, el caballo lo meterá en la batalla al oír la corneta.

Y Juan Camisón dijo: —Está bueno al cabo.

Otro día el rey le preguntó cuántos soldados quería que fueran con él a la guerra.

—Con tres al cabo —dijo Juan Camisón.

Ya al cuarto día le ensillaron el caballo y le proporcionaron sus tres soldados y salieron a la guerra. Y cuando ya iban llegando donde estaban los moros, dejó a los tres soldados allí en un arroyo y se fue él solo. Les dijo que con él solo bastaba.

Al golpe de la corneta de los moros el caballo entró en la batalla, y cuando los moros vieron el caballo de Macario, empezaron a gritar:

—¡Resucitó Macario! ¡Resucitó Macario! —Y todos salieron huyendo, matándose unos con otros.

Y Juan Camisón gritaba: —¡Ay, que me cago! ¡Ay, que me cago! —Y aquéllos creían que los iba matando a todos.

Cuando ya casi todos estaban muertos o se habían huído, Juan Camisón empezó a cortar

given a good bed to sleep in and was treated like a prince. And Juan was puzzled with it all. He wasn't used to such things. The next day he was given water to wash with and all. And after breakfast the king took him to the storeroom so he could choose the weapons he wanted to fight with. Juan Camisón didn't even know what weapons were. He chose a saber that was hanging in the corner, and said to the king, "This weapon will be as good after all." The king thought he meant it would be good after all the Moors were killed.

Then the king told him to go with him to the stable and choose a horse. Juan Camisón said to the king, "The horse you choose will be good after all."

Right about that time, one of the king's fighters named Macario had died, and ever since then the Moors had been beating the Christians. The king said he had a horse that no one had ridden since Macario had died. "If you can ride that horse, it will carry you to the thick of the battle as soon as the trumpet sounds."

And Juan Camisón said, "That will be good after all."

The next day the king asked him how many soldiers he wanted to go with him to the war. Juan Camisón said, "Three will be good after all."

So on the fourth day they saddled the horse and assigned three soldiers to Juan and he went off to the war. When he got close to the Moorish army, Juan left the three soldiers in an arroyo and went on alone. He told them he could do it by himself.

At the sound of the Moors' trumpet, the horse charged into the battle, and when the Moors saw Macario's horse, they cried, "Macario has come back to life! Macario has come back to life!" And all turned and fled, killing each other to get away.

And Juan Camisón kept shouting, "Shit, after all! Shit, after all!" But they thought he was killing everyone.

When they were almost all dead or had run away, Juan Camisón started cutting off arms and

brazos y orejas y empezó a hacer un ensarte.

Entonces llegó uno de los soldados que traía y que había dejado en el arroyo, y le dijo: — ¿No será bueno ir a decirle al rey que ya ganó usted la batalla?

—Sí —dijo Juan Camisón—, vaya a decirle al rey que ya gané la guerra.

Cuando el rey supo que Juan Camisón había ganado la guerra levantó su gente para ir todos a donde él estaba. Se fue con la reina, con la princesa, y todas sus gentes. Llegaron y agarraron a Juan Camisón en brazos y lo subieron en el carro. Y luego que lo subieron lo sentaron junto a la princesa.

Entonces la princesa dijo: — ¡Fo! ¡Qué hedentina hay aquí!

Y Juan Camisón dijo: —Será la bazofia de tantos hombres que maté.

Y mandó el rey que lo apearan y lo llevaran al río a lavarlo. Y era que estaba todo cagado.

Después de que lo lavaron y limpiaron bien lo llevaron al palacio. Lo vistieron de novio y le pusieron la sortija en el dedo. Y otro día lo casaron con la princesa.

*Ramón Martínez*
*Edad: 80, Santa Cruz, N.M.*

ears and stringing them together as a trophy of battle.

And then one of the soldiers he had left in the arroyo came and said, "Shouldn't we go tell the king that you have won the battle?"

"Yes," Juan Camisón said. "Go tell the king I won the war."

When the king found out that Juan Camisón had won the war he gathered his people together to go to see him. He went there with the queen and the princess and all his household. They lifted Juan Camisón in their arms and placed him in a carriage next to the princess.

Then the princess said, "Fo! What is that horrible smell?"

And Juan Camisón said, "It must be the stench of all the men I killed."

The king gave the order for Juan Camisón to be lifted down again and carried to the river and washed, because he was covered with shit.

After he was washed and tidied up, Juan was taken to the palace. He was dressed in a wedding suit and a ring was placed on his finger. And the next day he married the princess.

*Ramón Martínez*
*Age: 80, Santa Cruz, N.M.*

188

Había un rey que tenía una hija, y esta princesa adivinaba todas las adivinazas que le decían. El rey había echado un bando que el que le llevara una adivinanza que no pudiera adivinar, que se casaría con ella.

Y había un muchacho pobre que supo de la princesa de las adivinanzas y fue y le dijo a su mamá que quería ir a echarle una adivinanza a la princesa. La mamá le decía que no, que no fuera, porque al que le adivinaba la adivinanza lo mandaban matar. Pero el muchacho estuvo insistiendo hasta que la mamá lo dejó irse. Iba en su burrita que se llamaba Inés.

Cuando se fue, su mamá le dio unas galletas de bastimento, y la mamá había envenenado las galletas para que se muriera el muchacho antes de llegar al palacio del rey. Quería ella que se muriera, mejor que lo matara el rey. Pero el muchacho, muy malicioso, no quiso nunca comer del bastimento. En el camino por donde iba se paró para darle de comer a la burrita y le dio una galleta. Pronto se murió la burrita.

Dijo el muchacho: —Ya tengo una adivinanza: Una galleta mató a Inés.

Y de allí se fue a pie hasta que encontró un caballo y lo agarró y se subió en él. Tuvo que pasar un desierto y el caballo sudó mucho. Y como tenía mucha sed, bebió del sudor del caballo. Entonces dijo: —Ya tengo otra adivinanza: Bebí agua ni del cielo caída ni de la tierra vertida.

Once there was a king who had a daughter who could solve every riddle she was asked. The king had proclaimed that anyone who could bring a riddle the princess couldn't solve could marry her.

A poor boy heard about the princess and told his mother he wanted to go and ask her a riddle. His mother told him not to go, because whoever asked a riddle the princess could solve would be killed, but the boy kept insisting until she let him go. He set out on his little donkey named Inés.

When he left, his mother gave him crackers to eat along the way, and she had poisoned the crackers so that the boy would die before he got to the king's palace. She would rather have him die than have the king kill him. But the boy was suspicious, and he didn't eat the snack. Along the way he stopped to feed his donkey and gave her one of the crackers. Right away, the donkey died.

The boy said, "Now I have one riddle. A cracker killed Inés."

He walked on from there until he found a horse, and he caught the horse and climbed up on it. He had to cross a desert, and the horse sweated a lot, and the boy was so thirsty he drank the horse's sweat.

Then he said, "Now I have another riddle: I drank water that never fell from the sky nor flowed from the earth."

Y más adelante vio una liebre y la mató. La liebre tenía dos liebres chiquitas adentro. Él traía una Biblia en la bolsa y de las hojas hizo lumbre y coció las dos liebres chiquitas y se las comió.

Entonces dijo: —Ya tengo la tercera adivinanza: Comí carne no nacida y asada con hojas del libro de Dios.

Llegó al palacio y allí había mucha gente. Dijo que quería ir a decirle a la princesa tres adivinanzas y le dijeron que subiera.

Le echó a la princesa la primera adivinanza: —Una galleta mató a Inés. —La princesa no pudo adivinar.

Echó entonces la segunda: —Bebí agua ni del cielo caída ni de la tierra vertida. —Y la princesa no pudo adivinar tampoco.

Por último echó el muchacho la tercera adivinanza: —Comí carne no nacida y asada con hojas del libro de Dios. —Tampoco pudo adivinar la princesa.

Pidió tiempo la princesa para adivinar las tres adivinanzas, y como el rey le dio algunos días a la princesa para ver si adivinaba, al muchacho lo mandó a cuidar doce liebres. Era que el rey quería que se le perdieran algunas para no casarlo con la princesa.

Pero el muchacho tenía un pito para llamar a las liebres cuando quería que vinieran donde él estaba. Se fue a cuidar las liebres el primer día y nada sucedió. Volvió con las doce liebres. El segundo día fue el rey y le dio a un compadre suyo cien pesos para que le fuera a comprar una liebre, para que el muchacho volviera en la tarde no más con once. Pero el muchacho no quería venderle nada. Traía el muchacho un chicote y le dijo que no le quería vender nada, pero que le daría una liebre si le dejaba darle cien chicotazos empeloto. Dijo aquél que estaba bueno. Se empelotó y le dio el muchacho cien chicotazos pero bien fuertes que lo dejaron bien marcado.

Le dio entonces la liebre y se fue aquél con su liebre. Pero entonces el muchacho sacó su pito y

A little farther along he saw a jackrabbit and killed it. The jackrabbit had two baby rabbits inside it. He had a Bible in his bag, and with the pages of the Bible he built a fire and cooked the two baby rabbits and ate them.

Then he said, "Now I have the third riddle: I ate meat that was never born and was cooked by the pages of God's book."

When he got to the palace, many people were there. He said he wanted to ask the princess three riddles and he was permitted to go up to her room.

He asked the princess the first riddle: "A cracker killed Inés." The princess couldn't solve it.

Then he asked the second one. "I drank water that never fell from the sky nor flowed from the earth." The princess couldn't solve that one either.

Finally he asked the third riddle: "I ate meat that was never born and was cooked by the pages of God's book." The princess couldn't solve that one either.

The princess asked for time to figure out the three riddles, and since the king allowed her several days to do it, the boy was put to work tending twelve jackrabbits. The king was hoping he'd lose some of them and give him an excuse not to let him marry the princess.

But the boy had a whistle that could call rabbits. He went out to tend the rabbits the first day, and nothing happened. He came back with all twelve jackrabbits. The second day the king gave one of his compadres a hundred pesos to go and buy one of the jackrabbits so that the boy would come home that evening with only eleven. But the boy didn't want to sell him any. The boy had a whip with him, and he said he didn't want to sell any rabbits, but that if the compadre would accept a hundred lashes on his bare back, he'd give him one jackrabbit. The compadre agreed. He took off his shirt and the boy gave him a hundred good hard lashes that left big welts on his back.

Then the boy gave him the rabbit and the

empezó a pitar y la liebre volvió otra vez donde estaba. Y el muchacho la escondió para que el otro no la viera.

Vino aquél y le dijo: —Se me soltó la liebre y se vino para acá huyendo. Dámela.

—Hombre —le dijo el muchacho—, yo no tengo más que mis once liebres. —Y las contaron y se fue aquél muy triste.

Llegó por la tarde y salió el rey a encontrarlo y le dijo: —¿Qué tal? ¿Cuántas liebres traes?

—Las doce. Ahí están las doce —dijo el muchacho. —Y las contó el rey y vio que era verdad.

Conque otro día se fue el muchacho otra vez con sus liebres. Y entonces el rey mandó a otro compadre para ver si le compraba una liebre al muchacho. Y otra vez el muchacho dijo que no vendía nada, pero que por cien chicotazos le daría una liebre. Y este otro compadre se empelotó también y le dio también cien chicotazos, pero buenos. El muchacho le dio la liebre y se fue. Pero apenas iba poco lejos cuando empezó el muchacho a pitar y la liebre se soltó y se vino corriendo con las otras.

Fue el hombre corriendo para donde estaba el muchacho y le dijo: —Se me escapó la liebre y se vino corriendo para acá. Dámela.

Pero el muchacho ya la había escondido, y dijo: —No, aquí no llegó ninguna liebre. —Y fueron a contarlas y eran no más once. Y se fue el hombre muy triste. Volvió por la tarde el muchacho con sus doce liebres, y el rey muy admirado.

Y esa noche la princesa tenía ya que adivinar. Por la noche fue donde estaba el muchacho a rogarle que le descubriera las tres adivinanzas. Él no quería decirle nada, pero al fin le dijo: —Bueno. Te digo las adivinanzas si me das tu cinturón. —Le dio ella el cinturón. Y entonces le dijo él: —Bueno, ahora te digo las tres adivinanzas si te empelotas delante de mí. —Y se empelotó ella y el muchacho vio una señal que tenía en el cuerpo. Entonces le dijo él las tres adivinanzas.

compadre went away with it. But then the boy took out his whistle and started blowing, and the jackrabbit came back to where he was. The boy hid the rabbit so the man wouldn't see it.

The man came back and said, "The jackrabbit got away from me and came running back this way. Give it to me."

"I only have eleven jackrabbits," the boy said. They counted them together, and then the man went away sadly.

The boy got back in the evening and the king came out to meet him and said, "How did it go? How many jackrabbits do you have?"

"All twelve. They're all right there," the boy said. And the king counted them and saw that it was true.

The next day the boy went out with the jackrabbits again, and the king sent another compadre to see if he could buy a jackrabbit from the boy. Again the boy said he didn't want to sell any, but for a hundred lashes he would give the compadre a rabbit. The other compadre undressed too, and the boy gave him a hundred hard lashes. The boy gave him the rabbit and he left, but he was hardly down the road when the boy started to blow his whistle and the rabbit jumped free and ran back to the others.

The man went running to the boy and said, "The rabbit got away from me and came running this way. Give it to me."

But the boy had already hidden it and said to him, "No, it didn't come here." They went to count the rabbits and there were only eleven. And the man went sadly away. The boy returned in the evening with the twelve jackrabbits, and the king was amazed.

That night the princess had to figure out the riddles. During the night she went to the boy and begged him to explain the riddles to her. He didn't want to tell her, but finally he said, "All right. I'll explain the riddles if you give me your belt." She gave him the belt and then he told her, "All right, now I'll explain the riddles if you'll take off your clothes in front of me." And she took off her clothes and the boy saw a mark she

Otro día en la mañana la princesa llamó al rey y le dijo que ya sabía las tres adivinanzas. Y el rey mandó llamar a toda la gente y dijo que ya su hija había adivinado las tres adivinanzas. Y delante de todos ella adivinó las tres adivinanzas.

Entonces el muchacho se paró y levantó el cinturón de la princesa, y dijo: —Anoche yo estuve en el cuarto de la princesa y prometió casarse conmigo. Aquí está su cinturón. —Luego iba a hablar de la señal de la princesa cuando dijo ella que sí, que se casaba con él. Era que no quería que la descubriera delante de la gente. Se casó el muchacho con la princesa.

*Alesnio Chacón*
*Edad: 58, Alcalde, N.M.*

had on her body. Then he explained the three riddles.

The next morning the princess called for the king and told him she knew the answers to the three riddles. The king called all the people together and said that his daughter had figured out the three riddles. And in front of everyone she answered the three riddles.

Then the boy stood up and raised the princess's belt and said, "Last night I was in the princess's room and she promised to marry me. Here is her belt." He was also going to tell about the mark on the princess's body, but she said it was true and that she would marry him, because she didn't want him to tell about her in front of all the people. And the boy married the princess.

*Alesnio Chacón*
*Age: 58, Alcalde, N.M.*

Éste era un rey que vivía en una ciudad y que tenía una hija. Y en esa misma ciudad vivían un viejo y una vieja que tenían dos hijos. Un día el rey mandó llamar al menor de los hermanos al palacio. Y cuando llegó, el rey le preguntó si se quería casar con su hija. El muchacho le dijo que sí y volvió entonces a casa y le dijo a su papá que se iba a casar con la princesa. Sus padres le dijeron que estaba bueno y se casaron.

Después de que ya estaban casados, se murió el rey, y el hermano menor quedó de rey. Entonces el hermano mayor oyó decir a un envidioso que él apostaba que podía conocer a la princesa, y fue y se lo dijo a su hermano, el rey. El rey mandó llamar al envidioso y le preguntó si era verdad que había dicho que él podía conocer a la princesa. Dijo el envidioso que sí y que él podría dar pruebas. Hicieron una apuesta y quedaron que para tal día tenía aquél que dar las pruebas de que había conocido a la princesa.

Se fue el envidioso y todos los días venía a hacer maromas. Pero la princesa no salía nunca a ver las maromas porque se entretenía con un pájaro que hablaba. Y aquél, cuando ya sólo faltaba un día para que cumpliera el plazo, se sentó en la puerta de su casa muy triste. Entonces pasó por allí una vieja bruja y le preguntó por qué estaba tan triste. Cuando él le dijo por qué, la

This one is about a king with one daughter who lived in a certain city. And in the same city there lived an old man and an old woman with two sons. One day the king called the younger brother to the palace, and when he got there the king asked him if he wanted to marry his daughter. The boy said he did and returned home and told his father he was going to marry the princess. His parents consented and they were married.

After they were married, the king died and the younger brother became king. And then the older brother overheard a wicked man saying that he would be willing to bet that he could seduce the princess, and the brother went and told the king. The king called for the wicked man and asked him if it was true that he had said he could seduce the princess. The wicked man said it was true, and that he could prove it. They made a bet and the agreement was that by a certain day the wicked man would have to give proof that he had slept with the princess.

The wicked man came to the palace every day and did acrobatics, but the princess never even came out to watch his antics because she was entertained by a talking bird. When only one day was left before his time ran out, the wicked man was sitting in the door of his house looking very sad, and an old witch passed by there and asked him what was wrong. When he told her the

vieja le dijo que ella iría a robarle a la princesa el traje del día de la boda y así podría probar que la había conocido.

Le pagó a la bruja y se fue ella para el palacio. Llegó y le dijo: —Anda, déjame entrar, que ya hace mucho tiempo que no te veo.

Y luego que la princesa la dejó entrar la vieja le rogó que le enseñara toda su ropa. Y aquélla le estuvo enseñando todo y la vieja se metió el traje de boda en su pecho. Dijo la vieja entonces que ya se iba. Y se fue con el traje y se lo entregó al hombre.

Entonces fue el envidioso y se lo enseñó al rey para que viera que había conocido a la princesa. El rey muy avergonzado le pagó todos sus caudales y quedó pobre. Y la princesa no sabía nada.

Entonces fue el rey muy triste y mandó hacer un aguilón de plata de seis pies de alto y lo mandó llevar a la orilla de la mar. Y fue y le dijo a su mujer: —Mira qué cosa tan bonita que se ve allá relumbrando. ¿Por qué no te vistes de hombre para ir caminando allá conmigo a ver qué es?

Y fueron y vieron lo que era y dijo él: —Voy a ver si quepo. —Se metió adentro, pero no cupo muy bien. Salió entonces y le dijo a su mujer: —Ahora a ver si cabes tú. —Se metió ella y el rey tapó el aguilón muy aprisa y lo echó a la mar. Entonces se fue él para el palacio y todo le entregó al envidioso. Sólo sacó un sarape viejo para cobijarse.

Cuando la princesa llegó en el aguilón al otro lado de la mar, allí andaba un pescador pescando truchas. Y cuando vio el aguilón, fue a sacarlo del agua. Cuando lo estaba sacando de la mar pasó por allí un rey melárchico a quien le había muerto la mujer, y le gritó al pescador: —Lo que venga adentro es mío.

Miraron en la caja y vieron que había un príncipe adentro. Se lo llevó el rey para su palacio. Y el rey decía que era princesa vestida de

reason, the old woman told him she would go and steal the princess's wedding dress, and in that way he could prove that he had slept with her.

He paid the old witch and she went off to the palace. When she got there, she said to the princess, "Come on, let me come in. I haven't seen you in such a long time."

As soon as the princess let her in, the old woman begged her to show her all her clothes, and as the princess was showing her the clothes, the old woman stuffed the wedding dress into her bosom. Then the old woman said she had to go, and she took the wedding dress and gave it to the man.

The man went and showed the dress to the king to prove that he had slept with the princess, and the king was filled with shame and paid the man all his riches and was left penniless. The princess didn't know anything about it.

Then the king went sadly and ordered a six foot silver chest to be made and carried to the seashore. He went and said to his wife, "Look what a pretty thing is shining out there by the sea. Why don't you put on men's clothes and go walking over there with me to find out what it is?"

They went and saw what it was and the king said to his wife, "I'm going to see if I fit inside." He got in, but he didn't fit very well. He climbed out and said, "Now let's see if you fit." When she got in, he shut the chest quickly and threw the chest into the sea. Then he went to the palace and delivered all his belongings over to the wicked man. He only kept out one old serape to cover himself with.

When the princess reached the other side of the sea inside the chest, a fisherman was fishing on the shore, and he saw the trunk and pulled it out of the water. And as he was pulling it out, a king who was in mourning happened to be passing by. The king called out to the fisherman, "Whatever is inside is mine."

They opened the chest and saw that there was a prince inside, and the king took her to his palace. The king said it was a princess dressed as

príncipe y sus soldados decían que no, que era hombre.

Iba a haber una guerra con otro rey y todos los soldados estaban allí tirando a un blanco. Y la princesa vestida de hombre fue y le pegó en el mero centro y la pusieron de capitán de la tropa que iba a la guerra. Fue y ganó la guerra y la pusieron de virrey. Se acabó la guerra y fue ella y le pidió al rey una merced. El rey le dijo que pidiera lo que quisiera, y pidió ella que la dejara ir a su tierra. Y el rey le dijo que estaba bueno y le dio mucho dinero y tres soldados para que la acompañaran.

Se fue y llegó a su tierra dándoles de comer a todos los pobres. Y cuando ya no faltaban más pobres le dijeron que allí estaba uno tirado en la ceniza que parecía tonto. Y este era el rey, su marido. Fueron y lo llamaron y ella lo conoció pronto y empezó a platicar con él. Le preguntó si se acordaba de cuando había echado a su mujer a la mar, y él decía que no, que no se acordaba. Pero ya empezaba a conocerla, pero no estaba muy seguro. Ella le dijo al fin que dijera la verdad y empezó a recordarle más.

Dijo él por fin: —Sí, yo estaba casado. Me casé con una princesa. Y un día un envidioso me dijo que él podía conocer a mi mujer y que me lo podía probar. Y yo le aposté todos mis caudales a que no la conociera. Y un día me enseñó el traje de mi mujer del día de la boda para probar que la había conocido. Y por eso eché a mi mujer en la mar vestida de príncipe dentro de un aguilón de plata. —Entonces dijo que ya no sabía más de ella. Y traía todavía la sortija de oro que le había dado la princesa.

Cuando acabó de hablar la princesa supo de cierto que ése era su marido y lo llevó y lo lavó y lo vistió bien con el traje de virrey de ella. Entonces fue ella y se vistió de princesa y vino y le preguntó a su marido quién sería ella. Él

a prince, but the soldiers said no, that it was a man.

There was going to be a war with another king and all the soldiers were taking target practice. Still dressed like a man the princess went there and hit the very center of the target, and they made her captain of the troop that was going to war. She went and won the war, and she was named viceroy. When the war ended and she went and asked the king to grant her a request, he told her to ask for whatever she wanted. She asked to be allowed to return to her own land, and the king granted her request. He gave her a lot of money and three soldiers to accompany her.

She returned to her own country and started giving food to all the poor people. When there were no more poor people left, someone said that over there in the ashes was one more poor outcast who seemed to be a half-wit. And that was her husband, the king. He was brought to her, and she recognized him right away and began talking to him. She asked him if he remembered throwing his wife into the sea, and he said no, he didn't. But he was beginning to recognize her. He wasn't quite sure, though. She told him to tell her the truth, and he began to remember her better.

Finally he said, "Yes, I was married. I married a princess. One day a wicked man told me he could seduce my wife and give me proof that he had done it. I bet him all my riches that he couldn't sleep with her, and then one day he showed me my wife's wedding dress to prove he had known her. And that's why I put my wife dressed as a prince into a silver trunk and threw her into the sea." Then he said he didn't know what had become of her. And he still wore the gold ring the princess had given him.

When he finished talking, the princess knew for certain that this was her husband, and she took him and washed him and dressed him in her viceroy's suit. Then she went and dressed herself as a princess and came and asked her husband

entonces reconoció que era su mujer y cayó desmayado al suelo.

Cuando volvió de su desmayo platicó por mucho tiempo con su mujer y los dos se contaron todo lo que habían sufrido y cómo había sido todo. Cuando supo él cómo lo había engañado el envidioso, dijo que lo iba a ahorcar. Y lo agarraron y lo mandaron ahorcar. Y allí se quedaron viviendo en su palacio la princesa y su marido.

*Leo Romero*
*Edad: 15, Ranchitos, N.M.*

196

who she might be. Then he knew it was his wife and he fell to the floor in a faint.

When he came to, he talked with his wife for a long time and the two of them spoke of all they had suffered and everything that had happened. When he realized how the wicked man had deceived him, he said he was going to have him hung. And the princess and her husband stayed there in their palace.

*Leo Romero*
*Age: 15, Ranchitos, N.M.*

Éste era un rey y una reina. Y yendo y viniendo tiempo se murieron la reina y la hermana de ella, y se quedó el rey con las dos hijas de la hermana: Pepita Jiménez y Solicita. El rey crió también dos hijos suyos. Uno se llamaba Roldán y el otro se llamaba Bernardo.

Roldán se casó y Bernardo quedó soltero. Bernardo era muy vivo, muy decente, muy hermoso. Un día se le puso en la cabeza que había oído de Pepita y ni sabía quién era. Y fue a la espalda de una casa vieja y se puso a rayar el suelo. Pasó por allí una vieja, y le preguntó:

—¿Qué te pasa, Bernardo? ¿Por qué estás tan triste?

—Pues no más que anoche no dormí pensando en Pepita Jiménez. No la conozco, ni sé quién será, pero me encanta su nombre.

—¡Válgame Dios, nietecito! —le dijo la vieja—. ¡Si en tu casa está! ¡Si el rey la tiene! La tiene escondida bajo siete llaves.

—¿Qué idea me da para hallarla? —le preguntó Bernardo.

—La cosa más fácil, nietecito —dijo la vieja—. Anda y escríbele una carta y la pones en un cañute por donde el rey echa agua para adentro. Así la recibe. Y si ella te quiere, por ahí te echará ella una carta. Ella es muy viva y te dará idea cómo entras tú a verla.

This one is about a king and a queen. As time passed by, the queen and the queen's sister both died, and the king was left with the sister's two daughters: Pepita Jiménez and Solicita. The king also raised two sons of his own. One was named Roldán and the other was named Bernardo.

Roldán married and Bernardo remained single. Bernardo was very smart, very good, very handsome. One day it occurred to him that he had heard something about Pepita Jiménez, and he didn't even know who she was. He walked around behind an old house and started making lines in the dirt with his foot, and an old woman came by there and asked him, "What's wrong with you, Bernardo? Why are you so sad?"

"It's just that last night I couldn't sleep for thinking about Pepita Jiménez. I don't know her—I don't even know who she is—but I'm charmed by her name."

"For heaven's sake, child," the old woman said. "She lives right in your house. The king has her. He has her hidden under lock and key."

"Can you give me some idea of how I can find her?" Bernardo asked.

"The easiest thing in the world, child," the old woman said. "Go and write her a letter and put it in the tube the king uses to pipe water into the room. She'll get it. And if she likes you, she'll send you a letter the same way. She's a smart girl and she'll tell you how you can get in and see her."

Se fue Bernardo para su casa. Hizo una carta y la envolvió bien para que no la mojara el agua y fue y la puso en el cañute que entraba donde estaba Pepita Jiménez. Pronto pescó la carta Pepita Jiménez. Se escondió de su hermanita y se puso a leer la carta. Y pronto se puso a escribir una carta de amor para Bernardo. En la carta le decía que para verla debiera hacer una llave como la del rey. Le dijo que fuera a ver al rey y le robara la llave y la estampara en una bola de zoquete y que fuera luego a ver a un herrero para que le hiciera una llave como la que estaba estampada en el zoquete. Así lo hizo y fue a abrir y entró donde estaba Pepita Jiménez. Hicieron dormir a Solicita para que no los sintiera, y allí estuvieron durmiendo juntos como mujer y marido.

Entraba noche tras noche a verla. Duró esto nueve meses. Y luego lo llevaron a él de soldado a la guerra. Era el capitán. Llegó la noche de su salida y fue a decirle adiós a Pepita Jiménez antes de irse a la guerra. Y cuando entró ya ella había tenido un niño.

—¿Qué hago con este niño? —le dijo ella—. Bajo siete llaves y con niño, no sé qué hacer.

—No tengas pena —le dijo Bernardo.

Echaron al niño en un canasto y pusieron dinero adentro y salió Bernardo con él. En el camino donde iba se encontró con su hermano Roldán.

—¿Qué traes en ese canasto, hermano? —le dijo Roldán.

—Traigo flores para vender —dijo Bernardo.

—No. Esas no son flores —dijo Roldán—. Dime lo que traes.

—Bueno, te lo voy a decir —dijo entonces Bernardo.

—Dime, y nunca te descubriré el secreto —le dijo Roldán.

—Pues, mira —dijo Bernardo—. Aquí traigo un niño. Es mío y de Pepita Jiménez.

—Pues yo mismo te lo crío —le dijo Roldán—. Mi mujer lo puede criar porque mi hijito ya tiene un año. Ponlo allí en la ventana de mi casa.

Puso Bernardo a su hijito en la ventana de su

Bernardo went on home and wrote a letter and wrapped it up well so that it wouldn't get wet and then went and put it in the pipe that went into Pepita Jiménez's room. Pepita Jiménez got the letter right away. She hid from her sister and started to read it, and right away she set about writing a love letter to Bernardo. In the letter she told him that he should make a key like the king's. She told him he should go see the king and steal the key and make an impression in a ball of mud and then go to a blacksmith and have him make another key like the one stamped in the mud. He did that and he went and opened the door and went into Pepita Jiménez's room. They put Solicita to sleep so she wouldn't hear them, and they slept there together like man and wife.

He entered her room night after night for nine months. And then he was sent off to be a soldier in the war. He was the captain. The night of his departure arrived and he went to say goodbye to Pepita Jiménez before he left for the war. And when he went into the room, she had just had a baby.

"What should I do with this child?" she asked him. "Held under lock and key and with a baby—I don't know what to do."

"Don't let it trouble you," Bernardo told her.

They put the baby in a basket, along with some money, and Bernardo left with it. Along the road he met up with his brother Roldán.

"What do you have in the basket, brother?" Roldán asked.

"I have some flowers to sell," Bernardo said.

"No. That's not flowers," Roldán said. "Tell me what you have."

"All right, I'll tell you," Bernardo said.

"Tell me," Roldán said. "I'll never betray your secret."

"Well, then, look," Bernardo said. "I have a baby here. It's Pepita Jiménez's and my child."

"I'll raise it for you myself," Roldán said. "My wife can raise it, because my little boy is a year old now. Put it there in the window of my house."

Bernardo put his little son in the window of

hermano y se fue para la guerra. El niño empezó a llorar y salió la esposa de Roldán, y dijo:

—¿Qué es ésto? ¿Quién llora en nuestra ventana? —Salieron a la ventana y hallaron al niño. Empezaron a destapar al niño y vieron que el canasto estaba medio lleno de dinero.

—¿Qué hacemos con este niño? —dijo Roldán a su mujer.

—Veremos qué dice el rey —dijo ella—. Pero no le digas nada del dinero. Vamos a esconder el dinero.

Y fue corriendo Roldán a avisarle al rey. —Padre —le dijo—, en la ventana de nosotros hay un niño tan lindo y vestido de pura seda.

Fue el rey con Roldán a ver al niño. —¡Qué niño tan lindo! —dijo el rey—. ¡Hasta me nace quererlo!

Entonces les dijo que lo criaran con mucho cuidado y que dijeran que ellos eran los padres. Y lo criaron hasta que tuvo seis años y le pusieron el nombre de Bernardo y le decían Bernardito.

Cuando fue a la escuela, Bernardito era más vivo que el hijo de Roldán. Y cuando ya pasó el primer libro antes que el otro niño, fue y le dijo a Roldán: —Papacito, le gané a mi hermano mayor.

Y Roldán le dijo: —Sí, sí. ¿Cómo no le habías de ganar, siendo hijo de quien eres?

Y el niño entonces se puso muy triste y se puso a llorar. Y fue donde estaba el rey. Y el rey le dijo: —¿Qué tienes, mi Bernardito, que estás tan triste?

Bernardito entonces le dijo que era porque le había ganado a su hermano mayor y su papacito le había dicho que cómo no le había de ganar siendo hijo de quien era.

—Anda, llámame a tu papá —le dijo el rey.

Vino Roldán y le preguntó el rey por qué le había dicho eso a Bernardito.

—Es que me da coraje que éste es más vivo que el mío —dijo Roldán.

—Haces muy mal en decir eso —le dijo el rey—. Y si lo vuelves a decir te mando ahorcar. —Y se fue Roldán con Bernardito.

his brother's house and went off to the war. The baby started crying and Roldán's wife went to the window. "What's this?" she said. "Who's crying at our window?" They went outside and found the baby. They lifted the blanket from the child and saw that the basket was half full of money.

"What shall we do with this child?" asked Roldán.

"Let's go see what the king says," she told him. "But don't tell him about the money. We'll hide the money."

Roldán ran to tell the king. "Father," he said, "in the window of our house there is a beautiful baby dressed in pure silk."

The king went with Roldán to see the baby. "What a beautiful baby!" he said. "I can't help loving it!"

Then he told them they should raise the child with tender care, and that they were his parents. So they raised the child until he was six years old. They named him Bernardo, and they called him Bernardito.

When he went to school, Bernardito was smarter than Roldán's son. When he passed the first grade before the other boy, he went and said to Roldán, "Daddy, I beat my older brother!"

And Roldán said to him, "Yes, yes. How could you help but beat him, considering whose son you are?"

And the child grew very sad and started to cry. He went to the king, and the king asked him, "What's the matter, Bernardito, that you look so sad?"

Then Bernardito said it was because he had beaten his older brother and his daddy had said how could he help but beat him, considering whose son he was.

"Go call your father to me," the king told him.

Roldán went there and the king asked him if he had said that to Bernardito.

"It's just that it makes me mad that he's smarter than my own son," Roldán said.

"It's very wrong for you to say that," the king told him. "And if you say it again, I'll have you hung." And Roldán went away with Bernardito.

Otro día por la mañana fue el rey a comprarles unos riflitos a sus nietecitos para Christmas, y salieron a tirar blanco los niños. Y el hijito de Roldán tenía miedo. Tiró y no supo dónde fue a dar la bala. Bernardito tiró y le dio al blanco.

—Mira, papacito —dijo Bernardito—. Le gané a mi hermano mayor.

—Sí, sí —dijo Roldán—. ¿Cómo no habías de hacerlo, siendo hijo de quien eres?

Y otra vez fue Bernardito llorando a donde estaba el rey. Y el rey regañó otra vez a Roldán, y le dijo: —Si dices eso otra vez, te mando ahorcar.

—Es que me da coraje ver que es tan vivo y el mío tan tonto —dijo Roldán.

Después fue el rey y les trajo unos caballitos. Y Bernardito fue y ensilló su caballito y se subió y agarró la carabina y tiró tiros a caballo y pintó su nombre en un palo a puros balazos. Pero el otro tenía miedo.

—¿Qué tal? Le gané a mi hermano mayor —le dijo a su papá.

—Sí, sí —le dijo Roldán—. ¿Cómo no, siendo hijo de quien eres?

Entonces Bernardito empezó a llorar otra vez y fue corriendo a llevarle la queja al rey. Entonces el rey llamó a Roldán, y cuando llegó le dijo muy enojado: —Ahora me dices de quién es hijo Bernardito, o si no, te ahorco.

Entonces dijo Roldán: —Pues te voy a decir la verdad. Es hijo de Pepita Jiménez, que está bajo siete llaves, y de Bernardo, que está en la guerra.

—Pero y ¿cómo es eso? —dijo el rey—. Cuando venga lo voy a ahorcar. A Pepita Jiménez no le hago nada porque ella no tiene la culpa.

Se fue el rey a su casa y se llevó a Bernardito. Y Bernardito no sabía nada. Se lo llevó de secretario. Y le dijo que pusiera una tropa de soldados para ir a topar a Bernardo, que ya venía de la guerra.

—¿Qué Bernardo es ése? —preguntó Bernardito.

The next morning the king went to buy little rifles for his grandsons for Christmas, and the boys went out to shoot at targets.

Roldán's son was afraid. He shot, but he didn't have any idea where the bullet went. Bernardito shot and hit the target.

"Look, Daddy," Bernardito said. "I beat my older brother."

"Yes, yes," said Roldán. "How could you help but do that, considering whose son you are?"

Again Bernardito went crying to the king. And the king scolded Roldán again and told him, "If you say that again, I'll have you hung."

"It's just that it makes me mad to see that he's so smart, and my own son is so slow," Roldán said.

Next the king bought the boys little horses. Bernardito saddled his horse and climbed on and took his rifle and shot from horseback. He wrote his name on a post with bullets. But the other boy was afraid.

"What do you think? I beat my older brother," he said to his father.

"Yes, yes," Roldán said. "Why not, considering whose son you are?"

Then Bernardito started crying again and went running to tell the king. Then the king called for Roldán, and when he got there, the king said angrily, "Tell me right now whose child Bernardito is. If you don't, I'll have you hung."

Then Roldán said, "I'll tell you the truth. He is the child of Pepita Jiménez, who is held under lock and key, and Bernardo, who is away at the war."

"But how can that be?" the king said. "When he returns, I'll have him hung. I won't do anything to Pepita Jiménez because she is not to blame."

The king returned home and took Bernardito with him. Bernardito didn't know anything. He became the king's secretary. And then the king told him to take a troop of soldiers to meet Bernardo, who was now returning from the war.

"What Bernardo do you mean?" asked Bernardito.

—Un Bernardo vagabundo —dijo el rey—. Quiero que vayas a encontrarlo con una tropa de soldados y me lo traes con una venda en los ojos y con las manos atadas con esposas. Y en el camino que le peguen los soldados. Y cuando lleguen aquí, que lo echen en la cárcel más honda y que le saquen los ojos.

—Señor —dijo Bernardito—, ¿que este Bernardo no tiene padres?

—¡Qué padres ha de tener el vagabundo! —dijo el rey.

—¿Y no tiene hijos tampoco?

—¡Qué hijos ha de tener!

Otro día se fue Bernardito con sus soldados a toparse con Bernardo. Cuando lo topó le dijo:

—¿Cómo está, don Bernardo?

—Muy bien, niño —dijo Bernardo.

Entonces le dijo Bernardito: —Aquí traigo un escrito. El rey me mandó que le ponga venda y que le ponga esposas.

—Bueno, niño, si el rey lo manda.

—Y también manda el rey que lo metamos en la cárcel más oscura y que le saquemos los ojos. Y de allí lo van a sacar para ahorcarlo.

—Bueno, niño, si el rey lo manda.

Caminaron un rato, Bernardo y Bernardito juntos, y las tropas atrás. Y después de un rato Bernardito le quitó la venda que le había puesto.

—Don Bernardo, yo quiero hablar con usted. Quiero que me diga si tiene padres o hijos que lo defiendan.

—Nada —dijo don Bernardo.

—¡Ay, señor, si yo eligir padre pudiera, eligiría a usted! —le dijo Bernardito.

Cuando llegaron a la plaza ya el rey estaba esperándolo para sacarle los ojos. Pero Bernardito le volvió a desatar la venda de los ojos cuando iban llegando y le quitó las esposas de las manos.

—Ahora sí, don Bernardo, ahora sí hay quien lo defiende a usted. Si usted muere, yo también.

—Y le dijo que iban a pelear juntos contra el rey.

Fueron a pelear con las tropas del rey y

"A worthless bum named Bernardo," the king said. "I want you to go find him with a troop of soldiers and bring him to me blindfolded and with his hands bound. And along the way let the soldiers beat him. And when you get here, throw him in the deepest dungeon and pluck out his eyes."

"My lord," Bernardito said, "doesn't this Bernardo have any parents?"

"What parents would a worthless bum have?" the king said.

"And doesn't he have any children either?"

"How could he have children?"

The next day Bernardito went with his soldiers to meet Bernardo. When he met him, he said, "How are you, Don Bernardo?"

"Very well, son," Bernardo said.

Then Bernardito told him, "I have an order here. The king has ordered me to blindfold you and bind your hands."

"Very well, son, if it is the king's order."

"And the king has also ordered us to put you in the darkest dungeon and pluck out your eyes. And then you will be taken from there and hung."

"Very well, son, if it is the king's order."

They traveled on for a while together, Bernardo and Bernardito, with the soldiers behind them. After a while Bernardito took off the blindfold he had put on Bernardo.

"Don Bernardo, I'd like to talk to you. I want you to tell me if you have parents or children who might defend you."

"No one," answered Don Bernardo.

"Ay, señor, if I could choose a father, I would choose you!" Bernardito said to him.

When they got to the town, the king was already waiting there to cut out Bernardo's eyes. But as they were arriving, Bernardito untied the blindfold from Bernardo's eyes again, and he took the handcuffs from his hands

"Now there is someone who will defend you, Don Bernardo. And if you die, I'll die too." And he said they would fight together against the king.

They fought with the kings troops and wiped

acabaron con todos. Y cuando acabaron con todos, Bernardito le dijo al rey: —Quiero que me digas quién es mi padre y quién es mi madre. Yo sé que los que me criaron no son mis padres porque siempre me ha dado a entender Roldán que no es mi padre. Si no me lo dices te corto la cabeza.

—Pero y ¿qué tienes, hijo? —le dijo el rey.

—Que yo quiero a este hombre más que a ti —dijo Bernardito.

Entonces le dijo el rey: —Bernardo es tu padre y Pepita Jiménez es tu madre.

Y Bernardito fue entonces y sacó a su madre de donde estaba encerrada bajo siete llaves y la hizo abrazar a su padre y los hizo casar. Ahora él estaba muy orgulloso de saber quiénes eran sus padres. Entonces sacó a Solicita y se casó con ella él mismo.

202

*Flor Varos*
*Edad: 53, Taos, N.M.*

them out. And when they had finished them off, Bernardito said to the king, "I want you to tell me who my father and mother are. I know that the ones who raised me aren't my parents because they've always made it clear to me that Roldán is not my father. If you don't tell me, I'll cut your head off."

"What's the matter with you, son?" the king said.

"I love this man more than I love you," Bernardito told him. And then the king said to him, "Bernardo is your father and Pepita Jiménez is your mother."

Then Bernardito went and freed his mother from where she was being held under lock and key and he had her embrace his father, and he made them get married. He was very proud to know who his parents were. Then he freed Solicita and he himself married her.

*Flor Varos*
*Age: 53, Taos, N.M.*

_El leñador_          _The Woodcutter_        

Éste era un pobre leñador que fue un día al monte donde se encontró con dos cordereros. —¿Adónde va, que tanto trabaja? —le preguntaron.

—Ésta es mi mantención —les dijo.

—Pues nosotros le ayudaremos —le dijeron.

Y uno de los cordereros dijo entonces: —Sin la voluntad de Dios nadie vive.

Y el otro dijo: —Es cierto, pero se vive también con la ayuda de otra gente.

Entonces uno de los cordereros le dio al leñador cien monedas de oro, y le dijo: —Toma esto para que no trabajes tanto. —Y se desaparecieron.

Se fue el leñador al monte y se puso a cortar leña, y puso sus cien monedas de oro envueltas en un paño sobre un troncón. Y vino un pájaro y se llevó el paño con el dinero. El leñador se fue para su casa con su carga de leña.

Otro día fue otra vez al monte por leña y allí lo encontraron otra vez los cordereros. —Pero y ¿a qué vienes a trabajar, cuando te dimos ayer cien monedas de oro? —le preguntaron.

Entonces el leñador les estuvo contando lo que le había sucedido con el pájaro y todo. Y ellos le dieron entonces doscientas monedas de oro y le dijeron que era para que no trabajara tanto. Y se desparecieron.

This one is about a poor woodcutter who went out to the woods one day and met up with two sheepherders. "Where are you going?" they asked him. "You're working so hard."

"This is how I make a living," he told them.

"We'll help you," they said.

And then one of the sheepherders said to him, "Without God's will, no one can live."

The other said, "That's true, but one also lives by the help of other people."

Then one of the sheepherders gave the woodcutter a hundred gold coins and said to him, "Take this so you won't have to work so hard." And they disappeared.

The woodcutter went off to the forest and started chopping firewood. He wrapped the hundred gold coins in a cloth and put them on a stump, and a bird came along and carried off the handkerchief and the money. The woodcutter went home with his load of firewood.

The next day he went again to the forest for firewood, and he met up with the sheepherders again. "But why are you coming here to work, when we gave you a hundred gold coins yesterday?" they asked him.

The woodcutter told them what had happened with the bird and all. And then they gave him two hundred gold coins and told him it was so that he wouldn't have to work so hard, and they disappeared.

El leñador entonces echó las monedas de oro en su sombrero, y se fue con su dinero y su carga de leña para su casa. No halló a su esposa en casa y se fue a la plaza y compró dos reales de carne. Y le salió el mismo pájaro y le arrebató el sombrero con todas las monedas de oro.

Otro día fue al monte otra vez y se encontró otra vez con los dos cordereros, y pronto le preguntaron qué le había sucedido y por qué andaba trabajando tanto cuando le habían dado doscientas monedas de oro. Él les contó todo lo que le había sucedido con el mismo pájaro que le había arrebatado el sombrero con todo el dinero. Uno de los cordereros entonces le dio un pedazo de plomo, y le dijo: —Puede que con este pedazo de plomo te puedas hacer rico. —Y se desaparecieron otra vez los cordereros.

Se fue el leñador con su carga de leña y su pedazo de plomo para su casa. Cuando llegó le dio a su esposa el plomo, y le dijo: —Mira lo que me dieron ahora los cordereros.

La mujer lo agarró y lo tiró para afuera. Y el plomo anduvo rodando allí todo el día, hasta que ya por la noche vino la mujer de un pescador, y dijo: —¿No tienen por ahí un plomo? A mi marido se le perdió uno de la red, y como mañana es día feriado no podemos comprarlo.

La mujer del leñador dijo: —Ahí andaba uno rodando. Y fueron a ver y lo hallaron y se lo dio a la mujer del pescador.

El pescador puso el plomo en su red y fue a pescar. Y cuando echó su red, sacó algunos pescados chiquitos y uno muy grande. Y el pescador le dijo a su mujer: —Anda y llévale este pescado grande a la vecina que nos dio el plomo.

Así lo hizo. Y cuando la mujer del leñador abrió el pescado, halló adentro un diamante muy grande que daba luz como una lámpara. Y allí lo tenían cuando un día vino la mujer de un comerciante y lo vio y les preguntó si querían vender ese diamante.

—No lo queremos vender —dijeron.

Se fue la mujer muy sorprendida. Pero después volvió con su marido y le preguntaron al

The woodcutter put the gold coins in his hat and started home with his money and his load of firewood. He didn't find his wife at home, and so he went to town to buy two reales worth of meat. The same bird came along and snatched the hat off his head with all the gold coins in it.

The next day he went to the forest again, and again met up with the two sheepherders, and they asked him what had happened and why he was working so hard when they had given him two hundred gold coins. He told them everything that had happened with the same bird, how it had snatched off his hat with all the money. Then one of the sheepherders gave him a piece of lead and said, "Maybe this piece of lead will make you rich." And the sheepherders disappeared again.

The woodcutter went home with his load of firewood and his piece of lead. When he got home, he gave the lead to his wife and said, "Look what the sheepherders gave me this time."

The woman took it and threw it outside. And the piece of lead rolled around there all day. And then in the evening a fisherman's wife came by and said, "Do you have a piece of lead around here? My husband lost one from his net, and since tomorrow is a holiday, we can't buy another one."

The woodcutter's wife said, "There was one around here someplace." They went to see if they could find it, and she gave it to the fisherman's wife.

The fisherman put the lead on his net and went out fishing. And when he cast his net, he pulled in some little fish and one really big one. The fisherman told his wife, "Go take this big fish to our neighbor who gave us the piece of lead."

She did that. And when the woodcutter's wife opened the fish, she found a diamond inside that was so big and shiny that it lit up the room like a lamp. The diamond was sitting there when a merchant's wife came by and saw it and asked them if they wanted to sell it.

"We don't want to sell it," they said.

The woman went away in surprise, and later she came back with her husband and they asked

leñador cuánto quería por aquel diamante. Y tanto valía que el comerciante le dio todo su comercio y su dinero y todo lo que tenía por aquel diamante.

Cuando el leñador se vio tan rico mandó hacer una casa al modelo que quiso. Y lo supieron los cordereros y lo fueron a ver y le preguntaron cómo se había hecho tan rico. Él les dijo la verdad de todo, lo del plomo y del pescado y todo. Estaban todos muy admirados y andaban viendo la casa del leñador y sus comercios y todo cuando llegó un criado y dijo que allí cerca gorjeaba un pájaro. Mandó el leñador que lo agarraran, y cuando fueron a agarrarlo, lo hallaron en su nido, y allí en el nido estaban todas las monedas de oro que le había robado al leñador. Entonces el leñador les dio mucho dinero a los cordereros y se fueron.

*Manuel de Jesús Trujillo*
*Edad: 70, Taos, N.M.*

the woodcutter how much he wanted for the diamond. It was so valuable that the merchant gave his whole business and his money and everything else he owned for that one diamond.

Now that the woodcutter was rich, he ordered a house to be built just the way he wanted it. The sheepherders found out about it and went to see for themselves, and they asked him how he had become so rich. He told them the whole truth, all about the lead and the fish and everything. They were amazed, and as they walked around looking at the woodcutter's house and business, a servant came and said that a bird was singing nearby. The woodcutter told him to catch it, and when he went to catch it he found its nest. And there in the nest were all the gold coins the bird had stolen from the woodcutter. Then the woodcutter gave the sheepherders a lot of money and they went away.

*Manuel de Jesús Trujillo*
*Age: 70, Taos, N.M.*

205

## El mano fashico enamorado

Éstos eran unos fashicos. Un fashico se enamoró de la mujer de otro que vendía leña en la plaza de la ciudad de estos fashicos. Un día fue el uno por leña, y cuando llegó con la leña, estaba el otro fashico con la mujer de él. Cuando vio venir a su marido la mujer le dijo al fashico: —¡Ay, Mano Fashico, ahí viene mi marido! ¿Cómo hacemos? —Tenía una quesera donde ponía quesos, y le dijo: —Pues ahí te subes. —Y se subió.

Ella estaba moliendo tamal cuando llegó el fashico. Luego se puso a cantar:

—Mano Fashico que está en la quesera,
esconde la pata que está para fuera.

—¡Qué cantanda tan bonita! —dijo el marido. Vio la mujer otra vez que el fashico tenía la pierna afuera y cantó otra vez. Luego la metió el fashico, pero al meterla se cayó.

—¿Quién eres? —le preguntó el marido.

—Me mandó la Virgen para que llevara a alguien que les diera de comer a los angelitos —respondió el otro fashico—. Pues yo no sé si querrá ir la fashiquita a hacerles de comer a los angelitos que están muriéndose —siguió diciendo.

—Bueno, Mano Fashiquito, si tú quieres, iré a hacerles de comer a los angelitos —dijo la mujer.

—Y ¿cuándo vendrá la mana fashica? —le preguntó el marido al otro.

## The Fool Who Was In Love

This one is about some manos fashicos. One fool fell in love with the wife of another one, who sold firewood in the plaza of the city where they lived. One day one of them went out to cut firewood, and when he got home the other fool was there with his wife. When the woman saw her husband coming, she said, "Ay, Mano Fashico, here comes my husband! What should we do?" She had a cheese keg up on the shelf and she told him, "Climb up in there." And he climbed up.

She was grinding cornmeal when her husband came in. Then she started singing,

"Mano Fashico that's in with the cheese,
your foot's sticking out, so pull it in,
please."

"What a pretty song!" her husband said.

The woman saw that the foot was still out, and she sang again. The fool pulled his foot in, but as he pulled it in, he fell.

"Who are you?" the husband asked.

"I was sent by the Blessed Virgin to bring back someone who could cook for the angels," the other man replied. "I wonder if Mana Fashica would like to go and cook for the angels who are dying of starvation."

"All right, Mano Fashico, if you want me to, I'll go and cook for the angels," the woman said.

"And when will my wife get back?" the husband asked.

—¿Quién sabe cuándo la manden? ¿quién sabe? —respondió éste.

Entonces dijo el marido que estaba bueno, pero que volviera pronto. Y el otro respondió: —Bueno, primo, que viene pronto. Pues vámonos, Mana Fashica, para venir pronto —le dijo a la fashica—. Han de tener mucha hambre los angelitos pobrecitos.

Se fue el mano fashico con la fashica. Subieron por una lomita, y decía el marido: —Allá van subiendo, ya subieron para el cielo.

Cuando ya la fashica estaba muy enferma, vino a traerla. Allá los vio venir el marido fashico, y fue y les gritó: —¿Cómo te va, Fashico?

—Bien —le respondió—. Y a tí ¿cómo te ha ido?

—¿Por qué viene tan gorda? —le preguntó el marido al otro.

—Allá comió muchos frijoles con los angelitos —le dijo—. Pues muchas gracias y aquí tienes a tu mujer. —Y le entregó a la fashica y se fue.

*Marcial Lucero*
*Edad: 72, Cochití, N.M.*

"Who knows when she'll be sent back?" the other one answered. "Who knows?"

Then the husband said it would be all right, but for her to come back soon. "Fine, fine, she'll be back soon," the other fashico said. He told the wife, "Let's go, Mana Fashica, so we can get back soon. The angels must be very hungry."

The one mano fashico went off with the other man's wife. They climbed a hill, and the husband said, "They're going up now. They're going on up to heaven."

When the wife was very pregnant, the other one brought her back. The husband saw them coming and went and called out, "How's it going, Fashico?"

"Fine," he answered. "And how's it been going with you?"

"Why is she so fat?" the husband asked the other man.

"She ate a lot of beans up there with the angels," he told him. "Thanks a lot. Here's your wife." And he returned the wife to her husband and went away.

*Marcial Lucero*
*Age: 72, Cochití, N.M.*

207

## San Rafael

Eran un hombre y su mujer, y a la mujer la visitaba otro hombre cuando el marido no estaba en casa. Una vez el marido le dijo a su mujer: —Hazme el bastimento, hija, que me voy a cuidar las vacas. —Y le hizo su mujer el bastimento y se fue.

Cuando volvió ya en la noche, estaba allí el amigo de su mujer en la casa. Y cuando llegó no lo esperaban, y le dijo a su mujer: —Ábreme, ábreme.

El amigo se subió en una alacena empeloto y allí se quedó sin moverse. Abrió la mujer la puerta y el marido entró y le dijo: —Hazme la cena. —Y empezó a atizar la lumbre.

Y cuando ya estaba la cena, empezaron a cenar y la mujer le dijo: —¡Aque, mi viejo, que ni me preguntas cómo la pasé hoy!

—¿Pues cómo la pasaste? —le dijo el marido.

Y ella le dijo entonces: —Pues ahora verás que fui a la casa de mi vecina y me dio un San Rafael.

—¿Dónde está? —le preguntó el marido.

—Ahí está arriba de la alacena —dijo la mujer, y apuntaba para donde estaba el amigo empeloto para hacerlo creer que era un San Rafael.

Entonces el hombre, que ya había maliciado algo, agarró el atizador y fue y le picó. Y como

There was once a married couple, and another man visited the wife when the husband wasn't home. One day the husband said to his wife, "Make a lunch for me, dear, I'm going out to tend the cows." And the wife prepared his lunch and he went away.

When he got home that night, his wife's friend was there in the house with her, because they weren't expecting the husband at that time. The man called to his wife, "Open the door for me."

The friend climbed up on top of the cupboard and stood there naked, without moving. The woman opened the door and her husband came in and said, "Make me my supper." And he started stirring the fire.

And when the supper was ready, they started eating and the woman said, "Hey, Old Man, you didn't even ask me how my day went."

"Well, how did it go?"

She told him, "Well, as you'll see, I went over to our neighbor's house and she gave me a statue of San Rafael."

"Where is it?" her husband asked.

"It's there on top of the cupboard," the woman said, and she pointed at her naked friend, trying to make her husband believe it was a statue of the saint.

Then the husband, who had suspected something, grabbed the poker and went and jabbed

estaba caliente, aquel pobre saltó de la alacena y echó a huir, y ni el polvo le vieron.

Otro día cuando el hombre salió a trabajar, la mujer fue a ver a su amigo y lo halló todo quemado. Y cuando volvió su marido en la noche, le preguntó: —¿Qué le pasó a San Rafael? ¿Que ya no vino?

—No, ya no vino porque está todo quemado —dijo la mujer.

*Rufina Valencía*
*Edad: 71, Santa Cruz, N.M.*

the friend with it. And since the poker was hot, the poor man jumped down from the shelf and ran away so fast they couldn't even see his dust.

The next day when the man went off to work, the woman went to see her friend and found him all burned. And when her husband came home that night he asked, "What happened to San Rafael. Didn't he come today?"

"No, he didn't come because he's all burned," the woman said.

*Rufina Valencia*
*Age: 71, Santa Cruz, N.M.*

## Chirlos birlos

## Chirlos Birlos

Eran dos compadres, uno rico, y otro pobre, y cada uno tenía una mula baya. Cada vez que se encontraban querían cambiar mulas. Y la mujer del rico estaba siempre muy enferma. El marido traía médicos de todas partes, pero nadie la podía curar. Pero cuando el marido se iba a cuidar las borregas y no la veía, ya no estaba enferma y daba fiestas y todo.

Un día un amigo del rico fue y le dijo: —Si usted quiere que sane su mujer, vaya a la mar y tráigale chirlos birlos. —Y otro día se fue el rico en su mula para la mar a buscar chirlos birlos.

Allí se encontró con su compadre pobre. —¿Adónde va, compadre? —le preguntó el pobre.

El otro le dijo: —Pues, mire que mi mujer está muy enferma y voy para la mar a traer chirlos birlos.

—Pues no vaya, que yo le daré una medicina para que no volviera a padecer —le dijo el compadre pobre—. Métase usted en una maleta y me deja llevarlo a su casa. Y cuando yo grite, "¡Atienda, maleta, a esta chifleta!" salga usted de la maleta.

—Bueno —dijo el rico, y se metió en una maleta y su compadre pobre se lo llevó.

Cuando llegó, la mujer del rico le dijo: —¿Cómo está, compadre? Entre. Entre. ¿No ha visto por ahí a mi marido?

There were once two compadres, one rich and the other poor, and each one had a bay mule. Every time they met up, they wanted each other's mule. The rich man's wife was always very sick. The husband brought in doctors from all over, but no one could cure her. But whenever the husband went off to tend his sheep and didn't see her, she wasn't sick at all and gave parties and everything.

One day a friend of the rich man told him, "If you want your wife to get well, go to the sea and bring her chirlos birlos." And so the next day the rich man set out for the sea on his mule to look for chirlos birlos.

He met up with his poor compadre along the way. "Where are you going, compadre?" the other one asked him.

"Well, you see," he said, "my wife is very sick and I'm going to the sea to get chirlos birlos."

"Don't go. I'll give you a medicine so that she won't get sick again," the poor compadre said. "Get into this suitcase and let me carry you back home. And when I shout, 'Suitcase, harken to my whistle!' come out of the suitcase."

"All right," the rich man said, and he got into the suitcase and his poor compadre carried him away.

When he got to the house, the rich man's wife said, "How are you, compadre? Come in. Come in. Have you seen my husband around here?"

—Sí, comadre, iba para la mar a buscar chirlos birlos.

Y la mujer muy galana se puso a poner la mesa para que comiera su compadre. Y cuando ya puso la mesa llamó a su compadre a comer y le cantó:

> Mi marido se fue a la mar.
> Chirlos birlos me fue a buscar.
> Venga o no venga, o deje de venir,
> yo al fraile no lo dejo ir.

Y entonces dijo el compadre pobre: —¡Atienda, maleta, a esta chifleta!

Y el rico salió de la maleta y gritó:

> —Aunque me gane mi mula baya,
> agárreme al fraile que no se me vaya.

*Benigna Pacheco*
*Едад: 68, Arroyo Seco, N.M*

"Yes, comadre, he was on his way to the sea to hunt for chirlos birlos."

And the wife saucily began to set the table so that the compadre could eat. And when the table was set, she called her compadre to eat, and she sang:

> My husband has gone to the sea
> to bring chirlos birlos to me.
> Whether or not he ever comes home,
> I won't let the friar leave me alone.

Then the poor compadre said, "Suitcase, harken to my whistle!"

And the rich man came out of the suitcase and cried:

> Even if you get my bay mule from me,
> grab the friar; don't let him get away.

*Benigna Pacheco*
*Age: 68, Arroyo Seco, N.M.*

211

## El mono de trementina

## The Pine Pitch Doll

Éste era un viejito que tenía melones en una huerta. Y todos los días venía un conejo a comerse los melones. Entonces dijo el viejo: —¿Cómo haré yo para retirar este animal para que no me coma mis melones? Voy a valerme de hacer un mono de trementina para poderlo agarrar.

Fue entonces y hizo el mono de trementina y lo puso en la orilla del melonar. Cuando el conejo vino a agarrar melones, vio al mono parado allí, y creyendo que era gente, le estuvo diciendo de allá retirado: —¡Oiga, señor, déme un melón!

Y eso le estuvo diciendo por unas tres veces. Y como el mono no respondía, le dijo: —¿Que no me oye usted? Se me hace que usted está sordo. Si no me quiere dar un melón yo veré cómo se lo quito.

Entonces el conejo fue arrimándose poco a poco donde estaba el mono de trementina. —Ahora si no me da un melón como le estoy pidiendo, le doy un moquete —dijo el conejo. Y se arrimó y le dio un buen moquete y se le quedó prendida la mano en la trementina.

—Suélteme, suélteme, pronto —le dijo el conejo—, porque si no, le doy un moquete con la otra mano.

Y como no lo soltó, le dio un moquete con la otra mano y esa se le quedó pegada en la trementina también.

This one is about an old man who had a garden full of melons. Every day a rabbit would come and eat the melons, and the old man said to himself, "What can I do to get rid of that animal so that it doesn't keep eating my melons? I'm going to make a doll out of pine pitch so I can catch him."

He went and made a doll out of pine tar and put it at the edge of his melon patch. When the rabbit came, he saw the doll standing there, and thinking it was a person, he said to it from a distance, "Hey, señor, give me a melon."

He said that three times. And since the doll didn't answer, he said, "Don't you hear me? I think you're deaf. If you won't give me a melon, I'll just take it myself."

Then the rabbit moved up closer little by little to the pine tar doll. "If you don't give me the melon I'm asking for, I'll slug you," the rabbit said. And he walked up and gave the doll a good slug, and his hand stuck to the pitch.

"Let me go! Let me go, right now," the rabbit said. "If you don't, I'll slug with the other hand."

And since the doll didn't let him go, he slugged it with the other hand, and that one stayed stuck to the pine tar, too.

—Suélteme, suélteme, porque si no, le doy una patada —le dijo el conejo. Y le dio una patada y su pata se le quedó prendida también.

—Suélteme, suélteme, o le doy una patada con la otra pata —le dijo el conejo. Le dio una patada con la otra y esa pata se le quedó prendida.

Cuando vino el dueño del melonar, lo halló bien pegado. Y le dijo: —Ahora por haberme hecho tanto mal en mi melonar te voy a comer. —Se lo llevó a su casa y le quitó el cuero y lo guisó y se lo comió.

*Telesforo Chávez*
*Edad: 68, Los Lunas, N.M.*

"Let me go! Let me go! If you don't, I'll kick you!" the rabbit said. And he kicked the doll and his foot got stuck, too.

"Let me go! Let me go, or I'll kick you with the other foot," the rabbit said. And he kicked with the other foot and that foot got stuck, too.

When the owner of the melon patch came, he found the rabbit stuck tight. And he said, "Now, since you have done so much damage to my melon patch, I'm going to eat you." He took the rabbit home and skinned it and cooked it and ate it all up.

213

*Telesforo Chávez*
*Age: 68, Los Lunas, N.M.*

## El gato, el gallito, y el borreguito

## The Cat, the Rooster, and the Sheep

Éstos eran dos viejitos que criaron en su casa un gatito, un gallito, y un borreguito. Y los querían como si fueran gente.

Yendo y viniendo tiempo mató el viejito un marrano que había engordado, para comerlo. Y cuando llegó un día de fiesta, hizo la viejita sopaipillas y puso carne a cocer. Y como ese día había misa, la vieja le mandó al gatito que cuidara la ollita de carne mientras iban a misa. Al gallito le mandó que fuera a traer agua, y al borreguito que fuera a buscar leña.

Se fueron los viejitos a misa y dejaron al gatito cuidando la ollita. Y el gallito y el borreguito fueron a hacer sus mandados. Cuando volvieron tenían mucha hambre, y hallaron al gatito lamiéndose las manitas porque había sacado una racioncita de carne de la ollita para comer. El gallito le dijo que le diera carne de la ollita, y el borreguito le dijo lo mismo. El gatito sacó carne de la ollita y les dio a cada uno una racioncita. Y cuando habían comido, les dijo el gatito: —Vamos a comernos todo.

Acabaron con toda la comida que habían puesto los viejitos en la ollita para cocer. Entonces les dijo el gatito: —Ahora voy yo a salir huyendo para que no me maten a palos porque les di toda la comida.

—Pues yo también me voy —dijo el gallito.

—Y yo también —dijo el borreguito.

Y salieron huyendo los tres, antes de que

This one is about two old folks who kept a cat, a rooster, and a sheep in their house. They loved them as if they were people.

As time went by, a pig they owned grew fat, and the old man killed it for food. And when a feast day came, the old woman made sopaipillas and put the meat on to cook. And since there was Mass being said that day, the old woman told the cat to watch the pot of meat while they went to Mass. She told the rooster to go get water, and the sheep to get firewood.

The old folks went off to Mass and left the cat watching the pot, and the rooster and the sheep went to do their chores. The animals were very hungry when they got back, and they found the cat licking its paws, because it had taken a helping of meat from the pot and eaten it. The rooster asked the cat to give him some meat from the pot too, and so did the sheep. The cat served each of them a helping of meat from the pot, and when they had eaten, the cat said, "Let's eat it all."

They finished all the food the old folks had put in the pot to cook. Then the cat said, "I'm going to run away so they can't beat me to death with a stick for giving you all the food."

"I'm going too," the rooster said.

"Me, too," said the sheep.

And the three of them ran away before the old folks got back. They went into a forest where

volvieran los viejitos. Entraron a un monte donde había un pino muy alto, y abajo una cueva. Se subieron arriba el gato y el gallito y el borreguito se quedó abajo. Pero el gato le dijo al borreguito que ellos lo iban a subir a un brazo del pino. —Préndete de mí —le dijo el gatito. Y se prendió el borreguito, y jalando, jalando el gato y el gallito lo subieron a una rama.

En pocos momentos oscureció, y oyeron ruido abajo en la cueva. Entonces a poco tiempo al borreguito le dieron ganas de mearse. —Hermanitos, ya mero me meo —les dijo al gallito y al gatito.

—Pues enrédate bien en tus lanitas y ahí te meas —le dijo el gatito.

Pero el borreguito, cuando iba a enredarse en sus lanitas para mearse, se cayó para abajo. Y en ese momento salía de la cueva un lobo marín y le brincó al borreguito para matarlo. Pero de arriba brincó el gatito y le clavó las uñas de sus manitas en los ojos y lo cegó. Partió el lobo para adentro de la cueva huyendo, y el gatito iba sobre él tirándole rasguños hasta que lo hizo meterse bien adentro en la cueva.

Salió un lobo colamocha y el gato lo arañó también. Y cuando los lobos salieron de la cueva huyendo, el borreguito les dio unos buenos topes. Y el gallito cantaba: —¡Quiquiriquí! ¡Cuélguenmelos aquí! ¡Quiquiriquí! ¡Cuélguenmelos aquí!

El lobo marín y el lobo colamocha salieron corriendo por el monte que ni el polvo se veía. Y el gatito y el gallito y el borreguito se apoderaron entonces de la cueva de los lobos. Y allí tenían los lobos mucha carne y allí estuvieron comiendo los tres.

Cuando el viejito y la viejita volvieron de misa, hallaron que no estaba en la casa ni el gatito, ni el gallito, ni el borreguito. No podían pensar dónde estaban. Pero cuando vieron que no había nada de carne en la olla, maliciaron que se habían comido todo y se habían ido de miedo de que les pegaran.

Y los lobos tenían un venado en la cueva, y dijeron que iban a ir por él, para llevárselo para

there was a tall pine tree, with a cave below it. The cat and the rooster climbed the tree and the sheep stayed below. But the cat told the sheep they would help him climb up to a branch of the tree. "Hold onto me," the cat said. And the sheep grabbed onto him, and by tugging and tugging the cat and the rooster boosted the sheep up onto the branch.

A few minutes later it got dark and they heard a sound down below in the cave. Then pretty soon the sheep needed to pee. "Little brothers, I'm about to pee," he said to the rooster and the cat.

"Wrap your wool around you tight, and pee into it," the cat told him.

But when the sheep was wrapping his wool around him to pee into it, he fell out of the tree. Just then a fierce wolf was coming out of the cave and he leaped onto the sheep to kill him. But from up above the cat jumped onto the wolf and dug its front claws into its eyes and blinded it. The wolf took off running into the cave, and the cat rode along on top of him raking him with its claws until it made the wolf run deep into the cave.

Then a short-tailed wolf came out, and the cat clawed that one too. And when the wolves came running out of the cave, the sheep butted them with his head. And the rooster sang, "Quiquiriquí, throw them up to me! Quiquiriquí, throw them up to me!"

The grey wolf and the short-tailed wolf ran off into the forest so fast you couldn't see their dust, and the cat and the rooster and the sheep took over the wolves' cave. The wolves had a lot of meat there, and the three of them started eating it.

When the old man and the old woman got back from Mass, they saw that the cat and the rooster and the sheep weren't in the house. They couldn't figure out where they were. But when they saw that there was no meat in the pot, they suspected that they had eaten it and had left because they were afraid they'd be beaten.

The wolves had a deer in the cave and decided to go back for it and take it to where they were

donde vivían ahora. Fueron cuando estaba oscuro y los tres animalitos ya estaban otra vez subidos en el pino. Entró un lobo para adentro de la cueva y no vio nada, y dijo al otro: —Pues el hombre chiquito de las cuatro navajitas bien amoladitas, no sé donde está. No está tampoco el cabezón que nos dio un tope y de una vez nos tumbó. Y aquel otro cacareador no está tampoco en ninguna parte.

Y el otro lobo le dijo: —Bueno, pues vamos a entrar.

Y no más entraron y brincó el gato de donde estaba y el borreguito también y los pescaron encerrados a los lobos. El gatito de una vez empezó a arañarlos en los ojos y por dondequiera. Y cada vez que querían salir el borreguito les daba topes que los tumbaba para atrás y para adentro de la cueva. Y el gallito siempre seguía diciendo como antes: —¡Quiquiriquí! ¡Cuélguenmelos aquí! ¡Quiquiriquí! ¡Cuélguenmelos aquí!

Por fin se cansaron el gatito y el borreguito de arañarlos y darles topes y el gallito de cacarear y los dejaron salirse de la cueva medio muertos. Y se fueron y ya no volvieron.

Entonces los tres animalitos sacaron la carne del venado que habían dejado los lobos y se fueron para la casa de los viejitos. Y en la noche cuando iban llegando, les dijo el gatito: —Yo me subo allá en esa ventana. —Y le dijo al borreguito: —Cuando yo diga "miau" tú das un tope a la puerta. —Y al gallito le dijo: —Y tú te pones a cacarear.

Así lo hicieron. Y cuando el gato dijo: —¡Miau! —dio el borreguito un tope en la puerta y el gallito empezó a cacaraquear. Y salieron los viejitos muy contentos gritando: —¡Aquí vienen nuestros animalitos! ¡Ya llegaron! —Y tuvieron una fiesta, y les preguntaron los viejitos dónde habían estado y ellos les dijeron todo y todos los trabajos que habían pasado.

*Marcial Lucero*
*Edad: 72, Cochití, N.M.*

living now. They went there when it was dark and the three animals were up in the pine tree again. One wolf went into the cave and didn't see anything, and he said to the other one, "I don't know where the little man with the four sharp knives is. And the big headed one that butted us and knocked us down isn't around either and neither is that other one with the cackling voice."

The other wolf said, "Good. Let's go on in."

And as soon as they went in, the cat and the sheep jumped down and caught the wolves in the cave. Right away the cat started scratching them in the eyes and all over. And whenever they tried to get out of the cave, the sheep butted them and knocked them back into the cave. And the rooster kept singing like before, "Quiquiriquí, throw them up to me! Quiquiriquí, throw them up to me!"

Finally the cat and the sheep got tired of scratching and butting and the rooster got tired of crowing, and they let them leave the cave, more dead than alive. The wolves went away and they never came back.

Then the three animals took the deer meat the wolves had left and went back to the old folks' house. That night when they were getting close, the cat said, "I'll climb up there on the window sill." And he told the sheep, "When I say *meow*, you knock on the door with your head." And he told the rooster, "And you start crowing."

That's what they did. The cat said *meow* and the sheep butted the door and the rooster started crowing. And the old folks came out crying happily, "Here come our animals! They're home!" And they had a big party, and the old folks asked the animals where they had been, and they told about all they had been through.

*Marcial Lucero*
*Age: 72, Cochití, N.M.*

Ésta era una paloma que tenía un nido de palomitas en un encino. Y llegó el coyote llorando, y le dijo: —Dame uno de tus hijitos.

—No, no, que quiero mucho a mis hijos —dijo la paloma.

Entonces el coyote le dijo: —Si no me das uno de tus hijos, te tiro el encino a colazos y te como a ti con todos.

La paloma tuvo miedo y le tiró uno de sus hijos. El coyote se lo comió y le dijo a la paloma que otro día iba a venir por otro.

Pero cuando cayó la tarde, llegó el papá paloma, que era el pájaro de siete colores, y halló a la paloma llorando. —¿Por qué lloras? —le preguntó a la paloma. Y ella le contó todo. El pájaro de siete colores le dijo entonces: —No seas tonta. Si el coyote te dice mañana que te va a tirar el encino y te va a comer a ti con todos tus hijos, le dices, "El filo del hacha corta el encino y no la cola del coyotino." Y verás cómo no te hace nada.

Bueno, pues otro día cuando no estaba el pájaro de siete colores, llegó el coyote, y le dijo a la paloma: —Ya vine a que me tires otro de tus hijos.

—No te lo doy —le contestó la paloma.

—Pues si no me lo das, te corto el encino a

This one is about a dove that had a nest with her young ones in an oak tree. And the coyote came there crying, and said to her, "Give me one of your young ones."

"No, no. I love my children very much," the dove said.

And then the coyote said, "If you don't give me one of your children, I'll chop the tree down with my tail and I'll eat all of you up."

The dove was afraid and threw one of her children down to him. The coyote ate it and told the dove that the next day he would come back for another one.

But that afternoon the papa dove arrived, and he was the seven-colored bird, and he found the mama dove crying. "Why are you crying?" he asked her, and she told him everything. The seven-colored bird said to her, "Don't be silly. Tomorrow, if the coyote tells you that he's going to chop down the tree and eat you and your children all up, tell him, 'The blade of an ax can cut an oak tree, but not the tail of a little coyote.' And you'll see that he doesn't do a thing."

So then the next day when the seven-colored bird wasn't there, the coyote came and said to the dove, "I've come for you to throw me another one of your children."

"I won't give it to you," the dove answered.

"Well, if you won't give it to me, I'll chop

colazos y te como a ti con todos —le dijo el coyote.

Y la paloma le dijo entonces: —El filo del hacha corta el encino y no la cola del coyotino.

El coyote se enojó mucho, pero no pudo hacer nada, y se fue. Y en el camino por donde iba se encontró con el pájaro de siete colores y dio un salto y lo pescó. —Ahora te voy a comer porque le dijiste a la paloma que no me diera otro hijo —le dijo.

Y cuando el coyote lo llevaba en la boca para comérselo, el pájaro de siete colores le dijo: —Para que sepa toda la gente que me comiste, llévame a esa lomita alta y grita tres veces, "¡Pájaro de siete colores comí!"

Y así lo hizo el coyote. Se fue arriba de la lomita con el pájaro de siete colores en la boca, y pegó el primer grito: —¡Pájaro de siete colores comí!

Pero cuando abrió la boca, el pájaro salió volando y le gritó al coyote: —¡A otro tonto y no a mí!

*Benigna Pacheco*
*Edad: 68, Arroyo Seco, N.M.*

down the tree with my tail and I'll eat you all up," the coyote said.

And the dove said, "The blade of an ax can cut an oak tree, but not the tail of a little coyote."

The coyote was furious, but he couldn't do a thing, and he went away. And along the way he met up with the seven-colored bird and he jumped up and caught it. "Now I'm going to eat you because you told the dove not to give me another baby," he said.

And as the coyote was carrying him along in his mouth, the seven-colored bird said, "So that everyone will know you ate me, take me to the top of that high hill and shout three times, 'I ate the seven-colored bird! Come see!'"

And the coyote did that. He went to the top of the hill with the seven-colored bird in his mouth and he gave the first shout, "I ate the seven-colored bird! Come see!"

But when he opened his mouth, the bird flew away, and he called down to the coyote, "You may eat some other fool, but you won't eat me!"

*Benigna Pacheco*
*Age: 68, Arroyo Seco, N.M.*

## La zorra y el coyote

## The Fox and the Coyote

Andaba una zorra en las lomas y se encontró con un coyote. El coyote le dijo: —Dame de comer. Si no, te como.

—Espérate hasta la noche y yo te diré donde puedes hallar quesos —le dijo la zorra. Y cuando se hizo noche lo llevó a una noria donde se veía la luna en el agua. Le dijo: —Asómate ahí y verás un queso.

Fue a asomar el coyote y lo empujó la zorra y cayó adentro. Allí lo dejó ahogándose, y se fue. Después de algún tiempo el coyote salió medio ahogado y se fue siguiendo la zorra.

Un día la halló en un peñasco, y la zorra hacía como si estuviera allí teniendo el peñasco. La zorra le gritó: —¡Ven acá, hermanito coyote! Mi Señor Jesucristo me dijo que se va a caer este peñasco y que se va a acabar el mundo. Ya mero se cae. Ya hace dos noches que lo estoy teniendo y ya estoy muy cansada.

Al coyote le dio lástima de la zorra y fue a ayudarle. La zorra se fue y el coyote se quedó allí teniendo el peñasco. Allí se estuvo hasta que le dio un calambre y se cayó, pero el peñasco no se cayó y el mundo no se acabó.

Poco después el coyote encontró a la zorra otra vez, y le dijo: —Ahora sí te voy a comer porque me tuviste allí teniendo esa peña.

Y la zorra estaba mirando unas gallinas desde

A fox was traveling through the hills and she met up with a coyote. The coyote said to her, "Give me something to eat. If you don't, I'll eat you."

"Wait until night comes, and I'll show you where you can find some cheese," the fox said. And when night came, she took him to a well where you could see the moon in the water. She told him, "Look down there, and you'll see the cheese."

The coyote went to poke his head down the well, and the fox gave him a shove and he fell in. She left him there drowning and went away. After a while the coyote got out half drowned and went off following the fox.

One day he found the fox near a cliff, and the fox pretended to be holding up the rock. The fox shouted, "Come here, brother coyote. The Lord Jesus Christ told me this cliff was going to fall and the world was going to end. It's about to fall. I've been holding it up for two nights, and I'm tired."

The coyote felt sorry for the fox and went to help her. The fox went away and the coyote stayed there holding up the cliff. He stayed there until he had a cramp and fell down, but the cliff didn't fall and the world didn't end.

A little later the coyote met up with the fox again, and he said, "Now I really am going to eat you because you left me there holding up that big rock."

lejos, y le dijo: —Mira esas gallinas allá en la casa del rey. Ahorita voy y te las traigo.

—Bueno —le dijo el coyote, y se quedó allí esperando mientras que la zorra iba. Fue la zorra y llegó donde estaba un peón del rey cortando trigo. Le dijo al peón que ahí andaba el coyote para ver si podía comerse las gallinas y que debía encerrar los perros en el gallinero. Y a la zorra le dieron una gallina.

Se fue la zorra con su gallina donde estaba el coyote. Y se comieron la gallina, y en la noche la zorra le dijo al coyote: —Esta noche vamos a la casa del rey para traer más gallinas.

Se fueron, y cuando llegaron la zorra metió al coyote en el gallinero. Pero no había gallinas, no más dos perros. Y los perros empezaron a ladrar y salieron los amos y agarraron al coyote y lo desollaron vivo, dejándole sólo el pelito en las patas y en la cabeza. Y así lo soltaron empeloto.

Y de allí se fue el pobre coyote muy adolorido buscando la zorra. Y un día la vio en una lomita y cuando se acercó, la zorra le gritó: —¡Vaya el de la peluca y guantes y el armadura colorada!

Fue el coyote corriendo a donde estaba la zorra y le dijo, muy enojado: —Ahora sí te voy a comer, zorra.

—Ahora no me importa que me comas, hermano coyote —dijo la zorra—, porque el mundo se va a acabar.

—¿Cómo es eso? —le preguntó el coyote.

Y era que venía un granizal, y la zorra le dijo que estaba buscando un costalito para meterse adentro. —Me voy a meter en el costal para que no me mate el granizo —dijo la zorra.

Y el coyote le dijo entonces: —Yo voy a sentir más el granizo, porque estoy empeloto.

—Dices muy bien —le dijo la zorra, y lo embocó en el saco y lo amarró bien y lo colgó de un árbol. Y empezó a tirarle pedradas.

And the fox was looking at some chickens far away, and said, "Look at those chickens over there at the king's house. I'll go over there right now and bring some to you."

"All right," the coyote said, and he stayed there waiting while the fox went away. The fox went to where one of the king's peons was cutting wheat. She told the peon that the coyote was around there trying to eat the chickens and that he should shut the dogs up in the henhouse. And the fox was rewarded with a hen.

The fox went off with the hen to where the coyote was. They ate the hen, and then that night the fox told the coyote, "Tonight we'll go to the king's house to get more chickens."

They went there, and the fox sent the coyote into the henhouse. But there were no chickens in there, just two dogs. The dogs started barking and the owners came out and caught the coyote and skinned him alive. They just left a little patch of fur on his paws and on his head and then turned him loose naked.

The poor coyote went off in pain searching for the fox. One day he saw her on a hill, and when he came near the fox shouted, "Look at that fellow with the wig and gloves and the red armor on!"

The coyote went running to where the fox was and said angrily, "Now I really will eat you, fox."

"I don't care if you eat me, brother coyote," the fox said, "because the world is about to end."

"How can that be?" the coyote asked.

What was going on was that a hail storm was approaching, and the fox told the coyote she was looking for a sack to climb into. "I'm going to get into a sack so the hail doesn't kill me," the fox said.

And the coyote said, "I'll feel the hail more than you, because I'm naked."

"You're right about that," the fox said, and she put him in the sack and tied it up tight and hung it from a tree. And she started throwing rocks at him.

—¡Ay, hermanita zorrita, qué recio me pega el granizo! —decía el coyote, y la zorra tirándole pedradas y haciéndose la que también estaba pegada por el granizo. Al fin la zorra le dio tanta pedradas al coyote que lo mató.

*María Bustos*
*Edad: 74, Sombrío, N.M.*

"Ay, little sister fox, the hail is hitting me hard!" the coyote cried, and the fox kept throwing stones and pretending she was being hit by the hail, too. Finally the fox threw so many stones at the coyote that he died.

*María Bustos*
*Age: 74, Sombrío, N.M.*

## El burro y el coyote

## The Burro and the Coyote

Éste era un hombre pobre que trabajaba en el campo, y al mediodía envió al burro a traer la comida. Cuando el burro ya llevaba la comida, se encontró con un coyote, y el coyote le dijo:
—Hermano burro, déjame subir, que traigo espinas en los pies y no puedo andar.

Y el burro le tuvo lástima y lo dejó subir. Y fue el coyote allí por un rato arriba del burro, y al fin se comió la comida y le dijo al burro que ya llegaba, que quería apearse allí. Se apeó y se fue.

Siguió el burro y al fin llegó donde estaba trabajando su amo. Y cuando el amo vio que no traía la comida, le dijo: —¿Pero dónde está la comida?

Y como no había nada de comida, el amo le dio al burro unos buenos chicotazos, y le dijo que fuera a traer la comida. Y el pobre burro se fue muy triste sin saber qué hacer.

Pero a poco, dijo el burro: —Voy a castigar al coyote que se comió la comida cuando iba arriba de mí.

Fue a la cueva donde vivía el coyote con los coyotitos y la coyota. Y llegó y se acercó y abrió el ojete muy grande y lo puso contra la boca de la cueva. Y los coyotitos vieron el ojete del burro y le dijeron al coyote: —¡Aquí hay carne, papá! ¡Aquí hay carne, papá! —Y empezaron a cantar y decían: —¡Yo quiero los riñones! ¡Yo quiero el corazón!

This one is about a poor man who was working in the fields, and at noontime he sent his burro to bring him some food. When the burro was bringing the food back, he met up with a coyote, and the coyote said, "Brother burro, let me climb up on you. My feet are full of stickers and I can't walk."

The burro felt sorry for him and let him climb up, and coyote rode along on the burro's back and ate all the food. Then he said that was as far as he was going and he got down and went away.

The burro went on and came to where his master was working, and when the master saw that the burro hadn't brought any food, he said, "Where's the food?"

And since there was no food, the master gave the burro a good whipping and told him he'd better get something for him to eat. The poor burro went away sadly and didn't know what to do. But then the burro said, "I'm going to punish the coyote for eating all the food when he was riding on me."

The burro went to the cave where the coyote lived with his wife and children. When he got there, he moved up close and opened his asshole wide and put it against the entrance to the cave. The little coyotes saw the burro's asshole and said to their father, "Papa, there's some meat!" and they started howling and saying, "I want the kidneys! I want the heart!"

Y fue el coyote y metió la cabeza en el ojete del burro y el burro apretó el ojete y agarró bien al coyote, y se lo llevó a su amo arrastrado. El amo lo sacó y le quitó el cuero. Y soltó al coyote empeloto, no más con un poquito de cuero en la cabeza, como gorrita, y en las patas como zapatos.

Se fue el pobre coyote aullando de dolor. Y la coyota cuando lo vio venir ni lo conoció, y le gritó: — ¡Oiga usted, el de la capa colorada y de la gorrita y los guantes amarillos! ¿No ha visto por ahí a mi marido coleando a un novillo?

*Telesforo Chávez*
*Edad: 68, Los Lunas, N.M.*

The coyote went and stuck his head up the burro's ass and the burro closed it tight and caught the coyote, and then dragged him off to his master. The master took the coyote out and skinned him. He released the coyote naked, with just a little skin on his head, like a cap, and on his feet, like shoes.

The poor coyote ran away howling in pain, and the coyote's wife didn't recognize him when she saw him coming. She shouted, "Hey, you with the red cape and the yellow hat and shoes, have you seen my husband around here pulling a steer by the tail?"

223

*Telesforo Chávez*
*Age: 68, Los Lunas, N.M.*

*El grillo y el león*

*The Cricket and the Lion*

Éste era un león que bajó a una laguna a beber agua, y allí estaba un grillo bebiendo agua en el mismo lugar. El león lo quiso pisar, pero el grillo no consintió. Mortificó al león hasta que lo hizo enojar y entonces el león empezó a insultar al grillo. El grillo lo desafió a pelear como los hombres, y le puso el término de dos días para preparar su ejército y tener la guerra.

Con eso el león dejó al grillo y se fue a juntar los animales para pelear con el grillo. Vinieron todos los animales de cuatro patas a ayudarle al león —como los leones, tigres, coyotes, zorras, y otros. Y el grillo fue y dio aviso y juntó a las aves y los insectos que se hallaban a orillas de la laguna. Les dijo que iban a pelear con el rey para ver quién iba a ganar ese pleito.

Bueno pues, se encontraron al rayar el sol y comenzó la guerra. No duró mucho la batalla porque pronto ganaron las avispas y las abejas y otras que peleaban por el grillo. Las avispas y las abejas les picaban los ojos y la cola y por todas partes a los animales, y todos salieron huyendo, hasta los leones y los tigres.

Y una zorra muy astuta que huyó cuando le dieron los primeros piquetes, se subió a una peña y desde allí empezó a gritarles a los ejércitos del león:
—¡Métanse en el agua, compañeros, que ya nos acaban! —Y así fue como ganó el grillo la batalla.

*Marcial Lucero*
*Edad: 72, Cochití, N.M.*

This one is about a lion that went down to the lake to drink water when a cricket was there drinking in the same place. The lion was going to step on the cricket, but the cricket objected. He scolded the lion until the lion grew angry and began to insult the cricket. Then the cricket challenged the lion to fight like men, and gave him two days to prepare his army and get ready for the war.

With that the lion left and went off to gather the animals together to fight with the cricket. All the four-footed animals —lions, tigers, coyotes, foxes and others— came to help the lion. And the cricket gathered together the birds and insects that were around the edge of the lake. He told them they were going to fight with the king to see who would win the battle.

They met when the sun began to rise, and the war began. It didn't last long because the wasps and the bees stung the animals on the eyes and the tails and all over, and they all ran away, even the lions and tigers.

A clever fox who had run the first time she was stung climbed up onto a rock and from there began to shout to the lion's army, "Jump into the water, my friends, or they'll kill us all!" And that's how the cricket won the battle.

*Marcial Lucero*
*Age: 72, Cochití, N.M.*

## La vaca y el becerrito

## The Cow and the Little Calf

Ésta era una vaca con un becerrito. Todos los días salía la vaca a traer de comer y dejaba al becerrito en casa con la puerta atrancada, y le decía que no le abriera a nadie. Y para que estuviera el becerrito seguro que era ella a la puerta, la vaca siempre le decía cuando volvía: —¡Marú! ¡Marú! ¡Marú!

Así sabía el becerrito que era su nana, y contestaba: —¡Téquete! ¡Téquete! ¡Téquete!
—Y abría la puerta.

El coyote oyó todo esto, y un día que se fue la vaca vino él a la casa del becerrito, y dijo:
—¡Mareque! ¡Mareque! ¡Mareque!

—Esa no es mi nana —dijo el becerrito, y no abrió la puerta.

Pero otro día el coyote vino, y dijo bien:
—¡Marú! ¡Marú! ¡Marú!

Y el becerrito creyó que esta vez era su nana la que le hablaba, y contestó: —¡Téquete! ¡Téquete! ¡Téquete! —Y abrió la puerta. Entró el coyote y se lo comió.

Cuando la vaca volvía y ya llegaba a su casa, oyó muy lejos una voz que decía: —¡Téquete! ¡Téquete! ¡Téquete! —Y era el becerrito que gritaba dentro de la panza del coyote que se lo había tragado y corría para el monte.

La vaca atacó al coyote y lo destripó con los cuernos y le sacó al becerrito vivo.

*Donusinda Mascareñas*
*Edad: 58, Peñasco, N.M.*

This one is about a cow who had a little calf. Every day the cow would go and bring home something to eat and leave the calf at home with the door locked, and she told him not to open the door for anyone. And so that the calf could be sure it was her at the door, the cow would always say, "Marú! Marú! Marú!" when she got home.

When the calf heard that, he knew it was his mama, and he would answer, "Téquete! Téquete! Téquete!" and then he would open the door.

The coyote heard all that, and one day when the cow went away he went to the house and said, "Mareque! Mareque! Mareque!"

"That's not my mama," the calf said, and he didn't open the door.

But the next day the coyote came again, and said it right, "Marú! Marú! Marú!"

The calf thought it was his mama who was talking this time and answered, "Téquete! Téquete! Téquete!" And he opened the door. The coyote went in and ate him up.

When the cow got home, she heard a voice from far away that said, "Téquete! Téquete! Téquete!" It was the little calf crying inside the coyote's belly as he ran off toward the forest.

The cow attacked the coyote and split him open with her horns and got her little calf out alive.

*Donusinda Mascareñas*
*Age: 58, Peñasco, N.M.*